HEYNE <

Das Buch

»Die Blicke, die sie auf sich gerichtet spürte, machten ihr nichts aus. Um genau zu sein, erhöhten sie sogar den Kitzel der Erwartung, und sie wurde von einer Hitze erfasst, die sich wie ein langsam fließender Strom in ihrem Körper ausbreitete ...« Nachts verwandelt sich Carly Winters in den heißen Vamp Desireé, eine sexy Verführerin, die die Männer sofort in ihren Bann zieht. Zügellos und leidenschaftlich sind diese erotischen Begegnungen, die Carlys dunkle Seite zum Vorschein bringen und sie für ihren sonst so langweiligen Alltag mehr als entschädigen ...

Die Autorin

Lacey Alexander ist das Pseudonym einer Autorin, die seit Jahren erfolgreich sinnlich-erotische Literatur schreibt.

Lacey Alexander

Die Nacht wird heiß!

Erotischer Roman

Deutsch von Ulrich Georg

WILHELM HEYNE VERLAG
MÜNCHEN

Titel der Originalausgabe
BAD GIRL BY NIGHT

MIX
Papier aus verantwortungsvollen Quellen
FSC® C014496

Verlagsgruppe Random House FSC-DEU-0100
Das für dieses Buch verwendete FSC®-zertifizierte
Papier *Holmen Book Cream* liefert
Holmen Paper, Hallstavik, Schweden.

Vollständige deutsche Erstausgabe 03/2013

Printed in Germany 2013
Umschlaggestaltung: Nele Schütz Design, München
unter Verwendung eines Fotos von © Thinkstock
Satz: KompetenzCenter, Mönchengladbach
Druck und Bindung: GGP Media GmbH, Pößneck
ISBN: 978-3-453-54556-4

www.heyne.de

Riskiere etwas! Riskiere was auch immer …! Tu, was dir am schwersten fällt. Handle um deiner selbst willen. Blicke der Wahrheit ins Gesicht.

Katherine Mansfield

Kapitel 1

Sie wusste, wie sie es anzustellen hatte.

Das Hotel lag direkt am Wasser. Der Ort Traverse City war eine lebendige Stadt an der Westküste von Michigan und bei Touristen äußerst beliebt. Die Architektur ließ sich am ehesten mit »modern und doch voller Wärme« beschreiben. Überall standen Steinsäulen, und es gab jede Menge dunkles Holz, damit der Besucher auch nicht vergaß, wo er sich befand: in der freien Natur, in den »North Woods«. Doch Bootfahren oder Wandern war das Letzte, woran sie dachte, als sie das Hotel betrat und sich umsah. Ihr Blick wanderte direkt zu der großen Eichentür, die zur Hotelbar führte.

Als sie den Raum schließlich betrat, strichen sofort neugierige Augenpaare über ihr rotes, enges Seidenkleid. Wie im Rest des Gebäudes sorgte auch hier viel Holz für eine warme Atmosphäre, und an den Wänden hingen rustikale Gegenstände wie alte landwirtschaftliche Geräte und Jagdwesten. Hinter der Bar war auf einem großen Wandbild eine Bärenfamilie abgebildet. Sie suchte sich einen Barhocker und nahm gelassen und voller Selbstbewusstsein Platz. Die Blicke, die sie auf sich gerichtet spürte, machten ihr nichts aus. Um genau zu sein, erhöhten sie sogar den Kitzel der Erwartung, und sie wurde von einer Hitze erfasst, die sich wie ein langsam fließender Strom in ihrem Körper ausbreitete.

»Was darf's denn sein?« In den Augen des attraktiven Barmannes – er war wohl Ende zwanzig – war keinerlei Wertung ihrer Person zu erkennen.

»Eine Weinschorle, bitte.«

Nachdem sie sich ein wenig eingefunden hatte, sah sie sich etwas genauer um – ganz diskret natürlich –, um sich ein ungefähres Bild von den anwesenden Gästen zu machen. Sie entdeckte einen gruselig aussehenden alten Kerl, der sie aus einer Nische heraus beobachtete, blendete den Igitt-Faktor, den sein Blick in ihr weckte, aber sofort wieder aus. Irgendwo hinter ihr war aus einer etwas dunkleren Ecke das Gelächter einer Männergruppe zu hören – was sofort ihre Sinne weckte. Gleichzeitig wurde sie von drei College-Jungs beäugt, die am Ende der Bar saßen. Zu jung. Aber doch schmeichelhaft. Ob in der Bar auch noch andere Frauen anwesend waren, konnte sie nicht sagen. Sie waren im Moment jedenfalls völlig unsichtbar für sie.

Sie könnte auch in eine andere Bar gehen, aber erst mal würde sie diesem Laden hier eine Chance geben. Das Ganze war wie … eine Jagd. Und die Frauen aus den North Woods verstanden etwas von der Jagd. Diese Frauen wussten, dass die besten Jäger sich durch Geduld und Ruhe auszeichneten. Sie ließen ihre Beute zu *sich* kommen. Und dann schlugen sie zu. Sie wusste, wie sie es anzustellen hatte.

Früher mal war sie bei diesen Aktionen noch nervös gewesen, hatte jede ihrer Bewegungen hinterfragt und alles um sie herum analysiert. So hatte das Ganze enormen Mut und Konzentration erfordert. Der Akt, eine Bar zu betreten, einen Mann kennenzulernen und dann mit ihm mitzugehen, war stets von blanker Angst begleitet gewesen. Berechtigte Angst. Sie wusste sehr wohl, was einer Frau bei solchen Aktionen zustoßen konnte.

Doch mit der Zeit hatte jede der zweistündigen Fahrten von

Turnbridge nach Traverse City dafür gesorgt, dass ihre Transformation immer gründlicher und effektiver vonstattenging. Zwar war sie auch hier nicht eleganter oder gewandter als sonst, aber sie hatte die Situation deutlich besser unter Kontrolle und war einfach selbstbeherrschter. Hier war *sie* es, die den Ablauf der Ereignisse bestimmte und die Show schmiss. Die Angst fiel von ihr ab, und ein Gefühl der Macht überkam sie. Und jetzt mit zweiunddreißig konnte sie sich kaum noch an die Furcht der vergangenen Jahre erinnern. Sie war vollständig verschwunden. Jetzt geschah alles wie von selbst. Und ihre Spielstrategien fielen ihr so leicht wie das Atmen.

Die Nacht und die Dunkelheit schützten sie. Genau wie das tief ausgeschnittene Kleid, das ihre Kurven und viel zu viel Dekolleté zeigte. Ein Dekolleté, das ein Versprechen barg. Auch die Schuhe waren wie eine Art sexuelle Rüstung. Sie verwandelten sie in ein großes, gertenschlankes Wesen. Aber auch in eine Frau, die keinerlei Ängste vor den eigenen Bedürfnissen kannte und die mutig genug war, sich das zu nehmen, was sie wollte. Die auffallend geschminkten Augen waren ein weiterer Schutzschild. Ebenso das Haar. Lang und honigblond mit dunkleren Strähnen. Normalerweise trug sie es ganz glatt, hinter die Ohren geschoben oder zu einem Pferdeschwanz gebunden. Doch wenn sie nach Traverse City kam, drehte sie es vorher auf große Wickler, um es in eine wilde, zerzauste Mähne zu verwandeln.

Das Ritual ihrer Verwandlung – das sich in erster Linie vor dem Spiegel über ihrem Toilettentisch abspielte – gab ihr das Gefühl, einer der Pawlowschen Hunde zu sein. Dabei schwappte die Erregung schon über sie, Stunden bevor die Transformation abgeschlossen war. Irgendwie sorgte dieser lange, penibel durchgeführte Akt der Verwandlung – und das immer stärker werdende Feuer der Erwartung, das damit einherging – dafür, dass zum Schluss alles noch befriedigender für sie ausfiel.

Nachdem sie ihren Drink geleert hatte, wurde ihr plötzlich von hinten ein Glas mit einem Highball-Cocktail vor die Nase gestellt. Sie drehte sich blitzschnell um und sah in die Augen von – ach, Mist! – dem alten Kerl aus der Nische. Und auch wenn er nicht ganz so alt schien, wie sie zuvor gemutmaßt hatte – so um die fünfzig vielleicht – wirkte er verbraucht und müde. »Sie sehen einsam aus«, sprach er sie an.

Sie wusste zwar, dass sie eigentlich eher *willig* als einsam aussah, aber davon abgesehen – welcher Mann glaubte ernsthaft, dass es sich bei diesem Spruch um eine gute Anmache handelte? »Bin ich nicht«, versicherte sie ihm in spitzem Ton. »Ich bin mit jemandem verabredet.« Dieser Satz war eine bewährte, leicht zu merkende Ausrede, bei der es sich nicht mal wirklich um eine Lüge handelte. Schließlich war sie ganz sicher, hier den richtigen Mann für diese Nacht zu finden. So sicher, dass sie diese Überzeugung bereits dem Barmann mitgeteilt hatte. Sie hatte immer Erfolg und war noch nie allein geblieben. Nicht mal zu Anfang, als ihre Jagdausflüge noch von einer gewissen Unsicherheit und Sorge begleitet wurden. Sie wusste, wie sie es anzustellen hatte.

»Sie sitzen hier doch schon 'ne halbe Stunde rum«, bemerkte der ältere Herr. »Sie sind mit niemandem verabredet.«

Sie sah dem Mann direkt in die glasigen Augen und schaute doch komplett durch ihn hindurch. Zu jeder anderen Zeit und an jedem anderen Ort wäre sie sich jetzt äußerst dumm vorgekommen, und ihre Schwindelei hätte sie sehr verlegen gemacht. Doch ihre Rüstung schützte sie. »Es geht Sie wirklich gar nichts an, mit wem ich verabredet bin oder nicht.« Sie sprach die Worte mit spitzer Stimme und wusste sehr wohl, dass sie durchaus einschüchternd klang. Doch genau das genoss sie – und es ließ ihre Nippel noch ein bisschen steifer werden, als sie es ohnehin schon waren.

Der grauhaarige Mann mit den müden Augen schluckte nur und befeuchtete dann seine Lippen, als wären sie trocken. »Wie Sie wollen«, erklärte er schließlich, schnappte sich sein Glas und zog von dannen – nicht ohne im Davongehen »Zicke« zu zischen.

»Sie müssen entschuldigen«, erklärte der Barmann, der anscheinend den letzten Teil des Gesprächs mitbekommen hatte.

Aber die junge Frau schüttelte nur den Kopf. »Halb so wild.« In ihrem normalen Leben hätte eine solche Beleidigung sie durchaus verletzt. Doch hier glitt die Beschimpfung einfach an ihr ab.

Genau in diesem Augenblick näherte sich ein attraktiver Mann mit dunklem Haar der Bar und blieb einige Meter zu ihrer Linken stehen. »Könnte ich wohl noch ein paar Bier haben?« Er klang gut gelaunt und freundlich und stellte zwei leere Biergläser auf den glatten Holztresen. Dann schaute er in ihre Richtung und warf ihr ein kurzes »Hey« zu.

Ohne es zu planen, lächelte sie ihn an. »Hey.« Und schon wurde es warm zwischen ihren Oberschenkeln.

Sie beobachtete ihn, wie er mit dem Barmann plauderte. Er trug modische Jeans und ein Button-Down-Hemd mit hochgekrempelten Ärmeln. Sein Haar war schwarz wie Kohle – weich, dick und durchaus mal wieder für einen Besuch beim Friseur fällig. Ein selbstbewusster Mann, der sich pflegte, es damit aber auch nicht übertrieb. Womit er wohl seinen Lebensunterhalt verdiente? Er sah aus wie … ein Pilot oder … vielleicht auch ein Fotograf. Auch wenn er kein Schlips-und-Kragen-Typ zu sein schien, wirkte er doch smart, konzentriert und professionell.

Aber eigentlich spielte es auch gar keine Rolle, was sein Beruf war. Die Rätselei war nur ein Spiel, das sie mit sich selbst spielte. Wichtig war nur, dass er scharf, attraktiv und mit seinen dreißig bis fünfunddreißig Jahren alt genug war, um zu wissen, was er tat. Und dass er ein nettes Lächeln hatte. Nicht lüstern, aber auch nicht prüde. Und selbst wenn ihr Kontakt nur sehr kurz gewesen war, so wusste sie doch, dass er einen Blick auf ihr Dekolleté geworfen, es bewundert hatte, aber offensichtlich trotzdem nicht fand, dass sie einsam aussah. Oder gar verzweifelt. Das war gut. Denn sie war beides nicht. Aber *williger* fühlte sie sich mit jeder Sekunde.

Als der Barmann sich abwandte, um das Bier zu holen, sprach sie ihn an und deutete mit dem Kopf über ihre Schulter. »Sind das Sie und Ihre Freunde, die sich da hinten so laut amüsieren?« Das tiefe männliche Lachen war immer noch nicht abgeklungen und fühlte sich an wie die Hintergrundmusik zu ihren eigenen Gedanken. Ihr Flirtstil war elegant wie immer. Sie wusste einfach, wie man es anzustellen hatte.

Ihre Blicke trafen sich. Er hatte leuchtend blaue Augen, die sie sofort in den Bann zogen. Blau wie ein Bild vom Mittelmeer – intensiv, kräftig, faszinierend. Er lächelte sie erneut an. »O, mir war gar nicht bewusst, dass wir so laut sind. Sie müssen schon entschuldigen.«

Sie schüttelte den Kopf im vollen Bewusstsein wie hübsch und selbstsicher sie auf ihn wirkte. »Das stört mich nicht. Ich habe höchstens das Gefühl, irgendwas zu verpassen«, erklärte sie forsch.

Er zuckte mit den Schultern. »Sie dürfen sich gern zu uns gesellen.« Doch er senkte sofort den Kopf, als würde er das Angebot überdenken. »Obwohl Sie sich mit einem Dutzend Männern – die meisten von ihnen betrunken – vielleicht doch nicht ganz so wohlfühlen würden.«

»Sind *Sie* denn auch betrunken?«, erkundigte sie sich mit hochgezogenen Augenbrauen.

Er dachte kurz über die Frage nach, streckte dann seine

rechte Hand aus mit einer Geste, die besagen sollte, dass er angetrunken, aber noch nicht richtig betrunken war. Seine wohlüberlegte Ehrlichkeit und die Tatsache, dass er nicht einfach ja oder nein gesagt hatte, gefielen ihr. Der Typ hatte Potenzial.

»Bei mir sieht's ähnlich aus«, gestand sie ihm also. Ja, sie wusste wirklich ganz genau, wie sie es anzustellen hatte. Manchmal fiel es ihr so leicht, dass es schon fast beängstigend war.

Das war der Punkt, an dem sie einen verstohlenen Blick auf seine linke Hand warf. Kein Ring – gut. Und auch kein Bräunungsstreifen, der darauf hinwies, dass er ihn vielleicht einfach nur vom Finger gezogen hatte. Einige Dinge waren ihr durchaus heilig. Selbst an diesem Ort.

»Und … sind Sie mit jemandem verabredet? Warten Sie auf ein Date?« Er hatte keine Scheu, seine blauen Augen ein wenig über ihren Körper gleiten zu lassen. Sein Blick verursachte, dass ihr noch wärmer wurde. Sie fragte sich, ob durch das Kleid und den BH wohl ihre Nippel zu sehen waren.

»Eigentlich ja. Aber es sieht wohl so aus, als hätte er mich versetzt.« Auch diese Worte kamen mit einer gewissen Eleganz über ihre Lippen, und ihr Ton ließ darauf schließen, dass sie nicht allzu traurig darüber war. Selbst bei dieser Lüge wusste sie, wie sie ihrer Stimme einen überlegenen Klang geben konnte, der zeigte, dass sie stets die Oberhand behielt. Auf keinen Fall wollte sie jemandem leidtun.

Der Fremde warf ihr erneut einen intensiv musternden Blick zu – einen Blick, der die Innenseiten ihrer Oberschenkel förmlich zum Beben brachte. »Das muss ja ein schöner Idiot sein.«

»Danke«, erwiderte sie lächelnd.

In diesem Moment rückte er etwas näher und ließ sich auf dem Barhocker direkt neben ihr nieder. »Darf ich Sie zu einem Drink einladen?«

Sie neigte den Kopf und schenkte ihm den geschmeicheltsten, kokettesten, aber dennoch kontrolliertesten Blick, zu dem sie in der Lage war. »Gern. Aber was ist denn mit Ihren Freunden?«

Er sah sie an, als wollte er sagen: *Jetzt hören Sie aber auf.* »Mal sehen, ich habe die Wahl, mit einem Haufen betrunkener Typen rumzusitzen oder mich mit einer wunderschönen Frau zu unterhalten. *Ich* bin kein Idiot. Ich entscheide mich für die letztere Option.«

Nachdem der versierte Barkeeper zwei geöffnete Flaschen Bier auf den Tresen gestellt hatte, machte er sich sofort daran, eine weitere Weinschorle zu mischen.

»Wie heißen Sie denn?«, fragte ihr Verehrer. Oder war er vielleicht doch eher ihre Beute?

»Desiree.«

»Ich bin Jake.«

Nachdem ihr leeres Glas durch einen neuen Drink ersetzt worden war, hob ihr Gegenüber seine Bierflasche. »Wollen wir einen Toast ausbringen?«

Sie hob ihr Glas. »Auf attraktive Fremde mit blauen Augen, die eine Jungfrau in Nöten retten.«

Er grinste, schlug mit dem Hals seiner Bierflasche leicht gegen ihr Glas und warf ihr einen etwas skeptischen Blick zu. »Sie sehen nicht unbedingt aus, als ob Sie in Not wären, Desiree.«

Sie nahm einen Schluck durch ihren Strohhalm. »Sie haben recht«, gestand sie. »Ich bin keine Jungfrau in Nöten. Aber *Sie* sind ein attraktiver Fremder mit blauen Augen. Und Sie sind dafür verantwortlich, dass mein Abend ganz plötzlich weitaus vielversprechender erscheint.« Ihre Augen wanderten in die hintere Ecke des Raumes. »Es sei denn, Sie entscheiden sich doch noch, zu Ihren Freunden zurückkehren zu wollen.«

»Aber auf keinen Fall, Süße«, erwiderte er und die etwas zu

vertraute Anrede ließ sie vermuten, dass er wohl doch schon ziemlich betrunken war. Aber das war okay. Es war sogar gut. Schließlich löst Alkohol Hemmungen. Und sie wollte ihn. Er war genau richtig. Goldlöckchen wusste immer, wann sie ins Schwarze getroffen hatte.

Sie unterhielten sich. Es ging um nichts Spezielles. Um wie viel wärmer es doch für einen Mai war, über die Weingüter der Old Mission Halbinsel … Sie war froh, dass er sie nichts Persönliches fragte. Und auch sie erkundigte sich nicht nach privaten Dingen aus seinem Leben. Und als er schließlich wissen wollte, was sie nach Traverse City führte, antwortete sie ganz schlicht, dass sie hier Urlaub machte. Das klang so schön europäisch und kultiviert – und vage.

»Ganz allein?«

Sie nickte.

Weiter fragte er nichts. Er hatte ganz offensichtlich verstanden, dass sie nichts Genaueres über sich mitteilen wollte.

»Wo bleibt denn eigentlich mein Bier, Alter?«, erklang plötzlich eine Stimme rechts hinter ihr. Als sie sich umwandte, sah sie einen Mann, der an ihr vorbei und auf Jake schaute. Seine Stimme klang zwar ungeduldig, aber nicht unbedingt wütend. Sein mittelblondes Haar – ein bisschen zerzauster als das von Jake – und ein paar Bartstoppeln am Kinn gaben ihm den Vibe eines Surfers. Aber die dunkle Jeans und eine Sweaterjacke über dem weißen T-Shirt ließen ihn dann doch etwas gepflegter aussehen.

»Das ist Colt«, erklärte Jake. »Normalerweise ist er nicht so unhöflich.«

Als Colt ihr ins Gesicht schaute und seinen Blick dann sofort ein wenig tiefer wandern ließ, hatte sie das eindeutige Gefühl, als würde er sie jetzt erst überhaupt bemerken. Das dann allerdings richtig. »Mist … Verzeihung … Hi.«

Seine sofortige Reue gefiel ihr. Hinzu kam, dass diese Männer zwar eindeutig spürten, wie selbstsicher und auch sexy sie war, sie aber doch voller Respekt behandelten. Ja, genau richtig.

»Hey, *jetzt* kapier ich, wo du so lange steckst«, sagte Colt und betrachtete sie auch dann noch wohlwollend, als er sich vorbeugte, um Jake die Flasche abzunehmen, die er ihm hinhielt. Die Bewegung sorgte dafür, dass beide Männer ihr noch näher kamen, sie für einen kurzen Moment ihren moschusartigen Duft einatmen und diese gewisse Chemie spüren konnte, die entweder sofort da war oder eben nicht. Hier war sie da. Und zwar mit beiden. Das verriet ihr die Hitze, die langsam ihr Rückgrat emporkroch.

Es war natürlich Jake, mit dem sie diese automatische Verbindung am ehesten spürte – Jake, mit dem sie schon jetzt vorhatte, die Nacht zu verbringen. Aber das hielt Colt trotzdem nicht davon ab, sich einen Barhocker zu schnappen, auf der anderen Seite neben ihr Platz zu nehmen, sie nach ihrem Namen zu fragen und sich zu erkundigen, warum sie mit diesem Kerl herumsaß, obwohl sie doch auch ihn haben konnte.

Er war betrunkener als Jake, hatte aber ein außerordentlich gewinnendes Lächeln.

Also schnappte sie nach dem Köder. »Wirklich? Ich könnte Sie auch haben?« Zwar warf sie ihm ein scherzhaftes Lächeln zu, wusste aber gleichzeitig, dass sie das Ganze gerade auf das nächste Level gehoben hatte. Colt hatte es ihr leicht gemacht. Und sie sah keinerlei Grund, jetzt die Schüchterne oder die Zurückhaltende zu spielen.

Jakes Freund neigte sich ein wenig zurück, und ihre Blicke trafen sich. Seine Augen waren grün. Grün wie das Laub auf einem Gemälde des Impressionismus. »Machst du Witze, Darlin'? Und ob du mich haben könntest.« Erst jetzt fiel ihr auf, dass er mit Dialekt sprach. Man hörte, dass er aus dem Süden kam. Er klang forsch und fast ein wenig frech – aber nicht auf unangenehme Weise.

»Moment mal«, meldete sich Jake von der anderen Seite. Ihr fiel sofort wieder ein, was für warme Gefühle Jake in ihrem Inneren ausgelöst hatte, und sie drehte sich wieder um. War ihr erster Eindruck von Colt verwegene Direktheit gewesen, so war es bei Jake diese Wärme, die er ausstrahlte – und zwar von der Art, die einen wie eine weiche Decke umschmeichelte. »*Mich* kannst du auch haben – nur für den Fall, dass ich das noch nicht klar genug zum Ausdruck gebracht habe«, erklärte er und duzte sie zum ersten Mal, fast als wollte er mit Colt Schritt halten. »Außerdem war ich zuerst hier«, fügte er mit einem Zwinkern hinzu.

Sie biss sich auf die Unterlippe, lächelte aufreizend und ließ ihren Blick zwischen den beiden Männern hin- und herwandern. »Entscheidungen, Entscheidungen …«

Dann nahm sie einen großen Schluck von ihrer Weinschorle, denn sie wollte einfach noch ein bisschen beschwipster und noch ein wenig unkontrollierter sein. Normalerweise war sie nicht so hemmungslos, aber schließlich entwickelte sich dieser Abend ganz plötzlich auch nicht so, wie sie es gewöhnt war. Es ging alles sehr schnell. Und wenn sie Schritt halten wollte, dann war es vielleicht am einfachsten, wenn … sie sich ein bisschen gehen ließ.

Natürlich war das überhaupt der eigentliche Grund, aus dem sie nach Traverse City kam – aber nur, wenn sie gleichzeitig das Gefühl aufrechterhalten konnte, auch die Kontrolle zu behalten. Es war äußerst seltsam, wie eng diese beiden Zustände beieinanderlagen. Sie klangen zwar gegensätzlich, waren es aber nicht. Die Kontrolle zu behalten, war der Faktor, der ihr eine gewisse Sicherheit gab und dafür sorgte, dass sie sich stark fühlte. Und ohne dieses Gefühl der Kontrolle war es geradezu verwegen, wenn nicht sogar unmöglich für sie, sich überhaupt gehen zu lassen.

Und doch gab es da in ihrem Inneren eine dunkle Seite. Eine Seite, die sie sich bis zu diesem Moment nicht mal vorzustellen gewagt hatte. Eine Seite, die sie dazu trieb, das Undenkbare zu denken und sich auf eine neue Situation einzulassen. So ganz konnte sie es sich aber noch nicht zugestehen, konnte es sich noch nicht wirklich erlauben, der Fantasie nachzugeben, die sich langsam in ihr Bewusstsein schlich. Es fehlte noch irgendetwas, um den Gedanken konkret zu machen. Irgendetwas blockierte sie.

Also nahm sie einen weiteren großen Schluck, bis sie innerlich zu taumeln begann. Aber nur gerade genug, um der verbotenen Vorstellung etwas näher zu kommen. Zwar zwickte ihr Bauch bereits, aber gleichzeitig wurde ihre Muschi unter dem Kleid immer feuchter.

Colt war weitaus weniger dezent als Jake. Er redete viel mehr über sich selbst und gab sich alle Mühe, Eindruck zu schinden. So dauerte es nur ein paar Minuten und sie wusste, dass er Sicherheitsexperte und hoch bezahlter Leibwächter war.

»Hier im ländlichen Michigan gibt es auch ganz sicher jede Menge Leiber, die es zu beschützen gilt«, neckte sie ihn mit ironischem Lachen.

»Ich wohne nicht hier«, informierte er sie. »Ich arbeite in Miami.«

»Vom Dialekt her hätte ich gedacht, dass du woanders herkommst.«

»Geboren und aufgewachsen bin ich im Osten von Texas«, erklärte er grinsend. »Aber man kommt ja rum.«

»Darauf gehe ich jede Wette ein.«

Im Gegensatz zur Arroganz der Männer, die auf dem College Footballstars gewesen waren, mochte sie Colts leichte Überheblichkeit. Außerdem nahm sie an, dass sie in erster Linie durch den Alkohol hervorgelockt worden war. Er redete immer weiter und erwähnte auch immer wieder die Namen der Männer, mit denen sie hier waren. Und gerade als sie so verwirrt war, dass sie den Faden zu verlieren drohte, schaltete Jake sich ein, um zu erklären, dass sie mit einer Gruppe Freunde unterwegs waren, die sich hier in jedem Sommer trafen. »Um ein paar Tage nur zu angeln, zu wandern und zu trinken.«

»Klingt nach 'ner Menge Spaß«, sagte sie und meinte es tatsächlich auch so. Schön, so viele Freunde zu haben und so sorglos sein zu können.

Jake zuckte nur mit den Schultern. »Das hier macht mehr Spaß.« Während Colt sie noch mit seinen Geschichten von Männerfreundschaften zu beeindrucken versuchte, war Jake irgendwann dazu übergegangen, sich weiter zu ihr herüberzubeugen. Wieder atmete sie seinen männlichen Duft ein, der auch ein wenig nach Bier roch. Und als sein Schenkel sich fest und warm gegen den ihren presste, bemerkte sie sofort ein gewisses flaues Gefühl in der Magengegend.

Als sie sich umdrehte, um ihn anzusehen, war sein Gesicht ihr weitaus näher, als sie gedacht hatte. Ihr Blick wanderte von seinen Augen zu seinem Mund, der wohl nicht mehr als einen Zentimeter von dem ihren entfernt war. Und als sie die Stimme erhob, klang sie deutlich tiefer als sonst. »Machst du mich etwa an?«

»Und ob ich das tue«, erwiderte er in ebenfalls tiefem Ton. Und dann legte er ihr die Hand aufs Knie.

Sie spürte seine Berührung nicht nur in ihrer Muschi, sondern auch ihre Brüste schienen sofort darauf zu reagieren. Sie war mittlerweile so erregt, dass ihre Titten sich bereits ganz geschwollen anfühlten. *Titten. Muschi.* Das waren Worte, die normalerweise nicht zu ihrem Vokabular gehörten. Außer bei ihren kleinen Ausflügen nach Traverse City. Es waren Worte, die sie über die Jahre von anderen Männern aufgeschnappt hatte – Dirty Talk beim Ficken eben. *Ficken.* Das war noch so ein Wort. Als eine erneute Welle der Erregung über sie hinwegschwappte, mischte sich gleichzeitig eine gewisse Schockiertheit über sich selbst darunter. Niemand, der sie kannte, würde das hier jemals glauben – dass diese Worte sie erregen könnten, dass sie in der Lage war, völlig Fremde zu verführen. Doch sie verdrängte den Gedanken so schnell, wie er gekommen war. Heute Abend war sie eine andere. Sie war nicht die Frau, die alle kannten. Heute Abend war sie Desiree, Königin des Verlangens, der Wollust und des Sex-Appeals. Königin von allem, was scharf und schmutzig war.

Als Colt seine Hand auf ihr anderes Knie legte, war das nicht unbedingt eine sinnliche, sondern eher eine spontane, aufmerksamkeitsheischende Berührung. Doch bevor sie den Blick in seine Richtung wandern ließ, genoss sie für eine Sekunde den Anblick von gleich zwei Männerhänden auf ihrem Körper.

»Hey, hey«, meldete sich Colt. »Bedeutet das etwa, dass ich verliere? Nur weil er dich zuerst kennengelernt hat?«

Ihre Augen blinzelten. War es so?

Sie wollte Jake. Er entsprach eher der Art Mann, die sie bei solchen Ausflügen bevorzugte. Und der Drang, ihren Körper an dem seinen zu reiben, um diese herrliche Hitze zu spüren, wurde immer stärker.

Aber … sie fühlte sich durchaus auch zu Colt hingezogen. Wenn Jake nicht gekommen wäre, hätte sie auf jeden Fall mit dem attraktiven Colt geflirtet und ihn auch in ihr Höschen gelassen.

»Was verlierst du denn?«, fragte sie.

Es kam äußerst selten vor, dass sich gleich zwei Männer fanden, die so perfekt auf ihre Bedürfnisse passten. Und das zur gleichen Zeit und am selben Ort. Es schien ihr fast eine Schande zu sein, einem von ihnen einen Korb zu geben. Um genau zu sein, hatte sie das merkwürdige Gefühl, wenn sie Jake mit aufs Zimmer nähme, würde sie sich nach Colt sehnen. Sich aber nur für Colt zu entscheiden, konnte sie sich auch nicht vorstellen. Alles an Jake ließ sie innerlich ganz weich und warm werden – wie Eis, das langsam auf einem warmen Brownie dahinschmolz.

»*Dich*«, antwortete Colt mit halb geschlossenen Augen und fing an, ihr Knie leicht zu massieren. Das Gefühl schoss ihr sofort die Schenkel hinauf. Ganz plötzlich schien er dieselbe Leidenschaft wie Jake entwickelt zu haben, und ihr Blick wanderte von einem Mann zum anderen. Sie überlegte und dachte das Undenkbare.

Zwei Männer.

War das wirklich so weit von ihrer Ausgangssituation entfernt? Schließlich saß sie in einer Bar zwei Stunden von ihrer kleinen Heimatstadt entfernt, war aufreizend gekleidet und eigentlich nur zu einem Zweck hier: Um Sex zu haben. Machte es da so einen Unterschied, ob das nun mit einem oder zwei Typen passierte?

Natürlich machte es einen Unterschied. Das wusste sie. Zumindest ihr *wahres* Ich wusste es. Aber es ging heute Abend eben nicht um ihr wahres Ich. Heute Abend war sie die selbstbewusste Desiree. Sie konnte haben, was sie wollte. Für Desiree gab es nichts, was verboten war. Es ging nur ums Vergnügen. Es gab keine Schuldgefühle und keine gesellschaftlichen Regeln und Sitten. Ihr Atem ging schneller, und ihre Kehle wurde trocken – und zwar wegen der Entscheidung, die sie gerade getroffen hatte.

»Muss denn hier überhaupt jemand unbedingt verlieren?«, fragte sie, und ihre Stimme klang rauchiger als je zuvor.

Keiner der beiden antwortete sofort. »Äh, was meinst du damit, Darlin'?«, meldete Colt sich schließlich als Erster zu Wort. Beide Männer tätschelten noch immer ihre Knie, und der seidige Stoff ihres Kleides war auf den Schenkeln bereits ein wenig höher gerutscht. Sie spreizte sie – nur ein bisschen und ganz instinktiv. Und ihr Fötzchen zuckte in einem Verlangen, das so intensiv war, wie sie es noch nie erlebt hatte.

Sie schluckte. Ihr unglaubliches Verlangen schnürte ihr fast die Kehle zu, als sie schließlich Jake ansah. »Habt Ihr hier ein Zimmer? Hier im Hotel?«

»Ja«, antwortete er mit tiefer Stimme.

»Könnten wir dort jetzt hingehen?«

»Äh … ja. Ja, klar, natürlich.«

»Wir drei«, fügte sie hinzu – diesmal nicht als Frage formuliert.

Es fühlte sich an, als hätten ihre Worte alle Luft aus der schummrig beleuchteten Bar gesogen. Die zwei Männer waren starr vor Verblüffung, als sie sich der Tragweite ihres Vorschlags bewusst wurden. Sie beobachtete, wie die Blicke der beiden zwischen ihnen selbst und ihr hin- und herwanderten. Es war eindeutig, dass sie den Vorschlag abwägten. Ihr Herz schlug so schnell, dass es fast in der Brust schmerzte. Sie hatte die ganze Sache angeleiert. Und sie wollte es. Sie wollte diese Erfahrung machen, die die meisten Frauen niemals erlebten – diese verbotene Erfahrung. Und jetzt, da sie es tatsächlich vorgeschlagen hatte, spürte sie keinerlei Reue. Nein, sie spürte nur eine alles durchdringende Gier, die ihren ganzen Körper erfasste.

Trotz der Musik, die irgendwo über ihnen aus den Lautsprechern drang und dem immer noch deutlich hörbaren Gelächter der Männergruppe, schien eine geradezu erschütternde

Stille zu herrschen. Es war schließlich Colt, der als Erster reagierte. »Aber sicher, Darlin'. Wieso nicht?«, erwiderte er mit einem Räuspern.

Jetzt blickte sie mit hochgezogenen Augenbrauen zu Jake. Ihre Wangen waren gerötet, und ihr Körper bebte vor Erregung.

Er atmete zischend aus. Es schien ihm vor Erregung fast die Sprache verschlagen zu haben. Doch dann sagte er schließlich: »Na gut. Gehen wir.«

Kapitel 2

»Hier«, sagte Jake und blieb vor einer Tür in der zweiten Etage stehen. Sie hatten die Treppe genommen, denn für den Fahrstuhl waren sie alle drei viel zu ungeduldig gewesen.

Sie sah zu, wie er eine Schlüsselkarte in das Schloss steckte und beim Eintreten das Licht einschaltete. Sie und Colt folgten ihm nach – seine Hände spielten bereits um ihre Hüften. Als sie alle im Zimmer waren, drehte Jake sich um und schaute sie mit Augen an, die vor Lüsternheit glänzten.

Was jetzt?

Ganz einfach. Du hast das Ganze vorgeschlagen. Folge also deinen Instinkten. Ihre Instinkte hatten sie noch nie im Stich gelassen. Zumindest hier nicht. Mit Fremden. In irgendwelchen Hotelzimmern.

Sie trat einen Schritt nach vorn und legte ihre Handflächen auf Jakes Brust. Sie schaute ihm in die blauen Augen, die in der spärlichen Beleuchtung noch mehr zu strahlen schienen. »Küss mich«, flüsterte sie.

Aus seiner Kehle drang ein tiefes Knurren, als er die Kurven ihrer Hüften mit sicheren Händen umfasste und seinen Mund fest auf ihre Lippen presste. Seine Zunge drang sofort in ihre Mundhöhle, und sie wurde noch feuchter.

Als Colts Hände von hinten unter ihre Arme griffen, um ihre Brüste zu umfassen, kam es zu einem weiteren heißen Zucken zwischen ihren Beinen. Sie seufzte in Jakes Mund hinein. Colt stöhnte und massierte ihre füllige Oberweite mit solcher

Inbrunst, dass sie ihre Brust voller Leidenschaft gegen seine Hände presste. O ja. Was für kurze Gedanken des Zögerns oder des Zweifelns sie bisher auch gehabt haben mochte, jetzt waren sie völlig verschwunden. Jetzt war es genau richtig, nur noch ihren Instinkten zu folgen.

»Ich will, dass ihr mich beide richtig hart durchfickt«, hörte sie sich selbst flüstern. Die Worte waren wie von selbst aus ihrem Mund gekommen.

»Das werden wir, Baby. Und zwar richtig«, versprach Jake atemlos, bevor seine Lippen schließlich zu ihrem Hals und dann zu ihren Brüsten wanderten. Colt massierte immer noch ihre Titten, und sie legte einfach nur den Kopf nach hinten, um sich beiden Männern hinzugeben. Sie hatte fest vor, die Kontrolle über die Situation zu behalten. Aber wenn sie an diesem Punkt angelangt war, dann gelang ihr das seltsamerweise nur, wenn sie sich ganz dem Erlebnis und der Verzückung hingab.

Hinter ihr presste sich Colts heißer Körper gegen ihren Rücken und dann – mmmh, gut – drückte er seine harte Stange in ganzer Länge gegen ihren Po. Sie wimmerte vor Erregung und bemerkte gleichzeitig, wie Jake die dünnen Träger ihres Kleides über ihre Schultern schob und dann ganz leicht daran zog – eine stille Botschaft an seinen Freund, kurz von ihren Brüsten abzulassen, damit der Stoff darüber und nach unten gleiten konnte.

Sie zog die Schultern ein, und der glatte Stoff glitt über ihre Haut wie eine zarte Berührung, bis er schließlich von ihren Hüften aufgehalten wurde. Zum Vorschein kam ein rosaroter Halb-BH, der ihre Brüste nach oben presste und kaum ihre Nippel bedeckte. Ein Blick nach unten erinnerte sie daran, wie groß und voll sie darin wirkten. Es sah aus, als könne der BH die vollen Globen kaum halten, und als ob sie jederzeit aus der einengenden Spitze herausspringen könnten. »O Mann«, murmelte Jake, den herrlichen Anblick genießend.

»Die sind ja total scharf, Darlin'«, raunte Colt in ihr Ohr. Er küsste ihre Schulter und ging dann erneut dazu über, voller Gier ihre Brüste zu kneten.

Ihr war fast schwindelig vor Lust. Und sie wollte unbedingt, dass die beiden Männer sich auch endlich auszogen. Also sammelte sie alle Kraft, die sie noch in sich hatte, um sich an den Knöpfen von Jakes Hemd zu schaffen zu machen. Seine Hände fuhren über ihre Hüften, während er mit den Daumen über ihren flachen Bauch strich.

Als es ihr gelungen war, sein Hemd zu öffnen, schlüpfte er schnell hinaus. Sie seufzte beim Anblick seiner Brust und seiner Schultern. Er war kräftig und herrlich muskulös – einfach perfekt. Auf einem seiner Arme prangte eine Tätowierung, die sie nicht recht erkennen konnte. Sie ließ ihre Handflächen langsam von der Brust bis zum Bund seiner Jeans gleiten. Und als sie die offensichtliche Beule in seiner Hose bemerkte, steckte sie kurzerhand die Finger in seinen Bund. Aber da Colt ihre Titten immer weiter und immer fester bearbeitete und sie dadurch immer wilder wurde, kam Jakes Gürtel ihr auf einmal wie eine große Herausforderung vor. Sie konnte sich nur nach hinten gegen den sexy Leibwächter lehnen und lüstern die Arme über den Kopf nehmen, um mit den Fingern durch sein zerzaustes Haar zu fahren. Ihre Augen waren nach wie vor auf Jakes noch eingepackte Erektion gerichtet, und sie biss sich voller Verlangen auf die Unterlippe.

Jake reagierte auf ihren gierigen Blick, indem er seinen Gürtel öffnete und die Jeans aufknöpfte. Dann schmiegte er sich – die Hände immer noch auf ihren Hüften – eng an ihren Körper und presste seinen steifen Schwanz gegen ihren Kitzler. Sie atmete zischend ein. *Die festen Körper von zwei aufregenden*

Männern und meiner dazwischen. Und auch wenn sie wusste, dass noch viel mehr kommen würde, nahm sie diesen Augenblick als den höchsten Genuss wahr. Noch nie hatte sie etwas Köstlicheres empfunden, als so eng zwischen zwei scharfen Typen und ihren zwei harten Schwänzen eingeklemmt zu sein.

Jake rieb sich an ihr und setzte ihre Muschi damit so sehr in Brand, dass die Hitze nach außen abzustrahlen schien. Von hinten rieb sich auch Colt an ihr und fuhr mit der Härte seines Riemens zwischen dem Tal ihrer Pobacken auf und ab. Sie glaubte schon, jeden Moment zu kommen, als Jake plötzlich die Strategie änderte.

Er trat einen Schritt zurück und senkte seinen lüsternen Blick erneut auf ihre Oberweite. Dann zog er mit zwei Fingern langsam eine Linie über ihr Brustbein, bis er bei dem schweren Fleisch ihrer Titten angelangt war, die Colt immer noch umfasst hielt. »Da würde ich gerne meinen Schwanz dazwischenschieben«, erklärte er mit rauer, abgehackter Stimme.

Die Aussicht darauf entlockte ihr ein obszönes Stöhnen. »O ja, bitte.«

»Aber vorher will ich noch ein bisschen an diesen herrlichen Titten saugen.« Mit diesen Worten schob er die beiden dünnen BH-Träger nach unten, sodass ihre Brüste aus den Körbchen hüpften. Beide Männer stöhnten auf. »Verdammt, sind die geil«, hörte sie Colt von hinten murmeln.

Als Jake ihre Möpse mit starken Händen umfasste, schoss ein erneuter Strom von Lustsaft durch ihr Fötzchen. Und als seine Daumen schließlich über die harten, spitzen Nippel strichen, stöhnte sie leise auf. Und dann – o ja – kniff er mit Daumen und Zeigefinger ganz leicht hinein. Sie wurde immer feuchter.

Schließlich setzte er seine Ankündigung endlich in die Tat um. Er beugte sich vor, stülpte die Lippen über eine der geschwollenen, pinkfarbenen Knospen und saugte sie tief in seinen Mund. »O ja!«, keuchte sie, während die schiere Geilheit durch ihren ganzen Körper jagte.

Mittlerweile konnte sie sich kaum noch auf den Beinen halten. Colt schien das gespürt zu haben, denn er legte einen Arm um ihren Oberkörper und hielt sie so wie ein Anker fest, während Jake weiter ihre harten Nippel bespielte. Erst den einen, dann den anderen – immer abwechselnd. Hier und da setzte er nur seine Zunge ein, aber vor allem saugte er hart und fest daran, während Colt mit seiner freien Hand erst über ihre Hüften strich, sie dann unter ihr Kleid und schließlich ihre nackten Oberschenkel hinaufwandern ließ.

Sie hörte sich selbst keuchen – ganz weggetreten durch die Wonne, die gleich zwei Männer und gleich zwei paar Hände ihr bereiteten. Schon bald würde sie auch zwei Schwänze für sich haben. Diese Vorstellung sorgte dafür, dass sie die Augen schloss und einen langen, tiefen Seufzer von sich gab. Aber für den Moment waren Colts Hände und Jakes geschickter Mund völlig ausreichend – und offensichtlich auch alles, womit sie gerade fertigwerden konnte. Ganz besonders als Colts Finger schließlich von hinten in ihr Höschen und dann auch in ihre klitschnasse Spalte drangen. »Aaah«, keuchte sie. Und als er gleich zwei Finger in ihre Muschi schob, wurde aus dem Keuchen ein lautes Stöhnen. »Mmm … o!« Der texanische Leibwächter verschwendete keine Zeit. Sein Mund fuhr knabbernd über ihre Schulter hin zu ihrem Hals. »Du bist so verdammt feucht, Darlin'«, raunte er in ihr Ohr. »Meine Finger sind schon ganz nass.«

»Ihr … macht mich eben beide … so scharf«, gelang es ihr gerade noch, atemlos zu hauchen.

Sie griff mit zittrigen Händen nach der Kleidung ihrer beiden Eroberungen. Die eine Hand versuchte, Jakes Jeans über seine Hüften zu streifen und die andere am Stoff von Colts Sweaterjacke zu ziehen.

»Ganz ruhig, Darlin', ganz ruhig«, besänftigte Colt sie mit tiefer Stimme. »Das kommt schon noch.«

Ihre Erwiderung bestand aus abgehackten Worten, die eigentlich nicht so recht zu dem passten, was er gerade gesagt hatte. »Ich … kann mich … kaum noch … auf den Beinen halten.«

Jake biss sanft in einen ihrer Nippel. »Dann sollten wir dich wohl besser hinsetzen«, murmelte er, den Mund gegen ihr Fleisch gepresst. Er hob sie ohne jede Mühe hoch. Da ein kleiner Polstersessel dichter bei ihnen stand als das riesige Bett, setzte er sie dort ab und beugte sich dann sofort zu ihr hinab, um sie zu küssen und erneut eine ihrer Brüste zu liebkosen. Er wirkte so gierig, als könnte er sich gar nicht mehr beherrschen. Und dieses offensichtliche Verlangen gab ihr das Gefühl, die begehrenswerteste Frau auf der Welt zu sein.

Und als Colt schließlich ihre Beine spreizte und sie das ohne jeden Widerstand zuließ, kam sie sich zusätzlich noch wie die unanständigste Frau der Welt vor. Immer noch ganz auf die Küsse von Jake konzentriert, machte sie sich nicht mal die Mühe, nach unten zu sehen, als Colt sich zwischen ihre Beine kniete. Sie rutschte einfach ein Stückchen nach unten und schlang die Beine um ihn.

Mit der einen Hand berührte sie Jake, mit der anderen Colt. Der hatte mittlerweile seine Jacke und das Hemd ausgezogen, sodass sie mit den Fingerspitzen nun das erste Mal auch die nackte Haut seiner Schultern und seiner Arme spüren konnte. Und dann bemerkte sie, wie Colt ihr Kleid nach oben schob, um das knappe, spitzenbesetzte Höschen freizulegen, das im selben Roséton gehalten war wie der BH, den sie immer noch trug.

Als Colt erneut ein tiefes Knurren von sich gab, wusste sie, dass ihm gefiel, was er da sah. »Jake, Kumpel, sieh dir nur mal das sexy Höschen an, das unsere kleine Miss Desiree hier trägt«, bestätigte er ihre Vermutungen.

Jake unterbrach seine Küsse kurz und warf einen Blick nach unten. Sie tat es ihm gleich – genau im richtigen Moment, um zu sehen und zu spüren, wie Colt mit seinem Daumen über ihren Schamhügel strich. Jake seufzte hörbar auf. Ob nun wegen des Höschens oder wegen des Anblicks, wie sein Freund sie berührte, wusste sie nicht.

»Da ist man ja fast versucht, es anzulassen«, sagte Colt. »Aber auf der anderen Seite …« Er grinste sie frech an.

»Wirklich scharf«, stimmte Jake zu. »Aber ich wette, die heiße, kleine Muschi darunter ist sogar noch schärfer.«

»Jede Wette«, raunte Colt und wies sie dann an, den Po zu heben, damit er ihr den Slip ausziehen konnte.

Sie tat wie ihr geheißen und sah zusammen mit ihren Gespielen zu, wie Colt die Spitze langsam über ihre Schenkel, die Knie und schließlich über ihre Schuhe schob. »Wow«, stöhnte Jake auf. Es gefiel ihm eindeutig, dass sie rasiert war und dass nur noch ein schmaler Streifen blassbrauner Schamhaare über ihrem Schlitz zu sehen war.

Colts Augen ruhten mit schweren Lidern auf ihrer Muschi, während er ihre Beine erneut spreizte, um einen besseren Blick auf ihre Schamlippen zu haben. Nachdem sie sich endlich auch des BHs entledigt hatte, betrachteten die beiden Männer sie einfach nur. Ihr Kleid war immer noch über die Hüften geschoben, und ansonsten trug sie nichts weiter mehr als ihre Fick-mich-Schuhe. Die junge Frau kam sich ein bisschen wie ein Playmate vor. Der Gedanke gefiel ihr. Sie mochte es, für die beiden Kerle das schmutzige, kleine Fickpüppchen zu sein. Schließlich war sie genau aus diesem Grund hier. Es war nichts

Schlimmes daran, das Sexobjekt für einen Mann zu sein – wenn man es denn selbst *wollte*, sich wohl dabei fühlte und zum Schluss alle glücklich waren.

»Verdammt, ich möchte dich so gerne ficken«, raunte Colt. »Aber vorher werde ich dieses heiße rote Fötzchen lecken, bis es dir kommt.« Seine Worte brachten ihre Muschi zum Zucken, und sie spreizte die Beine noch ein bisschen weiter.

Sie biss sich auf die Lippen und konnte es kaum erwarten, seine Zunge zwischen ihren Beinen zu spüren. Als es schließlich so weit war, drang ein tiefes Stöhnen aus ihrer Kehle. Das Gefühl, das seine Zunge auslöste, vibrierte durch ihren ganzen Körper. »O ja! Ja!«, keuchte sie. Die Bartstoppeln an seinem Kinn kratzten ein wenig, aber sie war so erregt, dass das ihre Lust nur noch zusätzlich erhöhte. Sie umfasste ihre Brüste, schloss die Augen und presste ihren Schritt gegen Colts Gesicht.

»Warte, Süße, ich helfe dir dabei«, sagte Jake. Er stand neben dem Sessel, legte seine Hände unter die ihren und nahm ihr das Massieren ihrer Brüste ab.

Ihre jetzt freien Hände wanderten instinktiv zu seiner offenen Jeans. Schließlich befand sich die Schwanzbeule, nach der sie sich so gesehnt hatte, jetzt direkt neben ihrem Gesicht. »Ich will deinen Schwanz!«

Er gab ein tiefes Stöhnen von sich, drückte und knetete aber weiter die weiche, empfindliche Haut ihrer Brüste. Sie setzte währenddessen beide Hände ein, um seine Jeans über die Hüften zu ziehen und dann in seinen Slip zu greifen. Und mmmh, seine Erektion war herrlich groß, lang und hart. Sie sprang ihr wie ein wildes Tier entgegen, das man gerade aus seinem Käfig befreit hatte. Sie legte die Faust mit sanftem Griff um seinen Riemen und liebkoste ihn.

»Mann, ist das gut«, murmelte er.

Und weiter unten bewegte sie ihren Unterleib noch immer im Rhythmus zu Colts Zungenschlägen. Ihre Geilheit wurde mit jedem Lecken größer, und sie wurde immer hemmungsloser.

»Steck ihn mir in den Mund«, bettelte sie um Jakes Schwanz und sah dabei zu ihm auf.

Er stöhnte auf, musste sich aber aufrichten und von ihren Brüsten ablassen, um ihrem Wunsch nachzukommen. Seine Bewegung sorgte dafür, dass sie den großen Schaft zum ersten Mal richtig betrachten konnte. Kerzengerade, dick und geschwollen. Er war hart und groß. Genau richtig also. Instinktiv hielt sie ihn wie eine Eistüte in der Hand und leckte über die Spitze, um zunächst den Vorsaft abzuschlecken, der sich dort gesammelt hatte. »Geil«, flüsterte sie. Ihre Augen schlossen sich vor Verzückung wie von selbst, und der Geschmack auf ihrer Zunge ließ ihre Möse noch mehr anschwellen.

Als Colt gleichzeitig seine Zungenschläge verstärkte und schließlich erneut zwei Finger in ihrer Spalte versenkte, wandte sie ihre Aufmerksamkeit für einen kurzen Moment von dem herrlichen Geschlecht in ihrer Hand ab. »Das ist so schön! Fick mich mit deinen Fingern!«, feuerte sie Colt an.

Er kam ihrem Wunsch sofort nach und schob seine Finger rein und raus. Seine Zunge nahm sich jetzt ganz ihrem Kitzler an, der bereits aus ihren Schamfalten hervorlugte.

»Ja, Baby!«, schnurrte sie.« Leck meine heiße, kleine Muschi! Leck sie richtig schön durch!«

Nach ein bisschen verbalem Schmutz konzentrierte sie sich wieder auf das Prachtstück in ihrer Faust. Erneut fuhr sie mit der Zunge über die Spitze, bevor sie schließlich über die gesamte geschwollene Eichel leckte. Jakes Atem ging schwer und ihr fiel auf, dass er seine Fäuste ballte. »Saug ihn schön hart für mich!«, forderte er sie mit abgehackter Stimme auf.

Ihr Gesicht war ganz heiß, als sie ihren Mund vollständig über seine Männlichkeit stülpte und ihn so tief in den Hals nahm, wie sie nur konnte. Und als sie richtig zu blasen anfing, hörte sie Jake über sich stöhnen und irgendwelche kleinen, schmutzigen Flüche herauspressen.

Mmmh, sie konnte sich nicht erinnern, es jemals so genossen zu haben, einem Mann den Schwanz zu lutschen – und das von Anfang an. *Vielleicht hat es ja auch etwas damit zu tun, dass dir gleichzeitig der Kitzler geleckt wird.* Mann, so ein Dreier mit zwei Männern hatte wirklich seine Vorteile.

Und weiter unten *lutschte* Colt ihren Kitzler. Das Zucken zwischen ihren Beinen wurde immer wilder und breitete sich immer weiter aus. Mit immer größer werdender Hingabe fickte sie seinen Mund und kümmerte sich weiter voller Gier um Jakes perfekten Schwanz. Immer wenn Colts Saugen fester wurde, saugte auch *sie* fester an Jakes Schwanz. Als ihr Blick nach oben wanderte, um in seine Augen zu schauen, stellte sie voller Genuss fest, dass er sie ganz genau betrachtete. Der Gedanke daran, wie herrlich obszön der Anblick sein musste, der sich ihm bot, sorgte dafür, dass sie seinen Schwanz noch tiefer in den Mund nahm. Nach einem kurzen Moment stellte sie ihr Blasen ein und ließ ihn einfach nur den Druck ihres Mundes spüren, der von der Spitze bis zu seiner Schwanzwurzel reichte. Er stöhnte laut auf, als er sie dabei beobachtete und ihre Blicke sich schließlich trafen. *Sieh nur, wie gierig ich nach deinem Schwanz bin. Sieh nur, wie schmutzig ich für dich bin.*

Doch irgendwann überschritt die junge Frau eine gewisse Grenze, die ihr verriet, dass es ihr bald kommen würde, und das innerhalb der nächsten heißen Sekunden. Ihre Lippen glitten immer wilder auf Jakes steifem Riemen auf und ab, und sie wimmerte mit vollem Mund, während sie ihr Fötzchen immer fester gegen Colts Lippen presste. Dann war es so weit. Sie konnte nicht mehr anders, als Jakes harten Schwanz aus ihrem Mund zu entlassen, und die Lüsternheit, die in gigantischen Wellen durch ihren Körper schwappte, laut herauszuschreien. »O … O Gott! O ja, ich komme! Ja, ja, ja!«

Als ihr Höhepunkt schließlich abebbte und sie einfach nur noch still dalag, ließ Colt auch von ihrer Möse ab. »Hey Darlin, du schmeckst echt gut«, erklärte er verschmitzt grinsend und mit saftglänzendem Mund.

Zu schwach, um irgendetwas zu erwidern, stöhnte sie einfach nur befriedigt auf und ließ den Kopf auf den Sessel fallen. Jake sah ihr in die Augen – sie hielt noch immer seinen Schwanz in der Hand. Nachdem sie sich langsam über die Oberlippe geleckt hatte, stellte sie voller Freude fest, dass er ebenso gebannt und verzückt von der Nummer zu sein schien wie sie.

Als ihr Blick wieder zu Colt wanderte, sah sie, wie er aus seiner Hose stieg, sich umdrehte und splitternackt in seiner Brieftasche herumwühlte, bis er schließlich einen Streifen Kondome zutage förderte. Da sie vor ihren Ausflügen nie wusste, ob sie nicht an einen unvorbereiteten Mann geriet, hatte sie zwar auch immer ein paar davon in der Handtasche, wusste es aber umso mehr zu schätzen, wenn ihre jeweiligen Partner sich um derlei Dinge kümmerten.

»Wieso übernimmst du das nicht, Darlin'?«, schlug Colt vor und hielt ihr die geöffnete Kondompackung hin.

Sie lächelte, entließ Jakes Schwanz aus ihrer Hand und nahm seinem Freund das Kondom ab. Colt trat dicht vor den Stuhl zwischen ihre noch immer gespreizten Beine, sodass seine Erektion sich direkt vor ihren Augen befand. Sein Schwanz war etwas blasser als der von Jake, hatte eine leichte Krümmung und es waren mehr Adern zu sehen. Also durchaus anders als das Geschlecht seines Freundes, aber doch ebenso hart und geil und männlich. Die Nahansicht rief ihr in Erinnerung, wie übermächtig und kraftvoll ein erigierter Phallus doch wirken konnte – aber auf eine Weise, nach der sie sich geradezu verzehrte und die sie unbedingt spüren wollte.

Nachdem sie beide Hände um Colts leicht gebogenen Schwanz gelegt hatte, betrachtete sie zunächst die Eichel, die Länge und die Krümmung des Organs. Dann fuhr sie sich mit der Zunge über die Oberlippe und sah in Colts lusttrübe Augen. Nachdem sie die dünne Vorhaut geschickt über die harte Fleischstange gerollt hatte, sagte sie nur: »Fick mich!«

Seine Erwiderung bestand aus einem leisen Stöhnen, bis er wieder vor ihr in die Knie ging. Die Sitzfläche des Sessels war nicht sehr hoch, sodass sein Schwanz genau auf dem richtigen Level war. Sie machte die Beine noch breiter und legte die Kniekehlen auf den Armlehnen ab. Sie wollte sich unbedingt erneut zur Schau stellen, wollte unbedingt wieder das Fickpüppchen sein.

Über ihr war ein aufgegeiltes Keuchen von Jake zu hören.

Sie spürte, dass er die Szenerie genauso aufmerksam beobachtete wie sie selbst, während Colt sich in Position brachte und langsam in ihre Mitte drang. Das köstliche Gefühl des Ausgefülltseins entlockte ihr ein tiefes Stöhnen. Sie schloss die Augen und begann, ihre Brüste zu kneten. »O ja«, schnurrte sie.

»Verdammt, bist du eng«, murmelte er durch zusammengebissene Zähne. Er klang überrascht, aber das konnte man ihm kaum verübeln. Wahrscheinlich dachte er, dass sie so etwas jedes Wochenende tat.

Sie sah ihm in die Augen und ergötzte sich an dem Gefühl, wie er seinen Schwanz in langsamen und gleichmäßigen Stößen bewegte, die sie bis ins Mark erschütterten. »Mmmh, ja, ja«, stöhnte sie.

Gleichzeitig aber wollte sie mehr. Schließlich konnte sie dieses unerwartete Geschenk nicht einfach so vergeuden. Also griff sie erneut nach Jakes Schwanz, drückte ihn sanft mit der Faust und führte ihn dann wieder zu ihren Lippen.

»Ah … ah, geil«, keuchte er voll gequälter Lust, als sie den Mund wieder um seinen Riemen schloss. Stichwort übermächtig und kraftvoll. Einem Mann derartiges Vergnügen zu bereiten, während ein zweiter Mann sie verwöhnte – all das sorgte dafür, dass sie eine Kontrolle über ihren Körper spürte, die sie so noch nie wahrgenommen hatte. Noch nie hatte sie sich sexuell so erfüllt gefühlt. Und sie wusste, dass ihr das auf *normale* Weise auch niemals gelingen würde. Ein Mann? Eine Beziehung? Das war nichts für sie. Und auch wenn diese Erkenntnis ihr Dinge verwehrte, die das alltägliche Leben einer Frau sicher bereicherten, so übertraf das hier … es übertraf einfach ihre wildesten Träume von Lust.

Schon bald fickte Colt sie so hart und mit fast druckbolzenartigen Stößen, dass sie um Jakes Schwanz herum laut aufschreien musste – während sie ihn im selben gierigen und heißen Rhythmus blies, wie Colt ihre Möse bearbeitete. Ihr Körper fühlte sich an wie eine Steckdose. Eine Steckdose für Schwänze – so viele Schwänze, wie sie nur kriegen konnte.

Als Jake ihr seinen Prügel schließlich entzog und fast gezwungen erklärte: »Hör auf, bevor es mir kommt!«, gierte sie sofort danach, ihn wieder zwischen ihren Lippen zu spüren. Ihr Mund fühlte sich ganz leer an und obwohl Colts Stöße ihr ein aufgegeiltes Wimmern entlockten, biss sie gleichzeitig frustriert die Zähne zusammen.

Doch es dauerte nicht lange, bis Jake sich neben sie kniete, um ihre Brüste in die Hände zu nehmen – diesmal eher fester als zärtlich – und sich erneut wild und gierig über ihre Lippen herzumachen. Und, mmmh, es war so gut, ihn wieder mit dem Mund zu spüren. Ganz egal auf welche Weise. Es war überhaupt gut, dass dieser Teil ihres Körpers wieder stimuliert wurde. Als er seine Zunge in ihren Mund schob, schloss sie instinktiv die Lippen und saugte daran – fast so, als wäre sie ein Ersatz für seinen herrlichen Schwanz. Sie spürte eine verzweifelte Geilheit nach diesem Gefühl in sich. Während Colt weiter in ihr nur allzu bereites Fötzchen stieß, hielt sie Jakes Zunge mit dem Mund fest und verlor sich mit geschlossenen Augen einen langen, berauschenden Moment in der herrlichen Geilheit ihres eigenen Körpers.

Als sie die Lider wieder öffnete, sah sie direkt in Jakes Augen. Und wenn man in Betracht zog, dass ein anderer Mann sie gerade fickte, wurde das Ganze mit einem Mal und ohne Vorwarnung zu einem fast schockierend *intimen* Moment.

Du siehst hier gerade alles von mir. Alles, was meine Sexualität ausmacht. Das Beste von mir. Das Schlimmste von mir.

Und sie stellte sich für einen kurzen Moment die Frage, wie er sie gerade wirklich sah. Glaubte er, dass er das Beste einer Frau sah? Oder das Schlimmste? Konnte ein Mann wie er das hier wirklich zu schätzen wissen? Die dunklen Instinkte ihres Seins? Oder dachte er tief in seinem Inneren doch, dass er jetzt einen schlechten Menschen vor sich hatte?

Hör auf damit! Das spielt keine Rolle! Es geht hier um dich! *Um das, was* du *willst. Um das, was* du *brauchst.*

Und *was* brauchte sie in diesem Moment? Keine schwere Frage.

»Ich brauche deinen Schwanz so dringend!«, keuchte sie. »Ich will, dass du mich in den Mund fickst!«

Ihre Gesichter waren sich noch immer sehr nah. Er schloss die Augen, atmete tief ein und sah so ungeduldig aus, wie sie sich fühlte.

Aber dann biss er sich auf die Zähne. »Wann darf ich denn

endlich in deine geile Möse? Wann darf ich dich bis zur Besinnungslosigkeit ficken?«

Auch sie atmete jetzt schwer. »Keine Sorge. Meine Muschi macht nicht einfach plötzlich dicht.« Sie legte eine Handfläche auf seine warme, starke Brust und erklärte ihm genau, was sie dachte. »Aber dein Schwanz ist einfach so perfekt. Er fühlt sich so gut in meinem Mund an. Du musst mich einfach noch ein bisschen länger daran saugen lassen.«

»Mist!«, murmelte er. »Wenn du es so ausdrückst …« Er stand wieder auf und betrachtete sie von oben herab – den Schwanz direkt vor ihrem Gesicht auf Habachtstellung. »Klar kannst du meinen Schwanz lutschen, Süße. Du kannst ihn sogar die ganze Nacht lang blasen, wenn du willst.«

»Und ob ich das will«, versprach sie ihm.

Und wieder wurde sie scheinbar bis zum Anschlag von zwei unglaublich harten Riemen verwöhnt, die beide in sie hineinstießen und ihr das Gefühl gaben, mit köstlicher, zügelloser und schmutziger Wollust gestopft zu werden. Nur so, nur als Desiree konnte es sich so gut und richtig anfühlen, ihren Körper von zwei Männern benutzen zu lassen. So gut und so richtig, eine Nacht lang jeden anderen Teil ihres Wesens hinter sich zu lassen, sich rein animalischen Instinkten hinzugeben und völlig darin aufzugehen.

Irgendwann packte Colt sie bei den Oberschenkeln, und seine Stöße wurden tiefer und länger, bis er plötzlich ganz innehielt und erschöpft den Kopf in den Nacken warf. Dann entzog er sich und lehnte sich auf den Knien sitzend zurück.

Sie zog Jakes Riemen aus ihrem Mund, um ihrem anderen Liebhaber einen anerkennenden Blick zuzuwerfen. Und das, obwohl ihr Fötzchen sich durchaus erst mal daran gewöhnen musste, nichts mehr in sich zu haben. »Das war großartig, Baby«, lobte sie Colt.

Er schenkte ihr ein typisches freches Grinsen und zog eine Augenbraue hoch. »Es gibt noch viel mehr, wo das herkam, Darlin'. Ich muss nur mal kurz 'ne Pause einlegen, damit ich nicht explodiere.«

»Ich verlass' mich drauf«, erwiderte sie forsch und anzüglich. Und dann schaute sie zu ihrem blauäugigen Fremden auf. Sie hatte sich nicht gerührt, sondern saß immer noch mit unelegant gespreizten Beinen und zur Schau gestelltem Geschlecht in dem Sessel. Den Blick fest auf den seinen gerichtet, griff sie nach unten, strich mit dem Mittelfinger durch ihre Spalte und hielt dann genau diesen Finger vor Jakes Lippen. Er öffnete den Mund, nahm ihn auf, schmeckte sie und stöhnte auf.

»Du wolltest doch in meine Möse«, sagte sie. »Sie gehört jetzt ganz dir.«

Kapitel 3

Jake sagte kein Wort, sondern starrte ihr einfach nur in die Augen, während er sich vor sie stellte und dann auf die Knie ging. Seine Jeans und der Slip hingen noch immer auf den Oberschenkeln. Sein Blick fiel auf ihre Spalte, die vor Erregung noch immer so weit offen stand, dass man die roséfarbenen Fältchen in ihrem Inneren erkennen konnte. Dann tat er genau das, was *sie* getan hatte – er strich mit einem Finger sachte über ihre Mitte und brachte ihren Körper zum Beben. Nach derartiger Action hatte sie nicht damit gerechnet, dass eine solche sanfte Berührung noch eine solch starke Reaktion hervorrufen könnte. Aber vielleicht war es auch der Ausdruck in seinen Augen, der sie zum Zittern brachte. Denn irgendetwas hatte sich verändert.

Wie immer, wenn sie mit jemandem fickte, hatte sie auch heute Abend die Kontrolle übernommen und so gut wie bei allem das Sagen gehabt. Colt war in seinem Übermut durchaus drängender als Jake gewesen, sodass dieser voller Geduld das genommen hatte, was ihm angeboten wurde. Sie wusste zwar, dass er es genossen hatte, spürte aber gleichzeitig, dass er es leid war, so geduldig zu sein. Dass er es leid war, den anderen bei dieser Ménage à trois die Entscheidung zu überlassen, wie das Ganze zu laufen hatte. Er sah auf einmal weitaus fordernder aus, als sie es von ihm erwartet hätte. Und das erregte sie auch mehr, als sie vorher vermuten konnte.

Und doch – wenn sie jetzt nicht aufpasste, war es durchaus

möglich, dass sie die Kontrolle über die Situation verlor. Natürlich war das alles nur Kopfspielerei. Vielleicht war es gar nicht so wichtig. Vielleicht ließ sie ihrem Bedürfnis nach Kontrolle bei ihren erotischen Rendezvous einfach zu großen Raum. Vielleicht sollte sie einfach Jake die Kontrolle überlassen und sehen, was er damit anstellte.

Aber alte Instinkte ließen sich nicht so einfach abschütteln, und sie wusste sofort, dass sie ihm die völlige Oberhand gar nicht überlassen *konnte.* Schließlich war es genau dieses Gefühl von Kontrolle, das ihr diese Art von Begegnungen überhaupt erst ermöglichte. Nur mit diesem Gefühl konnte sie sich so ungehemmt und wild einer solchen Nummer hingeben.

Jake setzte seine Hände und die Finger ein, um ihren Körper zu erkunden. Mal berührte er ganz leicht das zarte, blasse Fleisch, das ihr Fötzchen umgab, dann strich er mit den Fingern wieder durch ihre Feuchte. Während er ihre Möse erforschte, blieben seine Augen zwar direkt auf ihr Geschlecht gerichtet, doch es gab auch lange, intensive Momente, in denen sein Blick zu ihrem Gesicht wanderte. Jedes Zucken, jedes Beben ihrer Züge bemerkte er und konnte so deutlich erkennen, wie seine kleinen, forschenden Berührungen sie erregten.

Als schließlich zwei seiner Finger in sie eindrangen, stöhnte sie laut auf. Zwar waren die Eindringlinge im Vergleich zu Colts Schwanz natürlich nur klein, aber wie alles, was Jake gerade mit ihr anstellte, spürte sie auch diese Zuwendungen mehr, als sie eigentlich begreifen konnte. Er sah sich selbst dabei zu, wie er sie auf diese Weise fickte. Wieder und wieder glitten seine Finger gleichmäßig, schnell und mit der Handfläche nach oben gerichtet in ihre Spalte. Irgendwann zog er sie heraus, warf ihr einen weiteren kühnen Blick zu und führte seine Finger dann zum Mund, um sie abzulecken. Sie spürte ein Beben in der Brust.

»Fick mich«, forderte sie ihn mit kraftvoller Stimme auf. Irgendetwas in ihrem Inneren fing an, sich ein wenig … schwach und fast dominiert zu fühlen. Allein von seiner Sanftheit. Aber sie wollte jetzt keine Sanftheit. Sie wollte es hart. Doch plötzlich hatte *er* das Sagen.

»Erst wenn ich bereit bin«, erwiderte er – nicht barsch, aber doch voller Selbstbewusstsein. Und dann … o Gott, dann steckte er seine Finger erneut in ihre Mitte und beugte sich vor, um ihre Möse so leidenschaftlich zu küssen, wie er sie zuvor auf den Mund geküsst hatte.

Aus ihrer Kehle drangen abgehackte Schreie der Verzückung, und sie umfasste ihre Brüste, um sich an irgendetwas festhalten zu können. »Ja, o ja«, hörte sie sich selbst murmeln. Und während er immer noch ihre Möse küsste, presste er seine freie Hand direkt über dem kleinen Schamhaarstreifen mit Nachdruck flach auf ihren Bauch. In ihrem Inneren strichen seine Finger über die vordere Innenwand ihrer Muschi und … o Mann, fühlte sich das gut an. Geradezu irrsinnig gut. Besonders da er mit offenem Mund wieder und wieder feuchte Küsse rund um ihren Kitzler setzte.

Sie atmete zischend ein und verstärkte den Druck auf ihre Brüste. Ihr Mund bebte – bis sie sich auf die Unterlippe biss, um dem Zittern endlich Einhalt zu gebieten. Der Kopf fiel mit einem Stöhnen nach hinten, und sie presste sich unwillkürlich mit kreisenden Hüften gegen seine Finger und seinen Mund. Die Ekstase, die sie empfand, war so seltsam, so intensiv wie etwas ganz Neues, was sie bisher nicht kannte. Der Akt war nicht … orgastisch. Nein, das Gefühl ging irgendwie tiefer, sodass ihr ganzer Körper davon pulsierte.

Und dann hielt er inne. Zog Mund und Finger zurück und griff nach den Kondomen, die Colt auf den Tisch neben dem Sessel geworfen hatte.

»Was, was war das denn?«, fragte sie, als er sich mit entschlossenen Bewegungen den Pariser überzog.

Der Blick, den er ihr auf die Frage hin zuwarf, war so arrogant, er hätte auch von Colt stammen können. »Vorspiel«, sagte er schlicht – und rammte seinen Schwanz dann tief in ihre Mitte.

Sie gab einen spitzen Schrei von sich und ließ einen kurzen Moment der Gewöhnung verstreichen. »O ja, du fühlst dich so gut an«, keuchte sie schließlich.

Er saß auf den Knien vor ihr und krallte seine Finger in die Innenseite ihrer Oberschenkel. »Colt hat recht, du bist wirklich verdammt eng!«, erklärte er zischend.

Sie leckte sich mit der Zunge über die Oberlippe. »Stopf mich! Fick mich richtig schön tief!«, forderte sie ihn auf.

Und genau das tat er. Er rammte seinen steinharten Schwanz kraftvoll in sie hinein. Wieder und wieder. Und jeder harte Stoß ließ sie aufschluchzen. »Ja!«, rief sie mit abgehackter Stimme. »Ja!«

War es nun so viel anders als die Nummer mit Colt? Vielleicht. Sie war langsamer – andererseits aber auch härter. Sie spürte immer noch, wie leid er es gewesen war, bisher eher Zuschauer gewesen zu sein und dass er jetzt unbedingt selbst mitmischen wollte. Allerdings konnte man einen Mann, dem sie so lange den Schwanz gelutscht hatte, bis ihr Mund wehtat, eigentlich auch nicht unbedingt als bloßen Zuschauer bezeichnen.

Sie genoss jeden harten Stoß von ihm mit einer versauten Freude, die wie ein reißender Strom von ihrem Körper Besitz ergriff. Und für ein paar Minuten vergaß sie sogar, dass ihr Gefühl von Kontrolle eben noch für einen Moment bedroht gewesen schien. Sie spürte jeden seiner satten Stöße bis in die Finger- und Zehenspitzen. Als sie in seine fordernden Augen sah, dachte sie kurz an ihre erste Begegnung in der Bar. Wie sie sich vor noch gar nicht langer Zeit gegrüßt und freundlich angelächelt hatten. Und natürlich wie schnell sie seit diesem ersten Zusammentreffen hier gelandet waren. *Dort* war es schon ganz nett gewesen. *Hier* war es besser. *Hier* bekam sie das, weshalb sie hergekommen war, was sie für ein paar Monate befriedigen würde, bis sie das Bedürfnis spürte, es wieder zu tun.

Als Jake plötzlich innehielt und sich aus ihr zurückzog, fiel ihr wieder ein, wie wichtig ihr immer die Kontrolle gewesen war. Und sie wurde aktiv. Nicht nur, weil sie wieder die Oberhand haben wollte, sondern auch, weil sie ganz heiß darauf war, ihm noch mal den Schwanz zu lutschen. Sie musste ihn einfach in sich spüren – auf die eine oder andere Art und Weise.

Sie setzte sich aufrecht hin, packte ihn – als er sich gerade selbst erheben wollte – bei den muskulösen Armen und stieß ihn mit aller Kraft auf das Bett. Viel Mühe kostete es nicht, denn sie hatte ihn unvorbereitet erwischt. Als er auf der Bettkante landete, ging sie sofort auf die Knie, packte seinen Schwanz, zog den Gummi ab und machte sich voller Eifer über seinen herrlichen Riemen her.

Er gab ein tiefes Raunen der Lust von sich und rührte sich dann nicht mehr.

Als sie zu seinem attraktiven Gesicht hinaufsah, bemerkte sie in seinen Zügen den Wunsch, die Oberhand zu behalten. Aber für den Moment hatte sie die Kontrolle. Sie hatte ihn bezwungen und hatte ihn dort, wo sie ihn haben wollte – obwohl sie vor ihm kniete.

Aus den Augenwinkeln warf sie einen kurzen Blick auf Colt. Er hatte in den letzten Minuten ein wenig im Abseits gestanden und die beiden einfach nur beobachtet. Aber jetzt kam er wieder näher und fing an, schmutziges Zeug zu reden. Er befahl ihr, den Schwanz richtig gut zu lecken, und sagte ihr, was für ein verdorbenes Luder sie doch sei. Ihre Möse schwoll bei seinen Worten noch mehr an, denn sie entsprachen der Wahrheit. Sie war einfach schamlos.

Bevor die junge Frau es sich versah, kniete Colt sich auch schon hinter sie. Ihr Kleid, das die ganze Zeit um die Taille herum zusammengeschlungen gewesen war, hing jetzt ein wenig über ihre Schenkel, aber Colt ließ seine Hände daruntergleiten und packte sie bei den nackten Hüften. Sein Schwanz stieß gegen ihren Po, als er versuchte, die richtige Stellung einzunehmen, und dann – o Mann! – versenkte er seinen Riemen mit einem tiefen Brummen in ihrer Spalte und füllte sie ganz aus. Sie schrie auf und genoss erneut das unübertreffliche Gefühl, zwei Schwänze gleichzeitig in sich zu spüren. Würde sich ein einzelner Schwanz jemals wieder gut anfühlen können?

Es dauerte nicht lange, bis die drei zu einem regelmäßigen Rhythmus gefunden hatten. Ihre Lippen taten schon weh, aber sie wollte auf keinen Fall aufhören. Sie wollte am liebsten nie wieder aufhören. Während ihr Mund wieder und wieder Jakes Schwanz bearbeitete, wanderte ihr Blick zu seinem Gesicht. Sie fand, er sah … geradezu erstaunt aus. Erstaunt über das Vergnügen, das sie ihm bereitete? Erstaunt über ihre Aggressivität? Sie hatte keine Ahnung, aber der Ausdruck auf seinem Gesicht gefiel ihr.

In diesem Moment nahm er ihr Gesicht in beide Hände und ließ seine Finger durch ihr Haar gleiten. »Mein Gott, du bist unglaublich, Baby«, erklärte er mit tiefer Stimme. »Verdammt, du bläst so gut!«

Wieso beeindruckte sie das nur so? Schließlich wusste sie, dass sie gut war. Wieso ließen der Ausdruck in seinen Augen und das Erstaunen in seiner Stimme sie innerlich so schwach werden, sodass sie alles noch intensiver empfand? Nicht nur in ihrem Körper – wo sie es ja spüren *wollte* – sondern … in ihrem Herzen, dem Teil ihrer selbst, der hier eigentlich keine Rolle spielen sollte. *Überhaupt* keine Rolle spielen sollte, um genau zu sein.

Als sie schließlich wirklich das Bedürfnis verspürte, ihrem Mund eine kleine Pause zu gönnen, tat sie das, was er beim Betreten des Zimmers bereits erwähnt hatte: Sie beugte sich vor und presste ihre Titten gegen seinen harten Riemen. Und, mmmh, sie hatte ganz vergessen, wie sehr ihr diese Variante gefiel. Sie war sich nicht sicher, was besser war – seinen Schwanz zwischen ihren Titten zu spüren oder in ihrem Mund. Egal. Es war eine weitere Art, ihn zu ficken. Eine weitere Art, ihren Körper einzusetzen, um ihm und auch sich selbst Lust zu bereiten. Und irgendetwas von der abrupten Rohheit ihres Stellungswechsels ließ auch die Schwäche verschwinden, die sie eben kurz empfunden hatte. Gut!

»Deine Titten sind einfach fantastisch«, raunte er und ließ seine Hände von ihrem Haar hin zu den Seiten ihrer Brüste gleiten, um sie noch fester gegen seinen Prügel zu pressen. Ja, *ja!*

»Und dein Schwanz fühlt sich so gut und hart dazwischen an«, schnurrte sie.

Hinter ihr setzte Colt seine Fickstöße unterdessen fort – der Mann hatte wirklich ein unglaubliches Stehvermögen – und der Dreier schien eine lange Zeit wie von selbst weiterzugehen. *Nein*, dachte sie, *nichts würde sich jemals wieder so gut anfühlen.* Es war unmöglich, dass ein einzelner Mann sie jemals wieder derart in Ekstase versetzen könnte. Und dieser Gedanke sorgte dafür, dass sie die aktuelle Konstellation *noch* intensiver empfinden wollte. »O ja, fick mich!«, rief sie Colt über die Schulter hinweg zu.

Seine Reaktion bestand lediglich aus einem Grunzen, aber das war ihr egal. Hauptsache, er stieß weiter zu und sie konnte jedes Quäntchen dieses herrlichen Gefühls auskosten.

Ein paar Minuten später murmelte Colt stöhnend in ihr Ohr: »Verdammt, ich muss noch mal 'ne Pause einlegen. Du machst mich echt fertig, Darlin'.«

Aber bevor er sich aus ihr zurückzog, gab er ihr noch einen kleinen Klaps auf den Po, sodass sie ein aufreizendes »O« von sich gab, dem ein Kichern folgte. Dann sah sie wieder hinauf zu Jake. Doch er lächelte nicht mehr.

»Ich will dich noch mal ficken«, erklärte er mit strenger, fordernder Stimme. »So hart und so tief, dass du schreist!«

»Ich will auch, dass du mich fickst!«, erwiderte sie, stand auf und warf ihn, noch bevor er sich wehren konnte, mit einem groben Schubser auf den Rücken. *So* einfach würde sie ihm nicht wieder die Kontrolle überlassen. Es war Zeit, dass sie mal oben saß.

Sie schob ihr Kleid über die Hüften, ließ es zu Boden gleiten und hatte innerhalb von Sekunden ein Kondom in der Hand. Dann stieg sie aufs Bett, setzte sich rittlings auf Jakes Schenkel und rollte den Gummi über seinen steifen Schwanz. »Mmmh«, seufzte sie erwartungsvoll, positionierte sich über seiner Eichel und ließ sich langsam darauf nieder.

Als sein Riemen in sie eindrang, stöhnten beide auf – und wie immer war das Gefühl in dieser Stellung noch intensiver für sie. Aber sie verschwendete keine Zeit, sich an die Position zu gewöhnen, sondern begann sofort, hart und entschlossen auf ihm zu reiten. Ihr ganzer Körper stand jetzt in Flammen, und aus ihrem Mund drangen wie von selbst die schmutzigsten Worte: »O ja, dein Schwanz fühlt sich so riesig in meiner Fotze an! Groß und heiß und hart! Fick mich! Fick mich richtig hart durch!«

Und er stieß zu – ja, ja, ja. Doch in dieser Stellung war eigentlich sie es, die am aktivsten war. Sie biss sich auf die Unterlippe und presste sich mit kreisenden Beckenbewegungen wieder und wieder auf seinen Schwanz. Seine Erektion drang so tief in ihre Mitte, dass es fast schmerzte. Schließlich machte sie so etwas eben doch nicht jedes Wochenende und wurde heute ganz schön rangenommen. Aber es war ein guter Schmerz. Die Art von Schmerz, die ihr in Erinnerung rief, dass sie ein lebendiges, sexuelles Wesen war und dass sie beim Sex ebenso viel Lust empfinden konnte wie jeder andere auch. Und heute Nacht vielleicht sogar mehr.

Bei all ihrem Stöhnen und Keuchen ging es immer wieder um seinen Schwanz. »Er ist so tief in mir drin, Baby! Er ist so dick und perfekt! Perfekt in meinem Mund! Und perfekt in meiner Muschi!«

Colt musste scheinbar immer im Mittelpunkt stehen, denn er meldete sich bei ihren Worten prompt von hinten. »Und was ist mit meinem Schwanz?«

Sie lachte nur und ließ gespielt genervt die Augen rollen. Als sie sich umdrehte, sah sie, wie er sie vom Sessel aus beobachtete. »Den liebe ich natürlich auch«, erklärte sie mit anzüglichem Grinsen. »Komm wieder her, dann beweise ich es dir.«

Colt sprang wie elektrisiert auf, kam zum Bett gelaufen und stellte sich darauf. Er wusste eindeutig, was sie wollte, denn er hatte ja erlebt, wie gern sie Schwänze lutschte. Die Höhe stimmte zwar nicht so ganz, aber er kam dicht genug an ihren Mund heran. Er stand jetzt seitlich und mit leicht gebeugten Knien neben ihnen, sodass sie seinen Prügel mühelos zu ihren Lippen führen konnte.

Genau wie in den anderen Stellungen, die sie heute Abend mit ihren Gespielen eingenommen hatte, genoss sie es auch jetzt, zwei herrliche Riemen in sich zu spüren und von beiden

Männern beobachtet zu werden. Colt stachelte sie mit weiterem Dirty Talk an. »So ist's gut, Darlin', lutsch meinen Schwanz, während er dich fickt! Nimm uns beide richtig schön tief rein! So ist's gut! Ja, genau!«

Während sie die beiden beglückte, hob Jake die Hände, um ihre Brüste zu massieren, und Colt hielt ihren Kopf mit sanftem Griff fest. Sie fühlte sich ganz und gar ungehemmt, stark und doch gleichzeitig ein wenig unterwürfig. Sie war das lüsternste Wesen auf der ganzen Welt. Alle drei stöhnten und keuchten, bis der Raum und selbst die Luft von Lust getränkt zu sein schienen.

Als Colt sich aus ihrem Mund zurückzog und erklärte, dass es ihm gleich kommen würde, hatte sie nur einen Gedanken. »Spritz es mir auf die Titten«, forderte sie ihn auf, und beide Männer gaben ein tiefes, lüsternes Stöhnen von sich.

Sie leckte sich mit der Zunge über die Oberlippe und hob ihre Brüste mit beiden Händen an, damit er seine Sahne mühelos daraufspritzen konnte. Und während er sich keuchend selbst wichste, feuerte sie ihn mit einem »Spritz mich voll, spritz mich voll!« so lange weiter an, bis der heiße weiße Saft in drei schweren Spritzern aus seiner Eichel schoss. Der größte Teil landete tatsächlich auf ihren Brüsten, aber ein wenig spritzte auf ihren und auch auf Jakes Bauch.

Als sie ein letztes Mal entschlossen nach Colts Schwanz griff, um den Rest seiner Sahne abzulecken, fragte sie sich voller Lüsternheit, ob Jake schon jemals den Samen eines anderen Mannes auf sich gespürt hatte, kam aber zu dem Schluss, dass die Antwort darauf ganz sicher nein lautete. Dann rieb sie sich mit absichtlich zur Schau gestellter Sinnlichkeit Colts warmen Saft in die Haut und schaute an ihrem Körper herab, um zu sehen, wie er ihre Haut für die Augen der beiden Männer zum Glänzen brachte. Sie hatte sich schon mal von einem Mann vollspritzen lassen, hatte es damals aber nicht sonderlich toll gefunden. Irgendwie war es für sie wie das enttäuschende Ende eines Sexaktes gewesen. Doch das hier – mit gleich *zwei* Männern und der Verheißung, dass ihre Nummer noch längst nicht zu Ende war – fühlte sich einfach geil und auf perfekte Weise schmutzig an.

Einfach so perfekt, dass es jetzt auch *ihr* kam. Während sie die letzten Reste des Saftes wie eine Körpermilch in ihre Haut rieb, dabei von beiden Männern stöhnend beobachtet und immer noch von Jake gefickt wurde, spürte sie ihren Orgasmus schnell und gewaltig heranrauschen. Sie kniff sich leicht in ihre immer noch feuchten Nippel, bis der Rausch heißer Lust wie eine Flutwelle über sie hineinbrach. Während ihr ganzer Körper von ihrem Orgasmus erfasst wurde, drangen heisere Schluchzer aus ihrer Kehle. Sie kippte leicht nach vorn und musste die Hände fest auf Jakes Bauch pressen, um sich wieder ein wenig aufzurichten.

Ihm entfuhr ein Laut, der sie glauben ließ, sie habe ihm wehgetan. »Entschuldige«, beeilte sie sich zu sagen, und ihre Augenlider flatterten auf.

Aber als er sie fest am Arm packte und sie die Gier in seinen Augen sah, wurde ihr klar, dass er keinen Schmerz, sondern Lust empfand. »Du bist so verdammt scharf«, murmelte er durch zusammengebissene Zähne und warf sie dann blitzschnell auf den Rücken.

Sie erschrak und wusste genau, dass ihr der Schock ins Gesicht geschrieben stand.

Irgendwie war es ihm gelungen, den schnellen Stellungswechsel zu vollziehen, ohne aus ihr herauszurutschen. Sie lag jetzt unter ihm, und er drückte sie an den Handgelenken fest auf die Matratze, während er sie mit wildem Eifer weiterfickte. Die Intensität der Stöße ließ sie aufschreien. Doch in diesem

Moment hatte sie nichts dagegen, von ihm überwältigt zu werden, denn seine erbarmungslose Entschlossenheit machte sie sehr an. Verlor sie dadurch wirklich die Oberhand? Schließlich war sie es, die ihn dazu getrieben hatte. Sie war es gewesen, die ihn so erregt hatte. Vielleicht handelte es sich ja um eine ganz neue Form von Macht, die sie bisher einfach noch nicht kannte.

Aber … eigentlich belog sie sich damit ein wenig und redete sich viel zu stur ein, dass immer noch sie es war, die hier die Kontrolle hatte. Denn während er sie immer weiterfickte, drang er nicht nur tief mit dem Schwanz in sie ein, sondern auch mit seinen Augen. Sie hatte das Gefühl, als würden sie sich in die ihren bohren und versuchen, hinter all ihre Schutzschilder und Mauern zu blicken. Es war fast, als … als wüsste er, dass sich dahinter noch irgendetwas anderes verbarg.

Aber sie schaute auch nicht weg, sondern versuchte nur, ihrem Blick etwas Hartes zu verleihen und einfach nur durch und durch Desiree zu sein. Alles, was sie *empfand*, war Desiree. All die berauschende Hingabe und all das schmutzige Vergnügen, das durch ihren Körper und ihre Seele rauschte. Und doch … schlich sich da vielleicht nicht trotzdem ein Hauch von Schwäche ein? Eine andere Art der Kapitulation?

Selbst als er sich aus ihr zurückzog, sie wieder umdrehte und auf Hände und Knie positionierte, spürte sie diese Schwäche – obwohl er ihr so nicht mehr in die Augen sehen konnte. Und als er seinen Schwanz von hinten erneut in ihr versenkte und dabei seine Finger in das Fleisch ihrer Hüften grub, spürte sie es wieder. Ein gewisses Gefühl von Selbstaufgabe.

Sie hatte schon oft in dieser Stellung Sex gehabt. Doch dies und alles, was sie bisher getan hatte, um einem Mann oder auch sich selbst Vergnügen zu bereiten, hatte sich stets wie etwas angefühlt, das sie entweder initiiert oder dem sie zumindest zugestimmt hatte. Jake aber hatte sie keinerlei Erlaubnis erteilt. Und doch blieben sowohl das mentale, als auch das körperliche Vergnügen präsent. Es war nur anders als sonst. Während Jake sie hart und tief fickte, sie zum Stöhnen brachte und ihr das Gefühl gab, die heißen Stöße würden ihr den Verstand rauben, fühlte sie sich tatsächlich authentischer als sonst. Es war, als wäre die Person, die von all diesen sexuellen Schutzschildern umgeben war, aufgestanden, hätte zu irgendeinem unbemerkten Zeitpunkt das Zimmer verlassen und es *ihr* – und zwar nur *ihr* – überlassen, mit dieser Situation umzugehen. Lüsternes Vergnügen hin oder her – das war einfach ein bisschen viel für sie.

»Schlag mir auf den Po!«, brüllte sie.

Wenn sie ihm einen Befehl erteilte und ihn dazu brachte, ihr zu gehorchen, würde sich das Blatt sicher wieder wenden. Dann würde wieder alles richtig sein, und sie würde das empfinden, was sie empfinden *sollte.* Und nichts anderes.

»Schlag mir auf den Po!«, wiederholte sie mit tiefer, aber noch entschlossenerer Stimme.

»Bist du denn ein böses Mädchen?«, fragte er raunend.

»O ja! Ich bin ein sehr böses Mädchen und muss bestraft werden!«

Und so holte er mit der Hand aus und haute ihr auf den Hintern. »Fester!«, befahl sie.

Und er schlug erneut zu, diesmal härter. Sie schrie auf. Der Schrei drang in einem kläglichen Anfall von Wollust aus ihrem Mund – kläglich, weil ihr Plan funktionierte. Endlich hatte sie das Gefühl wieder, alles zu bestimmen und die Oberhand zu haben.

Und wieder hatte ihr blauäugiger Fremder sie unwissentlich gerettet. Denn für einen kurzen Moment war sie genau zu dem geworden, was sie so weit von sich gewiesen hatte: eine Jungfrau in Nöten. Sie hatte ihren Schutzwall aufgegeben oder vielleicht auch einfach nur zugelassen, dass man ihn einriss. Aber jetzt stand er wieder in alter Stärke da. Und ihr Befehl hatte ihr mehr eingebracht als nur die bloße Kontrolle. Sie liebte es nämlich, wenn man ihr den Hintern versohlte!

»O ja, ich komme! Ich komme in deiner Fotze«, stöhnte Jake hinter ihr. Sie wappnete sich, biss die Zähne zusammen und gab sich alle Mühe, ihre Stellung zu halten. Doch als er seinen Höhepunkt herausschrie, wurden seine Stöße so hart, dass sie flach auf das Bett gedrückt wurde.

Er brach über ihr zusammen und rollte schließlich von ihr runter.

Sie lag jetzt mit dem Gesicht abgewandt von Jake und hätte sich fast umgedreht, um ihm in die Augen zu schauen. Doch sie entschied sich dagegen. Es war sicher besser, nichts zu sagen und so zu tun, als wäre sie sofort eingeschlafen – so wie es normalerweise die Kerle immer tun.

Dabei sah ihr letzter Zug eigentlich anders aus. Aber schließlich war sie heute auch erschöpfter als sonst. Weniger Desiree als sonst. Sie hatte Angst, wenn sie ihn in diesem Moment ansah, würde sie sich verletzbarer fühlen, als es ihr lieb war. Also schloss sie einfach die Augen und gab sich alle Mühe, einzuschlafen.

Sie war nicht sicher, wie lange sie geschlafen hatte, aber als sie erwachte, fand sie sich zusammen mit ihrem blauäugigen Fremden nackt auf dem Bett liegen. *Nein, halt! Er ist nicht* dein *irgendwas! Er ist nur ein Typ, mit dem du gefickt hast! Er ist auch nicht anders als jeder andere Kerl, mit dem du es getrieben hast!*

Colt lag noch nackter als sie – immerhin hatte sie noch ihre sexy Schuhe an – in dem Sessel, auf dem ein großer Teil ihrer

Nummer stattgefunden hatte. Auch er schlief. Es war still im Zimmer. Jakes Jeans hingen immer noch auf seinen Oberschenkeln.

Sie betrachtete die beiden eingehend. Sie hatte gerade einen Dreier gehabt. Sex mit zwei Männern.

Dieser Teil – der Teil danach – war normalerweise schon surreal genug. Sich aber mit gleich zwei, anstatt nur einem Mann in einem Hotelzimmer wiederzufinden, legte noch mal einen oben drauf. *Aber was spielte das für eine Rolle? Es war einfach nur ein weiteres Geheimnis. Eine weitere Sache, die niemand von dir weiß. Morgen wird dir alles wie ein Traum vorkommen. So wie immer.*

Sie war müde, und ihre Muskeln schmerzten. Es war wirklich anstrengender Sex gewesen. Ihr Mund fühlte sich noch immer ganz geschwollen und aufgedehnt an und die Stelle zwischen ihren Beinen sehr empfindlich. Es wäre schön, einfach hier zu schlafen. Aber so liefen ihre Ausflüge nach Traverse City nun mal nicht ab. Sie mussten kurz und nett sein. Na ja, eher kurz und geil. Kurz und schmutzig. Es war definitiv Zeit, nach Hause zu fahren.

Sie gab sich alle Mühe, leise aufzustehen und dabei möglichst nicht die Matratze zu bewegen. Normalerweise tauschten sie und ihr jeweiliger Gespiele nach dem Sex wenigstens ein paar Worte aus und sagten Dinge wie: »Das war schön« oder »Das war geil« oder auch »Das war unglaublich«. Dazu war es diesmal zwar nicht gekommen, aber von diesem Punkt an würde sie sich an ihren üblichen Plan halten. Und der sah vor, dass sie ohne weitere Interaktion verschwand, wenn es denn möglich war. Und normalerweise war es möglich.

Manchmal glaubte sie, der Kerl, mit dem sie gerade gefickt hatte, wachte auf, wenn sie ging, tat aber trotzdem so, als würde er schlafen. Das war völlig in Ordnung für sie. Ab und zu schlug einer von ihnen auch die Augen auf und verabschiedete sich freundlich. Auch okay. Doch einmal war einer der Männer zu ihrer Überraschung geradezu verletzt gewesen, dass sie so sang- und klanglos verschwinden wollte. Sie erinnerte sich noch gut, wie beleidigt er gewesen war. »Du wolltest einfach so gehen, ohne dich zu verabschieden?!« Als ob sie irgendetwas Besonderes miteinander geteilt hätten. Als ob sie seine Highschool-Liebe gewesen wäre, oder so etwas.

Sie hatte ihn einfach nur angesehen und war geradezu verletzend ehrlich gewesen. »Ja«, hatte sie gesagt. Ohne jede Entschuldigung.

»Nach allem, was wir gerade zusammen erlebt haben?«

Mann, war das sein Ernst? Er hatte sich aufgeführt wie … ein Mädchen. »Das war Sex. Guter Sex zwar, aber eben nur Sex«, hatte sie ihm in Erinnerung gerufen. Er schien eindeutig vergessen zu haben, dass sie ihn einfach nur in einer Bar aufgerissen und sich nach ganzen fünf Minuten Konversation von ihm hatte durchficken lassen. »Gute Nacht«, hatte sie das Gespräch auf dem Weg zur Tür abrupt beendet. Zwar hatte es ihr durchaus leidgetan, so eine Ziege zu sein, sie war aber auch nicht bereit gewesen, auch nur einen Zentimeter ihres Schutzwalls aufzugeben.

Und genau deshalb war es ein wenig beunruhigend, dass sie genau das bei Jake getan hatte. Nicht bei Colt. Mit ihm war alles so gewesen, wie es sein sollte. Geile, rohe, beidseitige Geilheit. Aber mit Jake … Ach, das war jetzt auch egal. Sie würde diese Momente der Schwäche und der Realität einfach hinter sich lassen.

Ohne einen Laut von sich zu geben, schlüpfte sie in ihr Kleid und verdrängte das Gefühl von Leere, das sie manchmal in diesen Augenblicken überkam. Nachdem sie ihr Höschen und den BH gefunden hatte, stopfte sie beides kurzerhand in ihre Handtasche. Bloß keine Zeit damit verschwenden, die Unterwäsche anzuziehen. Wenn es vorbei ist, heißt es verschwinden. Während dieser Minuten schlug ihr Herz voller Hoffnung, unbemerkt entkommen zu können, immer ein bisschen schneller.

Zu Hause anzukommen, würde wie immer sein. Sie würde auf denselben kleinen Rastplatz fahren, der etwa auf der Hälfte des Weges lag, und würde frische Unterwäsche, eine Jogginghose und ein T-Shirt anziehen, die sie in einer Reisetasche auf dem Beifahrersitz ihres Geländewagens hatte. Dann würde sie ein Erfrischungstuch aus dem Handschuhfach nehmen, damit ihr Make-up entfernen und sich die von Haarspray gehaltenen Locken aus dem Haar bürsten. Und wenn sie schließlich zu Hause ankam, würde es sein, als hätte der vergangene Abend niemals stattgefunden.

Der morgige Tag würde fast normal verlaufen. Die Erinnerungen, die Empfindlichkeit, die sie zwischen den Beinen spürte, und gewisse Dessous würden ihn zu einer Art Übergangstag machen, der sie zurück ins wahre Leben führte. Und ansonsten würde sie einfach das tun, was sie jeden Tag tat und sich wieder wie ihr wahres Selbst fühlen.

Der übernächste Tag würde dann schon wieder völlig normal sein. So wie jeder Tag – bis zum nächsten Mal. Das nächste Mal, wenn die schmutzige Gier wieder an ihr zu nagen beginnen würde. Diese Gier, die nur dadurch beschwichtigt werden konnte, dass sie irgendwo hinfuhr, wo niemand sie kannte, um sich einer Nacht voll heißem, unverbindlichem Sex hinzugeben.

Sie schlich in ihren High Heels mit vorsichtigen Schritten über den Teppich zur Tür, blieb dann aber noch einmal kurz stehen und drehte sich um. Sie schaute erst Colt, dann Jake an. Zwar hatte sie sich zu beiden sehr hingezogen gefühlt, aber zu

Jake schon ein bisschen mehr als zu seinem Freund. Sie nahm an, dass er im wahren Leben ein guter Kerl war. Vielleicht war er Pilot oder Fotograf. Vielleicht aber auch nicht. Auf jeden Fall war er sicher ein guter Kerl. Ein guter Kerl, der sie gerade um den Verstand gefickt hatte. Und das war letzten Endes alles, was zählte und die einzige Erinnerung an ihn, die sie bewahren würde. Schließlich war er nicht ihr erster One-Night-Stand gewesen. Und bestimmt auch nicht ihr letzter.

Noch ein Blick, und sie war aus der Tür, stand im Flur, ging die Treppe hinunter und setzte sich hinter das Steuer ihres Wagens. Ein paar Ampeln und sie würde Traverse City hinter sich gelassen und die schnurgeraden, weiten Straßen des ländlichen Michigan erreicht haben, eine Gegend mit sehr wenig Verkehr um diese Zeit.

Bald würde sie zu Hause in ihrem Bett liegen. Über dem kleinen Laden auf der Hauptstraße von Turnbridge.

Und dann würde sie wieder Carly Winters sein. Die Frau, die Möbel noch auf altmodische Weise in Handarbeit herstellte. Genau wie ihr Vater vor ihr. Dreimalige Gewinnerin des Kuchenwettbewerbs beim Festival zum 4. Juli in Folge. Der Liebling des Ortes.

Wenn die nur wüssten …

Kapitel 4

Carly mochte Rituale und Gewohnheiten. Normalerweise fiel sie in ihrer Wohnung über dem Laden nach den Spätnachrichten gegen halb zwölf ins Bett. Aber egal, wie spät sie auch zu besonderen Gelegenheiten zu Bett gegangen war – zum Beispiel bei einem der Ausflüge an den Lake Michigan –, wachte sie doch jeden Morgen um halb acht Uhr auf. Und das mit oder ohne Wecker. Dann ging sie in die Küche, nahm ein leichtes Frühstück mit Toast oder vielleicht auch einen Muffin von Beth Annes Bäckerei zu sich und begrüßte danach den dicken Kater, der um diese Zeit bereits unter dem Tisch um ihre Beine schlich. Schließlich zog sie sich an und ging nach unten, um mit ihrer Arbeit zu beginnen.

Der Laden öffnete zwar erst um zehn Uhr – sonntags sogar erst um die Mittagszeit –, aber diese ganz frühen Morgenstunden mochte sie dort am meisten. Sie genoss es, sich ganz ohne jede Störung in ihre Arbeit versenken zu können. Nur sie und das Holz und ihre Werkzeuge. Sie mochte den Blick auf die ruhige Straße vor dem großen Schaufenster. An Sommertagen wie diesem war der Morgen in der Regel hell und klar, und man konnte andere Ladenbesitzer sehen, die zur Arbeit gingen oder vielleicht auch jemanden, der auf der Hauptstraße seinen Hund Gassi führte. Der Sommer war hier die belebteste Jahreszeit, in der in Turnbridge die meisten Geschäfte gemacht wurden. Und auch wenn die Wintertage ihr eher zusagten, so war der Sommer doch unverzichtbar. Schließlich erwirtschaftete sie fünfundsiebzig Prozent ihrer Einnahmen in der Zeit zwischen Mai und September.

Dieser bestimmte Junimorgen war genau wie alle anderen. Ein Erdbeermuffin, den sie gestern bei Beth Anne gekauft hatte, gab ein herrliches Frühstück ab, und als sie danach ihre Kaffeetasse zur Spüle trug, bückte sie sich kurz, um den großen grauen Angorakater zu streicheln. »Morgen, Oliver«, begrüßte sie den vertrauten Gefährten.

Der Kater war ein sehr ernstes Tier, er sah aus, als würde er hier das Sagen haben. Aber wenn sonst niemand da war, kam durchaus seine bedürftige Seite zum Vorschein, die ihn dazu brachte, um ihre Aufmerksamkeit zu buhlen. Sie lächelte ihn an und sinnierte kurz darüber, wie sie beide sich manchmal … verstellten.

Aber ihr Lächeln verschwand so schnell, wie es gekommen war. Sie dachte nicht gerne darüber nach. Manchmal drehte sich ihr bei dem Gedanken regelrecht der Magen um. Die junge Frau hatte eine sehr ambivalente Beziehung zu ihrem Doppelleben und ihren heimlichen Samstagabenden in Traverse City. Wenn man das Ganze aus der Distanz betrachtete, schien es in gewisser Weise eine unanständige, aber doch eine großartige und aufregende Sache zu sein. Aber auf der anderen Seite … war es auch nicht gerade ein *schönes* Geheimnis. So wie die meisten Geheimnisse, nahm sie an. Es war die Art von Aktion, von der sie manchmal gar nicht glauben konnte, dass sie sie wirklich in die Tat umgesetzt hatte – und das schon diverse Male. Und sie war sich auch nicht sicher, aus welchem Grund sie das tat.

Nein, halt. Das stimmte nicht. Sie wusste es sehr wohl. Zumindest auf körperlicher Ebene. Sie tat es immer dann, wenn sie Sex brauchte.

Aber weshalb sie sich nicht einfach einen netten Kerl suchen und ein nettes, *normales* Sexleben wie andere Leute führen konnte, das wusste sie eben nicht.

Sie schüttelte den Kopf, um klarer zu werden, sprang kurz unter die Dusche und zog sich dann an. Als sie nur mit einem Handtuch bekleidet in ihre Unterwäscheschublade griff, fiel ihr ein kleiner Fetzen roséfarbener Spitze auf, der aus einer anderen Schublade hervorschaute – ihrer Dessousschublade. Sie öffnete sie, stopfte das Höschen ganz tief hinein und schloss sie dann schnell wieder. Fast, als würde die Schublade nicht existieren, wenn sie nicht allzu genau hinsah. Wie konnte sie nur so viel Freude an etwas haben, für das sie sich in anderen Momenten einfach nur … schämte?

Sie erschauderte kurz und griff nach einem praktischeren Slip – pinkfarbene Baumwolle mit schwarzen Punkten. Dann schlüpfte sie in einen schlichten schwarzen BH, eine Jeans und zog sich schließlich ein T-Shirt mit »University of Michigan«-Aufdruck über. Dort war sie zwar nicht aufs College gegangen – sie war nirgendwo aufs College gegangen –, aber ihre Freundin Dana war dort eingeschrieben gewesen und hatte ihr das T-Shirt vor zehn Jahren zu Weihnachten geschenkt. Was die Jeans anging, die trug sie jeden Tag im Laden, denn ihre Arbeit war schmutzig und staubig, und sie konnte ihre Hände daran abwischen, ohne dass man den Dreck sofort darauf sah. Zum Schluss schnappte sie sich noch ein dunkelblaues Gummiband und band ihr Haar zu einem Pferdeschwanz zusammen – eine weitere praktische Maßnahme für die Arbeit.

Carly verbrachte die nächsten zwei Stunden damit, an einer altmodischen Krippe zu arbeiten. Dana war mit ihrem ersten Kind schwanger. Sie war die Frau von Hank Willis, einem örtlichen Feuerwehrmann, und arbeitete Teilzeit im Antiquitätenladen ihrer Mutter am anderen Ende der Straße. Die Krippe sollte ein Geschenk für eine Feier sein, die Carly und Beth

Anne im Herbst für sie geben wollten, kurz bevor der Wonneproppen im November auf die Welt kam.

Doch nachdem sie einen alten Hobel ihres Vaters zur Hand genommen hatte, um damit ein Eichenbrett zu glätten, wanderten ihre Gedanken von der Feier hin zu … dem bestimmten Höschen, das sie gerade oben gesehen hatte. Hin zum letzten Mal, als sie es getragen hatte. Zwei Männer. Die Erinnerung raubte ihr fast den Atem. *Konzentrier dich auf das Holz. Verlier dich in dem Holz.*

In diesem Moment sah sie aus den Augenwinkeln, wie ihr jemand durch das Schaufenster hindurch zuwinkte. Tiffany Cleary war vierzehn Jahre alt und kam oft vorbei, um ihr Gesellschaft zu leisten und Oliver zu beschmusen. Sie ging gerade an der großen Glasscheibe vorbei, auf der in Goldbuchstaben WINTERBERRYS HOLZHANDWERK UND EDLE MÖBEL geschrieben stand. Carly hob die Hand, um den Gruß zu erwidern, wandte sich dann aber wieder ihrer Arbeit zu.

Ach, vielleicht hätte sie Tiffany einfach hereinbitten sollen – auch wenn der Laden noch lange nicht öffnete. Dann wären ihre Gedanken ganz sicher nicht sofort wieder zu den Ereignissen ihres letzten Ausflugs nach Traverse City vor einem Monat zurückgewandert. Der Sex war unglaublich, teilweise aber auch durchaus verstörend gewesen. Und zwar wegen dieses Jake – und der Ahnung, dass er irgendwie wusste, dass anderes in ihr steckte, als man auf den ersten Blick sah. Doch da das bisher keine weiteren Konsequenzen nach sich gezogen hatte, blieben ihr nur die Gedanken an das unbeschreiblich heiße Verlangen dieses Abends. Das Problem war nur, sie *wollte* im Moment nicht daran denken.

Manchmal tat sie es schon. In manchen Nächten. Wenn es dunkel war und sie im Bett lag, griff sie sich dann manchmal zwischen die Beine und streichelte sich zum Orgasmus. In diesen Momenten erschienen ihr die extremen Erinnerungen an die wilde Nacht wie ein uneingeschränkter Sieg in ihrem ruhigen Leben und waren genau die richtige Stimulanz, um zum Höhepunkt zu kommen.

Aber wenn sie tagsüber im Laden arbeitete, wenn sie der wahre Inbegriff der schlichten, bodenständigen Carly Winters war, die hier jedermann kannte, dann wollte sie nicht daran denken. Ja, sie wollte nicht mal glauben, dass dieses Ereignis überhaupt stattgefunden hatte. Hatte sie wirklich ein sündhaft aufreizendes Kleid angezogen und war zwei Stunden gefahren, um mit einem Fremden zu ficken? Oder in diesem Fall, mit mehr als einem?

Ficken. Abgesehen von den Abenden und Nächten ihrer Ausflüge, benutzte sie dieses Wort oder ähnliche Ausdrücke so gut wie nie – nicht mal in Gedanken. Wieso kam es ihr nur jetzt in den Sinn? Vielleicht weil das, was sie mit Jake und Colt getan hatte, einfach mit keinem anderen Wort bezeichnet werden konnte als »ficken«.

Sex mit einem Typen? Mit einem einzelnen Mann konnte sie verdammt schmutzig und aggressiv sein, konnte sich hinterher aber trotzdem sagen, dass es nur Sex gewesen war. Nichts Schlimmes, freies Land, Frau mit Bedürfnissen und so weiter. Aber dieser Dreier ließ sich einfach nicht kleinreden – auch wenn sie sich noch so sehr wünschte, ihr Kopf würde das zulassen. Sie hatte mit zwei Typen gleichzeitig gefickt, war rasend und gierig vor Geilheit gewesen. Nein, das war wirklich nichts, was sich einfach nur als unverbindlicher Sex bezeichnen ließ. Es war wildes Geficke gewesen – schlicht und ergreifend.

Und so sehr die Erinnerung daran sie im realen Leben auch beschämte, so sorgte sie jetzt gleichzeitig dafür, dass ihr Höschen feucht wurde.

So war es geradezu eine Erleichterung, als es endlich zehn Uhr war und sie den Laden öffnen konnte. Es war zwar Dienstag, einer der ruhigeren Tage während des Sommers, aber dennoch parkten bereits einige Autos vor dem Bürgersteig.

Turnbridge war eine Kleinstadt, wie man sie heutzutage nur noch selten fand. Es war noch kein großer Supermarkt und kein Outlet-Zentrum errichtet worden, um die Kunden von den kleineren Geschäften wegzulocken. Und so war die Hauptstraße noch voller Drogerieläden, Eisenwarenhandlungen, Banken und dergleichen. Gleichzeitig war Turnbridge für seine Handwerkskunst und seine Antiquitätenläden bekannt. Direkt gegenüber befand sich ein Laden für Garne und Perlen, der in einem Gebäude aus den Zwanzigerjahren untergebracht war. Im alten Warenhaus eine Straße weiter hatte ein Geschäft für handgemachtes Spielzeug Einzug gehalten. Und gleich um die Ecke hatte Debbie Cleary, Tiffanys Mutter, einen sehr erfolgreichen Bastelladen eröffnet. Ließ man die Ladenfronten der Hauptstraße hinter sich, stieß man schnell auf alte viktorianische Häuser, von denen einige ebenfalls in Antiquitätenläden oder kleine Werkstätten umgewandelt worden waren. So auch das Geburtshaus von Dana. Danas Mutter lebte immer noch in der ersten Etage, hatte das Erdgeschoß aber in ein freundliches Geschäft verwandelt, das mit wundervollen alten Möbelstücken, Kerzen, Bilderrahmen und Sammlerstücken gefüllt war.

Carlys Geschäft hatte nicht so viel Laufkundschaft wie die meisten der anderen Läden. Sie stellte zwar durchaus auch kleinere Stücke wie Brotkästen, Schmuckkästchen, Tabletts oder Schachbretter her, aber in erster Linie bestand ihr Angebot doch aus großen, teuren Möbeln, wie Tischen, Stühlen und Bücherregalen, die eben nicht so viele zufällige Käufer anzogen. Aber das gefiel ihr durchaus. Letzten Endes verdiente sie genug, um das Geschäft am Laufen zu halten und hatte sogar ein dickes Sparbuch für magere Jahre. Es hieß also nicht, dass das Öffnen der Tür ein sofortiges Hereinströmen von Kunden nach sich zog. Es hieß einfach nur, dass sie jetzt ganz offiziell nicht mehr allein in ihrer kleinen Welt war. An den meisten Tagen war das nicht unbedingt gut, aber heute vielleicht schon.

Um die Mittagszeit ein weiteres Ritual: Sie ging in den kleinen Raum hinter dem eigentlichen Laden und rief bei Schubert's ein paar Straßen weiter an – tagsüber ein kleines, familienfreundliches Restaurant und abends eine Art Pub, in dem einfache Hamburger und Sandwichs serviert wurden. Dort bestellte Carly fast jeden Tag ihr Mittagessen. Aber nur im Sommer, denn der Winter war eher eine Art Ruhezustand für sie, in dem sie lieber nach oben in ihre Wohnung ging und sich irgendwas aus dem Kühlschrank holte. Ansonsten fand sie es gut, mal rauszukommen, einen kleinen Gang zu machen und ein wenig frische Luft zu tanken.

»Schubert's?« Frank Schubert, ein freundlicher Mittfünfziger, den sie schon ihr ganzes Leben lang kannte, ging selbst an den Apparat.

»Hey! Hier ist Carly. Ich wollte mein Mittagessen bestellen.«

»Schinken und Käse auf Weißbrot mit Mayonnaise?«, fragte er.

Sie neigte dazu, jeden Tag dasselbe zu bestellen. »Ganz genau.« Doch es war ihr egal, ob das nun langweilig wirkte. Für sie waren diese Rituale eine Möglichkeit, ihrem Tag eine Struktur zu geben und ihn überschaubar zu halten.

»Ist in fünf Minuten fertig«, sagte er, und sie teilte ihm mit, dass sie sofort rüberkommen würde.

Das kleine Restaurant lag nur ein paar Schritte von ihrem

Laden entfernt. Über der Tür hing noch immer das verblichene SCHUBERT'S-Schild aus Carlys Kindheit. Als sie das Restaurant betrat, schlug ihr die kühle Luft der Klimaanlage entgegen. Ein paar der Tische im Essbereich waren besetzt, und an der Bar saßen einige Polizisten des Ortes in dunkelblauen Uniformen.

Frank, dessen graues Haar sich immer mehr lichtete, stand hinter dem Tresen und plauderte mit den Polizisten. Carly stellte sich zwischen zwei unbesetzte Hocker, wo er sie sehen konnte.

Er lächelte ihr zu, griff unter den Tresen und holte eine braune Tüte mit ihrem Sandwich und eine Tüte mit Chips hervor. »Macht vier neunundneunzig«, erklärte er und drückte auf ein paar Tasten der altmodischen Kasse, die hinter der Mahagoni-Bar stand. Während sie in ihrer Handtasche nach einem Fünfer suchte, unterhielt er sich weiter mit einem der Polizisten. »Sie könnten keine nettere Kleinstadt finden als Turnbridge, wenn Sie mich fragen. Glauben Sie mir, nach ein paar Monaten werden Sie nie wieder weg wollen.«

Während Carly Frank das Geld reichte, stellte er ihr seinen Gesprächspartner vor. »Das hier ist der neue Officer, den die Stadt gerade eingestellt hat. Jake Lockhart.« Und als der uniformierte Mann, der zwei Stühle von ihr entfernt saß, sich umdrehte, dauerte es keine Sekunde, bis sie erkannte, um wen es sich handelte. Es war ihr blauäugiger Fremder!

Die Erkenntnis traf sie wie ein Schlag in die Magengrube und ihr wurde schwindelig. Jake, der in seiner Uniform geradezu schockierend respektabel, wenn auch ebenso attraktiv aussah, legte den Kopf ein wenig zur Seite und wirkte durchaus verwirrt, als er sie ebenfalls erkannte. Mist! Mist, Mist, Mist!

»Freut mich, Sie kennenzulernen«, sagte sie mit leiser Stimme, sah dann sofort beiseite und griff nach ihrer Tüte. »Den Glückspenny darfst du behalten«, rief sie Frank noch zu, bevor sie fluchtartig das Weite suchen wollte.

»Desiree?«, fragte der neue Cop, und ihr Herz begann geradezu schmerzhaft zu wummern.

Mist, Mist! Sie stand einfach nur da, die Gesichtszüge eingefroren.

»Nein, Sir, das ist Carly Winters«, korrigierte ihn Frank. »Sie betreibt Winterberry's gegenüber. Sie haben den Laden wahrscheinlich schon gesehen. Sie macht wirklich wunderschöne Möbel. Sie sollten mal vorbeischauen und sich ihre Arbeiten ansehen.«

Jake blinzelte und schaute sie dann an. Wäre sie eine bessere Schauspielerin gewesen, hätte sie ganz ungerührt oder sogar verwirrt tun können – so wie man eben reagiert, wenn man mit jemandem verwechselt wurde. Aber das kurze Zeitfenster, in dem das möglich gewesen wäre, war verstrichen. Er sah zweifellos in ihren Augen, dass er recht hatte und sie nur eine Lügnerin war – eine Lügnerin, die eine ganz andere Identität hatte als die, die sie ihm präsentiert hatte. Eine Lügnerin, die ebenso unbekümmert mit zwei Unbekannten gefickt hatte, wie sie jetzt in dieses Restaurant gekommen war, um ihr Mittagessen abzuholen.

Sie schluckte trotz des plötzlichen Kloßes in ihrem Hals. »War wohl ein Irrtum. Verzeihung«, erklärte Jake, den Blick weiter fest auf sie gerichtet.

Carly schüttelte nur leicht den Kopf, denn zu etwas anderem war sie im Moment nicht in der Lage. »Kein Problem«, erklärte sie viel zu leise, weil sie kaum Luft zum Sprechen hatte. »Bis dann, Frank«, brachte sie gerade noch hervor und eilte schnurstracks zur Tür.

Sie spürte weder ihre Beine, noch bemerkte sie die Schachbrettfliesen unter ihren Füßen, als sie sich mit letzter Kraft gegen die große Holztür drückte und hinaus ins helle Sonnenlicht trat. Am liebsten wäre sie gerannt.

Aber damit hätte sie nur weitere Aufmerksamkeit auf sich gezogen. Und wo sollte sie schließlich auch hinrennen? *Er war in ihrer Stadt. Dort, wo sie wohnte und wo sie jedermann kannte.* Ihr schlimmster Albtraum war wahr geworden! Das Schrecklichste, was sie sich nur vorstellen konnte! *Das darf nicht wahr sein. Das darf einfach nicht wahr sein.*

Ihre Schritte waren schnell und der Atem noch immer flach. Wie zum Teufel hatte es nur dazu kommen können? Er war der neue Police Officer von Turnbridge? Kein Pilot. Kein Fotograf. Ein *Bulle.* Das hätte sie nun wirklich nicht gedacht. Aber das spielte jetzt kaum eine Rolle, denn sie hatte weitaus größere Probleme.

Er würde den Leuten davon erzählen. *Natürlich* würde er den Leuten davon erzählen. Den anderen Polizisten. Schließlich gaben Männer gern an. Und sie hatte ihm weiß Gott etwas gegeben, womit es sich angeben ließ. Sie hörte die Gespräche förmlich schon. »Kennst du diese Carly? Genau die habe ich vor einem Monat kennengelernt. Aber da behauptete sie, ihr Name wäre Desiree, und sie hat sich von mir und einem Freund so richtig gut durchficken lassen. Ja, von allen beiden. Ihre Idee. Sie konnte gar nicht genug kriegen.« Carly hatte das Gefühl, sich gleich übergeben zu müssen.

»Alles okay, Carly? Du siehst irgendwie … total erschrocken aus.«

Sie zwang sich, aufzuschauen und erblickte Hank, einen großen, korpulenten Mann, der so freundlich war, wie man nur sein konnte. Sie blinzelte, und ihre Kehle wurde ganz trocken. »Alles klar, Hank«, log sie. »Äh … das Wetter heute macht mir nur igendwie zu schaffen. Mir geht's sicher besser, wenn ich wieder im Laden bin und was gegessen habe.« Sie hielt die Tüte mit ihrem Mittagessen hoch, als wollte sie ihm beweisen, dass sie die Wahrheit gesagt hatte.

Aber er sah immer noch besorgt aus. »Soll ich dich nach Hause bringen?«

»Nein. Mir geht's gut. Wirklich«, erwiderte sie und torkelte an ihm vorbei. In dieser Lage konnte sie sich einfach keine weiteren Gedanken darüber machen, was er wohl von ihr dachte. Das würde sie alles später erklären. Jetzt musste sie sofort in ihren Laden, die Tür absperren – scheiß auf die Kundschaft, dies hier war ein Notfall – und sich überlegen, wie sie mit der Situation umgehen sollte.

Dabei … gab es gar keine Lösung für ihr Problem. Das wusste sie bereits. Es gab nicht die geringste Möglichkeit, die Sache wieder in Ordnung zu bringen.

Der Fremde, dessen Schwanz sie bis zur Besinnungslosigkeit gelutscht hatte, war jetzt ein Bewohner von Turnbridge. Ein Bewohner, der ihr schlimmstes Geheimnis kannte. Sie spürte Panik in sich aufsteigen und versuchte verzweifelt, sich etwas einfallen zu lassen, um die Sache wieder geradezubiegen und das Unvermeidliche zu verhindern. Aber es ließ sich nichts geradebiegen und auch nichts verhindern.

Sie stellte sich bereits das Grauen auf Frank Schuberts Gesicht vor, wenn er die hässliche, undenkbare Wahrheit über sie erfuhr. Ihre Mutter, Dana, Hank, Beth Anne, die gesamte verdammte Stadt. Jeder Mensch, den sie seit ihrer Geburt kannte, würde davon erfahren.

Vielleicht würden sie ihm ja auch nicht glauben. Schließlich war er ein Fremder. Und die Behauptung, dass Carly Winters ein Doppelleben als Weltklasse-Flittchen führte, würde für jeden schwer zu glauben sein.

Aber egal, *wer* nun *was* glaubte, die Geschichte würde übel werden.

Und zwar in erster Linie, weil sie stimmte.

Jake gab sich alle Mühe, nicht hektisch zu wirken, als er seinen Hamburger und die Pommes Frites bei Frank Schubert bezahlte. Und er bemühte sich auch, nicht allzu verwirrt zu erscheinen. Denn genau das war er. Und zwar sehr verwirrt.

Frank redete noch immer über Carly. Verdammt – ihr Name war *Carly.* Nicht Desiree, Carly! »Carly mag hier jeder. Sie ist ein echter Schatz«, sagte der Mann, obwohl Jake bereits von seinem Barhocker gestiegen war und sich verabschiedet hatte.

Als er durch die schwere Tür hinaus ins Sonnenlicht trat, konnte er immer noch nicht recht verarbeiten, was gerade passiert war. Und was er gesehen hatte. Dieselbe Frau, die letzten Monat mit ihm und Colt zusammen gewesen war, aber … eben doch nicht dieselbe Frau. Sie trug nicht mal den gleichen Namen. Und er hatte nicht vor, sie damit einfach so davonkommen zu lassen.

Sein Zustand ließ sich nur als verstört bezeichnen, und er konnte sich nicht erinnern, in den vierunddreißig Jahren seines bisherigen Lebens schon jemals so erschüttert gewesen zu sein.

Dabei war er seit jenem Abend fasziniert von ihr gewesen und hatte in geradezu obsessiver Weise an sie gedacht. Es hatte ihm sehr leidgetan, dass sie bereits fort gewesen war, als er erwachte. Und es war ihm verdammt schwergefallen, sie wieder aus dem Kopf zu kriegen. Selbst jetzt, nach seinem Umzug und dem neuen Job war es ihm noch nicht ganz gelungen. Um genau zu sein, hatte ihn schon die Tatsache gefreut, dass er jetzt dichter an Traverse City wohnte. Das erhöhte die Chancen, dort mit seinen Freunden Party zu machen, was wiederum die Chancen erhöhte, dass er ihr vielleicht erneut über den Weg laufen würde.

Sie war so verdammt ungehemmt gewesen. Ungehemmter als jede Frau, mit der er bis dahin zusammen gewesen war. Und die Begegnung hatte ihn mehr erregt, als jede andere Erfahrung in seinem Leben. Dabei hatte sie gleichzeitig auch etwas Kultiviertes an sich gehabt, das ihn faszinierte.

Die Frau aber, die ihm gerade vorgestellt worden war – *Carly,* – wirkte weder ungehemmt noch kultiviert.

Doch ihre Augen waren trotz des fehlenden Make-ups dieselben gewesen.

Und sie war nicht in der Lage gewesen, den Schock über das Wiedersehen zu verbergen. Er wusste also, dass sie es war. Ohne jeden Zweifel.

Er versuchte, so wenig Aufmerksamkeit wie möglich auf sich zu ziehen, als er die Straße hinauflief. Gut, dass ihn hier noch niemand kannte, der sich fragen könnte, wieso er es so eilig hatte. Nachdem er eine Zeit lang gelaufen war, sah er ein paar Meter weiter ihren wippenden blonden Pferdeschwanz vor sich. Noch ein Detail von ihr, das so gar nicht zu der Frau passte, die er an jenem Abend kennengelernt hatte. An dem Abend, als sie gefickt hatten. Mit Colt.

Eigentlich war er der Ansicht, schon eine Menge hemmungslosen Sex in seinem Leben gehabt zu haben. Aber *so etwas* hatte er zuvor noch nicht erlebt. Und als sie den Dreier vorschlug, hatte er sich schon Gedanken gemacht, ob das mit einem so alten Freund wie Colt nicht peinlich werden könnte. Aber gleichzeitig hatte er auch einfach nicht Nein sagen können. Sie war total scharf und bereit gewesen, die schmutzigsten Dinge mit ihm und seinem Kumpel anzustellen – das Angebot war einfach zu verlockend gewesen, um es abzulehnen.

Ihre schnellen Schritte ließen ihren Po hin- und herschwingen. Sie sah in den verwaschenen Jeans sehr sexy aus, selbst mit einem weiten T-Shirt darüber. Aber Jake war so gut in Form – für seinen Job musste er das schließlich auch sein –, dass er sie ohne jede Mühe einholte. »Carly«, sprach er sie schließlich an, als er direkt hinter ihr war.

Sie blickte über ihre Schulter. Ihre haselnussfarbenen Augen weiteten sich vor Schrecken, bevor sie sich blitzschnell wieder umdrehte und noch schnelleren Schrittes weiterging.

»Warte!«, rief er, und als sie ihn ignorierte, trat er neben sie und hielt sie am Arm fest.

Endlich blieb sie stehen und sah ihn an. Einen Moment lang standen sie einfach nur wie erstarrt da. Er nahm an, dass sie beide an jenen Abend in Traverse City zurückdachten. An das letzte Mal, als sie sich berührt hatten. An Nacktheit und Lust und explosive Orgasmen. Sich jetzt so unerwartet und in einer völlig anderen Umgebung wiederzusehen, war äußerst merkwürdig. »Was hat das alles zu bedeuten?«, fragte er mit tiefer Stimme.

»Bitte, lass mich los«, bat sie sanft, aber entschlossen. »Bevor die Leute anfangen, uns anzustarren.«

Okay, verständlich. Er ließ sie los.

Aber statt stehen zu bleiben, ging sie weiter. Er tat es ihr gleich. »Was? Willst du jetzt einfach abhauen und so tun, als wäre nie etwas zwischen uns gewesen?«

Trotz der Sommersonne wurde sie merklich blass im Gesicht. Sie starrte stur geradeaus. »Ja. Wenn du damit einverstanden wärst.«

»Ich fürchte, damit bin ich ganz und gar nicht einverstanden«, erwiderte er.

Seine Antwort sorgte dafür, dass sie stehen blieb und ihn mit wilden, wütenden Augen ansah. »Wieso nicht? Wieso kannst du nicht einfach vergessen, dass du mich wiedererkannt hast? Wieso kannst du mich mein Leben nicht einfach friedlich weiterleben lassen?«

Lieber Himmel, wieso war sie denn so wütend? Er gab einen langen, angestrengten Seufzer von sich. »Hör mal, es ist ja nun wirklich nicht so, als wäre ich darauf aus, dich zu quälen.«

»Aber genau das tust du!«

»Na ja … es ist nur so, wenn man jemanden ein zweites Mal trifft und derjenige dann so … äh, anders erscheint, ja nicht mal denselben Namen trägt … Teufel, wie soll ich denn da nicht erfahren wollen, was eigentlich los ist?«

Ihr Atem ging jetzt sehr schwach, sodass er schon Schuldgefühle bekam, sie vielleicht *tatsächlich* zu quälen. »Es ist mir egal, was du erfahren willst! Kannst du nicht einfach ein Gentleman sein und es vergessen?«

Er stieß einen verärgerten Seufzer aus. »Versteh mich nicht falsch, aber … an dem Abend, als wir uns kennenlernten, schienst du alles andere als einen Gentleman zu wollen. Von daher habe ich noch gar keine Gelegenheit gehabt, dir zu zeigen, dass ich einer sein kann.«

Sie wurde knallrot. Mist. Er hatte gar nicht vorgehabt, sie in Verlegenheit zu bringen. Aber ihre Forderung, dass er sich als Gentleman zeigen sollte, war bei allem, was sie in dieser herrlich schmutzigen Nacht miteinander getrieben hatten, doch ein wenig schwer zu schlucken. Sie setzte ihre Schritte fort, aber er kam ihr erneut nach, bis er wieder neben ihr ging. »Entschuldige. Ich habe das nicht gesagt, um dich zu ärgern. Ich möchte es einfach nur verstehen. Wieso hast du uns einen falschen Namen genannt?«

Sie schien ihn jetzt völlig zu ignorieren und holte stattdessen einen Schlüssel aus ihrer Handtasche, als sie vor einem der malerischen Läden auf der Hauptstraße stehen blieben. Wie

Frank bereits erwähnt hatte, stand auf der Schaufensterscheibe WINTERBERRY'S geschrieben. Und sie stellte Möbel her? Er hatte diese Informationen noch gar nicht richtig verarbeitet. Seine Gedanken rasten immer noch. Als sie die Tür aufgeschlossen hatte, folgte er ihr ins Innere, weil er glaubte, dass sie wahrscheinlich einfach nur irgendwo allein mit ihm sprechen wollte. Sie drehte sich allerdings blitzschnell um und starrte ihn mit wütenden Augen an. »Was soll das denn werden?«

»Ich komme mit rein.«

Sie blinzelte und schaute so ungläubig drein, als hätte er gerade vorgeschlagen, dass sie es gleich noch mal miteinander treiben sollten. Vielleicht dachte sie ja, dass er es darauf angelegt hatte. »Von wegen!«

»Ernsthaft?«

»Ernsthaft. Bitte hau ab und lass mich in Ruhe.«

Okay, ihre pampige Art ärgerte ihn langsam. Schließlich hatte er nichts Unrechtes getan, und sie führte sich auf, als wäre das Gegenteil der Fall. »Ich darf deinen Laden nicht betreten?!«, fragte er schon ein wenig barscher. »Und wenn ich nun etwas kaufen will?« Schließlich handelte es sich um ein Geschäft. Wie konnte sie ihm da verbieten, es auch zu betreten.

»Ich habe Mittagspause.«

»Hey, können wir uns denn nicht einfach ein paar Minuten unterhalten? Wie zivilisierte Menschen?«

Als sie sich diesmal umdrehte, um ihn anzusehen, zitterte sie am ganzen Körper.

Ach, zum Teufel – pampig oder nicht, er kam sich wie ein Arschloch vor.

Als sie das Wort erneut an ihn richtete, schwang in ihrer Unhöflichkeit wahre Verzweiflung mit. »Hör zu, wenn du auch nur ein Quäntchen Güte in dir hast, dann vergiss, dass du mich jemals kennengelernt hast.«

Die Worte und der Ausdruck in ihren Augen sorgten dafür, dass Jake noch vor der Eingangstür wie angewurzelt stehen blieb. Sie ging hinein, schlug ihm die Tür vor der Nase zu und verriegelte deutlich hörbar das Schloss auf der anderen Seite.

Kapitel 5

Jake stand etwa eine Minute da, als wartete er darauf, dass sie es sich doch noch anders überlegen und die Tür wieder öffnen würde. Vielleicht war sie ja urplötzlich vernünftig geworden. Aber da das ganz offensichtlich nicht der Fall war, trat er schließlich auf den Bürgersteig zurück und machte sich langsam auf den Rückweg. Er war total ratlos. Wie konnte die Person, die ihn da ihres Ladens verwiesen hatte, dieselbe sein wie jene einladende, sexuell aggressive Frau, die er vor einem Monat kennengelernt hatte.

Die Frau, die er sich mit Colt geteilt hatte. Manchmal schockierte ihn die Erinnerung an jenen Abend noch immer – und zwar aus diversen Gründen.

Er hatte vor zehn Jahren zusammen mit Colt einen Strategiekurs für Geiselnahme auf der Polizeiakademie besucht. Und auch wenn er sich immer gut mit ihm verstanden hatte, so standen die beiden Männer sich doch nicht besonders nahe. Hätte ihm jemand eine Stunde vor ihrem Dreier erzählt, dass eben dieser Mensch der Dritte im Bunde sein würde, hätte er ihm garantiert nicht geglaubt.

Tat es ihm leid, dass Colt an seiner Begegnung mit Desiree teilgehabt hatte? Halt! Mist! Carly. Ihr Name war Carly. Er konnte sich nur schwer daran gewöhnen. Denn den ganzen letzten Monat hatte Desiree ihm einige feuchte Träume beschert, die ihn morgens mit dem Gefühl erwachen ließen, wieder ein dreizehnjähriger Teenager zu sein. Aber wenn er bewusst an ihren gemeinsamen Abend dachte, kam er sich ganz und gar nicht wie ein Kind vor. Nein! Dann fühlte er sich durch und durch wie ein lüsterner Erwachsener.

Er bereute es nicht, dass Colt dabei gewesen war. Der Abend hatte sich zwar nicht so entwickelt, wie er ihn sich anfangs vorgestellt hatte – er war noch nie mit einer Frau zusammen gewesen, die so forsch und ungehemmt war –, aber sie hatte sein Blut zum Kochen gebracht und hatte dafür gesorgt, dass er sich auf fast magische Weise zu ihr hingezogen fühlte. Gerade so, als hätte er ihr auch dann nicht widerstehen können, wenn er es versucht hätte.

Und dann, mitten während ihrer heißen Nummer, hatte er zum ersten Mal kleine Hinweise in ihren Blicken erkannt, die darauf hindeuteten, dass hinter ihrem wilden Verlangen noch etwas Weicheres stecken musste.. Und bei *dieser* Erkenntnis hatte er zum ersten Mal so etwas wie Frustration gespürt, dass er so … dominant gewesen war und beim Sex die Kontrolle übernommen hatte.

Jake wusste durchaus, dass er sich schon sein ganzes Leben lang immer die Frauen ausgesucht hatte, die ein wenig unterwürfig oder doch zumindest nicht dominant waren. Er hatte schon immer Probleme gehabt, die Kontrolle abzugeben – besonders beim Sex. Aber er war bisher stets der Ansicht gewesen, dass er ziemlich gut damit umging. Doch nun war er zu der Erkenntnis gezwungen, dass er … na ja, dass er eben nur gut damit hatte umgehen können, weil er sich zu Mädchen hingezogen fühlte, die nichts Kontrollierendes an sich hatten. Aber jetzt, da er sich endlich mit einer Frau hatte auseinandersetzen müssen, die völlig unerschrocken war, hatte ihn das übermächtige Bedürfnis übermannt, dass alles so laufen musste, wie er es haben wollte. Er war nervös geworden und hatte sich verkrampft. Und in diesem Moment hatte ein altbekannter Drang zur Selbsterhaltung eingesetzt – gepaart mit dem archaischen Verlangen, ein echter Mann zu sein. Ein großer, starker, männlicher Kerl.

In den Momenten, in denen Colt in den Hintergrund getreten war, hatte Jake sich unwillentlich in einem eigentümlichen, stummen sexuellen Kampf mit ihr wiedergefunden. Zum einen, weil er schon ziemlich betrunken gewesen war, als sie sich und Colt in sein Zimmer eingeladen hatte und er einfach nur noch seinem Instinkt gefolgt war. Aber zum anderen eben auch wegen dieses Bedürfnisses nach Kontrolle. Er hatte sie unbedingt unter sich haben müssen, um Macht über sie zu gewinnen. Und als er spürte, wie sie ihn zu dominieren versuchte, hatte ein Teil von ihm instinktiv rebelliert. Es war zutiefst befriedigend gewesen, als er sie endlich auf den Rücken geworfen und so gefickt hatte, wie er es wollte.

Jetzt wusste er natürlich, dass er sich die wenigen sanften Blicke aus ihren Augen nur eingebildet hatte. Vor einem Monat hatte er es noch nicht begriffen, aber diese Blicke waren nichts weiter als kleine Risse in ihrer Rüstung gewesen. Und wenn er die Zeit gehabt hätte, diese Rüstung zu durchdringen, dann hätte er *dies* darunter gefunden. Carly Winters. Ein Mädchen, das sich eindeutig alle Mühe gab, schlicht, ja fast jungenhaft zu wirken. Dabei gelang ihr das nicht mal. Es konnte ihr gar nicht gelingen. Ihre Augen waren zu groß, zu ausdrucksvoll und zu hübsch. Ihre Lippen waren zu voll und ihr Körper zu kurvig – selbst in diesem weiten T-Shirt. Eine Frau, die anscheinend jedes Mal, wenn er ihr begegnete, etwas zu verbergen hatte.

Wer war sie also wirklich? Die selbstsichere Sexbombe? Oder die verlegene, nervöse graue Maus? Oder war sie vielleicht keines von beidem?

Was hatte sie nur in Traverse City gesucht? Sex natürlich.

Aber hatte sie auch noch etwas anderes gewollt? Und hatte sie es bekommen?

Mist. Wenn diese Frau dich ohnehin nicht an ihrem Leben teilhaben lassen will, spielt das doch eigentlich gar keine Rolle.

Er fuhr sich frustriert durch die Haare. Ihm war bei der starken Sonne viel zu heiß in seiner dunklen Uniform.

Es mochte ja sein, dass sie ihn nicht an ihrem Leben teilhaben lassen wollte, aber völlig daraus verschwinden konnte er schließlich gar nicht. Turnbridge war eine kleine Stadt – und wurde scheinbar mit jeder Sekunde kleiner.

Die meisten Männer würden sich wahrscheinlich gar nicht so viele Gedanken darüber machen, aber Jake war Ehrlichkeit sehr wichtig. Er mochte es nicht, an der Nase herumgeführt oder wie ein Fiesling behandelt zu werden, wenn er gar nicht fies gewesen war. Konnte ja sein, dass es ihr peinlich war, ihn wiederzusehen, aber verdammt, wieso musste sie denn gleich so eiskalt sein? Je mehr er über das nachdachte, was gerade eben passiert war, desto wütender wurde er.

Trotzdem – wenn sie nichts mit ihm zu tun haben wollte, wenn sie nicht mal so viel Höflichkeit besaß, ihm fünf Minuten zu schenken, was konnte er da schon tun, außer sie in Ruhe zu lassen? Er war schließlich kein Stalker – und hatte auch nicht vor, einer zu werden.

Doch eins war klar. Auch wenn er sie die nächsten fünfzig Jahre in Ruhe ließe, diese Nacht mit ihr würde er niemals vergessen. Die schmutzigen Dinge, die sie mit ihm getan hatte, das heiße Vergnügen, das sie ihm beschert hatte. Und er würde niemals die rasende Hitze vergessen, die in ihm aufgestiegen war, als sie ihn fast in den Wahnsinn getrieben und dazu gebracht hatte, die Kontrolle zu verlieren – und das nur, damit sie das Ruder wieder übernehmen konnte.

Carly nahm ihr Mittagessen in dem kleinen Raum hinter dem Laden zu sich – zumindest versuchte sie es. Oliver kreiste um ihre Füße, miaute und spürte offensichtlich deutlich, dass irgendetwas nicht stimmte. Sie war immer noch viel zu panisch, um klar denken zu können.

Als sie aufgegessen hatte, versuchte sie, sich zu wappnen. *Du gehst jetzt einfach nach vorn, öffnest die Tür für die Kundschaft und arbeitest weiter an Danas Wiege.*

Aber ihr war zum Erbrechen übel. So übel, dass sie die Tür nicht aufschloss und entschied, sich den Nachmittag freizunehmen. Und so saß sie irgendwann mit einem weichen Kissen gegen die Brust gepresst oben in ihrer Wohnung am Fenster. Ihre Augen waren fest auf die Straße gerichtet. Fast so, als würde sie so rechtzeitig erfahren, ob Officer Jake schon unterwegs war, um allen Bewohnern von Turnbridge brühwarm zu erzählen, dass sie einen wilden Dreier mit ihm und noch einem anderen Typen gehabt hatte.

Natürlich würde das bestimmt nicht gleich heute passieren. Er würde es nicht einfach so rausposaunen. Aber wenn er sich erst mal ein wenig mit seinen Kollegen angefreundet hatte, würde es schon irgendwie zur Sprache kommen. Ganz sicher, wenn man über Frauen sprach. Oder über Sex. Oder vielleicht auch, wenn es einfach nur um die Läden der Hauptstraße ging. Oder er würde erwähnen, dass er einen Küchentisch bräuchte, und irgendjemand würde ihm Winterberry's empfehlen. Irgendwann würde die Geschichte jedenfalls ganz sicher aus ihm heraussprudeln.

Das Einzige, was der Beobachtungsposten ihr verriet, war, dass er nicht zurückgekommen war. Sie hätte den Laden also durchaus öffnen können, ohne ihm zu begegnen. Aber im Moment war sie nicht mal in der Lage, auch nur *irgendjemandem* zu begegnen. Schließlich war ihre Welt gerade auf den Kopf gestellt worden. Und zwar unwiderruflich.

Auch wenn er niemandem je davon erzählte, würde ihr Leben doch nie wieder so sein wie zuvor. Sie würde nie wieder einen Polizisten oder auch nur einen Streifenwagen sehen können – und die patrouillierten stündlich über die Hauptstraße –, ohne an das erinnert zu werden, was sie getan hatte. Daran, dass sie eine Lüge lebte. Daran, dass sie eben nicht das brave Mädchen war, für das sie alle hielten und auch halten *wollten*.

Und was das Ganze sogar noch schlimmer machte: als er sie berührt hatte, als er sie auf der Straße beim Arm gepackt hatte, da war ein Gefühl durch ihren Körper geschossen, das sich nur als Wollust bezeichnen ließ. Dasselbe heiße Verlangen, das sie bei ihrer ersten Begegnung gehabt hatte. Und das hieß: Jedes Mal wenn sie ihn sah, würde sie nicht nur Sorge und Scham ob ihres Geheimnisses empfinden, sie würde auch dieselbe freimütige, überwältigende Gier spüren, die sie an jenem Abend erlebt hatte. Eine furchtbare Kombination – besonders, wenn man bedachte, dass lediglich die Präsenz eines einzigen Mannes dafür verantwortlich war.

Carly schlief kaum in dieser Nacht. Sie versuchte, sich einzureden, dass all das doch gar nicht so schlimm sei. Und dass es, was immer auch passierte, nicht das Ende der Welt bedeutete. Aber das stimmte eben nicht so ganz. Ihre Welt war klein. Und es brauchte nicht viel, um sie ins Wanken zu bringen.

Doch am nächsten Tag stand sie wie immer auf, frühstückte und streichelte den Kater. Sie zog sich an, arbeitete ein wenig und öffnete schließlich den Laden. Und nichts Schlimmes passierte. Jake Lockhart tauchte weder auf noch ging er bei ihr vorbei. Kein Einwohner von Turnbridge kam hereingestürmt, um ihr von den schrecklichen Gerüchten zu erzählen, die der neue Polizist verbreitete. Es war ein Tag wie immer.

Um die Mittagszeit gelang es ihr sogar, ihre übliche Bestellung bei Schubert's aufzugeben. Auf dem Weg dorthin verspürte sie natürlich schon das Bedürfnis, die ganze Zeit über ihre Schulter zu schauen und hielt tatsächlich den Atem an, als sie das Restaurant betrat. Aber heute aßen hier nur ein paar Männer zu Mittag, die in der Drogeriehandlung arbeiteten.

Und als Frank Schubert ihr mit einem »Seltsam, dass der neue Polizist dich gestern mit jemandem verwechselt hat« ihre Bestellung reichte, atmete sie erleichtert auf.

»Ja, seltsam«, gelang es ihr trotz zugeschnürter Kehle zu antworten.

»Desiree«, sinnierte Frank. »Was ist denn das für ein verrückter Name? Normalerweise würde ich mir wahrscheinlich gar nicht merken, wie er dich genannt hat«, fuhr er fort. »Aber dieser Name war so ungewöhnlich, dass er irgendwie bei mir hängen geblieben ist.«

Sie nickte nur, reichte Frank einen Fünfer. »Den Glückspenny darfst du behalten«, sagte sie und verkniff sich hinzuzufügen, dass der Name nur ungewöhnlich war, wenn man Turnbridge noch nie verlassen hatte.

»Trotzdem schräge, oder? Zu wissen, dass es da draußen jemanden gibt, der dir so ähnlich sieht, dass er euch verwechselt. Er schien sich seiner Sache nämlich zu Anfang sehr sicher zu sein.«

Um Himmels willen, jetzt lass es endlich gut sein, Frank. »Ja, schräge«, stimmte sie ihm zu.

»Wenn ich ihn das nächste Mal sehe, frage ich ihn vielleicht, woher er diese Desiree kennt. Vielleicht ist sie ja eine verschollene Verwandte von dir, von der du gar nichts weißt.«

Herrgott! »Nein, Frank, lass das lieber.« Sie hoffte, nicht allzu energisch oder erschrocken geklungen zu haben, konnte sich aber einfach nicht beherrschen. Bemüht, sich etwas normaler zu geben – das war das Wort des heutigen Tages für sie, das *Ziel* – fügte sie hinzu: »Ich meine, es macht mir irgendwie Angst zu denken, dass es da draußen jemanden geben könnte, der so aussieht wie ich. Von daher … Mir wäre es lieber, wenn du es einfach vergisst. Okay?«

Der gelassene Frank zuckte mit den Schultern. »Klar. Wenn dir das lieber ist.«

»Mach's gut, Frank.« *Und bitte, bitte erzähl nicht überall rum, dass der neue Polizist mich zu kennen glaubte und mich Desiree genannt hat.*

An diesem Nachmittag verkaufte Carly einen Brotkasten und ein Tablett, und irgendwann kam auch noch ein Kunde mit einem Pick-up vorbei, um seinen maßgefertigten Esszimmertisch abzuholen. Den Rest des Tages verbrachte sie damit, an der Wiege zu arbeiten.

Und als der Tag sich neigte, ohne dass sie in den letzten Stunden an Jake Lockhart *oder* Desiree gedacht hatte, fühlte sie sich … na ja, genauso wie sie sich seit heute Morgen hatte fühlen wollen: normal.

Doch in diesem Moment wurde die Tür aufgerissen und Dana stürmte herein. O je. Carly griff eiligst nach dem Tuch, mit dem sie die Wiege bedeckte, wenn sie nicht daran arbeitete und lächelte ihre schwangere Freundin an. »Hey! Was gibt's?«

Dana erwiderte ihr Lächeln nicht. »Was hast du mir verschwiegen?!«

Carly blinzelte nur. »Hä?« O Gott, was genau wusste Dana? Was hatte sie gehört? Hatte Jake Lockhart sie schon jetzt verraten? Ihr Herz begann zu rasen. »Was meinst du denn?«

Dana strich sich eine Locke ihres kurzen roten Haars hinter das Ohr und sah sie dann misstrauisch an. »Mein Mann hat mir erzählt, dass du gestern total durch den Wind warst. Und dann hat er gesehen, wie dieser neue Polizist dir die Straße nachrannte. Ich habe heute Morgen übrigens einen Blick auf den Typen werfen können und … o Mann, der ist echt scharf! Hank sagte, es hätte alles sehr dramatisch ausgesehen und dass der Polizist ganz entrüstet von hier weggegangen sei. Er meinte, es hätte so ausgesehen, als wären zwischen euch beiden die Funken geflogen. Darum dachte er, dass da vielleicht irgendwas Romantisches im Gange ist. Und ich sagte: ›Das kann nicht sein, Hank. Ich kenne Carly seit der ersten Klasse und wüsste wohl, wenn irgendwas dergleichen bei ihr los ist.‹ Aber auf der anderen Seite wäre ich natürlich begeistert, wenn du eine Romanze hättest. Ich hoffe also, dass ich falsch liege. Aber *was* immer nun los ist, du schuldest mir eine Erklärung. Denn *irgendwas* ist eindeutig los, von dem ich nichts weiß.«

Dana hatte während des gesamten Vortrags ihren Bauch umfasst gehalten. Und das war auch gut so, dachte Carly, denn ansonsten hätte dieser sturzbachartige Redeschwall das Baby vielleicht noch frühzeitig aus ihrem Bauch flüchten lassen. Im Plappern ohne Atem holen zu müssen, war Dana schon immer gut gewesen. Und die Schwangerschaft schien dieses »Talent« noch weiter verstärkt zu haben.

Das einzig *Gute* an der langen Tirade war, dass Carly genug Zeit blieb, sich eine Antwort einfallen zu lassen. Diese Antwort bestand natürlich aus einer Lüge. Und sie log Dana nur sehr ungern an. Aber ihr blieb keine andere Wahl. Dabei war es nicht mal eine *gute* Lüge. Aber immerhin besser als nichts. Carly hoffte nur inständig, dass die Schwindelei sich nicht irgendwann rächen würde.

»Ich hab den Typen gestern bei Schubert's zum ersten Mal gesehen«, behauptete sie. So weit, so gut. »Er ist mir hinausgefolgt, mir nachgerannt und … hat mich um ein Date gebeten.«

Dana rang nach Luft und lächelte. »Du Glückspilz!«

»Aber ich habe ihm einen Korb gegeben.«

Danas Blick verfinsterte sich. »Wieso denn das, um alles in der Welt?«

»Äh, weil ich ihn gar nicht kenne. Und er schien mir irgendwie … aufdringlich. Er wollte kein Nein als Antwort akzeptieren. Und dann wurde unser Gespräch, na ja, eben etwas hitzig.«

Danas Kinnlade war während Carlys Worten förmlich heruntergeklappt, und sie starrte ihre Freundin mit offenem Mund an. »Kennen, kennen. Wen interessiert's denn schon, ob du ihn kennst? Er ist ein Gott, Carly. Ein Gott in Uniform. Wie kannst du denn nur einen Typen abweisen, der *so* aussieht?!«

Carly seufzte. Verdammt noch mal! »Also … *mein* Typ ist er nicht. Ich fand ihn nicht so attraktiv.«

»Willst du mich verkohlen?«, fragte Dana.

»Nein.«

Dana verschränkte jetzt einfach nur die Arme über ihrem schwangeren Bauch und rollte genervt die Augen. »Wieso musst du bei Typen nur so wählerisch sein?«

»Mir fällt gerade keine Situation ein, in der es besser wäre, wählerisch zu sein«, erwiderte Carly. Und das war die erste Wahrheit, die sie in diesem Gespräch bisher von sich gegeben hatte – auch wenn es nicht wirklich etwas zur Sache tat. Tatsache war, dass sie mit niemandem in Turnbridge ausgehen konnte, weil sie genau wusste, wohin das führen würde. Und mit dem neuen Polizisten konnte sie schon gar nicht ausgehen – aus vielen Gründen. Erstens, weil er sie nicht mal um ein Date gebeten hatte. Und zweitens, weil er ihr Geheimnis kannte und sie wohl für den seltsamsten Menschen auf Erden halten musste. Die anderen Gründe lagen irgendwo dazwischen.

Vielleicht war sie ja auch tatsächlich der seltsamste Mensch auf Erden. Zumindest wenn es um Sex ging. Vielleicht hätte sie Dana einweihen sollen, als ihre sexuellen Probleme anfingen und sie zum ersten Mal dachte, sie würde Sex verabscheuen. Doch Dana war sexuell so verdammt normal und ausgeglichen gewesen, dass die ganze Sache ihr einfach peinlich gewesen war und sie sich wie eine Loserin gefühlt hatte.

»Du verpasst dein Leben«, sagte Dana.

Als ob ich das nicht wüsste. Das ist ja der Grund, weshalb ich nach Traverse City fahre. Um mein Leben wenigstens ein bisschen zu genießen – auch wenn es nur vorübergehend und nur körperlich ist. Aber sie verkniff sich die Antworten, die der Wahrheit entsprochen hätten. »Nun, das ist ja wohl *meine* Sache«, erklärte sie mit einem Gefühl von innerer Leere.

Na, toll. Von wegen sich normal fühlen.

Jake starrte auf seinen Monitor und hämmerte auf die Pfeiltasten. Er spielte irgendein Computerspiel. »Mist!«, murmelte er. Schon wieder verloren.

Er seufzte auf, als sein Schwanz sich erneut versteifte. Zwar mochte er zu dem Entschluss gekommen sein, Carly in Ruhe zu lassen, aber das hatte nicht unbedingt dazu geführt, dass er nicht mehr an sie dachte. Dabei hatte die Erinnerung an ihre heiße Begegnung schon vor dem gestrigen Tag seine Gedanken bestimmt. Und jetzt, da sie auch noch ein Geheimnis umgab und er das erlebt hatte, was wohl ihr wahres Ich war, hatte sich sein Verlangen sogar noch verstärkt. Es hätte ja auch durchaus eine Enttäuschung sein können, dass die selbstbewusste, verführerische Desiree gar nicht existierte. Verdammt, so sehr er auch dagegen ankämpfte – all die Geheimnisse, die diese Frau umgaben, machten sie noch begehrenswerter für ihn.

Er konnte sich das einfach nicht erklären. Und er versuchte es auch nicht einmal, um genau zu sein. Er hatte sich gestern zwar gesagt, dass er sie vergessen würde, aber bei seinem Schwanz schien dieser Entschluss noch nicht angekommen zu sein.

Jake atmete tief ein und versuchte sich erneut an dem Spiel, einer schwierigeren Variante von Tetris, einem alten Lieblingsspiel aus seiner Kindheit. Und … verdammt, jetzt hatte er schon wieder verloren, weil er sich einfach nicht auf die kleinen Gebilde auf dem Monitor konzentrieren konnte. Stattdessen musste er ständig daran denken, wie sie ihn mit diesen großen haselnussfarbenen Augen angesehen hatte, während sein Schwanz in ihrem warmen, feuchten Mund steckte. Immer wieder hörte er ihr Wimmern und Stöhnen, als Colt sie geleckt oder gefickt hatte. Noch immer spürte er die Enge und Hitze ihrer Möse, als er endlich an der Reihe gewesen war. Mist! Kein Wunder, dass er sich nicht auf das blöde Spiel konzentrieren konnte.

Es wurde Zeit, seinen niederen Bedürfnissen nachzugeben.

An ein bisschen Wichsen war ja nichts auszusetzen. Insofern sollte er es eigentlich nicht als ›nachgeben‹ betrachten. Aber nachdem sie ihn gestern so wütend gemacht hatte, wollte er sie eigentlich ganz und gar aus seinen Gedanken streichen. Sie hatte sich als echte Zicke erwiesen und er … Verdammt, es gefiel ihm einfach nicht, das Gefühl zu haben, als würde sie ihn immer noch kontrollieren. Und dass sie das selbst aus der Entfernung noch tat, machte es nur noch schlimmer.

Gedankenverloren ging er in die Dusche. Und so dauerte es nur ein paar Minuten, bis er mit geschlossenen Augen unter dem warmen Wasserstrahl stand und seinen Körper einseifte. Doch schon bald seifte er nur noch einen Teil davon ein – seinen Schwanz.

Als er später in seine dunkelblaue Uniform geschlüpft war, seine Waffe überprüft und das Pistolenhalfter umgelegt hatte, fühlte er sich schon viel besser und war fast überzeugt, dass die Gedanken an die kleine Miss Carly ihn sowieso bald langweilen würden. Er hatte hier ein ganz neues Leben angefangen. Und einen neuen Job, auf den er sich jetzt konzentrieren musste. Es würde sicher helfen, wenn er sich so bald wie möglich mit ein paar Single-Frauen traf.

Bisher war es bei allen seinen Schichten beim Turnbridge Police Department um praktische Schulung gegangen. Auch heute war das nicht anders, denn er begleitete einen anderen, etwa gleichaltrigen Polizisten auf der Nachtstreife. Der Name seines Kollegen war Tommy Gwynn.

Er zeigte Jake die Routen, die sie stündlich abfuhren und machte ihn auf einige Häuser aufmerksam, in denen es in der Vergangenheit zu Auffälligkeiten gekommen war. Gleichzeitig erklärte er aber auch, dass dort nicht unbedingt wieder etwas passieren musste. »Aber da wir hier so gut wie keinen Ärger haben, muss ich dir ja schließlich *irgendwas* zeigen, oder?«, sagte er lachend.

Jake war sich bewusst gewesen, dass das Leben als Kleinstadtpolizist weniger Aufregungen bereithielt als seine Arbeit in Detroit. Doch langsam wurde ihm klar, dass hier so gut wie gar keine Aufregungen auf ihn warteten.

»Ich sag's dir ganz ehrlich, meistens ist das hier wirklich ein ruhiger Job«, sagte Tommy. »Aber hier wohnen nette Leute, und es fühlt sich gut an, wenn man ihnen helfen kann. Ich will damit sagen, dass wir vielleicht nicht oft gerufen werden, aber wenn, dann ist es irgendwie bedeutungsvoller, denn der Mensch am anderen Ende der Leitung ist meistens jemand, den man kennt. Dein Nachbar oder der Mann, der einem die Haare schneidet oder die Frau, die dir gestern den Kaffee eingeschenkt hat. Verstehst du, was ich meine?«

Jake nickte. »Ich denke schon.« Tommy wollte sagen, dass es

ausgeschlossen war, hier Polizist zu sein, ohne jedermann zu kennen. Und Jake konnte nicht umhin zu ahnen, dass dazu auch die Ladenbesitzer der Hauptstraße gehörten.

»Und? Gibt es in der Stadt auch ein paar Single-Frauen?«, erkundigte er sich bei seinem Kollegen. »Oder muss ich irgendwo anders hinfahren, wenn ich so was wie ein Liebesleben haben will.«

Tommy grinste. »Na ja, ein paar gibt es schon. Aber wenn du nur auf der Suche nach ein bisschen Abwechslung bist, gibt es da eine Kneipe in Cherry Creek, die ich wärmstens empfehlen kann.«

Wieso enttäuschte Jake diese Antwort nur aus irgendeinem Grund? »Und was ist mit Carly Winters?« O Mist, wo war *das* denn auf einmal hergekommen.

Tommy warf ihm einen Blick von der Seite zu. »Was ist mit ihr?«

Jake gab sich alle Mühe, so unbekümmert wie möglich zu klingen. »Ich hab mich nur gefragt, wie es bei ihr so aussieht. Ist sie mit jemandem zusammen?«

»Die? Auf keinen Fall!« Tommy lachte. »Und es tut mir leid, dir das sagen zu müssen, Partner, aber die wird niemals mit dir ausgehen.«

Jake neigte neugierig den Kopf. »Woher willst *du* das denn wissen?«

»Carly geht mit *niemandem* aus. Niemals. Bevor ich mit Tina zusammenkam, hatte ich sie auch mal um ein Date gebeten, aber sie hat mir den dicksten Korb aller Zeiten gegeben.«

Jetzt war es an *Jake,* ein bisschen zu lachen. »Und wenn sie nicht mit *dir* ausgeht, dann heißt das automatisch, dass sie mit niemandem ausgeht?«

»Sagen wir einfach«, hob Tommy unverdrossen an, »ihr Nachname passt durchaus zu ihr.«

Jake zog fragend die Augenbraue hoch. Was sollte das denn nun heißen?

»Na ja, Winters. Kalt wie der Winter eben«, erklärte Tommy.

Jake war sprachlos. Carly Winters mochte ja vieles sein, aber kalt war sie nun ganz und gar nicht. »Äh, wie kommst du denn darauf?«

»Ein guter Freund von mir, Chuck Gardner, war ihr Freund auf der Highschool. Sie waren zwei Jahre zusammen, und es war durchaus etwas Ernstes. Sie gingen gemeinsam zum Abschlussball, hinterher hat sie sich von ihm entjungfern lassen, und es war sogar schon von Hochzeit die Rede. Aber letzten Endes stellte sich heraus, dass sie einfach keinen Bock auf Sex hatte. Und das machte Probleme.«

Jake musste sich alle Mühe geben, dass ihm nicht die Kinnlade runterfiel. »Wirklich? Sie hatte keinen Bock auf Sex?«

»Chuck hat zwar nicht gerade mit Details um sich geworfen, aber ich hab das Ganze so verstanden, dass man nie so recht wusste, was bei ihr denn nun angesagt war. Mal tat sie ganz heiß und bereit, aber wenn es dann wirklich zur Sache ging, war sie kalt wie ein Fisch. Einmal hat sie sogar geweint, wollte ihm aber nicht sagen, was los ist. Er kam sich vor wie ein Fiesling, als hätte er ihr wehgetan oder so was. Chuck war verrückt nach dem Mädchen und hat wieder und wieder versucht, die Sache zum Laufen zu bringen. Aber irgendwann hat sie dann schließlich mit ihm Schluss gemacht. Danach war sie noch mit ein paar anderen Typen zusammen, aber nie lange. Und soviel ich weiß, hatte sie keinen Freund mehr, seit sie neunzehn oder zwanzig war. Und das sind immerhin zwölf verdammte Jahre oder so. Einige Leute hier glauben sogar, dass sie eine heimliche Lesbe ist.«

»Nein!«, entfuhr es Jake, noch bevor er sich auf die Zunge beißen konnte.

Die einzige Ampel im Ort war auf Rot gesprungen, sodass Tommy sich zu seinem Kollegen umdrehen konnte. Jake bereute schon jetzt, so sicher geklungen zu haben. »Woher willst *du* das denn wissen?«

»Äh, na ja, ich kann es mir einfach nicht vorstellen«, redete er sich heraus. »Ich meine, hast du gesehen, wie ihre Jeans sich an ihren Hintern schmiegt?« Das war natürlich kein Grund, nicht zu glauben, dass sie eine Lesbe war, aber es war das Einzige, was Jake auf die Schnelle eingefallen war.

Während der Streifenwagen langsam über die Hauptstraße rollte, fiel Jakes Blick unwillkürlich auf das dunkle, zweigeschossige Gebäude, in dem Carlys Laden untergebracht war. Aus einem Fenster im ersten Stock drang ein schwaches Licht.

»Wo wohnt sie eigentlich?«, fragte Jake auf das Licht starrend.

Tommy zeigte praktischerweise auf das Fenster, zu dem Jake bereits hinaufsah. »Da oben. Als ihr Vater vor sieben oder acht Jahren starb, hat sie das Geschäft von ihm geerbt. Und die erste Etage hat sie zu einer Wohnung für sich ausbauen lassen.«

Gut zu wissen.

»Wenn ich du wäre, würde ich meine Zeit nicht mit ihr vergeuden, Kumpel.«

Du bist nicht ich.

Aber Tommy Gwynn hatte durchaus recht – er sollte seine Zeit nicht vergeuden. Schließlich hatte er das auch schon selbst beschlossen. Wieso zum Teufel erkundigte er sich also überhaupt nach ihr? »Ich glaube, das ist ein guter Ratschlag«, erklärte er schließlich, wie um seine eigene Entscheidung zu untermauern.

»Hey, wenn wir am Wochenende mal beide freihaben, könnte ich ja einen Männerabend organisieren, und wir beide fahren rüber nach Cherry Creek.«

»Hat deine Frau denn nichts dagegen?«

Tommy schüttelte den Kopf. »Ab und zu nimmt sich jeder von uns mal einen Abend frei. Und die Mädels nicht anfassen zu dürfen, heißt noch lange nicht, dass ich nicht wenigstens einen Blick drauf werfen kann«, erklärte er augenzwinkernd. »Ich habe Durst«, fuhr Tommy fort. »Um diese Zeit schaue ich abends immer auf ein Root Beer bei Schubert's rein. Hast du Lust?«

Endlich mal aus dem Auto rauszukommen, passte Jake gut in den Kram. In Detroit war er nur mit dem Motorrad unterwegs gewesen, und es würde sicher noch einige Zeit dauern, bis er sich daran gewöhnte, so lange in einem Streifenwagen zu sitzen. »Ich komme in ein paar Minuten nach. Ich muss mir mal kurz die Beine vertreten.«

»Klar, Mann«, sagte Tommy und marschierte in Richtung Schubert's davon.

Jake mochte Gwynn. Die Zusammenarbeit mit ihm war sehr angenehm, und er könnte vielleicht sein erster wirklicher Freund hier werden. Aber als er in der kühlen, nächtlichen Sommerluft die Hauptstraße entlangspazierte, dachte er an alles andere als Männerfreundschaften. Stattdessen fragte er sich, wieso zum Teufel Carly Winters seit zwölf Jahren keinen Freund gehabt hatte. Und wieso sie sich lieber in einen anderen Menschen verwandelte, um Sex mit Männern zu haben, die sie gar nicht kannte. Er verstand zwar, dass eine Frau sich vielleicht schick machen, an irgendeinen anderen Ort fahren und sich dort flachlegen lassen wollte. Aber wieso unter falschem Namen? Wieso nahm sie dazu eine völlig neue Identität an? Je mehr er von dieser Frau erfuhr, desto weniger verstand er sie.

Es sei denn … nein, daran wollte er gar nicht denken.

Selbst wenn er das, was er gerade erfahren hatte, in das

rätselhafte Puzzle einsetzte, schien das Ganze doch ein einziges Warnsignal zu sein. Und mit Warnsignalen kannte Jake sich aus.

Und ja, rief er sich erneut in Erinnerung, er war fertig mit ihr, und ihre Probleme gingen ihn nichts an. Aber das hielt seine Füße nicht davon ab, die paar Straßen zu queren, die zu ihrem Haus führten. Irgendwann stand er auf der gegenüberliegenden Straßenseite ihres Ladens und starrte einfach hinauf zu dem beleuchteten Fenster und versuchte, einen Blick auf sie zu erhaschen. Wieso, das wusste er nicht. Und verdammt, so langsam fing er *doch* an, sich wie ein Stalker zu fühlen.

Doch auch dieser ernüchternde Gedanke ließ ihn nicht seinen Blick abwenden. Zumindest noch nicht. Wie er da so unter der Straßenlaterne stand, wurde ihm irgendwann klar, wenn sie jetzt hinausschaute, würde sie ihn auch sehen.

Mist! Jetzt hör auf damit! Geh zurück zu Tommy! Trink ein verdammtes Root Beer und lern die Einheimischen kennen! Stichwort guter Ratschlag.

»Okay«, murmelte er laut vor sich hin, drehte sich dann um und … stand direkt Carly Winters gegenüber.

Kapitel 6

Carly sah ebenso überrascht aus, ihn zu sehen, wie umgekehrt. Er war eindeutig nicht der Einzige, der heute Abend einen ruhigen Spaziergang durch Turnbridge machte.

»Carly«, sagte er mit sanfter, tiefer Stimme.

Sie stutzte, als wäre sie erstaunt, dass er sie mit ihrem Namen ansprach – oder zumindest mit ihrem *richtigen* Namen.

Gleichzeitig sah sie aus, als würde sie jeden Moment flüchten wollen. Also gab er seiner Stimme einen möglichst behutsamen Ton, wie er nur konnte. »Bitte lauf nicht weg vor mir.«

Jake schaute direkt in ihre Augen, die unter dem Licht der Straßenlaterne so groß und ausdrucksvoll wie immer aussahen. Sie trug ihr langes Haar heute Abend offen, und es fiel in langen, etwas zerzausten Strähnen über ihre Schultern. Carly hatte eine langärmlige Strickjacke über ihr schlichtes, dunkles Oberteil gezogen und trug Jeans. Sie sah so schlicht und einfach aus – dabei war sie doch so verdammt kompliziert.

Er wollte sie immer noch, wie sie da ein paar Meter von ihm entfernt stand. Egal wie schlicht. Egal wie kompliziert. Es gefiel ihm nicht, aber er konnte es auch nicht unterdrücken. Dieselbe Chemie, die sie an jenem Abend in Traverse City zueinandergeführt hatte, war auch jetzt da. Erregend und geradezu greifbar. Dieselbe Chemie, aber eben doch anders. Ganz anders.

Ob es sie wohl überraschen würde, zu erfahren, dass er sie so noch hübscher fand als am Abend ihres Kennenlernens? Als Desiree war sie umwerfend gewesen, hatte aber an jenem Abend eher einer Frau geglichen, bei der man ans Ficken dachte und nicht daran, mehr Zeit mit ihr zu verbringen. Hier und jetzt sah sie aus wie eine Frau, mit der er einfach nur zusammen sein, reden und ja, auch näherkommen wollte. Aber diese Begegnung unterschied sich eben total von ihrem ersten Treffen.

Er schluckte schwer und hatte Mühe, die rechten Worte zu finden. »Hör zu, ich …«

»Tut mir leid, ich muss jetzt gehen«, sagte sie unvermittelt, trat vom Bürgersteig, überquerte die Straße und verschwand schließlich in ihrem Haus.

Jake stand stumm da und sah ihr nach. Er war hin- und hergerissen – in viel zu viele Richtungen. Er brannte darauf, zu erfahren, wie diese Frau tickte. Er verzehrte sich verzweifelt danach, sie ins Bett zu kriegen. Doch gleichzeitig wusste er, dass es weitaus schlauer wäre, einfach davonzugehen und all das zu vergessen.

Also ging er. Er kehrte ins Schubert's ein, trank ein Root Beer, unterhielt sich mit den Einheimischen und bekam nach und nach das Gefühl, als würde er sich langsam einleben und ein Teil dieser Stadt werden.

Aber *würde* er es vergessen? Würde er *sie* vergessen? Darüber war er sich längst noch nicht im Klaren.

Er *sollte* sie vergessen. Doch das Schlimme war … er war sich nicht sicher, ob er das überhaupt *konnte.*

Die zwei Schokoladencremetorten, die Carly auf einem ihrer handgemachten Kirschholztabletts balancierte, waren beide perfekt. Genau wie jedes Jahr. Das Rezept stammte von ihrer Großmutter, war an ihre Mutter weitergegeben worden und gehörte jetzt ihr. Ihre Mom behauptete, dass Carlys Baiser sogar noch höher und schaumiger als ihr eigenes war. Und dagegen ließ sich tatsächlich nichts einwenden. Carly war zwar keine herausragende Köchin oder Bäckerin, aber es gab ein paar Dinge, die sie sehr gut konnte. Und Schokoladencremetorte war eines davon.

Sie stand in der Schlange vor dem Kuchenzelt des Festivals zum 4. Juli und wartete darauf, sich beim jährlichen Wettbewerb anzumelden – auch wenn sie dieses Jahr durchaus einige Zweifel gehabt hatte, ob sie überhaupt mitmachen sollte.

»Hallo, Carly.«

Mary Reinholdt, die den Wettbewerb leitete, nahm ihre Torten entgegen und stellte sie auf den rot gestrichenen Sperrholztresen.

»Deine berühmte Schokoladencremetorte, wie ich sehe«, sagte die ältere Dame lächelnd, während sie den Torten eine Nummer zuwies und sie an den Tortenplatten befestigte. »Wir stellen sie bei der Hitze bis zur Bewertung und der Auktion natürlich in den Kühlschrank. Viel Glück!«

Gemäß einer Turnbridge-Tradition, die mindestens fünfundsiebzig Jahre zurückreichte, würde die zweite Torte nach dem Wettbewerb versteigert werden und die Bäckerin musste die ersten beiden Stücke mit demjenigen teilen, der sie erworben hatte. Früher war das Ganze eine romantische Frivolität gewesen, und jedermann wusste, dass Carlys Eltern sich nähergekommen waren, nachdem ihr Vater eine der Schokoladencremetorten ihrer Mutter ersteigert hatte. Doch jetzt war diese Tradition ziemlich obsolet geworden. Letztes Jahr zum Beispiel hatte Carly ihre Torte mit Tiffany Cleary geteilt, die unbedingt alle hatte überbieten müssen, weil ihr Vater Schokoladencremetorte so gerne mochte. Carly hatte ihre Torte auch schon mit Frank Schubert und einer der Bridge-Partnerinnen ihrer

Mutter gegessen. Einige Männer kauften gern die Torten ihrer Frauen oder Freundinnen, aber die Romantik der ganzen Aktion war eigentlich vergangen, und das Teilen kam Carly mittlerweile ziemlich albern vor.

Aber genau diese Tradition des Teilens war der Grund gewesen, weshalb sie dieses Jahr fast nicht an dem Wettbewerb teilgenommen hätte. Es könnte doch sein, dass der neue Polizist auftauchen und mitbieten würde. Schließlich schien er seit ihrer ersten Begegnung sehr erpicht darauf zu sein, mit ihr zu sprechen – seit ihrer ersten Begegnung in Turnbridge.

Doch als sie eines Tages zusammen mit Dana und Beth Anne zu Mittag gegessen und dabei erwähnt hatte, dass sie vielleicht nicht teilnehmen würde, waren ihre Freundinnen förmlich ausgerastet.

»Du *musst* teilnehmen!«, hatte Beth Anne befohlen. »Die Leute lieben deine Torten. Und außerdem – wenn du nicht mitmachst, dann gewinnt vielleicht diese Ziege Julie Marie Steinberg. Und das fände ich einfach schrecklich!« Julie Marie Steinbergs Apfeltorte hatte ein Jahr bevor Carly zum ersten Mal auf dem ersten Platz gelandet war, tatsächlich gewonnen. Und die besagte Frau – ein ziemlicher Neuling in Turnbridge – wurde nicht müde zu behaupten, dass ihre Backwaren besser als die waren, die sie in Beth Annes Bäckerei kaufte. »Und wenn meine Pfirsichtorte auch gut abschneidet, dann schafft sie es vielleicht nicht mal mehr auf den zweiten Platz.«

»Und außerdem – wieso solltest du denn nicht teilnehmen?«, fragte Dana.

Carly zögerte und spürte einen leichten Geschmack von Galle in ihrem Mund.

»Na?«, hakte Dana nach.

Carly hatte sich sehr in die Ecke gedrängt gefühlt, sie hatte aufgeseufzt und schließlich sogar eine ehrliche Antwort gegeben.

»Okay, es mag vielleicht dumm sein, aber ich habe wohl Angst, dass der neue Polizist auf meine Torte bieten könnte.«

Dana blinzelte nur ungläubig. »Ja, das ist *wirklich* dumm!«

»Halt, habe ich hier irgendwas verpasst«, schaltete Beth Anne sich ein und schaute die beiden Freundinnen fragend an.

Und so war Carly gezwungen gewesen, Beth Anne dieselbe Notlüge aufzutischen, die sie Tage zuvor bereits Dana serviert hatte. Und dann hatten die beiden Frauen ihr einen Vortrag darüber gehalten, was sie doch für ein Mauerblümchen wäre. »Wie kannst du nur nicht mit ihm ausgehen wollen?«, hatte Dana gefragt. »Du backst dieses Jahr auf jeden Fall deine Torten. Und wenn ich die ganze Zeit mit einem deiner gruseligen Handwerkszeuge hinter dir stehen und dich dazu nötigen muss. Und ich hoffe, dass er *tatsächlich* auf deine Torte bietet, damit du gezwungen bist, ihm eine Chance zu geben und ihn näher kennenzulernen!«

Beth Anne hatte natürlich auch ihren Senf dazugeben müssen. »Jetzt mal im Ernst, Carly, und versteh das bitte nicht falsch, wir machen uns ernsthaft Sorgen um dich!« Sie meinte natürlich, dass Carly den Männern grundsätzlich einen Korb gab. Und es war auch nicht das erste Gespräch über dieses Thema.

Irgendwann hatte sie dann schließlich nachgegeben und zugestimmt, an dem dummen Wettbewerb teilzunehmen – aber auch nur, um die beiden endlich zum Schweigen zu bringen und die Diskussion zu beenden.

Und seit dem Abend, an dem sie ihm auf der Straße fast in die Arme gelaufen war, hatte sie Jake auch gar nicht mehr gesehen. Wie er so dagestanden und zu ihrem Fenster hinaufgeschaut hatte … Irgendetwas hatte ihr Herz fast zum Stillstand gebracht, als sie ihn im Dunkeln sah. Und als er sich genau in diesem Moment zu ihr umdrehte, hatten seine Augen unter der Straßenlaterne gefunkelt.

Aber vielleicht hatte er ja endlich begriffen, dass sie in Ruhe gelassen werden wollte. Verdammt! Sie wünschte, die Begegnung auf der nächtlichen Straße hätte niemals stattgefunden. Um genau zu sein, wünschte sie sich, dass *nichts* von alledem jemals stattgefunden hätte, dass sie an jenem Abend einen anderen zum Sex gefunden hätte, oder dass Jake niemals hierhergezogen wäre.

Aber ein anderes, beinahe ebenso beängstigendes Problem war: Bevor sie ihn gesehen hatte, wie er zu ihrem Fenster hinaufstarrte, war sie wütend auf ihn gewesen. Doch seitdem … O Mann, diese funkelnden Augen hatten sie wahnsinnig heiß gemacht. Die bloße Erinnerung an diesen kurzen Moment, als er ihr gegenübergestanden und sie angeschaut hatte, machte sie schon an. Trotz der schrecklichen Ängste, die seine Anwesenheit ihr bereiteten, wurde sie jedes Mal feucht, wenn sie an ihn dachte.

Vielleicht war sie mit der ganzen Sache ja auch völlig falsch umgegangen. Vielleicht wäre es einfach klüger gewesen, das Ganze offen und ehrlich mit ihm zu besprechen und ihn – von einem unperfekten Mensch zum anderen – zu bitten, niemandem von ihrer ersten Begegnung zu erzählen. Vielleicht hätte das ja sein Bedürfnis befriedigt – was immer das auch für ein Bedürfnis war. Das Problem war nur, dass allein die Vorstellung, ein Gespräch mit ihm darüber zu führen, dafür sorgte, dass sie sich am liebsten versteckt und den Kopf im Sand vergraben hätte. Dabei ging es nicht nur darum, dass sie sich ihm nicht stellen wollte. Nein, sie wollte vor sich selbst weglaufen. Carly wollte sich nicht der Realität der Dinge stellen, die sie im Schutze der Dunkelheit trieb und ansonsten die Erinnerung daran zusammen mit ihren sexy Dessous in geschlossene Schubladen verbannte. Sie wollte einfach nicht offen aussprechen, dass irgendetwas von alledem tatsächlich jemals passiert war.

Doch hier stand sie nun beim Festival zum 4. Juli und wartete förmlich darauf, irgendwo Officer Lockhart zu erblicken – wenn nicht jetzt, dann ganz sicher später. Aber vielleicht würde er bei der Tortenauktion auf der Hauptstraße ja auch gar nicht auftauchen, sondern damit beschäftigt sein, den Verkehr umzuleiten. Vielleicht war sie, was ihn anging, einfach nur völlig paranoid.

Aber wie sollte sie das auch nicht sein? Schließlich fühlte es sich immer noch so an, als läge ihr Schicksal in seiner Hand.

Und so zuckte sie auch zusammen, als sich plötzlich eine Hand auf ihren Arm legte. Doch zu ihrer großen Erleichterung stellte Carly fest, dass es sich nur um Dana handelte. »Hank muss auf der Feuerwache gleich auf die Wasserwippe. Das dürfen wir uns auf keinen Fall entgehen lassen«, sagte sie mit einem breiten Grinsen.

Carly lächelte zurück – oder versuchte es zumindest – und ließ sich von ihrer Freundin zur Feuerwache führen.

Dabei hielt sie bei jedem Schritt die Augen offen, ob nicht vielleicht doch irgendwo der neue Polizist auftauchte. Doch als sie ihn auch nach geraumer Zeit nirgendwo erblickte, machte sich langsam eine gewisse Dankbarkeit und Erleichterung in ihr breit.

Jake stand zusammen mit Tom Gwynn am Gebäude der örtlichen Bank und genoss den Anblick der Festivitäten. Und er genoss den Anblick von Carly Winters. Heute trug sie ein enges rotes T-Shirt mit niedlichen weißen Shorts, die ihm in Erinnerung riefen, wie weich die Haut ihrer langen Beine gewesen war – Beine, die er bereits lasziv gespreizt gesehen hatte. Ihr Haar war mit einer Art puscheligem rot-weiß-blauem Gummiband zu einem Pferdeschwanz zusammengebunden. Sie sah total süß und – wie er seinem neuen Kumpel am liebsten gesagt hätte – so gar nicht wie eine versteckte Lesbe aus.

Allerdings sah sie natürlich auch nicht wie eine Frau aus, die sich mit zwei Männern, die sie gerade in einer Bar kennengelernt hatte, wildem Sex hingeben würde.

Neben ihr standen eine schwangere, rothaarige Frau und ein Typ, der sicher der Mann des Rotschopfs war. Vor dem Tortenstand hatte sich eine große Menschenmenge gebildet. Tommy hatte ihm schon erzählt, dass die Tortenauktion neben dem abendlichen Feuerwerk die größte Attraktion des Festivals war. Und sein Freund hatte ihm auch erklärt, wie die Auktion funktionierte. »Ich muss also aufpassen, wenn Tinas Apfeltorte verkauft wird«, sagte er. »Wenn ich sie nicht ersteigere, bin ich ein toter Mann. Letztes Jahr musste sie ihr Stück Torte mit Barlow Jones teilen, dem alten Knacker, der immer in diesem gelben Cadillac rumfährt. Er ist mindestens achtzig und hat es immer auf Frauen abgesehen, die halb so alt sind wie er. Und Tina sagte, er riecht auch ein bisschen komisch.«

Jake lachte nur und hörte dann genau zu, als eine ältere Dame die Gewinnerin des Tortenwettbewerbs bekannt gab. Der dritte Platz ging an irgendeine Julie Marie, die ihre weiße Schleife mit selbstgefälliger, leicht verärgerter Miene entgegennahm. Den zweiten Platz machte eine Beth Anne, die tatsächlich kurz aufkreischte, als ihr Name aufgerufen wurde und sofort zu der Schiedsrichterin rannte, um ihre rote Schleife abzuholen. »Beth Anne gehört die hiesige Bäckerei«, erklärte Tommy.

»Und der erste Platz geht zum vierten Mal in Folge an unsere geschätzte Carly Winters für ihre umwerfend köstliche Schokoladencremetorte«, gab die Dame mit stolzem Lächeln bekannt.

Ein paar Leute jubelten, der Rest applaudierte, aber alle schienen sich aufrichtig für Carly zu freuen. Frank Schubert hatte recht – die Menschen liebten sie. Jake konnte aber immer noch nicht so ganz begreifen, *wieso*, denn zu *ihm* war sie bisher einfach nur unfreundlich gewesen. Carly wirkte dankbar und sogar ein wenig schüchtern, als sie sich ihren Weg durch die Menge bahnte, um die blaue Schleife entgegenzunehmen. Die Schiedsrichterin drückte ihr fest beide Hände – ein weiterer Zuneigungsbeweis für die Lokalmatadorin.

Als Carly wieder bei ihren Freunden stand, verkündete die Dame mit dem Mikrofon: »Ich danke allen Damen, die dieses Jahr an unserem Wettbewerb teilgenommen haben. Und wir wissen ja alle, was als Nächstes kommt – unsere jährliche Tortenauktion! Der Erlös geht an das Turnbridge Festivalkomitee. Also seid großzügig, Leute, damit wir dieses wundervolle Ereignis auch weiterhin so festlich begehen können. Als Erstes haben wir diese köstliche Apfeltorte von Tina Gwynn«, begann sie die Auktion.

Jake stupste Tommy mit dem Ellenbogen in die Seite. »Du bist dran, Alter.«

Und als Jake beobachtete, wie liebevoll die beiden das Ganze über die Bühne brachten, konnte er nicht umhin zu denken, wie gut sie zueinanderpassten. Langsam wurde ihm klar, dass es in Turnbridge nur so von Paaren wimmelte und er wahrscheinlich der einzige Single-Mann im Police Department war. Als er noch in der Großstadt arbeitete, hatte er nie viele Gedanken daran verschwendet, irgendwann mal zu heiraten und sesshaft zu werden. Aber hier schien das eindeutig der vorgegebene Weg zu sein. *Mmmh. Wenn ich hierbleibe, werde ich dann wohl auch zu einem dieser verheirateten Typen, der die Torte seiner Frau kauft und so wie Tom ab und zu nach Cherry Creek fährt – nur um mal zu gucken, aber nicht anzufassen? Könnte mir das gefallen?*

Er wusste es nicht. Aber es war sowieso noch viel zu früh, um sich derartige Fragen zu stellen. Besonders da die einzige Single-Frau, die er in dieser Stadt kannte, ihn aus irgendeinem Grund hasste und eindeutig selbst einige Probleme hatte. Und im Moment war er sowieso viel zu sehr damit beschäftigt, Carly Winters lange, schlanke Beine zu betrachten, als auf die glücklichen Paare um ihn herum zu achten.

Ob *Carly* das wohl wollte? Ob sie sich wünschte, auch zu diesen netten Paaren zu gehören? Und wieso zum Teufel hatte sie keinen Freund? War es wirklich möglich, dass *sie*, die ihm den perfekten Blowjob verpasst hatte, wirklich mit ihrer ersten Liebe Schluss gemacht hatte, weil sie keine Lust auf Sex gehabt hatte? So wie Jake sie bei ihrem ersten Treffen kennengelernt hatte, war das einfach unmöglich. Die Geheimnisse, die seinen scharfen One-Night-Stand umgaben, schienen immer größer zu werden.

Jake merkte schnell, dass Barlow Jones auf die meisten der Torten bot. »Vielleicht isst er ja einfach nur gern Süßes«, sagte er zu Tom und Tina gewandt.

Doch Tina neigte nur spöttisch den Kopf. »Nein, was der mag, sind süße Mädchen. Der alte Mistkerl hat letztes Jahr andauernd versucht, unter dem Tisch meine Beine zu betatschen.«

»Bin ich eigentlich der Einzige hier, der das Fest für eine echt altmodische Tradition hält?«, fragte Jake. Geschichten von solchen Auktionen hatte er von seinen Großeltern gehört, aber danach nie wieder.

Tina nickte. »Alle denken das. Aber wir reichen unsere

Torten trotzdem jedes Jahr ein. Wieso, kann ich dir auch nicht sagen.«

»Die Leute mögen Traditionen«, erklärte Tommy mit weisheitsgetränkter Stimme. »Und niemand möchte, dass diese alten Sitten aussterben. Besonders nicht an einem Ort wie diesem, wo altmodische Ideale noch einen Stellenwert haben.«

»Als Nächstes …« Die Dame mit dem Mikrofon hielt kurz inne. »Na, sieh einer an, da haben wir ja unseren wunderbaren Sieger, die Schokoladencremetorte von Carly. Was höre ich als erstes Gebot für diese herrliche Torte?«

Barlow eröffnete erwartungsgemäß die Auktion und bot sieben Dollars.

Kurz darauf bot Frank Schubert acht und der Mann, der neben Carly und ihrer schwangeren Freundin stand, zehn. »Das ist Hank. Er ist mit Dana verheiratet«, klärte Tom ihn auf und bestätigte damit Jakes vorherige Annahme.

Als Barlow schließlich auf zwölf Dollar erhöhte, konnte Jake sich nicht mehr zurückhalten. »Ich biete zwanzig Dollar!«, rief er.

Tommy und Tina starrten ihn verdutzt an. »Hattest du das Ganze nicht gerade als altmodische Tradition abgetan?«, fragte Tina.

»Und meinen Ratschlag scheinst du auch nicht befolgen zu wollen«, schaltete sich Tom ein.

Aber Jake konnte nichts erwidern, denn da der alte Barlow gerade auf zweiundzwanzig erhöht hatte, musste er schnell handeln. »Fünfunddreißig«, rief er.

Die Menge schnappte nach Luft, und plötzlich sah er in Carlys schreckensweite Augen.

Sie stupste ihrem Kumpel Hank in die Seite und bat ihn eindeutig, Jake zu überbieten. Aber der sah sie nur an, als sei sie verrückt geworden. Der Schwangeren zwischen den beiden schien das Spiel aus irgendeinem Grund ausgesprochen zu gefallen.

»Nun denn«, verkündete die Schiedsrichterin schließlich mit leicht verschlagener Stimme, »es sieht ganz so aus, als ginge Carlys Torte an unseren neuen Police Officer. Und das für einen tollen Preis. Dann mal viel Spaß euch beiden.«

»Ich sag dir, Kumpel, du verschwendest nicht nur deine Zeit, sondern jetzt hast du auch noch fünfunddreißig Dollar verschwendet«, murmelte Tommy neben ihm.

Jakes Blick wanderte von Carly zu seinem Freund. »Wieso? Ist die Torte nicht gut?«

Tommy lachte nur. »Die Torte ist sicher super, aber das ist ja wohl nicht das Einzige, worauf du hier geboten hast.« Und dann, an seine zierliche Frau gerichtet: »Jake hat ein Auge auf Carly geworfen.«

Tina sah ihn voller Zweifel mit hochgezogener Augenbraue an. »Ach Jake«, sagte sie mit einem gewissen Mitleid in der Stimme. »Carly ist ja wirklich ein nettes Mädchen, aber … sie geht nicht mit Männern aus.«

»Das hab ich schon gehört. Aber keine Sorge, ich habe sie schließlich gar nicht um ein Date gebeten. Ich habe lediglich eine Torte gekauft. Wenn ihr mich entschuldigen würdet, meine Schicht ist jetzt offiziell zu Ende, und ich will meinen Preis abholen.«

Carly seufzte nur, als Beth Anne sich zu der Dreiergruppe gesellte. Die Freundin grinste breit, und während Officer Jake Lockhart sich mit der Torte in der Hand seinen Weg durch die Menge bahnte, stupste sie Carly mit dem Ellenbogen, als wäre gerade etwas ganz Wundervolles passiert. »Das ist alles eure Schuld«, flüsterte sie Dana und Beth Anne mit zusammengebissenen Zähnen zu.

»Es ist genau das passiert, worauf ich gehofft hatte«, zwitscherte Dana fröhlich. Carly konnte von ihren Freundinnen natürlich nicht erwarten, dass sie verstanden, wieso sie nichts mit dem Polizisten zu tun haben wollte. Sie konnte sich nur allzu gut den Ausdruck auf ihren Gesichtern vorstellen, wenn sie jetzt die Wahrheit herausposaunen würde. *Ich hatte einen total versauten Dreier mit ihm und seinem Freund und möchte jetzt jedes Mal am liebsten im Erdboden versinken, wenn ich ihn sehe.*

Es war kein Wunder, wieso ihre Freundinnen so gern wollten, dass sie einen netten Mann fand. Schließlich wussten sie auch nichts von ihrem anderen Geheimnis: *Ich kann scheinbar nur mit Fremden guten Sex haben.* Würde sie in einer großen Stadt wohnen, wo nicht jeder über jeden Bescheid wusste, dann wäre sie mittlerweile vielleicht mal zu einem Therapeuten gegangen, um hinter die Gründe dafür zu kommen und daran zu arbeiten. Aber so wie es hier in dieser Kleinstadt war, litt sie bereits ihr ganzes Erwachsenenleben darunter. Und jetzt musste sie für ihr Problem auch noch bezahlen.

Jake kam mit einem breiten, sarkastischen Grinsen auf sie zu. »Hey, *Carly«,* begrüßte er sie. Dabei wusste nur sie, dass er sie damit eigentlich nur daran erinnerte, unter einem falschen Namen aufgetreten zu sein. »Ich habe Ihren Kuchen gekauft«, erklärte er und siezte sie förmlich, damit ihre Freunde keinen Verdacht schöpften. »Und es war auch alles dabei, was wir so brauchen«, fügte er hinzu und hielt Pappteller und Plastikbesteck hoch.

Ihr wurde noch übler. Denn der Anblick von ihm mit ihrer Torte in der Hand machte deutlich, dass das hier real war und sie irgendwie damit umgehen musste. »Das sehe ich«, erklärte sie knapp und erwiderte sein Schmunzeln nicht. Da ihre Freunde und auch noch andere Bewohner der Stadt sie neugierig beäugten, versuchte sie so emotionslos wie möglich zu wirken. Dabei kam sie sich vor, als würde sie auf einer Bühne stehen, wo jeder ihrer Schritte, ihrer Gesichtsausdrücke und all ihre Reaktionen beobachtet wurden.

»Das heißt doch jetzt, dass Sie ihn mit mir zusammen essen müssen, richtig?«, fragte er mit hochgezogenen Augenbrauen.

»Aber nur ein Stück«, schränkte sie ein.

»Von mir aus nur ein Stück. Kommen Sie«, sagte er, steckte die Gabeln und Messer in seine Jackentasche, griff dann nach ihrer Hand und zog sie entschlossen von ihren Freunden weg. Und leider hielt ihn niemand auf. Leider dachten ihre Freunde fälschlicherweise, das hier wäre das Beste, was ihr seit Jahren widerfuhr – dabei gehörte es für sie zu den schlimmsten Erlebnissen der letzten Jahre.

»Wo gehen wir denn hin?«, fragte sie.

Er machte sich kaum die Mühe, sie anzusehen. »Keine Ahnung. Irgendwohin, wo nicht so viel los ist«, informierte er sie.

Carly seufzte. »Ich kenne da ein stilles Plätzchen«, sagte sie zögernd. Er war in die Maple Street eingebogen, die Straße, die zusammen mit der Hauptstraße ein T bildete. Carly deutete auf einen kleinen Hügel. Nachdem sie zwei Straßen bergan gegangen waren, erreichten sie die Bahnschienen, die parallel zur Hauptstraße verliefen und an denen eine Bank stand, von der man auf die Stadt schauen konnte.

Sie legten den gesamten Weg Hand in Hand zurück. Carly war entsetzt darüber, wie sehr diese Berührung sie innerlich zum Glühen brachte. Sie spürte die Hitze überall – selbst in ihrem Höschen.

»Seltsamer Ort für eine Bank«, sagte Jake, als sie bei den Schienen angekommen waren.

»Gar nicht so seltsam. Schau doch mal in die andere Richtung.«

Jake ließ ihre Hand los, drehte sich um und sah, dass der kleine Aufstieg sie höher als erwartet hinaufgeführt hatte. Von hier hatte man einen wundervollen Blick auf dic Wälder und Wiesen, die die Stadt umgaben. Die Gegend war im Allgemeinen ziemlich flach – es machte also durchaus Sinn, hier eine Bank aufzustellen. »Sehr schön«, erklärte er in einem Ton, der verriet, dass sein Interesse viel mehr ihr und dem gemeinsamen Essen der Torte und nicht der schönen Landschaft galt.

Nachdem sie sich gesetzt hatten, schnitt Jake mit dem Plastikmesser ein paar Stücke ab, und sie hielt die Teller, während er sie darauf ablegte. Wie seltsam das war! *Vor einem Monat haben wir es noch wie die Karnickel getrieben, und jetzt essen wir zwei Straßen von zu Hause entfernt gemeinsam Torte.*

Jake stellte die Tortenplatte beiseite, reichte ihr eine Gabel und stach mit der eigenen in das schaumige, mit Schokostreuseln verzierte Baiser. »Ich weiß, du bist sauer, dass ich die Torte gekauft habe, aber ich möchte nur, dass du mit mir redest«, erklärte er mit resoluter und ein wenig verärgerter Stimme. Er klang wie ein Mann, der entschlossen war, seinen Willen durchzusetzen. Und trotz all ihrer Bemühungen sah es ganz so aus, als würde er den auch bekommen.

»Wieso?«, fragte sie, denn darauf waren viele Antworten möglich. Carly hatte wirklich keine Ahnung, wieso er so erpicht darauf war, mit ihr zu sprechen. Wollte er einfach nur, dass sie zu dem stand, was zwischen ihnen gelaufen war? Oder ging es um mehr?

»Vielleicht werde ich ja einfach nicht gern angelogen«, erwiderte er und schaute ihr direkt in die Augen. Sein Ton sorgte dafür, dass sie die Gabel mitten in der Bewegung zum Mund stoppte. »Vielleicht würde ich mich ja besser fühlen, wenn ich wüsste, was eigentlich Sache ist.«

Carly seufzte laut auf und dachte kurz über ihre Möglichkeiten nach – so wenige es auch waren.

Vielleicht wäre es am besten, ihm einfach die Wahrheit zu sagen. Sich einfach noch ein bisschen mehr zu erniedrigen und ihm reinen Wein einzuschenken.

Jetzt gilt's. Als er endlich ein Stück von der Torte in seinen Mund steckte, fiel Carlys Blick auf ihr eigenes Stück. »Na schön, du willst die Wahrheit wissen? Hier ist sie. Ich wollte Sex. Und da es hier niemanden gibt, mit dem ich welchen haben wollte, bin ich eben woanders hingefahren. Jetzt zufrieden?«

»Köstliche Torte«, sagte er und schaute sie an. »Aber nein, damit bin ich noch nicht zufrieden. Wieso der falsche Name?«

Sie holte tief Luft und atmete wieder aus. Noch mehr Wahrheiten. Selbst wenn sie beschämend waren. Carly wollte die Wahrheit nur ungern zugeben, aber sie war jetzt ihr einziger Rettungsanker. Wenn sie sich ihm erklärte, würde er sie vielleicht endlich in Ruhe lassen. »Es fällt mir einfach leichter, … wenn ich mich so benehme, als wäre ich jemand anderes.« Das Geständnis ließ ihr Gesicht rot anlaufen.

Er nahm einen weiteren Bissen und warf ihr einen sachlichen Blick zu. »Nur, um das mal klarzustellen, ich wäre auch mit deinem *wahren* Ich sofort ins Bett gegangen.«

Seine Worte ließen sie leicht zusammenzucken, und sie musste blinzeln, während sie ihre Gedanken sortierte. Als sie an sich herabschaute, kam sie sich sehr reizlos vor. Eben wie ein Kleinstadtmädchen. Carly dachte an jenen Abend zurück – wie attraktiv sie ihn gefunden hatte. Immerhin hatte sie vermutet, er sei Pilot. Das mochte zwar nicht zutreffen, aber es war ihr vorgekommen, als führte er ein Leben außerhalb ihrer Kreise, als sei er ein Mann, der jede Frau haben konnte. Von daher wusste sie nicht recht, ob sie ihm glauben sollte. »Ich bin nicht gerade so anziehend wie Desiree«, erklärte sie.

»Du bist genauso hübsch«, erwiderte er ohne zu zögern, er wirkte aber immer noch ernst und etwas genervt. »Vielleicht nicht ganz so nett, aber da ist das letzte Wort noch nicht gesprochen. Verdammt, du bist eine Frau voller Geheimnisse. Und glaub mir, das zieht mich mehr an, als mir lieb ist.« Er führte erneut die Gabel zum Mund. »Und wieso konntest du mir das alles nicht erzählen, als ich versucht habe, mit dir zu reden? Wieso hat es mich fünfunddreißig Dollar gekostet, damit du mir gegenüber wenigstens einigermaßen höflich bist?« Jakes Blick fiel erneut auf seinen Teller. »Obwohl ich zugeben muss, dass diese Torte verdammt gut schmeckt.«

Carly seufzte zum wiederholten Male, dachte zurück und fragte sich, warum er nicht selbst darauf kam, sondern sie zwingen musste, es auszusprechen. »Als ich dich das erste Mal im Schubert's sah, war ich zu schockiert. Wie versteinert, um genau zu sein. *Entsetzt.* Und seitdem lebe ich in Angst, dass du allen davon erzählen und damit mein Leben ruinieren könntest.«

»Wieso sollte ich dein Leben ruinieren wollen?«

»Du weißt ja wohl, dass das, was du über mich weißt, ein ziemlich pikantes Geheimnis ist. Und Männer sind nun mal …«

»Schweine? Ja, ab und zu sind wir das. Aber das würde ich dir niemals antun. Egal, wie patzig du auch zu mir bist.«

Wow. Ihr fiel ein Stein vom Herzen – ein riesengroßer Stein. Aber das war ja nicht das einzige Problem. »Und selbst jetzt fällt es mir schwer, … mit dir zu sprechen. Es ist schwer für mich zu wissen, dass du hier lebst und dass ich dich andauernd sehen muss, verdammt!«

Jake sah völlig erstaunt aus und schüttelte kurz den Kopf. »Aber warum denn?«

Sie schnaufte verärgert auf. »Mein Gott, denk doch mal

nach. Denk mal an jenen Abend.« Mist! Sie wünschte sich augenblicklich, es nicht ausgesprochen zu haben, denn jetzt dachten sie *beide* daran. Daran, wie lüstern sie gewesen war. Daran, wie sie sich nach den zwei Schwänzen verzehrt hatte, als wären sie etwas zu essen und sie müsste sich davon ernähren. Noch nie war sie so schamlos gewesen. »Ich weiß einfach nicht, was du von mir denkst.«

»In welcher Hinsicht?«, fragte er mit ruhiger, aber etwas tieferer Stimme, sodass sie genau wusste, auch er dachte daran, wie hemmungslos sie gewesen war. Und vielleicht erregte ihn diese Erinnerung sogar ein wenig.

Carly hatte einen Kloß im Hals und musste schwer schlucken. Verdammt, es war schrecklich, darüber reden zu müssen. Wie sehr wünschte sie sich, das alles ungeschehen machen zu können. »In moralischer Hinsicht«, erklärte sie mit sanfter Stimme, als wäre sie eine beichtende Sünderin.

Als er sie einen Moment einfach nur ansah, spürte sie *alles:* die Wollust, die Sünde, die Reue. »Warum sollte ich dich verurteilen, Süße? Ich hab schließlich auch mitgemacht«, sagte er.

»Aber ich war diejenige, die …« Mist, ihre Stimme zitterte. Aber sie hatte die Sache ja unbedingt ansprechen müssen. »Diejenige, die es … eingeleitet hat und die mit … na ja … zwei Männern Sex gehabt hat.« Als sie *diesen* Teil ausgesprochen hatte, bekam sie kaum noch Luft.

»Um ganz ehrlich zu sein«, sagte Jake und schaute zum ersten Mal etwas freundlicher drein, »ich fand, du warst unglaublich!«

Carly blinzelte nur und wusste nicht recht, was sie davon halten und wie sie es aufnehmen sollte.

»Du warst so verdammt entspannt und selbstbewusst. Jedenfalls keine Frau, die sich Gedanken darüber macht, was ich in moralischer Hinsicht von ihr halte.«

»Aber das war eben Desiree und nicht ich«, erklärte sie.

Jakes Augenbraue ging nach oben. »Also ist es doch mehr als nur ein Name? Du bist also … ein völlig anderer Mensch?«

Verdammt, er hielt sie also für irre. Und das war sie wahrscheinlich auch. Carly schluckte schwer.

»So etwas in der Art«, gelang es ihr zu erwidern. »Wenn man in einer Kleinstadt aufwächst und jeder eine bestimmte Vorstellung davon hat, wie man ist – und in meinem Fall halten die Leute mich für *perfekt* – dann ist es eben schwer, seinen Bedürfnissen freien Lauf zu lassen. Seinen sexuellen Bedürfnissen, meine ich. Aber irgendwann kam ich dann auf die Idee, mir ein anderes Aussehen zu geben. Und bis zu dem falschen Namen war es dann nur noch ein kleiner Schritt.« Herrje, ihr größtes Geheimnis, einfach so auf einer Bank ausgeplaudert, als würden sie über das Wetter reden. Niemand wusste sonst davon. *Niemand!* Jetzt hatte sie nicht nur Sex mit Fremden, sie weihte sie auch noch in ihre intimsten Geheimnisse ein.

»Dann war das also nicht das erste Mal?«, erkundigte er sich.

»Nein.« Noch ein beschämendes Eingeständnis. Eigentlich ging ihn das wirklich nichts an, aber sie hatte sich jetzt fast daran gewöhnt, ihm Rede und Antwort zu stehen, sodass die Antwort einfach aus ihr herausgepurzelt war. »Aber es war das einzige Mal, dass ich mit mehr als einem Mann zusammen war«, ergänzte Carly, denn diese Einschränkung erschien ihr durchaus wichtig.

»Ich verurteile dich übrigens immer noch nicht.«

»Aber die Menschen hier … *die* würden mich verurteilen.«

Er nickte. »Ich weiß.«

»Es sind gute Menschen, aber … na ja, genau das ist ja das Problem, *es sind gute Menschen.* Menschen mit einer ziemlich festgelegten Vorstellung, was recht und was unrecht ist.«

Er nickte erneut und sah sie dann von der Seite an. »Da du

mir das alles erzählst, ist es nur fair, wenn *ich* dir auch etwas erzähle. Nur damit du's weißt, der Sex an jenem Abend … war der beste Sex meines Lebens.«

»Wirklich?« Carly wusste, dass sie gut war. Schließlich bekam sie das durchaus oft von ihren Gespielen zu hören. Aber trotzdem – wenn jemand vom besten Sex seines Lebens sprach, dann ging es dabei bestimmt nicht oft um Sex mit einer Fremden.

Er nickte bestätigend und schaute ihr direkt in die Augen. Carly spürte, dass beider Gedanken erneut zurückwanderten. Zurück zu mehr. Und zwar nicht zu den Momenten mit Colt. Nein, jetzt geisterten nur noch die Gedanken an *ihre* Momente heiß und erregend durch ihre Köpfe. Carly hatte zwar keine Ahnung, *woher* sie das wusste, aber sie wusste es. Die Bilder nagten förmlich an ihr. Wie sie ihn auf dem Bett geritten hatte. Wie er sie nach unten gedrückt und wie es ihr gefallen hatte. Wie sie verlangt hatte, dass er ihr den Po versohlte.

Sie biss sich peinlich berührt auf die Unterlippe, senkte den Blick und steckte sich schließlich auch ein Stück von ihrer Torte in den Mund. Sie wurde langsam warm und schmeckte nicht mehr so gut wie frisch aus dem Kühlschrank. Trotzdem genoss sie die Kruste, schluckte und nahm einen weiteren Bissen – einfach nur, um die Zeit rumzukriegen und sich mit etwas anderem als Erinnerungen und ihrer Verlegenheit zu beschäftigen.

In diesem Moment hob er die Hand und führte die Fingerspitzen an ihren Mundwinkel. »Du hast da ein bisschen …« Seine sanfte, aber direkte Berührung ließ sie zunächst etwas zurückschrecken, doch sie bemerkte schnell, dass er ihr nur ein kleines Stückchen Schokolade abgewischt hatte.

Wieso fühlte sich der Anblick der zähflüssigen Schokoladencreme an seinem Finger nur so … sexy an? Wieso um alles in der Welt wurde ihr dabei noch wärmer als ohnehin schon?

Als er den Finger zu ihren Lippen führte, wusste sie, warum. Es war sexy, weil sie die Schokolade am liebsten ablecken wollte.

Dennoch zögerte sie. Als Desiree wusste sie genau, was sie tat. Aber als Carly hatte sie nicht die geringste Ahnung, was sie tun musste, um … sexy zu sein.

Aber als er auch nur einen Hauch von Druck auf ihre Lippen ausübte, begann ihre Brust sofort vor Erregung zu schmerzen. Sie öffnete den Mund und ließ es zu, dass er seinen Finger hineinschob.

O Gott. Das bloße Gefühl, dass er etwas – einen Teil von sich – langsam in ihren Mund steckte, entfachte bekannte Gefühle. Carly schloss instinktiv die Lippen um seinen Finger, setzte behutsam die Zunge ein und schmeckte die süße Creme. Dann lutschte sie sie ab. Mmm, ja! Ihre Brüste prickelten, und sie spürte ein Zucken zwischen ihren Beinen. Ganz allein von dieser kleinen Interaktion.

Jake zog seinen Finger wieder etwas heraus, aber nur, um ihn beim zweiten Eindringen noch etwas tiefer hineingleiten zu lassen. Sie ließ es zu und hätte schwören können, dass die Temperatur um sie herum einige Grade angestiegen war. Sie schauten sich die ganze Zeit in die Augen. Sein Blick sorgte dafür, dass sich ihr fast der Magen umdrehte. In ihrem Inneren tobte ein Kampf zwischen Nervosität und Erregung – und sie konnte keine von beiden Emotionen abwehren.

Als er seinen warmen, klebrigen Finger schließlich wieder ganz herausgezogen hatte, erklärte er mit tiefer Stimme: »So gut wie du hat mir noch keine den Schwanz geblasen, Süße.«

Seine Worte erschütterten sie und rissen sie aus jeder verführerischen Stimmung, die sie gerade erfahren hatte – auch wenn er noch so behutsam vorgegangen war.

Und ehe sie ihre Gefühle abwägen konnte, folgte sie auch schon ihrem Instinkt: Sie holte aus und schlug ihm mit der flachen Hand ins Gesicht. So etwas hatte noch nie jemand zu ihr gesagt! Nicht zu ihr, *Carly.* Und nicht hier, *in Turnbridge.* So ein Satz war einfach undenkbar.

Es breitete sich wieder ein Hitzefilm auf ihrer Haut aus. Diesmal jedoch aus purer Anspannung. Jake führte eine Hand an seine Wange und starrte sie an – eindeutig ebenso erstaunt über die Ohrfeige wie sie selbst. »Was zum Teufel sollte das denn?«

»So kannst du doch nicht mit mir reden!«, fuhr sie ihn voller Abwehr an.

Er neigte den Kopf und blickte sie mit seinen glänzenden blauen Augen strafend an. »An jenem Abend schien dir das aber nichts auszumachen. Die Sprache schien dir sogar zu gefallen. Und um genau zu sein, warst du selbst auch ziemlich gut darin.«

Sie blieb stumm, war erneut entsetzt und schüttelte schließlich den Kopf. »Kapierst du es immer noch nicht? Ich bin nicht sie!«

»Sie?«

Hatte er denn schon alles vergessen, was sie ihm so schmerzhaft gestanden hatte. »Desiree. Das bin nicht ich!«

Jetzt sah er wieder wütend aus. »Dann lass mich das mal klarstellen. Desiree ist scharf und sexy, und Carly ist ein Miststück?«

Sie schnappte nach Luft. Als *Miststück* war sie bisher auch noch nie bezeichnet worden. Jetzt stieg auch in *ihr* erneuter Zorn auf.

»Du hast mir eben 'ne Ohrfeige verpasst, verdammt noch

mal!«, erinnerte er sie. »Gerade als ich dachte, wir würden uns langsam einigermaßen verstehen.«

Verstehen. Um Himmels willen, was hatte sie sich nur gedacht? Sie konnte sich gar nicht mit ihm *verstehen.* Sie konnte gar keine Art von Beziehung zu ihm haben – und schon gar nicht eine, bei der er ihr den Finger in den Mund schob und ihr Höschen damit so feucht wie bei ihrer ersten Begegnung machte.

Also sprang sie erbost auf. »In Traverse City hast du mir besser gefallen!«, fuhr sie ihn an und war eindeutig bereit, die Sache hier und jetzt zu beenden.

Nachdem er endlich seine Hand von der Wange genommen hatte –, im hellen Sonnenlicht sah man deutlich, wie rot sie war – blickte er sie mit düsteren Augen an. »Glaub mir, das geht mir mit dir ganz genauso.«

»Fahr zur Hölle«, platzte sie heraus, drehte sich um und marschierte davon. Über die Maple Street zurück zum Festival. Zurück zu ihrem wahren Leben. Zurück zu den Menschen, die sie kannten, liebten und verstanden.

Aber eigentlich verstand sie doch niemand. Niemand auf der ganzen Welt verstand sie. Verdammt, wenn sie ganz ehrlich war, verstand sie sich nicht einmal selbst.

Carly wusste nur, dass ihr so etwas Übles wie die Begegnung mit Jake Lockhart wohl noch niemals widerfahren war. Und zwar weil er eine Bedrohung für alles war, was sie über sich selbst wusste. Weil er sie zwang, einen allzu unverstellten Blick auf sich selbst zu werfen. Und weil … Verdammt noch mal, weil sie sich selbst jetzt, da sie wütend und mit wild schlagendem Herzen vor ihm flüchtete, nach seiner Berührung sehnte. Auf ihren Brüsten. Zwischen ihren Schenkeln.

Auf der Bank hatte er es für einen Moment geschafft, dass sie sich wieder wie Desiree fühlte. Schmutzig und überglücklich darüber. Bereit, sich in diesem Schmutz zu aalen. Er hatte es irgendwie und ganz urplötzlich geschafft, dass der Grat zwischen Carly und Desiree erschreckend schmal erschien.

Und selbst als sie davonstürmte, war sie nicht sicher, auf welcher Seite des Grates sie sich gerade befand.

Carly hasste ihn und hielt ihn ob seiner Worte für ein Schwein.

Desiree hingegen wäre am liebsten auf die Knie gegangen, um ihn erneut mit ihren Blaskünsten zu verwöhnen.

Kapitel 7

Jake hatte aus purem Frust kurz darüber nachgedacht, den Rest der Torte wegzuwerfen, hatte ihn dann aber doch mit nach Hause genommen. Schließlich war sie köstlich. So köstlich, dass sie eine blaue Schleife gewonnen und ihn fünfunddreißig Dollars gekostet hatte. Jetzt saß er am Küchentisch und aß sie voller Wut. Zwar war er schon vorher genervt und verärgert gewesen von ihrem Verhalten hier und ihren Lügen, aber nach dem Vorfall an den Bahnschienen war er richtig sauer. Sie hatte ihm eine runtergehauen, verdammt noch mal! Und war dabei nicht gerade zimperlich gewesen.

Jake hatte sich schon Sorgen gemacht, dass der rote Handabdruck heute Morgen noch zu sehen sein würde, aber glücklicherweise war er über Nacht verblasst, sodass er während der Arbeit nicht erklären musste, was der neue Polizist getan hatte, um sich eine Ohrfeige von einer Frau einzuhandeln. Mittlerweile war es Abend geworden, und Jake saß wieder an seinem Küchentisch.

Er schob sich einen weiteren schokoladigen Bissen der Torte in den Mund und dachte darüber nach, wieso sie ihm wohl eine runtergehauen hatte.

Er hatte ihr gesagt, dass sie seinen Schwanz gut geblasen hätte. Er hatte gedacht – verdammt, er hatte *gewusst* –, dass sie beide erregt waren und war einfach dem natürlichen Drang gefolgt, das Ganze auszubauen. Und außerdem stimmte es – er hatte ihr ein ganz ernst gemeintes Kompliment gemacht.

Sicher, hätte man sich gerade erst kennengelernt, wäre es ihm niemals in den Sinn gekommen, so etwas Vulgäres zu sagen. Aber da sie bereits einen Abend damit verbracht hatten, sich die schmutzigsten Dinge zu sagen und davon noch geiler geworden waren, hatte er sich nicht weiter Gedanken über die Worte gemacht, die aus ihm heraussprudelten. Er hatte gedacht, dass sie nur eine Fortsetzung von dem waren, was sie bereits miteinander geteilt hatten.

Mann! Stichwort komplizierte Frauen.

Nachdem er inzwischen einen Großteil der Torte vertilgt hatte, sprang er auf und schnappte sich seinen Autoschlüssel, der in einer Schale bei der Hintertür lag. Sie mochte vielleicht nichts mit ihm zu tun haben wollen, aber ein letztes Mal würde sie ihn schon anhören müssen. Und dann würde er sie verdammt noch mal auch in Ruhe lassen – und zwar für immer. Konnte ja sein, dass sie Komplexe hatte, aber das gab ihr noch lange nicht das Recht, anderen Leuten die Schuld dafür zu geben und sie in ihre kranken, verdrehten Probleme hineinzuziehen – was immer das auch für Probleme sein mochten. Und genau das wollte er ihr jetzt sagen.

Als er seinen Wagen anließ, waren gerade noch die letzten Strahlen des Sonnenuntergangs am Horizont zu erkennen. Doch als er einige Straßen gefahren und ein paarmal abgebogen war, um von seinem Haus in der Pinecone Avenue zur Hauptstraße zu gelangen, herrschte draußen bereits pechschwarze Nacht.

Wie immer um diese Zeit drang aus dem oberen Fenster Licht, und der Laden darunter war dunkel. Jake hatte keine Ahnung, ob es einen separaten Eingang zu ihrer Wohnung gab, also ging er zunächst zur Ladentür – eben die Tür, die sie ihm vor Kurzem vor der Nase zugeknallt hatte – und drückte auf die Klingel. Sie leuchtete auf, und er konnte sie auch von draußen hören. Funktionieren tat sie also.

Als keine Reaktion kam, drückte er sie erneut, hielt den Knopf diesmal aber fest. Das nervtötende Schrillen der Klingel zerriss auch noch im Freien förmlich die Luft und ließ seinen Ärger und das Gefühl, ungerecht behandelt worden zu sein, immer stärker werden. »Wenn es sein muss, bleibe ich hier stehen und halte das Ding die ganze Nacht gedrückt«, murmelte er vor sich hin und hämmerte dabei mit der Hand gegen das große Fenster in der Tür. Jake war es leid, dass grundsätzlich sie entschied, wann sie ihn beachtete, und er war nicht bereit, bis zum nächsten Tortenwettbewerb zu warten. Sie wollte, dass er sich wie ein Gentleman benahm. Er hatte es versucht, und es hatte nicht funktioniert. Also scheiß drauf – er konnte genauso ätzend sein, wie sie es war.

Der Polizist hatte ein paar lange Minuten den Klingelknopf gedrückt gehalten, als er im Inneren endlich etwas hörte. Schritte kamen eine Treppe herunter und bewegten sich laut auf die Tür zu. Hatte er sie verärgert? Gut. Denn er hatte endgültig genug davon, derjenige zu sein, der sich hier schuldig fühlen sollte.

Er hatte die Nase voll davon, dass sie ihm das Gefühl gab, irgendetwas Schlimmes gemacht zu haben – genau das wollte er ihr sagen. Er wollte ihr sagen, dass sie kein Recht hatte, ihr sinnloses Schuldgefühl auf ihn abzuwälzen. Er wollte sie anbrüllen und sich all den Frust und den Zorn von der Seele schreien, den sie ihm eingebracht hatte. Und zwar ein für alle Mal.

Sie riss die Tür auf und starrte ihn wütend an. »Was zum Teufel willst du?«

Er starrte zurück – zum Äußersten entschlossen.

Allerdings … Sie hatte wohl keine Ahnung, wie deutlich ihre Nippel durch das dünne, cremefarbene Pyjama-Oberteil zu sehen waren. Und sie konnte auch nicht wissen, dass die

Straßenlaterne direkt auf den weiten, seidigen Stoff fiel, sodass darunter ihre kurvige Silhouette zu sehen war. Der Anblick sorgte dafür, dass sein Schwanz – der bei dem Gedanken an sie schon den ganzen Tag in Aufruhr gewesen war – sofort steinhart wurde. Mist!

Er hatte so sehr die Schnauze voll von ihr. Er war so verdammt wütend. Und er war so verdammt erregt. Und genau diese Erregung bestimmte augenblicklich seinen Körper und seinen Geist – beides gleichzeitig und auf eine Art, die er noch nie erlebt hatte.

Er sagte kein Wort und war sich seines Tuns nicht wirklich bewusst. Seine Hände umfassten gierig ihre Taille, und er drückte seinen Körper gegen ihren zarten Leib, presste seine Lippen auf ihren Mund, während er sie gleichzeitig zurück in die Dunkelheit des Ladens drängte. In seinem Kopf brodelte es vor Lust und Geilheit, und auch Carlys erschrockenes Keuchen ebbte schnell ab, und sie zerrte an seinem T-Shirt. Und als sein steifer Schwanz sich gegen ihren Bauch presste, hörte er nur noch, wie die Tür sich hinter ihm schloss.

Er küsste sie fest und voller Begierde. Er wollte sie trinken und auf jedwede Weise benutzen. Seinen Zorn spürte er nur noch entfernt, denn jetzt war er mit seinem ganzen Wesen darauf konzentriert, was gerade geschah. Nach wochenlangem Begehren, all der Verwirrtheit und der Hitze ihrer Begegnungen würde er sie endlich wieder nehmen – und zwar voll und ganz.

Auch Carly sagte kein Wort und versuchte auch nicht, ihn aufzuhalten. Sie erwiderte seine Küsse ebenso wild, und ihr Atem glich nur noch einem abgehackten Keuchen, als er sie endlich in den hintersten Teil des Ladens neben der Treppe geschoben hatte. Er zog eine Hand aus dem Pyjama-Oberteil, um mit den Fingern am Bündchen an ihrer Hose zu reißen.

Sie hatte die Arme mittlerweile fest um seinen Hals gelegt, und er spürte ihre Zunge in seinem Mund, während er ihr die Pyjama-Hose zusammen mit dem Slip über den Po zog und beides zu Boden fallen ließ.

Dann öffnete er entschlossen den Knopf seiner Jeans und zog den Reißverschluss runter, sodass seine Erektion förmlich aus der Hose sprang – obwohl er immer noch seinen Slip anhatte. Er war wie besessen davon, wieder in sie eindringen zu können. Fast so, als wäre nichts mehr in Ordnung, bis er sich endlich wieder in ihrer Wärme versenkt hatte. Fast so, als würde die Welt untergehen, wenn er sie nicht so schnell wie nur menschenmöglich fickte. Und noch immer küssten sie sich – rau, hungrig, ungestüm. Jake brüllte, als sie ihre Fingernägel in seinen Hals krallte.

Und dann war auch endlich sein Schwanz befreit und presste sich hart und warm gegen ihren Bauch. Carly wimmerte gierig in seiner Umarmung, und Jake wusste genau, dass die Glückseligkeit ganz nah war. Ganz nah, ganz nah. Er umfasste ihren nackten Po, hob sie hoch und presste sie gegen die Wand. Ihre Beine umschlangen sofort seine Hüften, und die Spitze seines warmen und von ihren Säften bereits feuchten Schwanzes war genau an der richtigen Stelle, um hart und tief zuzustoßen. Sie schrie auf, warf lüstern den Kopf zurück, und er spürte endlich, wie die feuchte Wärme ihrer Möse seinen Schwanz wie ein heißer Schraubstock umfasste, als würde er ihn nie wieder loslassen.

Seine Kopfhaut prickelte vor Hitze, während sie sich weiter küssten und sie sich immer wieder gegen ihn presste. Sie warf sich ihm so leidenschaftlich entgegen, dass er nur noch keuchen und brummen konnte, während er sich wieder und wieder in ihr versenkte.

So bewegten sie sich ein paar ungehemmte, wilde Minuten

lang, bis Carlys Reaktionen sich schließlich veränderten und sie nur noch ein schwaches, aber hitziges Wimmern von sich gab. Und als die kreisenden Bewegungen ihres Beckens immer langsamer wurden, bis sie nur noch einem Zucken glichen, da wusste er, dass sie gleich von einem gewaltigen Orgasmus erfasst werden würde.

Er hielt sie fest umschlungen, als sie einige spitze Schreie von sich gab, die Augen schloss und mit geöffneten Lippen erneut den Kopf zurückwarf.

Als sie den Kopf wieder anhob und ihn im Dunkeln anschaute, küsste er sie ein, zwei Mal fest auf den Mund. Eigentlich hatte er vor, ihr erst mal ein wenig Zeit zu geben, um sich zu erholen. Gleichzeitig spürte er aber immer noch den rohen Drang, ihr das Hirn aus dem Leib zu ficken.

Und so trug er sie mit unkoordinierten Bewegungen zu der nächsten flachen Oberfläche, die er finden konnte. Es war ein kleiner Esstisch, der in der Mitte des Raumes stand. Und als er sie darauf ablegte, war er sich nur sehr vage bewusst, dass sie diesen Tisch selbst gefertigt hatte. Immer noch in ihrer Mitte versenkt, stieß er wieder und wieder zu. Sie sollte ihn bis ins tiefste Innere spüren. Sie sollte ihm alle Lust und Gier entlocken und sie dann in sich aufnehmen. Während er sie fickte, legte er die Hände auf ihre Brüste, die immer noch von dem dünnen Stoff ihres Pyjama-Oberteils bedeckt waren. Jake war nicht zärtlich – dazu war er im Moment gar nicht in der Lage. Er presste und knetete ihre Titten, spielte grob mit ihren steifen Nippeln, kniff hinein, zog daran und brachte sie zum Keuchen und Schluchzen, während die derbe Wollust durch ihrer beider Körper jagte.

Irgendwann riss er die Knöpfe, die ihr Oberteil zusammenhielten, einfach ab und warf sie ohne nachzudenken auf den Boden. Er wollte jetzt nur noch an ihre herrlichen Brüste. Und als seine Hände endlich die nackte, zarte Haut ihrer Globen berührte, massierte er sie im Rhythmus zu seinen harten, festen Stößen.

Carly schrie wieder auf. Ihr Stöhnen und Schluchzen vermischte sich mit seinen tiefen Lustlauten. Er beugte sich über sie und fickte, fickte und fickte. Dabei saugte er sich einen ihrer herrlich geschwollenen Nippel in den gierigen Mund, stöhnte um ihn herum und zog mit den Zähnen daran. Gleichzeitig spürte er, wie ihre Fersen sich in seinen Po pressten, als wollte sie ihn noch tiefer in sich hineinziehen. Aber das war unmöglich, denn er versenkte sich bereits mit jedem wuchtigen Stoß bis zum Anschlag in ihrer Mitte. Jake saugte voller Hingabe an ihren Titten und zeigte keine Gnade und keine Zärtlichkeit. Keiner von beiden wollte in diesem Moment etwas Sanftes – das wusste er.

Es fühlte sich einfach herrlich an, als er sie erneut in die Senkrechte zog und sie sich voller Wildheit an ihn klammerte. Das gab ihm zumindest im Moment das Gefühl, als wollte sie ihn. Seine rohen Instinkte wurden dadurch allerdings in keiner Weise abgeschwächt. Und da sie ihn nach dieser Nummer wahrscheinlich sowieso wieder rauswerfen würde, hatte er das starke Bedürfnis, sich hier und jetzt so viel von ihr zu nehmen, wie er nur kriegen konnte.

Jake sah sich nach einem Bett oder Sofa um. Er brauchte irgendetwas, worauf sie gut knien konnte, denn er wollte sie von hinten nehmen – so wie neulich in Traverse City. Aber als sie ihn erneut küsste, hielt er in der Bewegung inne, konnte nichts mehr sehen und nicht mehr weitergehen. Und so kam es, dass er über die Stufen der Treppe stolperte und beide mit einem Plumps auf die unterste Stufe fielen. Da sie seitlich landeten, rutschte sein steifer Schwanz zum ersten Mal nach langer Ekstase aus ihrer Spalte.

Ihre Blicke trafen sich ein weiteres Mal. Das einzige Licht im Raum kam von der Straßenlaterne, und ihre Augen waren so voller Hitze wie sein Körper. Beide sagten noch immer kein Wort. Zu jeder anderen Gelegenheit hätte er sie gefragt, ob sie sich bei dem Sturz wehgetan hatte, aber er wollte den heißen Zauber nicht brechen und ihr damit eine Chance geben, ihn doch noch rauszuwerfen. Stattdessen griff er im Aufstehen nach ihrer Hüfte und drehte sie auf den Treppenstufen entschlossen auf Hände und Knie. Und sie ließ es zu.

Als Jake sich hinter ihr in Position brachte, wünschte er sich allerdings, er hätte ihr den Pyjama ganz ausgezogen. Er sehnte sich danach, ihren Körper ganz nackt vor sich zu haben. Er wollte die Rundung ihres Rückens sehen, die Wölbung ihres Hinterteils und die Muskeln ihrer Schultern. Also ließ er die Hände über ihren runden Po und unter das Oberteil gleiten, spürte das Tal, das ihre Taille bildete und die leichte Beugung ihres Rückens, der sich der Steigung der Treppe anpasste. Allein schon diese Berührungen brachten sie zum Stöhnen und das wiederum sorgte dafür, dass es ihm eiskalt über den Rücken lief.

Aber er war zu wild darauf, sich wieder in ihr zu versenken, als sich noch länger diesem Anblick hinzugeben. Also umfasste er mit beiden Händen ihren Po, positionierte seinen Schwanz und schob ihn in einer Bewegung tief in ihre Möse. Carly gab ein kehliges Stöhnen von sich, das er bis in seine Brust spürte. Und dann stieß er zu. Das Ganze hatte als kopfloser, verwegener Fick begonnen, doch mittlerweile konnte er schon wieder klarer denken und mehr empfinden. Jeder harte Stoß seines Riemens schickte einen Strom der Lust durch seinen Bauch und seine Magengrube. Seine lüsternen Laute kamen aus dem tiefsten Inneren, und er nahm jeden Moment dieser unglaublichen Begegnung deutlicher wahr als noch vor ein paar

Minuten – von ihrem Körper bis hin zu ihrer geradezu schockierenden Bereitschaft. Von der Art, wie die Schatten über ihren Körper strichen, bis zu der Wahrnehmung, dass sie es in der Dunkelheit miteinander trieben, ohne auch nur ein Wort gewechselt zu haben.

Jake biss sich auf die Zähne, während er sie immer härter durchfickte und sie mit jedem intensiven Stoß zum Schreien brachte. Es dauerte nicht lange, und er hatte sich völlig in der puren, treibenden Lust und den harten, rhythmischen Stößen in ihrer Spalte verloren. Und als der Höhepunkt sich schließlich näherte und ihrer beider Stöhnen immer lauter wurde, packte er ihren Arsch und rammte seinen Prügel wieder und wieder erbarmungslos in ihre Fotze, bis … O ja, da war es. Es stieg langsam in ihm hoch. Es war nicht mehr aufzuhalten. Ja. Ja! Aus seiner Kehle drang ein geradezu tierischer Laut, als ihn ein Orgasmus erfasste, der genauso heftig und ungestüm war, wie der Sex selbst. Er fiel fast hinten über, als er endlich in ihrer herrlichen Möse explodierte. *O ja!*

Carly rührte sich nicht mehr, als er über ihr zusammenbrach, und bis auf das Ticken irgendeiner Uhr war alles still. Plötzlich fuhr ein Auto vorbei. Sie waren also doch nicht die einzigen Menschen auf der Welt – auch wenn es sich vor ein paar Minuten noch so angefühlt hatte.

Mann! Jake hatte gedacht, dass schon die Nummer mit Colt heftig gewesen war. Aber das hier … das hier war irgendwie mehr. Das hier war der intensivste Fick, den er je erlebt hatte.

Irgendwann zwang er sich schließlich, sich zu erheben und auf eine der Stufen zu setzen. Nachdem er erschöpft den Ellenbogen auf die nächsthöhere Stufe gelegt hatte, kehrte er langsam in die Realität zurück.

Als Carly sich auf die Seite drehte, um ihn anzusehen, rechnete er eigentlich damit, dass sie irgendetwas sagte. Als sie das nicht tat, fragte er: »Willst du mir nicht sagen, dass ich gehen oder zur Hölle fahren soll oder so was?«

Aus ihrem Mund drang ein leiser Hauch. Und dann, mit der wohl sanftesten Stimme, die er je bei ihr gehört hatte: »Nein.« Mehr nicht.

»Alles okay bei dir?« Er meinte das nicht auf sarkastische Weise, sondern fragte sich wirklich, ob sie in Ordnung war.

»Ja«, flüsterte sie.

»Nur damit du's weißt, ich bin eigentlich nicht mit dem Plan hergekommen, mir dir zu ficken.«

»Weshalb bist du dann hergekommen?«

»Um dich anzubrüllen.«

Sie sah ihn mit zärtlichen Augen an. »Ficken ist besser als brüllen.«

Diese überraschende Entgegnung brachte ihn zum Grinsen. »Da hast du verdammt recht.«

Sie setzte sich auf seine Stufe und versuchte, ihr Pyjama-Oberteil zu schließen.

Er berührte ihr Knie. »Nicht.« Sie hielt inne und sah ihn fragend an. »Dein Körper ist wunderschön, du musst ihn nicht verstecken. Nicht vor mir.« Dann seufzte er ein wenig schuldbewusst auf. »Und ich glaube, du hast sowieso keine Knöpfe mehr. 'Tschuldige.«

»Ich werd's überleben.«

Jake wusste zwar nicht so recht, was hier vor sich ging, aber ihre neue Art gefiel ihm.

»Sag mal, warum wirkst du plötzlich nicht mehr so, als würdest du mich hassen?«

Sie seufzte. »Weißt du noch, als du sagtest, der Sex in Traverse City wäre der beste deines Lebens gewesen?«

»Ja.«

»Na ja, ich glaube, *das eben* war der beste Sex *meines* Lebens.

Und das, obwohl du mich nicht für eine andere gehalten hast. Es fällt mir also ziemlich schwer, wütend auf dich zu sein.«

Carly wusste nicht recht, was ihr da gerade widerfahren war – außer, dass es eben der beste Sex ihres Lebens gewesen war. Dabei war es das völlige Gegenteil von dem gewesen, was sie normalerweise brauchte, denn sie hatte nicht die allergeringste Kontrolle gehabt. Sie konnte es sich nur so erklären, dass der seltsame, übergroße Hunger so stark geworden war, dass sie diese Kontrolle über Jake nicht mehr gebraucht hatte.

»Weshalb wolltest du mich denn anbrüllen?«

»In erster Linie, weil du mir Schuldgefühle gemacht hast, würde ich sagen. Dabei habe ich dir nie irgendetwas Unrechtes angetan.«

Sie nickte stumm, konnte es nicht mehr abstreiten. »Ich weiß.« Dann setzte sie alles auf eine Karte – wohl wissend, dass es bestimmt niederschmetternd sein würde, abgewiesen zu werden, nach allem, was gerade passiert war. »Diese Treppenstufen sind sehr hart. Wollen wir nicht nach oben gehen? In mein Bett?«

Sie erkannte durch die Schatten hindurch, dass ein leises Grinsen über sein Gesicht huschte. »Ja, das klingt gut.«

Es hatte etwas leicht Peinliches aber gleichzeitig auch Heimeliges, ihre Pyjama-Hose aufzuheben, die Tür abzuschließen und ihn dann nach oben in ihre Wohnung zu führen, die noch kein Mann jemals betreten hatte. Sie hatte nur ein Zimmer – die Küche an einem Ende, das Bett an der Wand und die Wohnecke gleich neben der Treppe.

Carly hatte im Bett gerade ein Buch gelesen, als sein Klingeln ertönte, und es lag noch immer aufgeschlagen auf dem etwas zerknitterten Bettlaken. Komisch – dies war ihr Zuhause, aber nach dem, was gerade geschehen war, fühlte es sich an, als wäre es viel länger als fünfzehn Minuten her, dass sie zuletzt hier gewesen war. Irgendetwas in ihr hatte sich verändert, seit sie diese Treppe hinabgestiegen war.

Ach ja, der beste Sex ihres Lebens. Das war es. Etwas in ihr fühlte sich erfrischt, erneuert und irgendwie erleichtert an. Und das, obwohl sie ihn, sich und ihre seltsamen sexuellen Probleme immer noch nicht richtig durchschauen konnte.

Und dann … o Mann! Sie spürte es jetzt schon eine ganze Weile – seit sie von der Treppenstufe aufgestanden war. Ihre Oberschenkel fühlten sich feucht und klebrig an. Und jetzt, da etwas Flüssiges langsam an ihr hinabrann, begriff sie schließlich auch, dass es sich um sein Sperma handelte.

Carly drehte sich um und sah Jake an. »Äh, auch wenn das Thema jetzt vielleicht ein bisschen unangenehm ist, wir haben kein Kondom benutzt.«

Er schloss die Augen und knirschte mit den Zähnen. »Himmel. Es ist mit mir … durchgegangen. Das ist zwar keine Entschuldigung, aber … alles, was mir einfällt. 'Tschuldige.«

»Geht es denn oft … mit dir durch?«

Er schüttelte energisch den Kopf. »Das letzte Mal ohne Gummi ist … wohl so ungefähr fünf Jahre her – als ich das letzte Mal eine feste Freundin hatte.« Jake seufzte kurz auf. »Und bei dir?«

Eigentlich musste ihr die Frage gar nicht peinlich sein, aber aus irgendeinem Grund war sie es doch. »Das, äh, war das erste Mal, dass ich es ohne gemacht habe.« Irgendwie kam sie sich durch die Antwort unerfahren vor.

»Wow. Beeindruckend«, erklärte er, während sie ein Taschentuch aus dem Nachttisch holte und mit dem Rücken zu ihm versuchte, sich diskret der Spermatropfen zu entledigen. »Kein Wunder, dass es sich so geil anfühlte«, murmelte er hinter ihr.

Carly fragte sich, ob *das* wohl der Grund dafür war, dass sie diese Nummer mit ihm als besten Sex ihres Lebens empfand.

Nur weil kein dünner Gummifilm zwischen ihren Körpern gewesen war?

»Möchtest du was essen oder trinken?«, fragte sie ihn mittlerweile gesäubert und mehr als bereit, das Thema zu wechseln.

Carly drehte sich um und sah, dass er den Kopf schüttelte. »Für mich nicht, danke. Ich habe jede Menge Schokoladencremetorte in mich reingestopft, bevor ich herkam.«

Sie biss sich auf die Lippe und sah ihn prüfend an. Sie stand fast nackt im hellen Licht der Deckenlampe, er aber war immer noch vollständig angezogen. Sogar den Reißverschluss seiner Jeans hatte er wieder geschlossen. Also trat sie, trotz seiner Bemerkung, dass er ihren nackten Körper sehen wollte, vor eine Kommode, schlüpfte in einen pastellfarbenen, gestreiften Slip und tauschte das offene Pyjama-Oberteil gegen ein Tanktop aus.

Als sie sich wieder umdrehte, hatte Jake es sich bereits bequem gemacht und lag gegen ein Kissen gelehnt und mit verschränkten Armen hinter dem Kopf auf ihrem Bett. »Hast du das gebaut?«, fragte er.

Sie nickte.

»Es ist sehr schön.«

»Danke.«

»Du lebst also davon, Möbel herzustellen. Das ist ziemlich ungewöhnlich.«

Carly nickte erneut. »Das Handwerk wurde von meinem Dad an mich weitergegeben.«

»Machst du das, weil es dir gefällt, oder weil das eins von diesen Familiendingern ist, zu denen man gezwungen wird?« Er war völlig offen und redete nicht lange um den heißen Brei herum.

»Beides«, erwiderte sie und legte sich auf dem Bett neben

ihn. Der Deckenventilator sorgte für eine gewisse Kühle, und sie griff nach der Überdecke, die am Ende der Matratze lag, und legte sie sich über die Beine.

»Und bereust du es, dass du diesen Weg eingeschlagen hast?«

»Meine Arbeit befriedigt mich sehr. Ich bereue höchstens, dass ich nach der Schule nicht aufs College gegangen bin, sondern gleich den Laden übernommen habe. Außer Turnbridge … habe ich noch nicht allzu viel von der Welt gesehen.«

Ihre Blicke trafen sich. Jake sagte nichts, aber es fiel ihr nicht schwer, seine Gedanken zu erraten. *Und das ist auch ein Teil deines Problems, stimmt's?*

Und damit lag er natürlich genau richtig.

Dabei kannte sie viele Menschen, die ihr ganzes Leben in Turnbridge verbracht hatten und trotzdem in der Lage waren, ganz normale Beziehungen mit ganz normalem Sex zu führen. Das erklärte also eigentlich gar nichts.

In diesem Moment kam Oliver die Treppe heraufgetrottet. Im Gegensatz zu Carly war der Kater nicht im Geringsten schockiert, einen Mann in ihrem Bett zu sehen. Dazu war er viel zu sehr daran gewöhnt, dass die Leute in ihrem Laden ein- und ausgingen. »Großer Kater«, bemerkte Jake.

»Jake Lockhart, darf ich vorstellen, Oliver J. Katzenstein.«

»Großer Kater mit großem Namen«, sagte er, und seine Mundwinkel verzogen sich leicht nach oben.

Auch sie lächelte leicht und erinnerte sich. »Als ich hier über dem Laden einzog, haben meine Freunde mich immer aufgezogen, dass er mein Geschäftspartner wäre. Und da haben wir uns überlegt, dass er dann auch einen professionellen und doch katzenhaften Namen bräuchte.«

Als Oliver aufs Bett sprang, um ein wenig um Jake herumzustreifen, streichelte dieser ihn abwesend.

»Du hast also nichts gegen Katzen?«, fragte sie.

Er warf ihr einen kurzen Blick zu. »Nein. Sollte ich?«

Sie schüttelte erfreut den Kopf. »Es gibt einige Typen, die etwas gegen Katzen haben.«

»Aber ich bin nicht irgendein Typ«, erklärte er mit Nachdruck. Und Carly fing tatsächlich langsam an zu glauben, dass Officer Jake Lockhart nicht unbedingt ein Durchschnittstyp war.

»Und?«, fragte er in etwas vorsichtigerem Ton. »Sind wir jetzt Freunde?«

Sie zog die Augenbrauen hoch. Das Wort überraschte sie bei all ihrem Tun doch ein wenig. »Freunde?« »Ich meine … wenn ich dich irgendwas Persönliches frage, wirst du dann wieder wütend und wirfst mich raus?«

Carly atmete tief durch. Ein Teil von ihr fragte sich, warum er diesen einen Moment, in dem man sich das erste Mal nach Traverse City wohl miteinander fühlte, unbedingt zerstören musste. Aber andererseits … Die Art, wie sie sich kennengelernt hatten und die letzten Begegnungen – da war es eigentlich klar, dass er seine Neugierde nicht auf einmal verlieren und aufhören würde, Fragen zu stellen. Er war Polizist. Und Carly kannte genug Polizisten, um zu wissen, dass sie von Natur aus wissbegierig waren und den Dingen immer auf den Grund gehen wollten. »Ich werde schon nicht wütend. Ich kann nicht versprechen, dass ich immer antworte oder besonders glücklich über die Fragen bin, aber wütend werde ich nicht.«

Jake holte neben ihr tief Luft und sah ein wenig traurig aus. »Ich weiß, dass mehr dahintersteckt.«

Sie blinzelte nur. »Mehr?«

»Hör zu, Süße, man schlüpft nicht in eine andere Rolle, um Sex zu haben, wenn man nicht glaubt, dass mit dem wahren Ich irgendwas nicht stimmt.«

Die Worte hauten sie wirklich um, und sie war froh, dass sie lag. Carly wusste kaum, wie sie reagieren sollte. Stichwort unverblümt. Aber vielleicht war das ja auch so eine Polizisten-Eigenschaft. Und zu ihrer Überraschung wurde sie auch tatsächlich nicht wütend. Sie kam sich höchstens ein bisschen erbärmlich vor. Und nicht besonders sexy. »Das war ein Statement und keine Frage«, erwiderte sie.

Ihre Blicke trafen sich. »Na schön. Wieso musst du in eine andere Rolle schlüpfen, um Sex haben zu können?«

Carly setzte sich auf, lehnte sich gegen das Kopfteil, starrte abwesend auf die Überdecke, die sie mittlerweile bis zu ihrer Taille hochgezogen hatte, und knabberte an ihrer Lippe.

Sie kannte die Antwort. Vielleicht. Irgendwie. Aber sie erlaubte sich einfach nie, über diese Frage nachzudenken. Noch nie hatte sie wirklich dahinterkommen wollen, wie sie von Punkt A zu Punkt B gekommen war. »Ich weiß es nicht«, antwortete sie. »Es ist einfach schon immer so gewesen.«

»Definiere immer.«

Sie schluckte. »Seit der High School. Seit meinen ersten sexuellen Erfahrungen. Ich … ich konnte es einfach nicht.«

Jetzt rollte er sich auf die Seite und sah sie an. »Was meinst du damit?«

»Ich … hatte durchaus Bedürfnisse.« Herrje, ihre Bedürfnisse waren ebenso ausgeprägt gewesen wie bei jedem anderen Teenager. »Aber immer, wenn ich versuchte, mit einem Jungen rumzumachen – selbst mit einem Jungen, den ich wirklich mochte …«

»Was passierte dann?«

Carlys Gedanken wanderten zurück zu den schrecklichen, fast lähmenden Momenten. »Ich … erstarrte zu Eis, fühlte mich schmutzig, mir war schlecht. Ich … konnte das *Gute* am Schmutzigsein einfach nicht ausleben. Niemand durfte diesen

Teil von mir sehen oder auch nur ahnen, dass es ihn gab. Es war wie eine unsichtbare Mauer zwischen der Person, die jedermann kannte – der Liebling der Stadt – und dem sexuellen Teil von mir. Aus irgendeinem Grund konnte ich einfach nicht zulassen, dass irgendjemand, der mich kannte, diese Seite von mir sah. Wie sehr ich mich auch bemühte, ich konnte mich nicht öffnen. Es war schrecklich. Und schmerzhaft.« Sie seufzte, denn ihr fiel immer mehr aus dieser Zeit ein. »Ich habe jemandem wehgetan, den ich liebte.«

Herrje, Chuck. Auf diese Weise hatte sie schon sehr lange nicht mehr an ihn gedacht. Und es gefiel ihr ganz und gar nicht, dass sie jetzt daran denken musste.

»Chuck war meine erste Liebe. Meine einzige, um genau zu sein. Und er musste sich mit allem rumschlagen, was ich dir gerade erzählt habe. Ich wollte ja mit ihm schlafen. Aber wie gesagt, ich bin zu Eis erstarrt – wieder und wieder.«

»Hattest du also Sex mit ihm? Oder ging es gar nicht so weit?«

»Manchmal schon. Aber es war … unangenehm.« Sie hielt inne und erinnerte sich schaudernd. Es hatte sich angefühlt wie … eine Vergewaltigung. Dabei war sie noch nie vergewaltigt worden und dürfte dieses Gefühl eigentlich gar nicht kennen. Und es war ja auch nicht seine Schuld gewesen. »Es war, als würde ich von einer großen Last niedergedrückt, die mich total stumm und steif werden ließ, wenn es zum tatsächlichen Sex kam. Das schlimmste Gefühl, was ich je hatte. Und damit du's weißt, so ähnlich habe ich mich gestern auch gefühlt, als ich dir an den Bahnschienen eine runtergehauen habe«, fügte sie nach schwerem, nervösem Schlucken hinzu. »Das … das war nicht logisch oder vernünftig, aber es … es ist eben einfach passiert.«

Er sah sie nur an. Carly wusste nicht recht, wie sie seinen

Gesichtsausdruck interpretieren sollte und beschloss, dass es sicher leichter war, einfach weiterzureden. »Aber … zurück zu Chuck. Der Mann war ein Heiliger, ehrlich gesagt, aber ich war damals viel zu sehr mit meinen eigenen Problemen beschäftigt, um das zu merken. Irgendwann machte ich dann mit ihm Schluss, weil ich mir dachte, wenn ich nicht mal richtig Sex mit ihm haben konnte, dann konnte das nur heißen, dass ich ihn auch nicht richtig liebte. Heute weiß ich, dass ich ihn sehr wohl liebte und das Problem wirklich nur am Sex lag. Denn immer, wenn ich nach ihm mit anderen Männern ausging, passierte dasselbe.«

»Liebst du ihn immer noch?«, fragte Jake.

Sie schüttelte den Kopf. »Aber es hat schon eine Weile gedauert, um über ihn hinwegzukommen. Es hat mir das Herz gebrochen. Besonders, da es ja *mein* Fehler war.«

Jake zuckte mit den Schultern. »Klingt, als hättest du nichts dagegen machen können.«

»Außerdem ist er mittlerweile verheiratet. Er betreibt den Kanu-Verleih außerhalb der Stadt. Es ist auch nicht schlimm, wenn ich ihn sehe. Wir winken uns zu oder sagen hey. Manchmal plaudern wir sogar ein paar Minuten. Die ganze Sache liegt weit zurück. Trotzdem wünsche ich mir immer noch, unsere Beziehung wäre aus einem anderen Grund beendet worden.«

»Und was ist danach passiert? Ich meine, wann hast du mit der … Desiree-Nummer angefangen?«

Es war Carly immer noch peinlich, dass er ihr persönlichstes und schockierendstes Geheimnis kannte. Und die Antwort auf seine Frage jagte ihr Schauer über den Rücken. Denn sie war, wie alles, was mit Desiree zu tun hatte, ein bisschen beschämend – aber eben auch äußerst erregend. »Meine beste Freundin Dana begann damals gerade ihr Studium an der Universität von Michigan. Und an irgendeinem Wochenende – ich war einundzwanzig Jahre – fuhr ich nach Ann Arbor, um sie zu besuchen. Wir gingen auf eine Party, auf der ich mich das erste Mal in meinem Leben betrank und schließlich mit einem Typen ins Bett ging, den ich dort kennengelernt hatte. Und es *funktionierte.* Ich meine, zum ersten Mal in meinem Leben habe ich es richtig *genossen.* Ich konnte loslassen und diesen Teil von mir endlich mal ausleben. Es war … befreiend. Hinterher dachte ich mir, das lag bestimmt daran, dass der Junge mich nicht kannte und mich deshalb nicht verurteilen würde – jedenfalls nicht so streng wie jemand aus Turnbridge. Er hatte keine vorgefasste Meinung davon, wer ich war.«

»Es ist dir wirklich wichtig, was die Leute von dir denken«, bemerkte Jake. »Darf ich fragen wieso?«

Ihr Blick blieb auf die Überdecke gerichtet. »Ich weiß es nicht.«

»Und hast du irgendeine Ahnung, wieso du eben gerade mit *mir* richtig geilen Sex haben konntest? Schließlich sind wir hier in Turnbridge. Und ich weiß, dass du der Liebling der Stadt bist.«

Endlich wanderte ihr Blick wieder zu ihm – und erinnerte sie, wie attraktiv er doch war. »Vielleicht, weil du diese Seite von mir bereits kennengelernt hast – die Desiree-Seite.«

»Dann ist es ja vielleicht gut, dass es auf diese Weise passiert ist«, mutmaßte er.

»Mag sein.« Sie war sich nicht sicher. Gar nichts war mehr sicher. Jake Lockhart hatte ihre Welt völlig auf den Kopf gestellt.

Als er sich aufsetzte und erklärte, dass er morgen Frühschicht hätte und besser gehen sollte, war sie zugleich enttäuscht und erleichtert. Zwar wollte sie nicht, dass er jetzt sofort ging, aber es würde einfacher sein, wenn sie wieder allein war – allein in ihrer privaten Welt, wo niemand sie zum Nachdenken über ihre Probleme zwang oder dazu, ihnen auf den Grund zu gehen.

»Darf ich morgen Abend wiederkommen und dich besuchen?«, fragte er, noch bevor er aufstand.

Ihr stockte der Atem. Damit hatte sie nicht gerechnet. Um ehrlich zu sein, hatte sie angenommen, dass die Intensität ihrer Vereinigung vielleicht bewirkt hätte, dass er sie … irgendwie aus seinem System gekriegt hätte oder so etwas. Und auch, dass dieses Gespräch vielleicht all seine Fragen beantwortet und ihm den Abschluss oder die Erklärung geliefert hätte, die er brauchte.

Also biss sie sich voller Nervosität auf die Lippe. »Ich weiß nicht recht.«

Ach, sie fand es einfach furchtbar, wie widerstandslos sie sich heute Abend ihm gegenüber fühlte. Wahrscheinlich waren es die Nachwirkungen, dass sie sich von ihm hatte durchficken lassen und ihm ganz offen gezeigt hatte, wie sehr ihr das gefiel. Das hatte sie … verletzbar gemacht.

»Ich möchte dafür sorgen, dass wir beide uns wieder richtig gut fühlen«, sagte er mit tiefer, verführerischer Stimme, die bis in ihr Innerstes vorzudringen und ihr wild klopfendes Herz zu umfassen schien. »Darf ich dich irgendwohin zum Essen ausführen? Oder … wir können tun, was immer du willst.«

Carly spürte, dass er gerade wie auf Eiern ging, um herauszufinden, wie er sie zufriedenstellen konnte. Das war … nett. Unbestreitbar. Für einen Mann, der seit jenem Abend in der Bar nicht gerade besonders freundlich gewirkt hatte, war das eine willkommene Abwechslung, die sie sanfter werden ließ.

»Nein«, sagte sie dennoch. »Ich möchte nicht, dass die Leute noch mehr über uns tuscheln, als sie es nach der Tortenauktion ohnehin schon tun werden.«

Er legte den Kopf zur Seite. »Ich weiß nicht recht, was das für eine Rolle spielen soll.«

»Ich auch nicht. Aber so ist es nun mal.« *So ist es nun mal, und doch …* Gab sie ihm wirklich gerade einen Korb – dem Mann, der ihr den unglaublichsten Sex aller Zeiten beschert und sich so sehr ins Zeug gelegt hatte, um sie wiederzusehen? Dieser Mann, der ihr Innerstes zum Vorschein brachte? »Aber … du kannst auf dem Weg hierher gerne eine Pizza von Angelo's holen, wenn du willst.«

Ihre Antwort zauberte eine warme Zärtlichkeit in seine Augen. »Abgemacht.«

Kapitel 8

Carly kam sich immer noch vor, als wäre sie ungewollt in eine bizarre Version ihres eigenen Lebens getreten. Nachdem sie den Laden um achtzehn Uhr dichtgemacht hatte, ging sie nach oben, um zu duschen und sich umzuziehen. Aber da sie sich kaum noch erinnern konnte, wie lange ihr letztes Date bereits her war, hatte sie keine Ahnung, was sie anziehen sollte. Oder auch wie sie ihre Haare tragen sollte. Wenn man bedachte, dass sie Jake bis gestern noch strikt aus dem Weg gegangen war, war es schon eine seltsame Wendung, sich jetzt Gedanken darum zu machen, was er dachte oder ihm sogar gefallen zu wollen. Aber genau so war es.

Carly entschied sich für ein blassrosa Oberteil mit Spitzenbesatz am Ausschnitt. Schließlich wollten sie ja nur zusammen bei ihr eine Pizza essen und nicht in die Oper gehen. Ihr Haar ließ sie offen herabhängen. Sie hatte es an der Luft trocknen lassen, sodass es sich an den Spitzen etwas lockte. Als sie in den Spiegel schaute, fragte sie sich dann doch, wie sie mit ihm an diesen Punkt gekommen war. Warum hatte sie ihm nur so viel anvertraut? Warum war sie bei ihm zu einem lieben, vertrauensvollen Mädchen mutiert?

Halt mal. Genau das bist du doch in Wirklichkeit. Lieb. Vertrauensvoll. Es war also vielleicht gar nicht so, dass sie mit ihm an irgendeinen Punkt gekommen war, sondern vielmehr, dass sie einfach *sie selbst* war. Carly war es einfach nicht gewöhnt, im intimen Kontakt mit Männern sie selbst zu sein –

und schon gar nicht, wenn es darum ging, über Sex zu sprechen.

Als um zwanzig Uhr die Klingel ging, wurde sie von einer nervösen Übelkeit gepackt. Sie kam sich vor, als wäre sie wieder sechzehn Jahre alt, als wäre es Chuck, der klingelte, und als ob all das neu und geheimnisvoll für sie war. Aber vielleicht *war* es ja auch neu und geheimnisvoll. Wenn man Chuck nicht mitzählte, hatte sie mit zweiunddreißig Jahren weniger Erfahrung mit Verabredungen als die durchschnittliche Collegestudentin. *Hey, denk bloß nicht weiter darüber nach und mach einfach die Tür auf.*

Irgendetwas an dem Anblick von Jake raubte ihr fast den Atem. Er stand in ausgeblichenen Jeans und einem alten T-Shirt mit einer Pizzaschachtel in der Hand vor der Tür. *Ich will ihn. Ich begehre ihn wie verrückt.* Carly verspürte das wilde Bedürfnis, die Pizza einfach zu vergessen, ihm sofort die Kleider vom Leib zu reißen und es so heiß und intensiv mit ihm zu treiben wie gestern. »Hey«, begrüßte sie ihn fast flüsternd mit wild klopfendem Herzen.

Es mochte ja sein, dass dieses sofortige Begehren nach dem gestrigen Abend völlig normal war. Aber auf jeden Fall waren ihre Empfindungen weitaus stärker, als sie es gewohnt war – sogar wenn sie die Abende in Traverse City mitzählte. Und zwar weil sie jetzt miteinander gesprochen hatten. Sie hatte ihm sehr intime Dinge verraten. Und er hatte sie dafür nicht verurteilt – genau wie er es versprochen hatte.

»Pizzaservice«, begrüßte er sie mit lässigem Lächeln, während sie einen Schritt zurücktrat, um ihn hineinzulassen.

Natürlich *konnte* sie ihm die Kleider nicht sofort vom Leib reißen. Sie war schließlich nicht Desiree. Etwas zu begehren und es sich dann auch zu nehmen, waren zwei völlig verschiedene Dinge. *Begehren* war Carly zwar nicht fremd, sie hatte aber nur dann den Mut gefunden, ihren Bedürfnissen nachzugeben, wenn sie die Persönlichkeit von *Desiree* annahm. Für *Carly* aber war es schon eine Herausforderung, auch nur eine Pizza mit ihm zu essen.

»So'n Mist, ich hätte ein paar Flaschen Bier besorgen sollen. Tut mir leid«, erklärte sie, als sie Jake die Treppe in ihre Wohnung hinaufführte.

»Was das angeht, bin ich nicht besonders wählerisch«, erwiderte er locker. »Ich trinke, was auf den Tisch kommt.«

Carly trat an ihren Kühlschrank und inspizierte den Inhalt. »Mal sehen. Ich habe Cola, Zitronenlimonade, Wasser und 'ne Flasche Weißwein.«

»Dann nehmen wir doch den Wein«, schlug er vor. *Gute Wahl*, dachte sie. Der Alkohol würde ihr helfen, sich ein wenig zu entspannen.

Carly stellte vorsichtshalber Musik an, um die Stille zu füllen, wenn sie nichts zu reden hatten. Allein schon, ihn heute Abend wiederzusehen, sorgte dafür, dass sie die seltsame und wilde Intimität des gestrigen Abends in der Rückschau noch stärker und heißer empfand. Sie hatten etwas miteinander geteilt. Und ob es nun an dem Sex lag oder an den Dingen, die sie ihm danach anvertraut hatte, sie spürte schon jetzt ein merkwürdiges, unsichtbares Band zu ihm. Es war zwar noch dünn und zart, aber die wohl am tiefsten gehende Verbindung, die sie in ihrem ganzen Erwachsenenleben je zu einem Mann empfunden hatte.

Sie reichte Jake ein paar gelbe Teller und wies ihn an, den Pizzakarton auf dem Kaffeetisch zu öffnen. Dann goss sie zwei Gläser Wein ein und setzte sich zu ihm. *Jetzt gilt's. Ein Date. Tief durchatmen.*

Sie aßen und machten Small Talk. Er erkundigte sich nach einigen Stadtbewohnern, die er kennengelernt hatte. Jake meinte, dass ihm gestern vor der Bank Carlys Mutter vorgestellt worden wäre, aber bei den vielen Leuten war es schwer für ihn, mit den Namen hinterherzukommen. Sie fragte ihn, wie ihm Turnbridge gefiel und wie es in seinem neuen Job lief. Irgendwann gesellte sich auch Oliver zu ihnen, rollte sich unter dem Tisch zusammen und lauschte ihrer Unterhaltung.

»Ich weiß ja schon, dass du dein eigenes Bett selbst gefertigt hast«, hob Jake an und schaute hinüber zu dem Möbel. »Und was hast du sonst noch gebaut?«

Sie sah sich um. »Äh, den Küchentisch. Diese Bücherregale. Den Kaffeetisch und die Beistelltische. Und die Truhe am Fußende des Bettes.«

»Wow.« Er klang wirklich erstaunt. »Das bewundere ich sehr – Dinge herzustellen, die Bestand haben. Ich beneide dich um deine Fähigkeiten.«

»Danke«, erwiderte sie nach einem Schluck Wein. »Aber ich habe auch nie etwas anderes gelernt. Ich fing schon als Kind an, bei meinem Vater zu lernen.«

»Wenn wir aufgegessen haben, kannst du mir unten ja vielleicht noch ein paar andere Arbeiten von dir zeigen.«

Carly nickte lächelnd. »Gern.«

Er legte sich ein zweites Stück der Pepperoni-Salami-Pizza auf den Teller. »Und wo kommt der Name Winterberry's her? Ich meine, er klingt wie Winters, aber doch anders.«

»Als mein Dad den Laden eröffnete, fand meine Mom, dass der Name Winters zu streng und kalt klang. Also nahm man einfach Winterberry's, damit es sich etwas wärmer und heimeliger anhörte.«

Er nickte nachdenklich. »Das ist ein netter Name.«

Das ganze Gespräch rief Carly ins Bewusstsein, dass auch er *nett* war. Genau wie an jenem Abend in der Hotelbar. Und es zeigte ihr, dass sie auch über etwas anderes als Sex und ihre Probleme sprechen konnten.

»Was hast du eigentlich in Traverse City gemacht?«, fragte Carly neugierig.

»Ich bin dort aufgewachsen«, erwiderte er zwischen zwei Bissen. »Meine Familie zog von Ann Arbor dorthin, als ich fünf Jahre alt war. Und ich bin auch ganz in der Nähe auf die Polizeiakademie gegangen. In der Woche neulich war ich beim Jahrestreffen der Jungs, mit denen ich dort die Ausbildung gemacht habe.«

»Mit allen?« Sie zog die Augenbrauen hoch. Nicht, dass Carly wusste, wie viele Leute jedes Jahr die Polizeiakademie besuchten, aber sie nahm an, dass es eine Menge waren.

»Nein, es waren nur ungefähr ein Dutzend aus meinem Kurs. Das war so ein Spezialprogramm für Geiselnahmen, an dem wir gemeinsam teilgenommen haben und das uns sehr zusammengeschweißt hat. Und so ist es eigentlich bis heute geblieben. Freunde kommen und gehen, aber das sind die Jungs, die ich mitten in der Nacht von überallher anrufen kann, und wenn ich sie brauche, sind sie für mich da. Und umgekehrt.«

»Und wie bist du ausgerechnet *hier* gelandet?«, fragte sie.

Er hörte auf zu essen und seufzte. »Ich habe erst in Detroit gearbeitet. Im Stadtzentrum, um genau zu sein. Dort gab's jede Menge Schießereien und Messerstechereien. Und eben auch die eine oder andere Geiselnahme.«

Carly legte den Kopf zur Seite. »Aber ist das nicht dein Spezialgebiet?«

Jake senkte den Blick, sah ihr dann aber wieder in die Augen. »Ja. Aber da ist man nach einer Weile einfach fertig. Also entschloss ich mich, es mal mit einem etwas ruhigeren Ort zu probieren. Tja, und hier bin ich.« Er seufzte erneut und trank einen Schluck Wein. »Aber so ganz unter uns: Ich fange langsam an, mir so meine Gedanken zu machen.«

Wow. Jetzt vertraute *er* sich *ihr* an. Vielleicht ging es hier zwar nicht gerade darum, ein intimes Problem zu besprechen, aber dennoch verstärkte seine Offenheit die Verbindung, die sie zu ihm spürte. »Worüber denn?«, erkundigte sich Carly.

»In Detroit hatte ich immer das Gefühl, etwas Gutes zu tun. Ich habe Menschen, die mich brauchten, in schwierigen Situationen geholfen.« Er hielt inne und schüttelte den Kopf. »Und hier … Na ja, hier ist es sogar noch ruhiger, als ich gedacht hatte. So ruhig, dass ich nicht ganz sicher bin, ob ich hier überhaupt … gebraucht werde.«

Carly holte tief Luft und nahm dann einen Schluck, um etwas mutiger zu werden. Sie konnte zwar nicht beurteilen, ob das Turnbridge Police Department Jakes Talente überhaupt nutzen konnte, aber … »Vielleicht hast du hier ja auch schon jemandem geholfen und weißt es nur noch nicht. Vielleicht gibt es auch mehr als eine Methode, um Menschen zu helfen.«

Sie sah ihm ein wenig schüchtern in die Augen und wusste dabei genau, dass er sie durchschaute. »Du denkst also, ich habe dir geholfen? Das kann ich kaum glauben.«

Carly schluckte und wurde erneut unruhig. Dabei wollte sie doch möglichst nicht nervös sein. Nein, sie wollte ihm sagen, wie sie empfand – egal, wie intim oder sexuell ihre Gefühle auch waren. »Das gestern Abend, das war … ein *großer* Schritt für mich. Weil es so … anders war. Anders als sonst. Weil nur ich es war und keine andere Persönlichkeit, wie du ja schon sagtest. Und weil ich weder erstarrt noch zusammengebrochen bin. Ich … *wollte* es einfach nur. Und zwar so sehr … so sehr, dass ich gar nichts dagegen tun konnte. Solchen Sex habe ich noch nie gehabt. So einen begierigen Sex.«

Jake sah ihr die ganze Zeit in die Augen. Er hörte zu und

beobachtete sie. »Wieso … siehst du dann jetzt so ängstlich aus?«, fragte er schließlich. Die Teller und der Wein auf dem Tisch standen vergessen da.

»Das hat viele Gründe«, erklärte sie. Dass sie ängstlich aussah, gefiel Carly zwar nicht, aber sie wollte die mutige Ehrlichkeit, zu der sie sich bei ihm mittlerweile in der Lage sah, unbedingt aufrechterhalten. »Zum einen, weil ich keine Ahnung habe, wie ein Date mit einem Mann so abzulaufen hat. Und zum anderen, weil ich nicht weiß, wie man auf normale Weise Sex hat. Ich weiß nicht, wie ich selbst und gleichzeitig sexuell sein soll.« *Und ich weiß auch nicht, wie es ist, wenn ein Mann einem etwas bedeutet. Das habe ich seit Chuck nicht mehr erlebt. Aber ich befürchte langsam, dass du mir etwas bedeuten könntest.* Aus irgendeinem Grund stellte die Vermischung von Gefühlen und Sex für Carly das höchstmögliche Risiko dar.

Jake nahm ihre Hand und strich mit dem Daumen sanft über ihre Haut. Seine Stimme klang tief und verführerisch. »Ich kann dir helfen, das zu schaffen, Süße. Ist gar nicht so schwer. Versprochen.«

»Wie willst du mir denn helfen?«, fragte sie, und seine leichte Berührung sorgte schon für ein Kribbeln, das über den Arm bis hin zu ihren Brüsten wanderte.

»So«, sagte er nur und neigte sich zu ihr.

Carly hielt den Atem an. Und dann küsste er sie. Zärtlich. Liebevoll. Tief. In dem Hotelzimmer in Traverse City waren ihre Küsse voller Hitze gewesen. Gestern Abend waren ihre Küsse gierig gewesen. Aber so hatten sie sich noch nie geküsst.

Sie erwiderte den Kuss ohne nachzudenken und war sofort verzaubert. Sein Mund fühlte sich fest, aber doch zärtlich an auf ihren Lippen und verführte sie ganz behutsam, ihre Hemmungen zu vergessen und ihren Instinkten zu folgen. Und sie gab sich alle Mühe. *Stell deine Gedanken ab. Vergiss deine Ängste. Stell all deine alten Gefühle ab. Du weißt doch schon, dass du mit diesem Mann zusammen sein kannst. Und er ist perfekt. Also tu es einfach.*

Carly berührte seine Wange und spürte die rauen Bartstoppeln. Ohne darüber nachzudenken, öffneten sich irgendwann ihre Lippen und luden seine Zunge in ihren Mund ein. Der innige Kuss sorgte dafür, dass ihr ganzer Körper von einer wohligen Wärme erfasst wurde – ganz besonders, als Jake aufstöhnte und ihr damit zeigte, dass es für ihn genauso intensiv war.

Als ihre Münder sich schließlich voneinander lösten und beide die Stirn aneinanderpressten, spürte sie genüsslich seiner Nähe nach. Carly biss sich auf die Lippen, und als seine Hand schließlich über ihre Seite bis hin zu den Kurven ihrer Brüste glitt, begann sie zu zittern.

»Ich möchte dich anfassen«, flüsterte er. »So wie gestern Abend. Aber langsamer.«

Sie konnte vor Verlangen und Nervosität kaum noch atmen. »Das will ich auch«, gelang es ihr gerade noch zu sagen. »Ich möchte dich … ganz.«

Jake hob eine Hand und strich sanft ihr Haar zurück. »Ich werde dir alles geben, was du willst, Carly«, flüsterte er. »Alles, was du verkraften kannst.«

Carly atmete zischend ein, denn sie war es nicht gewohnt, beim Sex ihren richtigen Namen zu hören. Aber er stufte ihre Reaktion offensichtlich als weiteres Zeichen ihrer Erregung ein. Sie wollte auf keinen Fall den Zauber ihrer Begegnung brechen oder die Leidenschaft, die zwischen ihnen entbrannte, zerstören.

Jake legte sie zurück auf das Sofa und fuhr mit seinen Küssen und Berührungen fort. Das Ganze erinnerte sie daran, wie es vor sehr langer Zeit mit Chuck gewesen war. Aber das hier war besser. Weil sie zu diesem Akt nicht Nein sagen würde. Ihr würde nicht plötzlich schlecht werden, und es würde sie auch nicht ängstigen oder gar lähmen. Also erwiderte die junge Frau seinen Kuss mit herrlicher Selbstvergessenheit. Und als ihre Beine sich umeinanderschlangen, seufzte sie leise auf.

Sie bewegten sich in einem Rhythmus. Ihr Körper schien eine Art Eigenleben zu entwickeln, denn er presste sich wie von selbst reibend gegen den seinen. Jakes Schwanz war längst hart geworden, und seine Erektion drückte sich verführerisch gegen ihre Hüfte. Seine Hände strichen massierend über ihre Taille und wanderten dann langsam unter ihr Oberteil.

»Willst du das nicht ausziehen?«, fragte er flüsternd.

Sie nickte, stemmte sich mit aller Macht gegen die Vorbehalte ihrer *Carly-Persönlichkeit* und vertraute ihm einfach. Sie vertraute darauf, dass er diese Begegnung zu so etwas Gutem machen würde, dass sie alles Schlechte, was davor vielleicht gewesen war, vergessen konnte.

»Heb die Arme hoch«, wies er sie an. Sie tat wie ihr geheißen und ließ sich von ihm das Oberteil über den Kopf ziehen. Sie trug einen blassrosa BH aus Netzstoff, der obere Rand der Körbchen war mit Blümchen aus Spitze verziert. Carly wusste, dass ihre Nippel durch das durchsichtige Material gut zu sehen waren, und Jake stöhnte bei dem Anblick prompt auf. Er schaute ihr mit lustschweren Lidern tief in die Augen. »Das sieht echt hübsch aus, Baby.«

Carly biss sich auf die Unterlippe, und ihre Wangen wurden immer röter. Sie fühlte sich ein bisschen wie Desiree, aber auch ein bisschen wie sie selbst. »Schön, dass er dir gefällt.«

»Ich bin ganz verliebt in sie«, murmelte er, umfasste ihre Brüste und strich dann mit beiden Daumen über ihre steifen, noch bedeckten Nippel.

»Aaah«, hauchte sie, während ihr Körper von süßer, heißer Lust erfasst wurde.

Jake beugte sich vor und setzte durch den dünnen Stoff des BHs hindurch einen Kuss auf eine ihrer Brustwarzen. Carly schauderte, und zwischen ihren Schenkeln begann es zu zucken. Auch sie wollte mehr von ihm und zog an seinem T-Shirt, bis er sich schließlich etwas erhob, es sich vom Körper riss und dann achtlos auf den Boden warf. Er saß jetzt aufrecht und rittlings auf ihren Hüften.

Seine Brust und sein Bauch waren einfach perfekt. Muskulös, aber nicht zu üppig und mit einem dunklen Pelz besetzt, der sich bis zum Bund seiner Jeans verjüngte. Heute konnte sie auch zum ersten Mal einen Blick auf die Tätowierung auf seinem Arm werfen – ein nachempfundenes Abzeichen mit den Worten BESCHÜTZEN, DIENEN und EHREN. Carly hob den Arm, um es zu berühren. Sein Blick wanderte ebenfalls zu dem Tattoo, aber er schwieg.

Während sie schließlich beide Handflächen auf seine Brust legte und die Festigkeit seiner Muskeln ertastete, umfassten seine Hände ihre Brüste mit festem Griff. Seine Berührungen ließen ihr Höschen immer feuchter werden. Er drückte, knetete, spielte mit den Fingerspitzen an ihren harten Nippeln und presste seine Erektion gegen ihren Venushügel – all das, während ihre Hände langsam über seinen Bauch nach unten wanderten.

Je heißer sie wurde, desto schwerer ging ihr Atem. Es war wirklich nicht so schwer, eigentlich fand sie es in diesem Moment total leicht. Selbst, unter ihm zu liegen und ihn hoch aufragend über sich zu sehen, bereitete ihr keine Probleme. Es war gerade so wie in der Rolle von Desiree – solange sie das Gefühl hatte, die Situation unter Kontrolle zu haben, war alles gut.

Sie wollte … O Gott, sie wollte den Knopf seiner Jeans öffnen. Und dann auch den Reißverschluss. Aber plötzlich wurde sie wieder ganz schüchtern. Carly-schüchtern. Verdammt!

Doch Jake schien ihr Zögern gespürt zu haben, denn er ließ von ihren Brüsten ab, nahm voller Zärtlichkeit ihre Hände und half ihr, erst den Knopf der Jeans und dann auch den Reißverschluss zu öffnen – auch wenn sie dabei ein wenig zitterte.

Danach setzte er sich wieder aufrecht hin, rutschte ein Stück zurück und fing an, sich an *ihrer* Jeans zu schaffen zu machen. Das Öffnen des Reißverschlusses ließ sie schaudern. »Po hoch«, flüsterte er. Sie hob ihr Becken, und als er ihr die Jeans über die Beine gezogen hatte, kam ein gelbes Bikinihöschen mit rosa Blümchen und Spitzenbesatz zum Vorschein. Er seufzte erregt auf und fuhr mit einer Fingerspitze langsam über die Spitze. »Das sieht so verdammt gut aus«, murmelte er. Seine Worte flossen wie warmer Honig durch ihren Körper.

Fick mich. Wäre sie in Traverse City und er ein Fremder, hätte sie genau das jetzt gesagt und verlangt. Denn das war es, was sie wollte, und diese Worte waren die ersten, die ihr in den Sinn kamen.

Aber es fiel Carly noch immer schwer, diesen Teil von sich mit der Frau in Einklang zu bringen, die jedermann kannte. Also atmete sie einfach nur tief ein, als Jake ihr die Jeans schließlich ganz auszog. Danach stand er vom Sofa auf, um sich auch seiner Hose zu entledigen. Er trug graue Boxershorts, die sich eng an seine Schenkel und die dicke Beule seines Riemens schmiegten.

»Zieh die auch gleich aus«, bat sie ihn völlig ungeplant. Einfacher als *fick mich*, aber für Carly Winters immer noch recht gewagt.

»Gut«, sagte er mit sanfter Stimme und schob auch seine Unterhose über die Hüften.

Als Carly seine Erektion sah, schlug ihr das Herz fast bis zum Hals. Gier machte sich in ihr breit. Und Hunger. *Fick mich. Stopf mich damit. Fick meine Titten.* Das waren Sätze, die sie vielleicht sagen würde, wenn sie in Traverse City Sex mit einem Fremden hätte. Aber aus irgendeinem Grund konnte sie all diese Dinge nur als Desiree sagen – selbst bei einem Mann, zu dem sie schon einmal so gesprochen hatte. Also biss sie sich wieder auf die Lippen und sehnte sich nur innerlich voller Leidenschaft nach seinem harten, geilen Schwanz. Ihr ganzer Körper verlangte danach.

In diesem Moment ging Jake auf die Knie, beugte sich über das Sofa und setzte einen Kuss zwischen ihre Beine. »O Gott«, flüsterte Carly fast erschrocken, und ihre Aufmerksamkeit wechselte von seinem Körper zu ihrem eigenen.

»Ich will deine heiße Muschi küssen«, flüsterte er und brachte sie aus mehr als einem Grund zum Zittern. Erregung. Und … und … Mann, wieso schreckte sie nur so vor dem Wort *Geilheit* zurück? Sie hatte es schon oft gehört und beim Sex schon Dutzende von Malen selbst gesagt. Und doch erwischte die Hemmung sie kalt von hinten und sorgte dafür, dass sie sich auf die Zähne biss. Carly stand nicht auf Schmutz. Das war Desirees Ding. Und Desiree war nicht hier. Also sagte sie nichts, kämpfte aber dennoch mit aller Macht dagegen an, nicht in die alten, unsicheren Verhaltensweisen zu verfallen und zu erstarren.

Als Jake an ihrem Höschen zog, hob sie das Becken an und ließ es sich von ihm ausziehen. Wie immer, wenn Carly wusste, dass sie Sex haben würde, hatte sie sich rasiert. Doch jetzt war es ihr fast ein wenig peinlich, wie unanständig es aussah und wie sehr sie ihr Geschlecht damit zur Schau stellte.

»Ich find's echt geil, dass du da unten so glatt rasiert bist«, erklärte Jake keuchend, als hätte er ihre Gedanken gelesen. »Das macht mich total an.«

Und *das* wiederum machte *sie* scheinbar total an, denn die Stelle, über die er sprach, begann bei seinen Worten wie wild zu zucken. Und als er mit den Fingerspitzen über die zarte, blasse Haut dort unten strich, verstärkte sich Carlys Erregung noch.

Irgendwann ließ sie ohne jedes Zögern zu, dass er ihre Beine spreizte – genau wie an dem Abend ihres Kennenlernens. In Traverse City war der Sex mit ihm schon auf seltsame Weise intim gewesen. Aber *das hier, das* war wirklich intim. *Es ist viel überwältigender, sich einem Mann hinzugeben, den man kennt, als es mit einem Fremden zu tun.*

Als Jakes Finger die rosa Fältchen ihrer Möse öffneten, wimmerte sie. Und als sie schließlich langsam tiefer in ihren Spalt drangen, stieß sie einen kleinen Schrei aus. Schock. Genuss. Willkommene Invasion.

Sein Mund wanderte zwischen ihre Schenkel. Carly schloss die Augen und versank in der wahnsinnigen Lüsternheit des Moments. *Ja, ja!* Es fühlte sich so gut an! Wieder und wieder stießen seine Finger fest in ihr feuchtes Loch, während er gleichzeitig die geschwollene Kitzlerknospe darüber leckte. Aus ihrem Mund drangen kehlige Laute. Irgendwann hob sie unwillkürlich ein Bein an und legte den Fuß auf die Rückenlehne, um ihm den Zugang zu ihrer Möse zu erleichtern. Carly fing an, abwesend mit ihren Titten zu spielen – genau wie Desiree es getan hätte. Nicht nur, weil auch ihre Brüste der Aufmerksamkeit bedurften, sondern auch, weil sie wusste, dass der Anblick die Männer scharfmachte.

Und auch als ihr Bewusstsein sich wieder meldete, hörte sie nicht auf, sich selbst zu streicheln. Sie drückte ihre Brüste mit den Händen zusammen und kniff sich immer wieder sanft in die Nippel. Ob er sie wohl beobachtete? Ob es ihm gefiel? Fragen, die sie ausreichend ermutigten, endlich die Augen zu öffnen.

Jake beobachtete sie *nicht*. Im Moment waren seine Augen geschlossen, und er sah gebannt und total scharf aus. Es dauerte nicht lange, und Carly griff mit beiden Händen nach unten und fuhr mit den Fingern durch sein dichtes Haar. Sie zog ihn noch dichter an sich heran und presste sein Gesicht in ihren feuchten Schritt. Als sie kurz darüber nachdachte, wie sie wohl aussah – in *ihrer* Wohnung liegend, mit einem sexy BH, der die Brüste hochpresste, und dem geblümten Höschen auf dem Kaffeetisch – da wurde ihr etwas klar. Diese ganz bestimmten Wäschestücke an diesem ganz bestimmten Ort entsprachen so gar nicht Desiree. Nein, sie entsprachen *ihr. Sie, Carly* war es, die sich von einem Mann die Möse lecken ließ, sich völlig darin verlor und sich frei, geil und verdorben dabei fühlte. Und das war gut so.

Ich kann es. Ich tue *es.* Ihr Körper wurde von einer rauschhaften Erleichterung erfasst. Und dieses Bewusstsein, diese Akzeptanz setzten gleichzeitig mit einem neuen Anfall von Lüsternheit ein, der jede seiner Zungenschläge noch heißer machte und sie jede Empfindung ihres Körpers noch intensiver wahrnehmen ließ.

»O Gott«, hörte sie sich selbst murmeln, während ihr Verlangen immer größer wurde. »Ja …« Und in diesem Moment erreichte sie auch schon das Plateau, diesen Punkt ohne Wiederkehr, an dem sie spürte, dass der Orgasmus nur noch ein paar Herzschläge entfernt war. Sie biss die Zähne zusammen, ballte ihre Hände in Jakes Haaren zu Fäusten und taumelte in den heißen Abgrund der Ekstase. Carly stöhnte und wimmerte. Als ihr irgendwo im Hinterkopf vage bewusst wurde, dass jeder, der vor dem offenen Fenster vorbeiging, sie hören konnte, biss sie sich auf die Lippen.

Aber allzu viele Gedanken machte sie sich dann doch nicht darüber. Dazu war sie viel zu verloren – verloren im Moment, verloren in Jake Lockhart und verloren in den herrlich wollüstigen Gefühlen, die er ihr bescherte. Und dabei tat sie nicht mal so, als wäre sie eine andere.

Irgendwann während des Höhepunktes waren ihre Lider zugefallen. Und als sie die Augen wieder öffnete, war es ihr fast peinlich, wie sie mit immer noch gespreizten Beinen vor ihm lag und er sie mit vom Lustsaft feuchten Gesicht anschaute. Doch Jake strahlte sie nur mit einem sexy Grinsen an, in das sich durchaus ein wenig männlicher Stolz mischte. »Und? Wie war das, Süße?«, fragte er.

»Gut«, keuchte sie. Das war nach einem derartigen Erlebnis zwar ein bisschen untertrieben, aber sie war schwach und wusste, dass der Ausdruck in ihrem Gesicht ihm alles verriet, was sie gerade nicht sagen konnte. *Du verwandelst mich. Du verwandelst meine Möglichkeiten. Du verwandelst die Sicht, die ich auf mich habe. Du machst mich zu einem besseren Menschen.*

Nachdem Jake sich langsam erhoben hatte, wechselte sein Ausdruck von Stolz zu erneuter Gier. Er ließ eine Hand zu seinem Schwanz wandern. Die Art, wie er sein Gemächt leicht wichste, erregte sie bis in die Finger- und Fußspitzen. Und dann kam er wieder näher – seinen Riemen noch immer in der Hand. »Darf ich ihn in deinen Mund schieben, Baby?«, fragte er mit tiefer, rauer Stimme.

Kapitel 9

Carly schnappte nach Luft. Sie wollte einfach nur Ja sagen und ihn blasen und verwöhnen. Sie wollte dieselbe mutige Frau sein, die eben noch so heftig für ihn gekommen war. Aus irgendeinem Grund zögerte sie, bemerkte aber schnell, dass es vielleicht einfach an der Stellung lag. Sie lag, und er stand – das würde ihm jede Menge Macht über sie geben und sie in die unterlegene Position zwingen. Wäre es ihr Vorschlag gewesen, hätte sich das Ganze bestimmt anders für sie angefühlt. Doch sie wusste, dass es einfacher wäre, wenn … »Äh, lass mich …« *Lass mich was?!* Sie richtete sich auf. »Leg dich hin«, wies sie ihn an.

Er widersetzte sich nicht, schien vielmehr völlig einverstanden zu sein und legte sich einfach ihr gegenüber ans andere Ende des Sofas. Carly betrachtete ihn und bewunderte seinen großen, harten Schwanz. Der Anblick sorgte fast augenblicklich dafür, dass ihre Brüste schmerzten und ihre Möse zuckte.

Nachdem sie sich auf Händen und Knien zwischen seinen Beinen positioniert hatte, umfasste sie seinen Riemen und stülpte dann ihre Lippen darüber. Und … mmmh, genau wie an dem Abend ihres Kennenlernens erfüllte es sie mehr, sein Organ in ihrem Mund zu spüren, als mit jedem anderen Mann zuvor. In Traverse City hatte sie noch vermutet, dass es daran lag, ihn und Colt gleichzeitig in sich gehabt zu haben. Aber jetzt war sie zu der Einsicht gezwungen, dass die Sache mit Jake eindeutig tiefer ging. Vielleicht lag es einfach nur an der starken Chemie zwischen ihnen beiden – wer wusste das schon? Aber was immer es auch war, sie war heiß auf ihn, zutiefst davon erfüllt, einen Teil von ihm in ihrem Mund zu haben und ganz und gar befriedigt, ihn so tief in sich aufnehmen zu können, wie es nur ging.

»O, o … ja, Baby«, murmelte er. »Das ist so verdammt geil. Gut machst du das.«

Seine tiefe Stimme schürte ihre Leidenschaft, und der offensichtliche Genuss, den Jake empfand, war für sie das reinste Aphrodisiakum.

»Sieh mich an, während du das tust, Süße. Lass mich in deine Augen schauen.«

Carly hatte ihm auch in Traverse City in die Augen geschaut und bei dem Gedanken, wie obszön sie dabei wohl aussah, die schmutzigste Wollust empfunden. Doch als sie ihn jetzt mit seinem Schwanz im Mund anschaute, war das einfach zu viel für sie. Es war scharf, aber auch so intim, dass ihr Blick wieder nach unten wanderte und sie dann die Augen wieder schloss.

Jake stöhnte über ihr vor Ekstase und sagte ihr, wie wunderschön sie sei. Binnen einiger Sekunden hatte sie schon wieder vergessen, wie schamlos es sich angefühlt hatte, ihn von unten anzusehen und konzentrierte sich wieder ganz auf ihr eigenes Vergnügen. Darauf, wie geil sie sich fühlte, während sie ihn mit ihren heißen, großzügigen Zuwendungen verwöhnte. Darauf, wie wohltuend es doch war, ihn so zu befriedigen und sein härtestes Organ zwischen ihren weichen Lippen und in der zärtlichen Höhle ihres Mundes zu spüren. All das sorgte dafür, dass sie noch eifriger an seinem Schwanz lutschte und in jeder Hinsicht noch viel mehr von ihm spüren wollte.

Also entließ sie seinen Schwanz aus ihrem mittlerweile etwas verkrampften Mund und umfasste seine herrliche Erektion mit ihren Brüsten. Carly trug zwar noch immer ihren BH, doch die üppigen Globen wurden durch das enge Gewebe so stark nach oben gedrückt, dass seine harte Stange genau dazwischenpasste.

»O Mann, das ist so geil, Süße!«, raunte Jake. »O ja, fick mich mit deinen großen Titten!«

Auch wenn sie einen Hauch von altbekannter Abscheu empfand, so verstärkte sein Dirty Talk ihre Lust auch und gab ihr das Gefühl, lebendig und begehrenswert zu sein. Irgendwann setzte Jake sich so weit auf, dass er hinter ihren Rücken greifen und den BH öffnen konnte. Als er von ihren Schultern und ihren Brüsten rutschte, spürte Carly eine Intimität mit ihm, die nicht nur allein durch den Akt an sich ausgelöst wurde. Und während sie seinen Riemen mit ihren weichen Brüsten liebkoste, sagte er ihr immer wieder, wie wunderschön und fantastisch sie sei.

Nachdem sie endlich die meisten ihrer Hemmungen abgelegt hatte, folgte Carly dem Drang, sich nach vorn zu beugen und wieder mit der Zunge über seine Schwanzspitze zu lecken, die noch immer zwischen ihren Brüsten steckte. Sie leckte seine Lusttropfen auf und sah ihm dabei direkt in die Augen. Und während er ihr weitere heiße, anspornende Worte zuflüsterte, fuhr sie mit der Zunge schließlich über seine gesamte Eichel. Und wieder war das Verlangen größer als die alten, schlechten Gefühle. Wieder bekam sie einen wunderbar unanständigen Vorgeschmack darauf, was für eine Frau sie sein konnte – zumindest mit Jake.

»Ich will in deine Möse«, raunte er ihr schließlich zu. »Ich will dich ficken. Ich will dich haben, Carly.«

Und wie schon zuvor, war sie auch diesmal ein wenig überrascht, *Carly* genannt zu werden – wenn auch nicht so sehr wie beim ersten Mal. Doch die junge Frau verdrängte den Gedanken sofort, denn sie war jetzt mehr als bereit für ihn.

Sie setzten sich beide auf, Carly auf die Knie und Jake immer noch mit gespreizten Beinen. Dann zog er sie zu sich heran, bis sie schließlich rittlings auf seinen Schenkeln Platz nehmen konnte. »Soll ich mir ein Kondom überziehen?«, fragte er.

Carly seufzte kurz, schüttelte dann aber den Kopf. »Nein. Ich meine, schließlich wissen wir ja beide voneinander, dass wir … du weißt schon … uns immer geschützt haben. Und auch weil ich …« *Sag es. Sag ihm einfach, was du willst.* »Ich möchte dich einfach spüren. Richtig spüren. Ohne dass etwas zwischen uns ist.«

Er nickte kurz und sah aus, als wäre ihm vor Leidenschaft regelrecht schwindelig. »Das möchte ich auch, Baby.«

Als sie auf seinen Schwanz schaute, wurde sie fast wild vor Lust, ihn endlich in sich zu haben. Sie erhob sich etwas, nahm seine Erektion in die Hand und positionierte sich über seiner Eichel.

»Langsam«, bat er sie. Da sie *langsam* bereits hinter sich hatten und sie es mittlerweile lieber *schnell* haben wollte, war Carly sich nicht ganz sicher, wieso er das vorschlug. Also hielt sie inne und überlegte unsicher, wie sie auf seinen Wunsch reagieren sollte.

In diesem Moment packte er sie bei den Hüften und spießte sie Zentimeter für Zentimeter mit seinem steinharten Riemen auf.

»O.« Der Lustlaut kam tief aus ihrem Inneren, denn sein langsames Eindringen traf sie bis ins Mark. Carly biss sich lüstern auf die Unterlippe und fühlte sich ausgefüllter als je zuvor.

Und dann fing Jake an, sich zu bewegen und ein Tempo vorzugeben. Und genau wie er es versprochen hatte, tat er es in einem fast zögerlichen Rhythmus, der sie förmlich dazu zwang, bei jedem seiner lang gezogenen Stöße jeden Zentimeter seines Schwanzes in ihrer feuchten Möse zu spüren.

Carlys Atem passte sich diesem Rhythmus ebenso an wie der Rest ihres Körpers. Er wurde langsamer, aber auch schwer und etwas zittrig. Und während sie sich im Einklang bewegten, sah sie ihm nur noch in die Augen. Sein Blick wanderte zu ihren Lippen, ab und zu zu ihren Brüsten, kehrte dann aber immer wieder zu ihrem Gesicht zurück. Und als seine unglaublich langsamen Stöße schließlich ihren tiefsten Punkt erreichten, empfand sie auch ihre Lust als so tiefgehend wie nie zuvor.

So bewegten sie sich eine ganze Weile, ohne auch nur ein Wort zu sagen – Worte waren nicht *nötig.* Doch irgendwann flüsterte sie ihm dann doch etwas zu. »Auf diese Weise … habe ich noch nie … Sex gehabt.«

Jakes Atem ging genauso schwer wie der ihre und füllte die Pause zwischen ihren Worten. »Auf welche Weise?«

»So … langsam.«

Und so behielten sie dieses Tempo bei. Er hielt sie immer noch bei den Hüften, sodass es nicht ganz so war, als würde *sie* auf *ihm* reiten. Nein, *er* fickte *sie.* Schob seinen Schwanz immer wieder tief in ihre Möse und zog ihn dann wieder heraus. Und das alles in dem Tempo, das er vorgegeben hatte. Jakes Atem ging immer noch schwer. »Gefällt es dir denn?«

Sie nickte, hatte aber das Gefühl, als wäre aufgrund der Tiefen, in die er vordrang und der Intensität des Ganzen alles Blut aus ihrem Gesicht gewichen. Als sie ihm antwortete, war ihre Stimme immer noch genauso atemlos wie zuvor. »Ich … mag es zwar auch schneller … aber das hier ist … wirklich umwerfend.«

»Ich weiß.«

Ihre Verzückung wurde immer größer. Sie spürte sie zwar nicht unbedingt in ihrem Kitzler, aber sie empfand sie ganz tief in ihrem Inneren. »Ich spüre … jeden einzelnen Zentimeter. Ich meine … ich spüre dich so richtig. Ganz tief in mir drin.«

»Ich spüre dich auch. Du bist so eng. So feucht. So perfekt.«

»Fick mich«, flüsterte sie, starrte begierig in seine Augen und zitterte ob der Erkenntnis, dass sie tatsächlich in der Lage war, das hier zu tun und derartige Dinge zu sagen.

»O ja, Baby, ich ficke dich … Ich ficke dich ganz tief … Ich stopfe deine Muschi bis zum Anschlag.«

»Ja«, keuchte sie. Mehr nicht. Einfach nur: »Ja.«

»Lehn dich zurück«, wies er sie an. »Nur ein bisschen.«

Carly wusste zwar nicht, aus welchem Grund er das vorschlug, aber sie tat ohne Widerrede wie ihr geheißen und hielt sich dabei an seinen Schultern fest. »Versuch mal, … dein Becken zu kippen. Versuch, es nach hinten zu schieben, als wolltest du dich fester auf meine Oberschenkel pressen.«

Und auch jetzt stellte Carly seine Anweisung nicht infrage – auch wenn sein Wunsch mehr Nachdenken erforderte, als ihr im Moment lieb war. Sie versuchte das umzusetzen, was er gerade gesagt hatte, kippte ihr Becken nach hinten und presste den Po so auf ihn, dass ihr Unterleib sich nach vorn neigte.

»Was wird das denn?«, fragte sie, als Jake knapp über der Stelle, wo ihre Körper sich trafen, eine Hand auf ihren Bauch presste.

»Ssssh. Ssssh, fühl es einfach.«

Sie verstummte und … spürte es.

Noch während sie von einer überaus seltsamen Art der Lust gepackt wurde, verstand sie. Das Gefühl war ihr bekannt und doch neu. Eine tiefere Variante der Empfindung, die eine Frau spürte, wenn sie einen Mann in sich hatte. In diesem Moment fiel ihr wieder ein, dass er sie auch in Traverse City schon so berührt hatte –, aber damals hatten nur seine Finger in ihr gesteckt. Es war gut, anders und heftig gewesen. Aber das hier war … noch mehr. Während die merkwürdige, alles verschlingende Lüsternheit immer mehr Besitz von ihr ergriff, trafen sich ihre Blicke erneut. »Was …? Was war …?« Sie konnte die Frage nicht mal mehr aussprechen, sondern biss sich nur auf die Lippe und fing an zu stöhnen.

Es schien so simpel, und doch hatte sie so etwas noch nie zuvor erlebt. Wilder Sex, harter Sex, schneller Sex – all das hatte sie schon gehabt. Doch jetzt versetzte dieser quälend langsame, einfache Sex sie derart in Verzückung, dass ihr ganzer Körper davon erfasst wurde.

Es dauerte nicht lange, und ihre Lustlaute verwandelten sich in tiefe Schluchzer. Jeder Gedanke war aus ihrem Kopf gewichen. Alles, was jetzt noch existierte, waren Gefühl und Resonanz. Es fühlte sich an, als stünde ihr Körper unter Strom. Wie schon bei ihrer ersten Begegnung waren es nicht unbedingt orgastische Empfindungen, die sie spürte – das hier würde nicht ausreichen, um sie zum Höhepunkt zu bringen. Aber sie spürte einen tiefen, alles durchdringenden Genuss, der von ihrem ganzen Körper Besitz ergriff und ihr das Gefühl gab, als würde ihr gesamtes Wesen gründlich und tief durchgefickt werden.

»O Gott! O Gott, mehr!«, hörte sie sich selbst wimmern und betteln. »Ich, ich halte es nicht mehr aus! Bitte fick mich härter! Bitte!«

Aus Jakes Kehle drang ein kurzes Grummeln, bevor er seinen Stößen schließlich mehr Härte und Tempo verlieh. Sie schrie auf, und er stieß wieder und wieder zu. Irgendwann schlang er die Arme um sie, legte sie auf den Rücken und fing an, sie so richtig durchzuknallen. Er küsste sie fest auf den Mund, und ihre Arme legten sich um seinen Hals. Carly spürte ihn überall – in sich, auf sich, um sich – und schon bald schlang sie die Beine um seine Taille.

So fickten sie ein paar lange, glückselige Minuten lang, in denen Carly nichts spürte, außer der Verbindung zwischen ihnen. Doch irgendwann hielt er plötzlich inne – aus schierer Erschöpfung, nahm sie an –, legte sich auf sie und gab ihr kleine Küsse auf den Nacken. Sein Atem wärmte ihre Haut. Carly drehte den Kopf, sodass ihre Münder sich erneut fanden und langsame, köstliche Küsse austauschten. In einigen Momenten schwebten seine Lippen einfach nur über den ihren, doch auch das jagte ihr immer noch Schauer über den Rücken.

Als Jake sich irgendwann aus ihr zurückzog und auf die Knie setzte, keuchte Carly enttäuscht auf. Sie fühlte sich mit einem Mal leer und unausgefüllt und blickte ihn fast schockiert an.

»Keine Sorge. Wir sind noch nicht fertig«, teilte er ihr mit und zog sie an den Händen nach oben. »Dreh dich um und geh auf die Knie.«

Und ganz so wie in Traverse City und auch gestern Abend schon, hatte Carly keinerlei Einwände, sich ihm ein kleines bisschen auszuliefern. Wenn sie so darüber nachdachte, hatte sie sich ihm schließlich schon öfter so hingegeben und dabei nichts weiter als pure Wollust empfunden.

Also kniete sie sich mit dem Gesicht zur Rückenlehne des Sofas und legte ihre Ellenbogen dort ab. Dann merkte sie auch schon, dass er hinter sie trat. »Heb den Po an«, befahl er. Dann gab er ihr einen kleinen Klaps, der in ihrem ganzen Körper widerhallte, packte sie mit festem Griff bei den Hüften und versenkte seinen harten Schwanz wieder in ihrer Möse.

Beim Eindringen stöhnten beide tief auf, und er fing sofort an, sie hart durchzustoßen. Carly krallte sich Halt suchend an der Rückenlehne fest und schrie bei jedem seiner Stöße laut auf. *Ja! Ja!*

Und dann wurde ihr mit einem Mal bewusst … dass sie aus dem Fenster auf die Maple Street starrte, die sie von dieser

Seite des Gebäudes sehen konnte. Sie schaute die Hauptstraße in Richtung Westen hinauf, an Beth Annes Drogeriehandlung und Schubert's vorbei in einen goldroten Sonnenuntergang. Die Dämmerung legte sich langsam über einen weiteren Sommerabend in Turnbridge, und sie ließ sich in ihrer Wohnung über ihrem Laden vom scharfen, neuen Polizisten das Hirn aus dem Leib ficken. Und jeder, der zufälligerweise draußen unterwegs war und nach oben schaute, hätte sie ohne Weiteres sehen können – und es störte sie nicht im Mindesten. Jedenfalls nicht genug, um ihr Tun einzustellen. Nicht genug, um sich nicht weiter in der erbarmungslosen Ekstase zu aalen, die er ihr bescherte. Carly schrie bei jedem seiner mächtigen Stöße immer noch laut auf. Und wie schon so oft mit Jake war ihre Lust größer als die Angst.

Jake schmiegte sich an sie, sodass sein muskulöser, männlicher Körper ihren Po und ihren Rücken wärmte. Und dann wanderte eine seiner Hände um die Hüfte herum zwischen ihre Beine und … *O ja!* Das war das Sahnehäubchen auf einem köstlich süßen und klebrigen Eisbecher und genau das, was sie brauchte – um erneut zu kommen. Es dauerte nur ein paar Sekunden, dann war es so weit. Sie biss sich auf die Unterlippe und schluchzte und stöhnte. »Jetzt, jetzt, jetzt!«, brüllte sie, als der zweite Höhepunkt voll feuriger Hitze in ihr explodierte und sie dazu brachte, sich zuckend aufzubäumen.

»O verdammt! Ich komme auch!«, stöhnte er und stieß ein letztes Mal so hart zu, dass sie fast nach vorn kippte. Doch Jake hatte die Arme so fest um ihre Taille geschlungen, dass er sie genau in der Stellung halten konnte, die er brauchte.

Nach einem letzten, langen, befriedigten Seufzer ließen sie sich gemeinsam auf das Sofa fallen – Carly auf den Rücken, Jake daneben und noch immer halb auf ihr liegend.

Sie schwiegen. Erst nachdem beide wieder etwas zur Ruhe gekommen waren, fragte sie: »Was zum Teufel war das denn?«

»Das? *Das* war ein richtig guter Fick – etwas, das du eigentlich langsam erkennen müsstest.«

»Nein, ich meine den ersten Teil«, erklärte sie.

»Ach *das*. Ich glaube, das war dein G-Punkt.«

»Ach«, kam nur von ihr, immer noch ein wenig erstaunt. »Aber … ich dachte immer, wenn man seinen G-Punkt gefunden hat, dann kommt man von innen. Ich meine, zumindest irgendwie anders als sonst. Und ich bin ja erst gekommen, als …«

»Einige Frauen kommen so, andere nicht«, unterbrach er sie. »Aber so oder so, die meisten lieben es.«

Sie warf ihm einen fragenden Blick zu. »Und woher weißt du das?«

»Aus Erfahrung«, antwortete er schlicht und ergreifend – und zwar mit so selbstbewusster Stimme, dass sie die Augenbrauen hochzog.

»Was?«, wollte er wissen. »Das habe ich nur mal so aus Versehen entdeckt und es dann in mein Repertoire eingebaut.«

Carly lachte laut auf.

Jake schmunzelte. »Was denn?«

»Du hast also ein Repertoire«, stellte sie amüsiert fest.

»Wir haben doch *alle* Repertoires.«

»Ich nicht.«

»Klar hast du ein Repertoire. Oder zumindest hat Desiree eins.«

Gerade als Carly protestieren wollte, wurde sie von Jake unterbrochen. »Erzähl mir nicht, dass Desiree keine Standards draufhat. Es gibt doch sicher ganz gewisse Dinge, die du tust, weil du weißt, dass du selbst darauf abfährst. Und dann gibt es Dinge, die du tust, weil du weißt, dass die Männer darauf stehen.«

Carly seufzte. »Okay, stimmt«, gab sie zu. »Ich habe nur noch nie so richtig darüber nachgedacht. Oder vielleicht finde ich es auch einfach nur komisch, das Ganze als Repertoire zu sehen.«

Er neigte den Kopf und sah sie eindringlich an. »Dabei solltest du *dankbar* sein, dass ich mir ein Repertoire angeeignet habe.«

Sie schenkte ihm ein schwaches, aber aufrichtiges Lächeln. »Das bin ich. Und du hast eine Menge guter Sachen in deinem Repertoire.«

»Du aber auch, Carly.« Die Anrede schien gedacht, sie daran zu erinnern, dass sie und Desiree tief in ihrem Inneren ein und dieselbe Person waren – ob ihr das nun gefiel oder nicht.

Und … vielleicht wurde es auch langsam Zeit, dass sie das in ihren Kopf reinbekam und endlich dieses dumme Spielchen einstellte, die beiden in ihrem Kopf zu trennen. Es wurde Zeit, dass sie sich der Wahrheit stellte –, auch wenn sie diese Wahrheit immer noch schwer akzeptieren konnte.

»Was gefällt dir denn an meinem Repertoire besonders?«, fragte sie ihn. Wenn es hier schon um Repertoires ging, warum sollte sie sich dann nicht auch danach erkundigen?

Er stützte sich neben ihr auf einen Ellenbogen und fuhr abwesend mit den Fingerspitzen über seinen Bauch. »Heute Abend? Oder an dem Abend, als wir uns kennenlernten?«

Jetzt mach keinen Rückzieher. Du bist *sie. Hör auf, davor davonzulaufen.* »Beides«, erwiderte sie schließlich.

»Ich find's toll, wenn du mich mit deinen Titten fickst«, erklärte er ohne jedes Zögern. »Und wenn du sie massierst, das ist auch geil. Und wie gut du im Schwanzlutschen bist, weißt du ja. Und … es hat mich fast umgehauen, als du zu Colt gesagt hast, dass er auf dir kommen soll.«

Es war das erste Mal, dass sie ganz offen und mit deutlichen

Worten über jenen Abend sprachen. Das erste Mal, seit er entdeckt hatte, wie sensibel sie darauf reagierte.

»Der letzte Punkt gehört aber nicht zu meinem festen Repertoire«, gestand sie ihm.

»Nein?«

»Das war neulich das erste Mal. Es war eine Art Impuls. Weil ich …«

»Weil du was?«

Sie schluckte und ärgerte sich, nicht weitergesprochen zu haben. Also rief sie sich in Erinnerung, wie einfach es war, mit ihm zu reden. Vielleicht weil er selbst so aufrichtig war. »Weißt du noch, als ich dir gestern Abend erzählte, dass ich es bisher immer nur mit Kondom getan habe?«, fragte sie.

Er nickte.

»Ich habe also … noch nie so richtig was mit Sperma zu tun gehabt. Ich habe mir noch nie von jemandem, ähm, na ja … in den Mund spritzen lassen. Irgendwann mal wollte ein Typ das bei mir tun, was Colt getan hat – auf meinem Körper abspritzen, meine ich …« Carly bemerkte, wie sie rot wurde, ignorierte es aber und sprach weiter. »Und es gefiel mir damals nicht besonders. Es war einfach kein befriedigendes Ende. Aber an dem Abend im Hotel … da war ich einfach neugierig, wie es sich wohl unter anderen Umständen anfühlen würde.«

Er sah sie an. »Und wie hat es sich angefühlt?«

»Es hat mir besser gefallen. Und zwar, weil du immer noch in mir warst und das Ganze damit für mich noch nicht vorbei war. Dadurch war es dann ziemlich … geil.«

»Das kann man wohl sagen, verdammt. Wie gesagt, es wäre mir auch beinahe gekommen, als ich es sah.« Er beugte sich vor, um ihr einen sanften Kuss auf die Brust zu geben und sie dann wieder anzusehen. »Süße, was deine Neugierde auf Sperma angeht, da kann ich dir helfen. Du hast nämlich gerade welches in dir.«

Carly schnappte nach Luft. »Das hatte ich ganz vergessen.« Sie hatte es wirklich vergessen. Und zwar weil sie einfach nicht daran gewöhnt war. Kurz nachdem es ihm gekommen war, hatte sie es noch im Kopf gehabt. Aber seitdem sie neben ihm auf dem Sofa lag, war der Gedanke daran völlig verschwunden.

Sie sagte nichts, als er aufstand, den Kaffeetisch umrundete und eine Minute später mit seinem T-Shirt in der Hand wieder zu ihr zurückkehrte. Er kniete sich neben sie und forderte sie auf, ihre Hüfte anzuheben, um das T-Shirt unter sie zu legen. »Ich will hier schließlich keine Schweinerei anrichten«, erklärte er mit einem Grinsen. Soweit sie wusste, hatte *sie selbst* bereits ohnehin eine ziemliche Schweinerei angerichtet, aber darum würde sie sich später kümmern.

Als Nächstes steckte er seinen Mittelfinger geschickt zwischen ihre Beine und streichelte seine stöhnende Gespielin dort. Und als er den Finger wieder aus ihr herauszog, war er so feucht, dass der Saft eindeutig nicht nur von ihr stammen konnte. Er betupfte einen ihrer immer noch steifen Nippel damit und rieb die Tropfen in ihre Haut. Carly atmete zischend ein. Aus irgendeinem Grund gefiel ihr die Vorstellung, dass er einen Teil von sich bei ihr ließ. Die Empfindung kam tief aus ihrem Inneren und fühlte sich so ursprünglich an, dass sie nicht recht verstand, was sie zu bedeuten hatte.

Er fuhr noch einmal mit dem Finger zwischen ihre Beine und förderte erneut etwas von der feuchten weißlichen Substanz zutage. Aber diesmal hielt er ihr seinen Finger vor den Mund.

Wie schon zuvor musste Carly tief Luft holen. Doch dann öffnete sie die Lippen und streckte langsam ihre Zungenspitze heraus. Sein Finger kam immer näher, und sie leckte den Saft genussvoll ab. Er schmeckte irgendwie süß und auch etwas erdig.

»Wie ist das?«, fragte er.

Sie biss sich auf die Lippe. »Irgendwie süß.« Sie lächelte. »Genau wie du.«

»Jetzt hör aber auf«, wandte er mit neckender Stimme ein. Ihr wurde klar, dass ein Polizist ganz sicher nicht *süß* sein wollte. Aber das war er nun mal. Manchmal fordernd, manchmal verdammt herrisch, aber im Kern eben doch ein guter Kerl.

Carly konnte kaum glauben, wie intim sie miteinander gewesen waren. Schließlich hatte sie vor zwei Tagen noch nichts von ihm wissen wollen. Und jetzt … Sie konnte nur dankbar sein, dass er in ihr Leben getreten war, denn durch ihn fühlte es sich viel lebenswerter an. Er half ihr, Desiree in den ganzen Rest ihrer Persönlichkeit zu integrieren – etwas, das sie bis heute für völlig ausgeschlossen gehalten hatte. Sie fühlte sich heute Nacht … so normal. Wie eine ganz normale Frau, die ganz normalen Sex mit einem Mann gehabt hatte.

Aber halt – das stimmte eigentlich gar nicht. Denn der Sex, den sie heute Nacht gehabt hatte, war alles andere als normal. Er war atemberaubend gewesen. Mehr als umwerfend.

»Ich muss morgen früh arbeiten und sollte jetzt gehen«, erklärte er. Carly war zwar sehr enttäuscht, hatte aber Verständnis dafür. Außerdem war sie nicht wirklich sicher, ob sie schon bereit dazu war, ihn heute Nacht hier schlafen zu lassen. Sie hatte in sehr kurzer Zeit sehr große Fortschritte gemacht, aber alles auf einmal ging eben doch nicht. Also nickte sie nur stumm, während er sich anzog.

»Hast du Freitagabend schon was vor?«, fragte er.

Sie schüttelte den Kopf.

»Wollen wir uns treffen?«

Ein stummes Nicken.

»Darf ich es wagen, dich zum Essen in ein Restaurant einzuladen, oder würdest du dann völlig ausrasten?«

Sein übertriebener Sarkasmus brachte sie zum Lächeln. »Hör auf, so zu tun, als wäre ich total verschroben.«

Er grinste zurück. »Das bist du doch. Aber ich mag dich trotzdem.«

Sie senkte den Kopf, als müsste sie ihm eine Retourkutsche liefern. Doch sie lächelte dabei. »Gut. Hol mich um sieben ab, dann gehen wir aus«, stimmte sie schließlich zu.

Kapitel 10

Man konnte Turnbridge nicht gerade als Mekka der Gourmetrestaurants bezeichnen, aber der Grizzly Grill – nur eine Straßenecke von Carlys Laden entfernt – servierte gutes, hausgemachtes Essen, war in dunklen, warmen Farben eingerichtet, und man konnte sich in große, etwas abgesonderte Nischen zurückziehen. Aber das war keine Garantie dafür, dass Carly und Jake bei ihrem ersten richtigen Date am Freitagabend unentdeckt blieben. Carly hatte nämlich vergessen, dass jeder, der in Turnbridge am Wochenende ausging, ziemlich sicher auch irgendwann im Grizzly Grill auftauchte.

Die beiden hatten gerade ihre Bestellung aufgegeben, als Dana und Hank sie entdeckten und prompt zu ihnen rüberkamen, um Hallo zu sagen. »Stell uns doch vor«, insistierte Dana mit breitem Grinsen. Und Carly konnte nicht anders, als der Aufforderung nachzukommen.

»Freut mich, Sie kennenzulernen«, sagte Jake und kam so perfekt rüber wie bei der ersten Begegnung mit Carly. Nein, sogar *noch* perfekter. Denn er war kein Mann, der es nur auf Sex abgesehen hatte. Er war ein Mann, der Zeit mit ihr verbringen wollte. Er war ein Mann, der sie trotz allem, was er über sie wusste, respektierte. Nein, dieser Mann war weitaus mehr als nur perfekt – das ließ sich nicht bestreiten.

Nach ein bisschen Small Talk über Danas bevorstehende Geburt und die Frage, wie es Jake in ihrer kleinen Stadt gefiel, zog das andere Paar sich wieder zurück. Aber nicht bevor Dana ihrer Freundin so auffällig zugezwinkert hatte, dass Carly nicht nur genervt war, sondern sich auch noch vor Jake bloßgestellt fühlte. Als ihr Essen schließlich kam, hatten die beiden Tiffany und ihre Eltern, Frank Schuberts Frau und eine Handvoll anderer Bewohner von Turnbridge gesehen, die Carly bereits ihr ganzes Leben lang kannten und eindeutig erstaunt waren, sie mit einem Mann im Restaurant sitzen zu sehen.

»Das ist genau der Grund, weshalb ich nicht besonders scharf darauf war, mit dir auszugehen«, erklärte sie ihm mit leiser Stimme über den Tisch hinweg.

»Um zu vermeiden, dass die Leute Zeuge werden, wie du die schreckliche Tat begehst, mit jemandem essen zu gehen?«, fragte er neckend.

»Um zu vermeiden, dass die ganze Stadt über mich tratscht«, korrigierte sie ihn. »Und wie du ja siehst, scheinen die Leute ein übermäßig großes Interesse daran zu haben, mit wem ich essen gehe.«

Jake zuckte wie immer nur mit den Schultern. »Das liegt nur daran, dass ich neu in der Stadt bin. Und weil du ihnen wichtig bist.«

»Und weil ich die Frau bin, die niemals mit jemandem ausgeht.«

Ein weiteres Schulterzucken von Jake. »Und jetzt gehst du eben mit jemandem aus.« Er zeigte auf ihren Teller und wechselte das Thema. »Wie ist dein Hackbraten?«

»Genauso gut, wie ich dir sagte. Hier, probier mal. Dann bereust du bestimmt, dass du ihn nicht auch bestellt hast.« Sie trennte ein Stückchen mit ihrer Gabel ab und hielt sie ihm über den Tisch hinweg hin.

Nachdem sie die Gabel in seinen Mund geschoben hatte, verzog sich sein Gesicht zu einem Ausdruck purer Wonne.

»Mein Gott, das ist der beste Hackbraten im gesamten Universum!«, gab er zu.

»Sag ich doch.«

»Könnte sein, dass wir tauschen müssen«, drohte er und schaute auf ihre Teller. »Ich meine, das Kotelett ist ja schon gut, aber … Mann!«

»Nein! Kommt nicht infrage! Ich hab dir doch gesagt, du sollst den Hackbraten nehmen. Na ja, vielleicht hörst du ja das nächste Mal auf mich«, schalt sie ihn scherzhaft.

Es war so einfach.

Mit ihm zusammen zu sein. In einem Restaurant.

Und ja, jeder, den sie kannte, redete darüber, aber langsam verstand sie – mit Jakes Hilfe –, dass das Ganze wirklich keine große Sache war. Vielleicht war es ja sogar etwas Gutes. Sie hatte sich nur einfach noch nie so verflixt … normal gefühlt und war nicht daran gewöhnt. Aber es war schön.

»Dessert?«, fragte er, als sie aufgegessen hatten.

»Nein«, erwiderte sie schnell.

Seine Augen weiteten sich. »Das klang aber entschlossen.«

»Und du nimmst auch keins.«

Er neigte etwas spöttisch den Kopf. »Einen Moment mal.«

»Vertrau mir einfach«, wandte sie ein. »Du bekommst auch eine Entschädigung, wenn du das Dessert weglässt.«

Ihre Worte zauberten ein laszives Grinsen auf seine Lippen. »Okay, das klingt jetzt schon sehr viel verführerischer. Und jetzt, da du's erwähnst … Ich glaube, wir sollten mal zahlen.«

»Na gut, Süße, dann möchte ich jetzt aber auch für das fehlende Dessert entschädigt werden«, erklärte Jake, als sie wieder in Carlys Wohnung waren. Er machte sich gar nicht erst die Mühe, seine lüsternen Absichten zu verschleiern. Er mochte sie sehr –, aber er mochte es eben auch sehr, sie zu *ficken*. Und nachdem sie im Restaurant noch mit ein paar mehr Leuten geplaudert, die Rechnung bezahlt und den Weg zu ihrer Wohnung hinter sich gebracht hatten, war sein Schwanz hart – oder zumindest fühlte er sich so an.

Also drängte er sie am schlafenden Kater vorbei die Treppe zu ihrer Wohnung hinauf, schubste sie dort spielerisch mit dem Rücken aufs Bett, hielt sie an den Handgelenken fest und wartete mit einer hochgezogenen Augenbraue darauf, was wohl ihre Vorstellung von einer angemessenen Entschädigung wäre.

Doch Carly biss sich nur auf die Lippen und stieß ein kleines Lachen aus.

»Was ist denn so komisch?«, fragte er.

»Ich, äh, habe dich vielleicht ein bisschen in die Irre geführt, als ich von einer Entschädigung sprach.«

Jetzt schnellten seine Augenbrauen in die Höhe. »Tatsächlich?«

»Lass mich aufstehen«, bat sie ihn. »Und dann mach die Augen zu.«

Jake rollte sich auf den Rücken und fand sie, trotz der Gier seines Schwanzes, einfach nur teuflisch niedlich. Und zum Sex würden sie sicher noch früh genug kommen. »Ich hoffe für dich, dass es sich lohnt«, neckte er sie mit geschlossenen Augen.

Die Matratze schaukelte ein wenig, als sie sich einen Moment später wieder zu ihm setzte. »Okay, du kannst die Augen wieder aufmachen und dir deine Überraschung ansehen.«

Carly saß im Schneidersitz neben ihm und hielt eine luftig-schaumig aussehende Torte mit Baiser in der Hand. Zwei kleine Teller, ein paar Gabeln und ein Messer hatte sie auch gleich mitgebracht.

Jake setzte sich auf und lächelte. »Schokoladencremetorte, nehme ich an.«

Sie nickte. »Die Letzte scheint dir so gut geschmeckt zu haben, dass ich mir dachte, du verdienst noch eine zweite – aber diesmal umsonst. Sozusagen als … Dankeschön.«

»Wofür denn?«, fragte er und beugte sich ein wenig vor. Dabei war es durchaus möglich, dass er die Antwort bereits kannte.

Sie sah ihm in die Augen. »Dafür, dass du so geduldig warst und mich nicht für einen totalen Freak gehalten hast.«

Er zuckte mit den Schultern. »Na ja, ich war zwar sicher eher fordernd als geduldig, aber …«

»So oder so«, unterbrach sie ihn und schüttelte mit glücklichem Lächeln den Kopf. »Du hast in den letzten Tagen jedenfalls dafür gesorgt, dass ich mich ziemlich normal gefühlt habe. Und das ist für mich schon ziemlich enorm. Also habe ich eine Torte für dich gebacken.«

»Ich kann's kaum erwarten, sie zu probieren«, sagte er und gab ihr einen Kuss. Jake wurde langsam klar, dass er mehr und mehr das in ihr sah, was auch die Einwohner von Turnbridge in ihr sahen. Es war nicht nur irgendeine Nummer, die sie da abzog, sondern sie war wirklich ein Schatz. Aber eben ein Schatz mit einer wirklich schmutzigen Seite, die sie bisher nicht hatte ausleben können. So wie er das sah, waren diese beiden Seiten die perfekte Kombination. Zwar nagte die Frage, was diese heiße, sexuelle Seite an ihr bisher unterdrückt hatte, noch immer ein bisschen an ihm, aber er sagte sich wieder, dass es nicht an ihm war, sich darüber Gedanken zu machen. Vielleicht bestand seine einzige Pflicht darin, es zu genießen, wie sie nach und nach auftaute.

Carly warf ihm ein schüchternes Lächeln zu. »Sexy Dessous und irgendeine Desiree-mäßige Verführungsnummer wären besser gewesen, was?«, fragte sie, als hätte sie seine Gedanken gelesen. »Siehst du? Wenn ich nicht zu einer anderen

Person werde, habe ich nicht die geringste Ahnung, wie ich sein soll.«

Jake schnitt die Torte an und überlegte sich dabei, was er darauf erwidern sollte. »Dessous und Verführungsnummern sind natürlich toll«, sagte er schließlich. »Aber Torte eben auch. Ich mag beides. Außerdem ziehe ich dich sowieso gleich aus, da können wir ebenso gut mit dem Dessert anfangen.« Er schloss seine kleine Ansprache mit einem lüsternen Grinsen und spürte dabei immer noch die Erektion in seiner Hose. Gleichzeitig freute er sich aber auch sehr auf die Torte. Und wie sie da so auf dem Bett saßen und aßen, wurde er daran erinnert, dass das Tortenkomitee ihr diese blaue Schleife nicht umsonst verliehen hatte – die Torte war einfach klasse. »Mann, die ist echt *fast* so gut wie Sex«, erklärte er mit einem Kichern.

Auch Carly musste lachen. »*So* weit würde ich nun wieder nicht gehen, Officer Lockhart«, wiegelte sie ab.

»Na ja, vielleicht ein knapper zweiter Platz«, räumte er ein. »Aber beides zusammen wäre der Himmel auf Erden.«

Nach diesen Worten sah er sie einfach nur an und beobachtete, wie sie sich eine Gabel der luftigen Sahnetorte in den Mund schob – in denselben süßen, weichen Mund, der solche Wunder mit seinem Schwanz vollbrachte. Und … Mist! Mehr war gar nicht nötig.

Jake wusste nicht den Grund, aber irgendetwas an dem simplen Akt, ihr beim Essen zuzusehen, machte ihn plötzlich total wild auf sie. Und zwar auf eine Art, die sich nicht mehr länger mit Torte zufriedengeben wollte. Vielleicht wollte seine Erektion ja einfach nicht mehr länger warten. Aber was immer es war, Carly irrte sich, wenn sie dachte, dass er geduldig war. Wenn es um sie ging, war er der ungeduldigste Mann auf Erden.

Also nahm er die Torte und stellte sie zusammen mit seinem

leeren Teller auf den Nachttisch. Dann nahm er auch Carly ohne ein Wort der Erklärung Teller und Gabel aus der Hand und stellte sie ebenfalls beiseite.

»Was soll denn das?«, fragte sie staunend.

»Ich hatte mein Dessert«, erklärte er. »Und jetzt will ich *dich.*«

Als er sie jetzt aufs Bett drückte, gebärdete er sich eher leidenschaftlich als verspielt. Aber Carlys lüsternes Stöhnen bei diesem ersten Kuss verriet ihm, dass auch sie es wollte. Und als er auf sie hinabsank und seine härteren, muskulöseren Körperteile mit ihren weicheren, kurvigeren verschmelzen ließ, da fühlte es sich wie die reinste Glückseligkeit an. Seine Hände berührten ihre Brüste, und aus ihrer Kehle drang ein heißes Seufzen. Ein Teil von ihm hätte am liebsten die ganze Nacht damit zugebracht, die zwei verführerischen Globen zu kneten und zu liebkosen. Aber der vorherrschende Teil in ihm war eben doch voller Ungeduld. Und dieser Teil wollte ihr am liebsten sofort die Kleider vom Leib reißen.

Jake verschwendete keine weitere Sekunde, zog ihr das enge rosa Top über den Kopf und schob die süße Caprihose über ihre Hüften nach unten. Ihre Brüste wurden heute von einem BH mit Spitzenbesatz gehalten, dessen Lavendelfarbe sich auch in ihrem durchsichtigen Netzhöschen wiederfand. An den Seiten des Slips waren kleine blassgrüne Schleifchen befestigt. Nur ein Blick auf dieses bezaubernde Ensemble reichte aus, um seinen Schwanz fast aus der Hose hüpfen zu lassen.

Die meisten Männer, die er kannte, machten sich nichts aus Dessous, aber Jake wusste ›die Verpackung‹, wie er sie nannte, durchaus zu schätzen. Ganz zu schweigen von der Erwartung, die sie erzeugten. Doch da er für heute Abend bereits genug gewartet hatte, zog er ihr das süße Höschen und den BH blitzschnell aus, sodass Carly jetzt splitternackt vor ihm lag.

Und wie immer ließ der Anblick ihrer Brüste ein tiefes Stöhnen aus seiner Kehle dringen, und er umfasste sie mit seinen Händen. »Haust du mir eine runter, wenn ich dir sage, dass du echt Wahnsinns-Titten hast?«

Sie schüttelte den Kopf. Ihre Lider waren schwer und die Lippen leicht geöffnet. Im Vergleich zum letzten Wochenende, an dem es ihn noch fünfunddreißig Dollars gekostet hatte, nur mit ihr zu reden, hatte sie verdammt große Fortschritte gemacht.

»Gut«, murmelte er und starrte auf ihre rosigen Nippel, die bereits herrlich steif waren und nur darauf warteten, dass man an ihnen saugte. »Denn genau das sind sie. Der reinste Wahnsinn.« Und dann beugte er sich über sie und tat sich an ihren wundervollen Brüsten gütlich.

Jake liebte ihr heißes Stöhnen, das Gefühl ihrer Finger in seinen Haaren. Ihre Fingernägel jagten ein Schaudern über seine Kopfhaut, während er erst an einem ihrer prächtigen Nippel leckte und saugte und dann zu dem zweiten überging. Er könnte sich wirklich völlig darin verlieren, sie dort zu verwöhnen. Sein Schwanz war zwar ebenfalls voller Begierde, aber Jake spürte deutlich, dass er den Rausch ihrer Leidenschaft nicht zerstören wollte, indem er jetzt zu schnell vorging. Sie auszuziehen hatte schon geholfen, seine Geduld wieder einigermaßen herzustellen, und jetzt wollte er nichts lieber, als sich alle Zeit der Welt zu lassen, um jeden Zentimeter ihres herrlichen Körpers genießen zu können. Plötzlich fiel ihm etwas ein. »Es gibt nur eine Sache, die deine wunderschönen Nippel noch köstlicher machen würde.«

»Äh … was denn?«, fragte sie atemlos flüsternd.

»Das hier«, erwiderte er, steckte kurzerhand zwei Finger in die Reste der Torte, sodass sie genug Sahne und Baiser aufnehmen konnten und schmierte die Masse dann auf die Spitze einer ihrer üppigen Brüste.

Carlys Augen weiteten sich, und sie atmete zischend ein.

Nachdem er die sahnige Creme kurzerhand weggeleckt hatte, gab er ein tiefes, befriedigtes »Mmmh« von sich. Und als ihre Blicke sich trafen – Carlys feuchte und mittlerweile klebrige Brüste zwischen sich – atmete sie noch schwerer also schon zuvor.

»Wie ich sagte«, erklärte er, »der Himmel auf Erden.«

Carly sagte nichts. Aber das musste sie auch gar nicht, denn der leidenschaftliche Blick aus ihren dunklen Augen verriet ihm eindeutig, wie erregend sie seine Zuwendungen fand. »Lass uns mal das Bettzeug wegziehen. Ich will deine Überdecke nicht schmutzig machen.«

»Okay«, flüsterte sie und half ihm, die Überdecke und das Betttuch zu entfernen. Über das Bettlaken darunter schien sie sich nicht allzu viele Gedanken zu machen, der braven Carly Winters war jetzt eine gewisse Verdorbenheit wichtiger als ein paar Schokoladenflecken auf ihrem Bettlaken.

Den Rest des Bettzeugs schoben sie mit den Füßen über das Bettende, während Jake sich gleichzeitig in Windeseile die Klamotten vom Leib riss. Als auch er endlich ganz nackt war, steckte er seine Finger ein zweites Mal in die Torte, förderte jetzt aber einen größeren Klacks Sahne zutage. Und diesmal benutzte er die Fingerspitzen beider Hände, um die Masse mit kreisenden Bewegungen auf beiden Brüsten zu verteilen. Zum einen, damit sie die zähflüssige Klebrigkeit nicht nur auf ihren steifen Nippeln spürte, und zum anderen weil es sich für ihn einfach geil anfühlte – süß und glitschig an der Oberfläche und weich und zart darunter.

Dann beugte er sich über sie, um die mit dem Baiser vermischte Schokoladencreme abzulecken. Und als er mit der Zunge ihre Nippel umkreiste, um kurz darauf so viel wie möglich von ihrer Brust in den Mund zu nehmen, erhöhte der süße

Geschmack der Torte seine lüsterne Freude. Jakes Gesicht war schon ganz klebrig von der süßen Masse, aber das war ihm egal. Und kurz bevor er ihre schokoladigen Titten fast sauber geleckt hatte, tauchte er seinen Mittelfinger in die verbliebene Schokoladensahne und hielt ihn ihr vor den Mund – genau wie er es getan hatte, als sie zum ersten Mal gemeinsam von der Torte gegessen hatten, aber doch ganz anders.

Carly öffnete die Lippen, nahm seinen Finger in den Mund und leckte ihn sauber. Dann setzte sie sich auf, fasste selbst in die Torte und schmierte sich die eigenen Fingerspitzen damit ein.

Jake hatte mittlerweile rittlings auf ihren Schenkeln Platz genommen, sodass sein Schwanz direkt vor ihrem Gesicht schwebte, als sie sich aufrichtete. Es machte ihn total an, dass der Blick aus ihren Augen fast scheu wirkte. Vielleicht lag es daran, dass sie in diesem Moment ganz Carly, der Schatz, war, er aber wusste, dass sie sich gleich in die *andere* Carly verwandeln würde – und diese andere Seite von ihr gefiel ihm ebenso gut.

Sie schmierte die klebrige Sahne auf seine Eichel und verteilte sie dann mit den Fingerspitzen, sodass schnell sein ganzer Schwanz damit bedeckt war. Die sahnige Schweinerei sorgte dafür, dass Jake vor atemloser Erregung kaum noch Luft bekam. Und als sie seine tortenbeschmierte Erektion in die Hand nahm und sie fast schüchtern anstarrte, zuckten seine Bauchmuskeln.

Carly arbeitete sich über die ganze Länge seines Riemens zur Eichel vor, wo sie schließlich gierig die Schokoladencreme abschleckte. Der Anblick und das Gefühl ließen ihn fast durchdrehen und entlockten ihm ein Stöhnen, das tief aus dem Bauch kam. Und als sie seinen Schwanz schließlich ganz tief in den Mund nahm, musste er die Augen schließen und den Kopf in den Nacken sinken lassen. Auf und ab glitten ihre Lippen. Sie leckte sein Gemächt feuchter und feuchter und lutschte die Schokoladencreme-Baiser-Mischung derart hungrig von seinem Riemen, dass er vor Verlangen gar nicht mehr klar denken konnte. »O Baby, das ist so gut! So verdammt gut«, keuchte er.

Nach einer Minute griff sie erneut in die Torte, verteilte die Masse aber diesmal einfach mit ihrer Faust und wichste seinen Prügel, bis die Schokoladensahne zwischen ihren Fingern hindurchtropfte. Dann nahm sie seinen Schwanz zwischen ihre glitschigen, üppigen Brüste und presste sie um seine steinharte Erektion zusammen. Sie bewegten sich eine Weile im perfekten, lüsternen Rhythmus, bis sie erneut dazu überging, seinen Schwanz zu lutschen. *Ja! Ja!* O verdammt, sie konnte so gut blasen. Aber als ihr Blick nach oben wanderte und er sehen konnte, wie sein harter Schwanz ihren sahneverschmierten Mund aufdehnte, o Mann, da musste er sie einfach küssen. Jake liebte es zwar, wie sie ihn blies, wollte aber unbedingt ihre Lippen unter den seinen spüren. *Er wollte alles von ihr unter sich spüren.*

Danach wurde es einfach nur richtig schmutzig. Klebrige Hände, die über nackte Haut strichen, und glitschige Körperteile, die sich aneinander rieben. Doch diese Sauerei machte die beiden nur noch geiler. Sie tauschten fiebrige, schokoladige Küsse aus, während er seinen feuchten Schwanz gegen ihren Schlitz presste. Bei derartigen Spielen war ihre rasierte Möse besonders verlockend, und er spürte deutlich, wie weich und glatt sie sich an seiner Erektion anfühlte.

»Ich will, dass auch deine Muschi nach Schokolade schmeckt«, raunte er ihr ins Ohr. »Mmmh, ja«, war alles, was sie erwiderte.

Seine Hände wanderten sofort über ihren kurvigen Körper und griffen auf dem Weg nach unten erneut in die mittlerweile völlig zerstörte Torte. Carly spreizte ihre Beine, und er beschmierte ihren Schlitz außen und innen mit der Schokoladencreme-Mischung.

Und dann leckte er sie aus, leckte die klebrige Masse sowohl mit der Zunge als auch mit dem Mund von ihr ab. Jake ging ganz langsam vor, um auch ja jede Falte und Spalte zu schmecken. Er genoss ihr aufgegeiltes Stöhnen, als er mit der Zunge wieder und wieder um ihren Kitzler fuhr und die geschwollene Knospe schließlich ableckte, als wäre sie ein Lutscher. Und auch als die Torte längst abgeschleckt war, nahm er durch den erdigen Geschmack ihres Geschlechts hindurch noch immer etwas von der schokoladigen Süße wahr.

Ihre klebrigen Hände fuhren jetzt durch seine Haare und hielten seinen Kopf in Position. Das gefiel Jake. Es gefiel ihm, dass sie ihn wissen ließ, wie sehr sie es genoss, von seiner Zunge und seinem Mund sauber geleckt zu werden. Carly presste sich mit immer größerer Macht gegen sein Gesicht und fickte ihn förmlich damit. Und Jake ließ es sich gefallen. Er war zwar nicht unbedingt wild darauf, die Oberhand abzugeben, aber das hier fühlte sich einfach anders an. Es war eine ganz neue Art für ihn, sich auf diese Weise Befriedigung zu holen, und er konnte gar nicht mehr anders, als die Lippen fest um ihren heißen Kitzler zu schließen und wie besessen daran zu saugen.

Ihr Fötzchen rammte sich förmlich in sein Gesicht. Und als Carly vor Geilheit aufschrie, vergrub er seine Hände in ihrem Po und zog sie so nah zu sich heran, dass sie irgendwann nur noch wimmerte und zuckte. Ein kurzer Blick nach oben verriet ihm, dass sie ihre Brüste fest in den Händen hielt – ein Anblick, der ihn noch wilder werden ließ und ihn zwang, seinen Schwanz auf dem Bettlaken zu reiben. Als ihre Schreie immer lauter und die Bewegungen ihres Beckens immer unkontrollierter wurden, da wusste Jake, dass es ihr jeden Moment kommen würde.

Seine Haut prickelte vor Hitze, während sie sich völlig ihrem Höhepunkt hingab. Doch kurz bevor er sich zurückzog, setzte er noch einen zärtlichen Abschiedskuss auf die rosigen Furchen ihrer Muschi.

Er wollte sie zwar unbedingt ficken, aber … er wollte eben auch weiter mit ihr in dieser herrlichen Sauerei schwelgen.

Jake hatte noch nie derart schmutzigen Sex gehabt – im wahrsten Sinne des Wortes. Und auch den Reiz, der darin lag, hatte er bisher nie recht begriffen. Aber irgendetwas an der süßen Glitschigkeit der Hände und anderer Körperteile sorgte dafür, dass er vor Geilheit fast rasend wurde und einfach mehr davon wollte. Er wollte *alles* mit ihr tun. Alles, was zwei Menschen miteinander tun konnten. Darunter vielleicht auch Dinge, die er bisher noch nicht einmal gedacht hatte. Schließlich wäre es ihm bis vor zwanzig Minuten nicht mal im Traum eingefallen, eine Frau mit Torte zu beschmieren. Doch da lagen die beiden nun – völlig verklebt und erhitzt und über alle Maßen erregt.

Obwohl ein Teil von ihm am liebsten seine zuckende Erektion in ihre Möse gerammt hätte, legte er stattdessen eine Hand auf ihre Hüfte und rollte sie mit sanftem Druck auf den Bauch.

»Was wird das denn?«, fragte sie. Jake war ziemlich sicher, dass auch *sie* ficken wollte.

»Ich werde die Torte jetzt von deinem süßen kleinen Po essen. Reich mir mal den Teller rüber.«

Carly griff nach dem, was noch von der Torte übrig war und reichte ihm den Teller. »Weißt du eigentlich, wie gut dein Hintern in einer Jeans aussieht?«, fragte er.

»Äh … wirklich?«, flüsterte sie.

»Und ob. Und jetzt will ich mal sehen, wie gut er aussieht, wenn er mit Schokoladencreme beschmiert ist.«

Sie lachte und wackelte verspielt mit dem Po, den er daraufhin mit einem kleinen Klaps verwöhnte. Und dann beugte er sich vor, um einen Kuss darauf zu setzen. Nur einen. Carly seufzte auf – ganz so, als hätte es sich besser angefühlt als erwartet.

Also küsste er sie erneut. Das Stöhnen, das sie von sich gab, machte seinen Schwanz nur noch steifer. Verdammt. Sie war so empfänglich. Und es war eine Schande, dass sie so lange nicht empfänglich gewesen war und es nicht mal ausprobiert hatte – abgesehen von ihren Ausflügen nach Traverse City. Vielleicht wollte er ja deshalb *alles* mit ihr tun. Weil sie es brauchte. Weil sie es verdiente. Er wollte, dass sie jede gute, heiße, sinnliche Empfindung spürte, die man erleben konnte.

Nachdem er sich zwischen ihren Beinen platziert hatte, griff er mit beiden Händen in die Torte und schmierte die Schokoladencreme kurzerhand auf ihren Hintern. Die beiden hatten es jetzt so weit getrieben, dass es an diesem Punkt nicht mehr auf Raffinesse oder Behutsamkeit ankam.

Dann leckte er die Masse voller Eifer ab. Von ihrer Haut geschleckt, schmeckte die Schokolade noch köstlicher. Und während er sie sauber leckte, verrieb er die Sahne an den Stellen, die er gerade nicht bearbeitete.

Irgendwann wanderte seine Hand instinktiv zwischen ihre Beine. Er wollte, dass sie ihn auch dort spürte und heiß und feucht für ihn blieb. Und als seine Finger schließlich in sie eindrangen, war ihre Möse von der Torte und ihren eigenen Säften so glitschig, dass es ihn fast um den Verstand brachte.

»Heb deinen Po hoch, Baby«, wies er sie atemlos an. Jake wollte unbedingt sehen, wie seine schokoladigen Finger in sie eindrangen. Die Sahne schmolz bereits und wurde immer flüssiger – ein Anblick, der ihn auf seltsame Weise heißmachte. Nachdem er seine Fingerspitzen aus ihrer Mitte gezogen hatte, leckte er sie begierig ab. Und als Carly auf die Knie gegangen war, um ihm ihren Po noch höher entgegenzustrecken, rammte er sie wieder hinein. Seine Art, sie so zu ficken, brachte Carly zum Keuchen und Stöhnen.

Die Lust, die Jake mittlerweile empfand, hatte etwas durch und durch Ursprüngliches. Jetzt ging es nur noch ums Ficken, um instinktives Erkunden ihrer Körper, um feuchte Erregung und den Verlust aller Hemmungen. Er sah sich immer noch selbst dabei zu, wie er sie berührte und fickte. Doch irgendwann glitten seine Finger aus ihrem Schlitz und wanderten ein Stückchen nach oben zu der Stelle zwischen Möse und Poloch. Aus ihrer Kehle drang ein seltsamer, leidenschaftlicher Laut. Ihr Anus zuckte flatternd und einladend, sodass Jake schließlich seinem Drang nachgab und die Spitze seines Mittelfingers in ihr Poloch schob.

Carlys Reaktion kam sofort und war absolut eindeutig. »O!«, drang es aus der Tiefe ihres Bauches – ein aufgeheizter Laut der Erregung, der erahnen ließ, in welch unerwarteten Höhen der Ekstase sie gerade schwebte. Jake zögerte nicht und schob seinen Finger langsam und vorsichtig tiefer hinein.

Carly atmete zischend ein. Diesmal schien ihr ganzer Körper zu zucken. Ebenso wie der seine. Jake wollte sie unbedingt auf diese Art ficken. Er wollte, dass sie ihn dort spürte und dabei vor Geilheit durchdrehte.

Also begann er, seinen Finger langsam rein- und wieder rauszuschieben. Carly wimmerte und schluchzte, wie er es noch nie von ihr gehört hatte. Als Jake vage bemerkte, wie sie voller Wildheit und Hemmungslosigkeit die Finger ins Bettlaken unter sich krallte, fickte er sie immer härter in den Po – eben so hart, wie er es mit einem Finger konnte.

»O Gott, hör auf, hör auf!«, schluchzte sie schließlich.

Jake hielt inne. »Nicht gut?« Mist! Hatte er ihre Reaktion falsch interpretiert?

»Nein, es ist … es ist …« Carly war völlig außer Atem. »Es ist großartig. Ich, … ich kann kaum glauben, wie toll sich das anfühlt. Aber es ist so gut, dass … ich es kaum ertrage.«

Das Blut floss in seinen Körper zurück und wärmte seine Wangen. Nein, er hatte ihre Reaktionen *nicht* falsch interpretiert. »Bist du an dieser Stelle noch nie angefasst worden?«, fragte er und behielt seinen Finger dabei ganz still in ihrer Pospalte.

Sie schüttelte den Kopf. »Nein.«

»Einige Frauen stehen ja gar nicht darauf«, erklärte er. »Aber andere umso mehr.«

»Äh, ich würde mal sagen, ich gehöre zu der letzten Kategorie.«

Mann, sie war wirklich unglaublich. Nicht nur, dass sie Sex liebte, sondern mit ihm zusammen wurde sie immer freier und ungehemmter.

Ein Gedanke, der sofort den Wunsch in ihm weckte, ihr Freuden zu bereiten, die sie noch nie erlebt hatte – und damit auch seine eigenen Bedürfnisse zu stillen. »Willst du meinen Schwanz dort spüren?«, fragte er mit tiefer, aber zärtlicher Stimme. »Soll ich dich so ficken?«

Kapitel 11

»Tut das weh?«, fragte sie mit leiser, unsicherer Stimme.

Die Lust und die Zärtlichkeit, die er für sie empfand, kannten keine Grenzen. »Ich mache so vorsichtig, wie ich kann. Und wenn es zu viel für dich wird, hören wir einfach auf.«

Sie sah ihn über die Schulter hinweg an. Ihre Blicke trafen sich. »Okay«, flüsterte sie.

Aus seinem Mund drang ein zittriger Atemstoß. Er spürte ihr Vertrauen. Er spürte die Intimität des Moments. Und er spürte eine ganz neue Art von Männlichkeit. Seine Muskeln spannten sich fest an. Und das ob der Verantwortung, die er gerade übernommen hatte: zärtlich genug sein, um ihr nicht wehzutun, aber doch hart genug, um ihr so viel Befriedigung zu verschaffen wie nur möglich.

Als Jake in die Sahne griff, sah er sie einfach nur noch als Gleitmittel an. Er schmierte sie großzügig auf seine Erektion, positionierte seine Eichel vor den kleinen Fältchen ihres Polochs und fragte sich, ob es wohl funktionieren würde. Und nachdem er seinen Schwanz in die Hand genommen hatte, drückte er ihn langsam in die zuckende Öffnung.

Carly schrie kurz auf, wurde dann aber still und seufzte nur noch.

»Alles okay?«, fragte er und hielt kurz mit heftig schlagendem Herzen inne.

Ihre Stimme zitterte. »Ich … ich glaube schon. Es fühlt sich so … seltsam an.«

Jake unterdrückte seine Ängste und schob seinen Riemen vorsichtig, aber mit Druck so tief in sie hinein, dass er bald ganz in ihrem Poloch steckte. O Mann, es fühlte sich so verdammt eng an.

»O …«, stöhnte Carly.

»Gut?«, erkundigte er sich erneut und voller Hoffnung – das Gesicht heiß und rot.

Doch Carly konnte nur noch einen wimmernden, hohen Ton der Zustimmung von sich geben.

Gott sei Dank. Die Hitze breitete sich jetzt auch auf seiner Brust aus. Ihre Einwilligung sorgte dafür, dass er langsam anfing, sie vorsichtig und behutsam in den Arsch zu ficken. Jake hatte sich Carly schon vor diesem Moment auf seltsame Weise nahe gefühlt – all die Geheimnisse, die Lust und das überwältigende Verlangen nacheinander hatten sie irgendwie aneinandergekettet. Doch eine derartige Intimität und Verbundenheit wie in diesem Moment hatte er noch nicht empfunden. Zu hören, wie die Luft von ihren süßen, heißen Seufzern erfüllt wurde, zu sehen, wie ihre weiblichen Kurven sich unter ihm wanden und sein Schwanz wieder und wieder in ihren engen Po drang – all das brachte ihn fast um den Verstand.

Carly biss mit pochendem Herzen die Zähne zusammen. Jede Faser ihres Körpers schien von der geradezu überwältigenden Lust zu vibrieren. Und das Gefühl betraf nicht nur ihre intimsten Stellen. Nein, es strahlte bis in ihre Finger- und Zehenspitzen. Ihre Kopfhaut prickelte – verdammt, ihr gesamter Leib prickelte – und jeder Stoß ließ neue Schweißtropfen auf ihrer Stirn entstehen. Carly hörte ihr eigenes Stöhnen, aber mittlerweile geschah alles nur noch unwillkürlich, und die Lustlaute drangen wie von selbst aus ihrem Mund.

Nie hätte sie sich träumen lassen, dass *diese Spielart* sich so gut anfühlen könnte – auch wenn sie fast davon verzehrt wurde. Es war fast wie eine ganz neue Art von Sex und vielleicht das einzige Mal in ihrem Leben, dass sie jegliches Fehlen von Kontrolle als so fantastisch und unglaublich befriedigend wahrnahm. Raum für Gedanken – über Kontrolle oder sonst was – gab es nicht. Es gab nur Gefühl, Gefühl, Gefühl. Noch nie in ihrem Leben war sie so gut gefickt worden.

Oder … hatte es vielleicht doch eher damit zu tun, dass es Jake war, der sie gerade verwöhnte? Der einzige Mann in ihrem Erwachsenenleben, für den sie romantische Gefühle entwickelt hatte? Der einzige Mann, der geduldig und entschlossen genug gewesen war, um die unsichtbaren Mauern einzureißen, die sie seit Jahren umgaben und die sie davon abhielten, eine echte Beziehung zu einem Mann zuzulassen?

In diesem Moment mochte zwar wenig Raum für Gedanken sein, aber es war jede Menge Raum für Empfindungen. Und Carly hatte das seltsame Gefühl, … dass sie sich gerade in ihn verliebte. Und zwar so richtig verliebte.

Doch selbst diese Empfindung konnte sie jetzt nicht näher greifen. Dafür jagte sein steinharter Schwanz viel zu starke Lustgefühle durch ihren Po, ihr Becken und jedes ihrer Glieder. Lustgefühle, die stark genug waren, um sie in den Wahnsinn zu treiben. Carly schrie, schluchzte und stöhnte. Sie merkte, wie ihr ganzer Körper wild zuckte, wusste aber nicht wieso. Sein Keuchen hinter ihr wurde immer schwerer und tiefer. Jake schien sich genauso in dem berauschenden Sexakt zu verlieren wie sie selbst. Noch nie war sie körperlich so erregt gewesen und an den Rand höchster Sinneslust getrieben worden – und das ohne zu kommen. Und während er seine Erektion wieder und wieder in ihrer engsten Körperöffnung versenkte, fühlte es sich fast an, als könnte sie ohne jede weitere Stimulation zum Orgasmus kommen. *Fast.* Und genau das war die Einschränkung, die sie so wild herumzucken ließ. Wild vor

Leidenschaft, die sich nach einem Höhepunkt sehnte, der sich aber nicht recht einstellen wollte. »Gott, o Gott, o Gott«, hörte sie sich wimmern. Ihre Erregung hatte etwas Verzweifeltes. Es war ein fast quälendes Gefühl, das sie nicht recht verstand.

Obwohl sie auf den Knien saß, versuchte Carly, ihre Beine zu spreizen. Nicht aus einer bewussten Entscheidung heraus, sondern aus rein körperlichem Instinkt, denn ihr Kitzler bettelte förmlich um Aufmerksamkeit. Ihr Zucken wurde immer stärker. Was für ein unglaublich heißes, erregendes Gefühl. Sie schrie und brüllte, bis Jake endlich seine Hand dorthin wandern ließ, wo sie am meisten fehlte.

Carly warf sich seiner Berührung automatisch und ohne jede Scham entgegen, bis ihr ganzer Körper von einem überwältigenden Orgasmus ergriffen wurde, der sie gnadenlos erschütterte. Noch niemals hatte sie einen Moment derartiger Ekstase erlebt.

Sie war völlig verschwitzt und von oben bis unten mit Schokosahne beschmiert. O Mann. Sie war erschöpft und konnte einfach nur noch still daliegen. Plötzlich hörte sie Jake hinter sich. »O ja, Süße, ich komme auch! Ja, es kommt!« Seine letzten wilden Stöße erschütterten sie erneut. *O Mann, er fickt mich in den Arsch.* Es war zum einen sehr merkwürdig, dass sie diese Erfahrung noch nicht als Desiree gemacht hatte, aber noch viel merkwürdiger war es, dass sie sie *jetzt* machte – jetzt, da ihr verwegeneres, schmutzigeres Alter Ego gar nicht anwesend war.

Aber vielleicht … vielleicht verschmolzen diese beiden Persönlichkeiten ja endlich zu einer Person. Vielleicht lernte sie ja zusammen mit Jake, diese waghalsigen, schmutzigen Sehnsüchte auszuleben. Und das ohne sich hinter einem aufreizenden Kleid und einem falschen Namen zu verbergen. Vielleicht lernte sie ja endlich, der Mensch zu sein, der sie wirklich war. Und das durch ihn.

Nachdem sich beide etwas erholt und ein paar Minuten einfach nur dagelegen hatten, öffnete Carly die Augen und sah sich um. Das Bettlaken, die verklebten Körper und die Reste des zermatschten Kuchens im Bett sorgten dafür, dass sie in spontanes Gelächter ausbrach.

Jake schien zunächst etwas alarmiert, als würde er glauben, sie hätte den Verstand verloren. Aber als er schließlich im Bett den leeren Kuchenteller entdeckte, begann auch er schallend zu lachen. »Ist schon wirklich schräge, was manche Menschen so treiben, wenn sie heiß aufeinander sind«, sagte er und löste damit einen erneuten Lachanfall bei Carly aus.

Nachdem sie voller Sinnlichkeit zusammen geduscht hatten – Jake wusch erst sein, dann auch ihr Haar und brachte ihre Kopfhaut dabei genauso zum Prickeln wie ein paar Minuten zuvor beim Sex –, bezogen sie gemeinsam das Bett neu und warfen sich erschöpft auf die Matratze.

»Wenn ich das nächste Mal ein Gleitmittel benutze, dann erinnere mich bitte daran, dass das Saubermachen hinterher echt die Pest ist«, scherzte Jake.

Sie drehte sich zu ihm. »Das war jetzt zwar nichts, was ich jeden Tag tun will oder so, aber … es war schon ziemlich scharf.«

Jakes blaue Augen glitzerten in dem trüben Licht. »Du findest es also nicht schlimm, dass ich deine Torte zermatscht habe?« Er grinste neckisch. »Schließlich hat sie ein blaues Band gewonnen.«

»Es war ja für einen guten Zweck«, erwiderte sie lächelnd. »Ein *seltsamer* Zweck, aber ein guter Zweck.« Carly legte die Nase in Falten.

Er rollte auch sich zu ihr herum, um diese nackte und wunderschöne Frau in seine Arme zu ziehen. »*Auf jeden Fall* ein guter Zweck. Gar keine Frage. Ich glaube ja, dass es wahrscheinlich das viele *Nachdenken* ist, was dir deine Probleme bereitet. Lass es doch einfach. Und alles, was dafür sorgt, dass du dich gut fühlst, kann nur ein guter Zweck sein, Schnuckiputz.«

Ein weiteres Lachen drang aus ihrer Kehle. »Schnuckiputz?«

Er grinste sie an. »Das kam einfach so aus mir raus. Wahrscheinlich weil ich ein Esel bin. Oder vielleicht auch, weil ich es gerade mit einer Torte getrieben habe.«

Sie kuschelte sich an ihn. »Keine Sorge, ich mag dich trotzdem. Und du kannst mich Schnuckiputz nennen, wann immer du willst.«

Sie setzten sich beide auf und lehnten sich entspannt gegen das Kopfteil des Bettes. Noch immer hatten sie sich nicht ganz von dem erholt, was sich als wahrhaft anstrengender Abend erwiesen hatte. Da blieb sein Blick an etwas hängen, und er pflückte mit den Zehen das längst vergessene Höschen vom Fußende des Bettes. »Trägst du immer derart aufreizende Unterwäsche, kleine Miss Carly?«, fragte er mit freudigem Unterton.

»Fast immer«, verriet sie ihm. »Das ist noch ein weiteres meiner Geheimnisse«, fügte sie leise und ohne langes Nachdenken hinzu.

»Ein *gutes* Geheimnis. Von jetzt an werde ich mich vorher immer auf das freuen, was du drunter trägst.«

Sie glitten einen Moment ins Schweigen ab. Ein Moment, in dem Carly sich erlaubte, ganz in ihrer Zweisamkeit zu versinken und sich mit dieser … dieser *Sache* mit ihm richtig wohlzufühlen. Was war es denn nun? Eine Affäre? Oder gar … eine Beziehung? Doch eigentlich spielte das in diesem Moment gar keine Rolle. Nicht so sehr wie die Tatsache, dass sie zum ersten Mal das Gefühl hatte, dass alles okay war. Sie hatte einen Liebhaber. Vielleicht sogar einen … Freund. Sie fing jedenfalls an, etwas für ihn zu empfinden. Und das taten Menschen nun mal. Sie gingen miteinander aus. Sie empfanden etwas füreinander. Sie hatten Sex – zwar vielleicht nicht unbedingt mit Sahnetorten, aber das war ja nicht der Punkt.

Sie fing an, sich normal zu fühlen. Normal und glücklich.

»Apropos Geheimnisse …«, hob Jake an, schwieg dann aber.

Ihr Magen zog sich zusammen. *O je, das hast du nun davon, dass du dich mal glücklich fühlst.* Er schien plötzlich weitaus ernsterer Stimmung und etwas zögerlicher zu sein als noch kurz zuvor. Carly hätte am liebsten nicht auf seinen angefangenen Satz reagiert, brachte es aber irgendwie auch nicht fertig, ihn zu ignorieren. »Ja?«, fragte sie mit leiser Stimme nach.

Er drehte sich wieder zu ihr. Und als ihre Blicke sich trafen, stand ein prüfender und irgendwie auch trauriger Ausdruck in seinen Augen. »Was ist dir nur widerfahren, Süße?«, flüsterte er.

»Hm?«

Er presste die Lippen zusammen und schien seine nächsten Worte genau abzuwägen. »Irgendwas muss doch passiert sein. Irgendwas, das dich … innerlich völlig durcheinandergebracht hat. Zumindest was Sex angeht. Was war das?«

Carly sagte nichts. Sie hätte auch gar nicht gewusst, was sie sagen sollte, denn sie kannte die Antwort selbst nicht.

»Ich will mich nicht in dein Leben einmischen, wirklich nicht«, fuhr er fort. »Aber ich grübele schon die ganze Zeit darüber nach und kann es einfach nicht vergessen. Die Frage kommt mir wieder und wieder in den Kopf. Und sie macht mir Sorgen.«

Ihr Magen zog sich leicht zusammen. »Du machst dir Sorgen um mich?«

Jake seufzte. »Ich kann nichts dagegen tun«, sagte er. »Was immer es auch ist, Carly, du kannst es mir ruhig sagen.«

Als er sie in die Arme zog und ihr einen Kuss auf die Schläfe drückte, da fühlte sie sich mit einem Mal mutiger als je zuvor – mutiger selbst als in ihrem roten Kleid in Traverse City.

Kapitel 12

Carly legte ihr Gesicht einen Moment auf Jakes Brust. »Ähm … also, als ich vierzehn Jahre alt war, bekam meine Mutter Pfeiffersches Drüsenfieber«, begann sie flüsternd. »Das ist bis zu zwei Monate lang ansteckend. Als sie die Diagnose bekam, entschlossen sich meine Eltern, für diesen Zeitraum nicht miteinander zu schlafen. Und … da ich ein Doppelbett hatte, zog mein Vater in mein Zimmer und schlief bei *mir*.

Carlys Kehle war bei ihrer Erzählung wie zugeschnürt. Aber jetzt, da sie einmal angefangen hatte, musste sie die Geschichte auch zu Ende bringen. »Und er, ähm … er hat mich …« Ihre Stimme zitterte. »Er hat mich angefasst.«

Ihr Magen zog sich zusammen. Und als sie nicht mehr weitersprach, vervollständigte Jake ihren Bericht vorsichtig. »Auf eine Art und Weise, die nicht angemessen war.«

Sie seufzte, und ihre Stimme klang bei der Antwort kindlich, fast kleinlaut. »Und zwar hier«, erklärte sie und zeigte auf ihre Brüste. Dann weiter nach unten. »Und hier.« Carly schluckte schwer. Die Erinnerung war zwar vage, aber doch bedrängend, und ihr Körper spannte sich genauso an wie in diesen schrecklichen Nächten.

»Es fing immer mitten in der Nacht an. Ich wurde davon wach und war so … völlig schockiert, dass irgendetwas in mir ganz und gar erkaltete.« Als sie an das Gefühl der Gelähmtheit dachte, das sie damals überfallen hatte, musste sie erneut schwer schlucken. »Ich lag dann immer … einfach nur da und tat so, als ob ich schlief. Und wenn ich mich dann zur Seite rollte und immer noch so tat, als ob ich schlief, dann … fing er wieder an. Es … kam mir damals so unglaublich vor, dass das wirklich passierte, denn schließlich war er ja mein *Vater.*« Das Atmen fiel ihr mittlerweile schwer, denn sie hatte über diese Erlebnisse noch nie gesprochen. Nicht mal in Gedanken. Sie hatte zwar immer gewusst, dass es wirklich passiert war, hatte sich aber immer geweigert, länger darüber nachzudenken. Sie hatte diese bösen Erinnerungen einfach verdrängt. Wenn sie nicht darüber nachdachte, dann musste sie das Ganze auch nicht als *Realität* akzeptieren, als etwas, das wirklich passiert war.

»Vielleicht … vielleicht kommt dir das ja gar nicht so schlimm und böse vor«, fuhr sie fort. »Ich meine, es gibt viele Menschen, die weitaus Schlimmeres durchmachen müssen. Aber es war … einfach schrecklich. Es hat mich ganz krank gemacht und ich … ich wusste überhaupt nicht, was ich tun sollte.«

»Nein, Süße«, beruhigte Jake sie mit tiefer, warmer Stimme. »Das … das *ist* schlimm und böse. Aber *du* bist nicht böse. Das hätte dir niemals widerfahren dürfen. Niemals.« Er zog sie zu sich heran, und sie lag still in seinen tröstenden Armen. Sie hasste diese Erinnerungen. Sie hasste es, wie ihr ganzer Körper sich dabei verspannte.

»Ich weiß nicht mehr genau, wie oft es passierte«, erklärte sie weiter. »Ich weiß nur, dass es mehr als ein Mal war, denn ich habe mehrere, sehr konkrete Erinnerungen daran. Ich weiß noch, dass ich hinterher immer hellwach und mit kribbelnder Haut dalag und regelrechte Panik oder so was Ähnliches empfand.«

»Du hattest einen Schock«, erklärte Jake, und sie nickte.

»Ich weiß nicht, ob ich in diesen Nächten überhaupt geschlafen habe. Ich erinnere mich, dass ich wartete und betete, dass der Morgen endlich käme. Ich ertrug es einfach nicht, neben ihm zu liegen. Vielleicht … vielleicht bin ich sogar aufgestanden und habe auf dem Sofa geschlafen.« Sie schüttelte den Kopf. »Ich weiß es nicht mehr genau. An die Details erinnere ich mich nur noch sehr undeutlich.«

»Hast du ihn jemals zur Rede gestellt?«

Carly schüttelte den Kopf. »Nein, nie. Ich … konnte mich ja nicht mal der Tatsache stellen, dass es überhaupt passiert war. Ich wollte es mir einfach nicht eingestehen – bis heute.« Ihr Magen zog sich erneut zusammen. »Ich meine, er war mein Dad. Der Mann sollte mich doch eigentlich …«

»Beschützen«, vollendete Jake den Satz für sie und klang dabei so traurig und gebrochen, wie sie sich fühlte.

»Ich habe mir immer verboten, weiter darüber nachzudenken. Jedes Mal, wenn es mir in den Kopf kam, habe ich die Erinnerungen einfach verdrängt. Vielleicht sind sie deshalb so verschwommen. Sie kamen noch am ehesten hoch, wenn ich mit Chuck oder auch anderen Männern zusammen war. Immer wenn sie anfingen, mich anzufassen, war ich zwar erregt, gleichzeitig aber auch angewidert. Ich schätze, für mich fühlte es sich dann so an, als … wäre *er* es, der mich berührt. Aber als ich dann anfing, mich beim Sex in Desiree zu verwandeln …« Sie hielt nachdenklich inne. »Da war es wohl einfach nicht *ich*, die berührt wurde, sondern jemand … ohne Vergangenheit, ohne schlechte Erinnerungen. Es war jemand …«

»Jemand, der nie auf diese Weise missbraucht wurde«, sagte Jake leise.

Missbraucht. Wow. So hatte sie das Ganze noch nie gesehen. Es war so ein hässliches Wort und klang nach jemandem, der mit seinem Leid in Talkshows auftrat. »Wurde ich das denn?«, fragte sie sich laut. »Missbraucht? Ich meine … ansonsten war er wirklich ein sehr guter Vater. Er hat mir das Fahrradfahren beigebracht. Er hat mir Gutenachtgeschichten vorgelesen. Und … er hat mir das Handwerk beigebracht, von dem ich jetzt lebe. Er hat mir die Arbeit mit Holz beigebracht.« Und wieder musste sie gegen den Kloß in ihrem Hals anschlucken. »Und er hat es mir auch sehr *liebevoll* beigebracht. Wir schätzten dieses Können nämlich beide sehr, und er wollte sein Wissen an mich weitergeben.«

Jake warf Carly einen ausgesprochen traurigen Blick zu. Sie lag noch immer in seinen Armen. »Es tut mir so leid, Süße. Aber ja, das war absoluter Missbrauch. Es spielt keine Rolle, was er sonst getan oder nicht getan hat. Sein Verhalten war trotzdem durch und durch falsch. Und bitte glaube nicht, dass das irgendwas ist, wofür *du* dich schämen musst.«

In diesem Moment, als die Geschichte nach zwanzig Jahren des Kummers endlich aus ihr herausgeplatzt war, verlor Carly schließlich die Fassung. Die Tränen schossen ihr in die Augen, und sie klammerte sich, die Wange auf Jakes Brust gepresst, an seinem Körper fest. Seine zärtliche Berührung beruhigte sie. Ebenso wie seine leise, tiefe Stimme, die ihr immer wieder zuflüsterte, dass es völlig in Ordnung war, alles endlich rauszulassen. Und endlich erlaubte Carly sich auch selbst, den Schmerz über das Geschehene zu spüren – und sie weinte sehr lange.

Als die Tränen schließlich versiegt waren, setzte sie sich auf, griff nach einem Taschentuch, wischte die Augen damit ab und putzte die Nase. Mittlerweile hatte Oliver sich zu ihnen aufs Bett gesellt, und sie streichelte ihn mit einer Hand abwesend am Hals. Doch in ihrem Inneren drehte sich immer noch alles. Wie konnte es nur sein, dass sie im Hinterkopf immer gewusst hatte, dass diese Dinge wirklich geschehen waren, dass sie sie aber nie richtig wahrhaben wollte? Wie konnte es sein, dass diese alten Wahrheiten sich so schmerzhaft frisch und neu anfühlten?

Carly seufzte und versuchte, ihre Gedanken zu durchdringen. »Er ist jetzt schon lange tot. Und ich habe ihn geliebt. Auch wenn ich ihm gegenüber immer eine gewisse … Verbitterung empfand, die ich nie so recht erklären konnte. Wahrscheinlich weil ich es verdrängt hatte.« Sie schüttelte etwas ratlos den Kopf. »Ich … ich bin nicht mal sicher, was ich jetzt für ihn empfinden soll.«

»Du musst dir das Recht herausnehmen, wütend auf ihn zu sein. Gib deiner Empörung Raum. Und wenn du dieses Gefühl ausgelebt hast, dann kannst du versuchen, ihm zu verzeihen«, sagte Jake ganz schlicht. Und auch jetzt klang es, als wäre er sich seiner Worte sehr sicher. »Man nimmt sich ein wenig Zeit, geht das Ganze in seinem Kopf durch, und dann vergibt man schließlich.«

Vergeben? Wenn man an den eindeutigen Zorn dachte, den Jake während ihres Gesprächs gezeigt hatte, waren diese Sätze doch sehr überraschend. Überraschend genug, um nachzufragen. »Wie meinst du das denn?« Schließlich schien die Vergebung das Gegenteil von dem zu sein, was er bisher geäußert hatte.

Jakes Erwiderung bestand nur aus einem Kopfschütteln. Er sah jetzt genauso müde aus, wie sie sich fühlte. Carly hatte keine Ahnung, wie lange sie hier schon lagen und sich unterhielten – wahrscheinlich war es schon sehr spät. Irgendwann hatten sie die Decke über ihre nackten Körper gezogen, und sie hatte sich dadurch irgendwie … beschützt gefühlt. »Hör zu«, fing er an. »Ich vereinfache die Sache jetzt sehr. Dabei ist sie höllisch kompliziert. Und vielleicht ist es auch viel zu vorschnell von mir, dir das Heilmittel zu verschreiben, da du gerade erst die Diagnose bekommen hast. Aber … letzten Endes musst du einfach versuchen, dem Menschen, der dich verletzt hat, zu vergeben. Nicht um seinetwillen, sondern um deinetwillen. Du musst das Erlebte verarbeiten und es so weit es geht loslassen. Und dann kannst du auch anfangen, dich zu neuen Ufern aufzumachen.«

Carly hatte während ihrer Unterhaltung angenommen, dass Jake sich mit diesem Thema auskannte, weil er Polizist war, in seinem Job schon viel erlebt hatte und sich mit allen möglichen Leuten aus allen möglichen Schichten hatte auseinandersetzen müssen. Und doch lag jetzt etwas in seiner Stimme – eine gewisse Leidenschaft, eine gewisse schneidende Schärfe – die sie aufhorchen und auch neugierig werden ließ.

Ganz plötzlich erkannte sie, dass es etwas gab, was sie bisher noch nicht begriffen hatte. »Woher weißt du eigentlich so viel über diese Dinge?«, fragte sie flüsternd.

Jake spürte, dass er zu viel gesagt hatte, und sein Gesicht erstarrte.

Aber verdammt, schließlich hatte sie ihm in jeder erdenklichen Weise ihre Seele offenbart. Vielleicht hatte er dabei einfach völlig vergessen, dass auch *er* ein Geheimnis zu verbergen hatte. Und vielleicht war es nur gerecht, wenn er es ihr jetzt verraten würde.

Seine Augen wurden zu Schlitzen, und er spürte, wie sein Kiefer sich verspannte, während er nach den richtigen Worten suchte. *Sag es einfach, verdammt! Erzähl es ihr!*

»Mir … ist so etwas auch passiert.«

Carly zuckte in seinen Armen zusammen, und ihre schönen Augen weiteten sich.

»Nicht auf dieselbe Art und Weise«, fuhr er fort. »Es war völlig anders. Aber … ich wurde auch belästigt, als ich ein kleiner Junge war.«

Er betrachtete sie eindringlich – vielleicht weil es weitaus angenehmer war, sich auf sie zu konzentrieren und nicht auf diese hässlichen Erinnerungen. Er sah, wie sie schwer schluckte und erkannte das Erstaunen in ihren Augen. Jake war in Bezug auf die Erlebnisse seiner Vergangenheit längst abgeklärt und nahm an, dass er nur deshalb so heftig reagierte, weil er in letzter Zeit nicht oft an früher gedacht hatte. Außerdem hatte er auch noch nicht allzu vielen Leuten davon erzählt.

»Was, was ist denn passiert?«

»Ich war sieben«, sagte er. »Und ich war gerade auf dem Weg in die Schule. Normalerweise fuhr meine Mom mich hin, oder mein älterer Bruder oder meine Schwester begleiteten mich. Aber an dem Tag waren alle krank und mussten zu Hause bleiben. Eigentlich sollte mich ja ein Nachbar zur Schule bringen, aber ich wartete und wartete, und er kam einfach nicht. Und da mein Dad schon bei der Arbeit war, entschloss ich mich, den großen Jungen zu geben und alleine zur Schule zu gehen. Sie war nur ein paar Straßen entfernt, und der Weg kam mir nicht so schwer vor. Und dann …« Er hielt inne und schluckte. Jake hatte diverse Bilder vor Augen. Der dunkelblaue Parka, den er an diesem Märzmorgen getragen hatte. Die Rillen auf dem Bürgersteig unter seinen Tennisschuhen. Ja, er war abgeklärt. Doch in diesem Moment durchlebte er jenen traurigen Moment, der so großen Einfluss auf sein Leben gehabt hatte, noch einmal neu. »Dann hielt ein grüner Kombi neben mir. Darin saß ein Mann, der mich fragte, ob ich ihm helfen könnte, seinen Hund wiederzufinden.«

Das leise Aufstöhnen aus Carlys Mund verriet ihm, dass dieser ganz bestimmte Trick, der bei Kindesentführungen und Kindesmisshandlungen nur zu oft angewandt wurde, so bekannt war, dass er schon fast einem Klischee glich, und man selbst in kleinen Orten wie Turnbridge davon gehört hatte. Jake schloss einen Moment die Augen. »Mann, wenn ich zurückschaue, dann denke ich nur, wärst du doch … klüger gewesen. Schlau genug und misstrauisch genug, um an das zu denken, was meine Mom und mein Dad mir über den Kontakt zu Fremden gesagt hatten und all das. Aber … ich war nun mal ein Hundenarr, verstehst du? Und der Mann schien irgendwie … nett zu sein.«

Und so erzählte er ihr von dem Tag, an dem dieser Mann, namens Larry Downy, ihn in sein Auto gelockt hatte, mit ihm zu seiner Wohnung gefahren war, ihn mit reingenommen und dort angefasst hatte. Und Jake dann auch noch gezwungen hatte, ihn anzufassen. »Dann brachte er mich ein bisschen verspätet zur Schule und sagte mir, dass er jetzt weiter nach seinem Hund suchen würde – so als wäre nichts passiert.«

»Die einzige Rettung war, dass ich eine wirklich großartige Familie hatte«, fuhr Jake fort. »Eine Familie, die mir beigebracht hatte, dass ich mit allem zu ihnen kommen konnte. Und auch wenn ich total durcheinander war und wegen des Geschehenen eine Scheißangst hatte, erzählte ich meinem Dad davon. Der ging sofort zur Polizei. Es dauerte zwar eine Weile, bis die ihn anhand meiner Erinnerungen an sein Auto und an die Wohnung identifizieren konnten, aber dann fand man heraus, dass er schon einmal wegen Kindesmissbrauchs vor Gericht gestanden hatte, aber nicht verurteilt worden war. Als man ihn festnehmen wollte, war er verschwunden. Seine Wohnung war eine Absteige. So eine Bude, die man wochenweise mietet. Ich bin sicher, er ist wegen seiner Vergehen an Kindern viel umgezogen. Aber für mich war am wichtigsten, dass meine Mom und mein Dad mir sofort die Hilfe besorgten, die ich brauchte.«

»Was denn für Hilfe?«, fragte Carly.

»Ich bin jahrelang zu einem Therapeuten gegangen. Dr. Jim hieß er.« Sofort schoss ein weiteres Bild in Jakes Kopf. Das Bild eines freundlichen Mannes mit großem Schnurrbart, bei dem er sich sofort wohlgefühlt hatte. »Als Kind war ich sehr oft bei ihm. Später dann weniger.«

»Und was hat Dr. Jim getan, dass es hinterher so viel besser lief?«

Jake dachte zurück und versuchte, Dr. Jims Vorgehensweise in Worte zu fassen. Worte, die *ihr* vielleicht ebenso helfen könnten wie *ihm* damals. »Er hat mir vom ersten Moment an klargemacht, dass das Ganze nicht meine Schuld war und dass ich nichts dazu beigetragen hatte, dass es überhaupt dazu kam. Und er hat mir den Unterschied zwischen gesunden und ungesunden sexuellen Reaktionen erklärt. Ja, er hat mich sogar ermutigt, selbst zu entscheiden, wann es richtig ist, meinen sexuellen Bedürfnissen nachzugehen und wann nicht. Letzten Endes habe ich dann für mich entschieden, dass jede Spielart in Ordnung ist, wenn sie auf Gegenseitigkeit beruht und wenn man dabei niemandem wehtut oder ihn gar ausnutzt.«

»Und hast du es geschafft, das zu tun, was du *mir* geraten hast? Hast du dem Mann vergeben?«

»Dr. Jim hat mir geholfen zu verstehen, dass dem Kerl wahrscheinlich selbst etwas Schreckliches passiert war, was ihn so krank gemacht hat. Das war zwar keine Entschuldigung, aber wenigstens eine Art Erklärung. Das hat geholfen. Ein bisschen jedenfalls. Also ja, ich habe es mehr oder weniger geschafft, ihm zu vergeben.«

Jake legte sich auf den Rücken und starrte auf den sich langsam drehenden Ventilator an der Decke. Dabei hielt er immer noch Carlys Hand. »Hör zu«, sagte er. »Ich will hier jetzt nicht den Therapeuten spielen, aber … du solltest dir vielleicht wenigstens ein paar gute Bücher zu dem Thema besorgen und sie lesen. Du kannst diese Geschichte nicht einfach weiter verdrängen, verstehst du? Es ist weitaus gesünder, sich damit auseinanderzusetzen. Und es könnte dir wirklich helfen, wenn du ein bisschen mehr über diese Sache weißt.«

»Du meinst also nicht, dass ich mir professionelle Hilfe suchen soll?«, fragte sie überrascht.

Hatte sie den Eindruck bekommen, dass er große Stücke auf Therapien hielt? »Wenn du Lust darauf hast, sicher. Aber das haben die meisten Menschen eben nicht. Hätte ich die Wahl gehabt, hätte ich es sicher auch nicht getan. Aber ich war ein Kind und wurde dazu gezwungen. Und es war das Beste, was mir passieren konnte. Aber du bist erwachsen und kannst deine eigenen Entscheidungen treffen. Wenn du zu Anfang erst mal ein bisschen was darüber liest, fühlst du dich bestimmt schon nicht mehr so ganz allein damit.«

»*Du* sorgst dafür, dass ich mich weniger allein fühle.«

»Das freut mich, Carly«, sagte er und drehte den Kopf, um sie anzusehen. Dann drückte er ihre Hand. »Und ich bin für dich da, wenn du weiter darüber reden möchtest, okay?«

»Okay«, flüsterte Carly, um dann unvermittelt eine Frage anzuschließen. »Bist du vielleicht deshalb Polizist geworden?«

Jake zuckte mit den Schultern. »Ich hatte einfach schon immer das Bedürfnis, Menschen … zu beschützen und ihnen zu helfen.« Er selbst hatte über eine Verbindung zwischen seinen Erlebnissen als Siebenjähriger und seiner Berufswahl noch nie so richtig nachgedacht. Aber jetzt, als sie es erwähnte, klang es gar nicht so abwegig. *Manchmal ist es weitaus leichter, andere Menschen zu analysieren als sich selbst.* »Insofern … wahrscheinlich schon.«

Jake war nicht nur von dem Gespräch erschöpft, sondern einfach müde, weil es schon so spät war. »Es ist ja jetzt schon mitten in der Nacht«, erklärte er und versuchte, ein kleines Lächeln auf sein Gesicht zu zaubern. »Wirfst du mich jetzt raus, oder kann ich heute Nacht hier schlafen?« Weil Carlys

Reaktionen auf diesen Punkt bisher eher zurückhaltend ausgefallen waren, hatte er noch nicht bei ihr geschlafen. Zwar waren ihre Begegnungen auf geradezu wilde Weise intensiv gewesen, aber irgendwie hatte es auch Momente einer gewissen Distanz zwischen ihnen gegeben. Und zwar die Art von Distanz, die man nicht messen, sondern nur empfinden kann. Doch jetzt, in dieser Nacht, schien sie völlig überwunden zu sein.

Carly schüttelte den Kopf. »Nein, du kannst gerne hierbleiben.«

»Gut.« Zum einen, weil er nicht unbedingt Lust hatte, sich so spät noch aufzuraffen und nach Hause zu fahren. Aber zum anderen auch, weil sein Herz irgendwie … voll von ihr war. Sicher, es war nicht sein Dad oder irgendein Bekannter von ihm gewesen, der ihm wehgetan hatte. Aber dennoch konnte er irgendwie nachempfinden, was sie durchgemacht hatte. Und jetzt ergab auch die ganze Art ihres Kennenlernens mehr Sinn als zuvor.

Das Leben war schon komisch. *Wenn Carlys Vater ihr nicht auf diese Weise wehgetan hätte, hätte ich sie niemals kennengelernt. Dann wäre sie jetzt glücklich mit Chuck verheiratet. Ich wäre einfach nur der neue Polizist in der Stadt, und sie wäre einfach nur die hübsche Mrs. Gardner, die den Tortenwettbewerb gewonnen hat. Und sie und ihr Ehemann hätten darüber gelacht, wie viel Geld er hatte ausgeben müssen, um sie davor zu bewahren, die Torte mit Barlow Jones essen zu müssen.*

Sie wäre glücklich – und ich hätte niemals dieses unglaubliche Gefühl von Verbundenheit mit ihr erfahren.

Aber … vielleicht spielte all das auch gar keine Rolle, weil er diese starke Verbindung gar nicht spüren würde, wenn sie nicht beide etwas Ähnliches durchgemacht hätten. Jake fragte sich tief im Inneren, ob er nicht schon bei ihrer ersten Begegnung hier in Turnbridge geahnt hatte, dass sie sexuelle Probleme hatte und von jemandem auf diese Weise belästigt worden war. Er hatte wohl einfach keine vorschnellen Schlüsse ziehen und annehmen wollen, dass jeder mit Komplexen irgendwann mal Erfahrungen mit Missbrauch gemacht hatte.

Doch jetzt, da er von ihrer Vergangenheit wusste, fühlte er sich umso verbundener mit ihr. Als ob der hauchdünne Faden der Zuneigung, der in Traverse City zwischen ihnen entstanden war, sich in ein stabiles, widerstandsfähiges Band mit wild wachsenden Ranken verwandelt hatte.

Und dieses Band wollte er nicht in Gefahr bringen. Er wollte sich einfach nur um Carly kümmern. Er wollte sie stark machen. Er wollte ihr zeigen, dass sie sich von all dem befreien konnte. Und dass Carly alles, was Desiree so gut draufhatte, noch viel besser konnte.

Kapitel 13

Als es am folgenden Abend in der Dämmerung bei Carly klingelte und sie die Tür öffnete, stand Jake davor. Er war unrasiert und sah in seinem T-Shirt und der einfachen Jeans wunderbar wild aus.

»Hey!«, begrüßte er sie mit tiefer Stimme. Seine blauen Augen glitzerten im Licht der Straßenlaternen, die die Hauptstraße beleuchteten. Der Anblick brachte Carlys Herz blitzschnell zum Rasen.

»Hey«, erwiderte sie leise und genoss den Anblick des Mannes, den sie so begehrte. Carly hatte noch nie jemanden kennengelernt, der derartig instinktive Reaktionen in ihr auslöste – ein Verlangen, das bei jeder Begegnung mit ihm noch größer zu werden schien.

»Wie geht es dir?«, fragte Jake. Eine Frage, die aufgrund ihres letzten Treffens gewichtiger zu sein schien, als es normalerweise der Fall war.

»Mir geht's gut«, erwiderte Carly, und ihre schlichte Antwort fühlte sich ebenso bedeutsam an.

Seine Augen weiteten sich hoffnungsvoll. »Wirklich?«

»Ja.«

Und dann nahm er ihr Gesicht in beide Hände und küsste sie.

Carly versank in seiner Liebkosung, ließ sich davontragen und umfasste seine Handgelenke, um nicht schon auf der Treppe zu ihrem Laden vor Leidenschaft zu zerfließen.

»Ich hab dich vermisst«, hauchte er, als ihre Lippen sich schließlich trennten.

»Komm rein«, forderte Carly ihn auf und nahm seine Hand.

In ihrer Wohnung angekommen, legten sich die beiden aufs Bett, unterhielten sich und bestellten irgendwann Pizza von Angelo's.

Eine Stunde später – die Pizza war längst gegessen – zog Jake sie zu sich heran, legte seine Hand auf ihren Po und presste seine Erektion gegen ihren Unterleib. Mmmh. O Mann, er fühlte sich so gut an. Und nach einer Woche der inneren Selbstbetrachtung und der Auseinandersetzung mit einigen unangenehmen Dingen wurde ihr klar, wie sehr sie sich danach sehnte, endlich wieder richtig zu leben.

»Ich will dich«, murmelte Jake. Seine Augenlider waren ganz schwer vor Wollust, doch seine Brauen waren leicht zusammengekniffen. »Aber nur wenn du es auch willst. Ich meine, vielleicht kommt Sex dir ja im Moment nicht gerade passend vor.«

Seine Besorgnis rührte sie sehr, aber er hätte sich keine Gedanken machen müssen. »Soll das ein Witz sein?«, fragte Carly. »Wenn du mir nicht in den nächsten zwei Minuten die Kleider vom Leib reißt, verliere ich garantiert den Verstand.«

»Auf so eine Reaktion hatte ich gehofft«, erklärte er und griff dann nach dem Bündchen ihres Tanktops.

Es dauerte nur ein paar Sekunden, und er hatte sie auf den Rücken gedreht, hatte ihre Beine gespreizt und war in sie eingedrungen. Dabei flüsterte er ihr zu, wie heiß und feucht ihre Pussy war, setzte gierige Küsse auf ihren Hals und ihre Brüste und stieß immer wieder hart und tief zu. Und als sie ihr wildes Spiel beendet hatten, war sie genauso befriedigt wie die letzten Male.

Nachdem sie im Badezimmer gewesen war und ihn danach schlafend in ihrem Bett vorgefunden hatte, fragte sich Carly, wie sie es jemals hatte fertigbringen können, an jenem Abend in Traverse City einfach so davonzuschleichen.

Die Antwort war ganz einfach. Damals war sie ein anderer Mensch gewesen. Und jetzt hatte sich alles verändert.

Die meisten Leute hielten Jake für einen ziemlich starken, fähigen Mann. Einige hätten ihn sogar als zäh beschrieben. Aber schließlich war er ja auch Polizist. Damals in Detroit hatte er jede Menge übler Typen dingfest gemacht und es mit Kriminellen aus allen möglichen Schichten zu tun gehabt. Es gab also nicht viel, was ihm Angst machte.

Aber es wussten eben nicht viele Menschen von dem, was an jenem Morgen passiert war, als er als Siebenjähriger allein zur Schule gegangen war. Wie bei Superman war dieses Erlebnis sein Kryptonit. Eigentlich glaubte er, dass ihn diese Erfahrung stärker gemacht, ja, dass sie ihn förmlich *gezwungen* hatte, stärker zu werden. Doch von welcher Seite er es auch betrachtete, es war ausgeschlossen, an diesen kleinen, schutzlosen Jungen zu denken, der von einem Fremden belästigt wurde, ohne sich dabei schwach zu fühlen.

Und doch hatte er Carly ohne mit der Wimper zu zucken davon erzählt. Er hatte keinen Moment gezögert. Nachdem sie von ihrem Vater gesprochen hatte, hatte es sich einfach angefühlt … als wäre es völlig natürlich, ihr davon zu berichten. Und diese Erfahrung war für Jake völlig neu.

Er hatte zwar in den Jahren zuvor auch schon mit anderen Frauen in seinem Leben darüber gesprochen. Aber so liebevoll und fürsorglich seine früheren Freundinnen auch gewesen waren, so war es doch weitaus angenehmer und irgendwie *schlüssiger*, sich jemandem mitzuteilen, der seine Erfahrungen wirklich *verstand* – und zwar auf eine Weise, die nur möglich war, wenn er etwas Ähnliches durchgemacht hatte.

Der Weg von seiner Wohnung zu Carly war ungefähr eine Meile lang. Aber da die Sonne gerade unterging, es nicht mehr ganz so warm und ihm nach einem kleinen Spaziergang war, ließ er sein Auto stehen und ging zu Fuß. Jake hatte schon oft festgestellt, dass er beim Gehen einfach besser nachdenken konnte.

Ein Monat war vergangen, seit er Carlys Torte ersteigert hatte. Mittlerweile war August, und die Veränderungen im Wesen seiner Geliebten erstaunten ihn über alle Maßen. Und zwar nicht nur die Veränderungen, die nur er erlebte, – im Bett – sondern auch die Veränderungen in ihrem täglichen Leben. Sie kleidete sich sogar anders. Und auch wenn sie ihre Arbeit schon vorher geliebt hatte, so schien sie jetzt wirklich enthusiastisch zu sein und zeigte ihm oft neue Möbelstücke und überarbeitete Entwürfe alter Konstruktionspläne. Die Krippe für ihre Freundin Dana war auch längst fertig, sah für Jake aber völlig anders aus als das Stück, das sie ihm vor ein paar Wochen gezeigt hatte.

Und was ihre Beziehung anging – denn genau das war es jetzt, eine Beziehung –, fühlte er sich ihr von Tag zu Tag näher. Das Mittagessen nahmen sie meistens gemeinsam zu sich. Sie trafen sich entweder bei Schubert's, oder sie aßen auf der Terrasse hinter ihrem Haus. Die Höhepunkte aber waren natürlich nach wie vor die Nächte.

Jake ermutigte sie weiterhin, ihre Sexualität auszuleben. Mittlerweile zwar nur noch in kleinen Schritten, aber sie war sehr aufgeschlossen. Carly hatte sich sogar genau den Dirty Talk angewöhnt, den die beiden in Traverse City ausgetauscht hatten. Sie hatte endlich begriffen, dass sie bei ihm so wild und verdorben sein konnte, wie sie nur wollte, und dass er sie hinterher immer noch mochte. Im Laufe des vergangenen Monats hatte sie ihre Hemmungen total abgelegt und scheute vor keinem seiner Vorschläge mehr zurück. Teufel, sie hatte ihr liebenswürdiges Selbst und Desiree wirklich zu einer perfekten Person verschmelzen lassen.

Zwar sprachen die beiden manchmal noch darüber, was sie als Kinder durchgemacht hatten, aber die meiste Zeit verbrachten sie doch wie ein normales Paar – mit essen gehen, zu Hause essen, mit reden und lachen und mit viel geilem Sex.

Als Jake heute in die Hauptstraße einbog, kam ihm Turnbridge wie ein völlig anderer Ort vor als damals bei seiner Ankunft. Die Menschen grüßten ihn oder winkten ihm zu, und er fühlte sich hier längst sehr wohl. Zwar wünschte er immer noch, sein neuer Job wäre ein bisschen aufregender, aber andererseits hatte er Detroit ja genau aus dem Grund verlassen, dass er ein *ruhigeres* Leben führen wollte.

Je näher er Carlys Laden kam, desto schneller schlug sein Herz. Das Geschäft war bereits geschlossen, sodass er klingeln musste. Carly riss die Tür ein paar Sekunden später mit einem Lächeln auf. Ihr honigblondes Haar fiel in sanften Wellen auf ihre Schultern und umrahmte ihr wunderschönes Gesicht.

»Hey«, sagte er mit tiefer, rauer Stimme.

»Selber hey«, erwiderte sie und senkte den Blick von seinen Augen zu seinen Händen.

»Was ist das denn?«

Mist, Jake war so in Gedanken versunken gewesen, er hatte ganz vergessen, dass er eine Topfpflanze bei sich trug, die er in einem Gartenmarkt vor den Toren der Stadt gekauft hatte. »Das ist ein Stechpalmenbusch«, erklärte er und schaute die Pflanze ein wenig skeptisch an. »Oder zumindest wird es irgendwann mal einer. Die Winterbeeren sind jetzt noch nicht zu sehen.«

Carly lächelte und nahm ihm den Topf ab. »Du hast doch gesagt, dass du gern ein paar Pflanzen auf deiner Terrasse hättest, und da dachte ich mir, das wäre ein guter Anfang«, erklärte er. »Ich hab ihn gesehen, als ich in dem Gartenmarkt ein paar Sachen für meinen Garten gekauft habe.«

Sie legte den Kopf zur Seite und sah ihn an. »O Jake, das ist aber wirklich lieb. Vielen Dank.«

»Und ich hab ihn nicht nur wegen des Namens von deinem Laden gekauft«, fuhr er fort. »Nachdem ich das Pflegeschild gelesen und mit einem Verkäufer gesprochen hatte, da hat der Busch mich irgendwie … an dich erinnert. Ich meine, der Verkäufer hat mir erzählt, wie robust die Pflanze ist – selbst bei schweren Bedingungen. Und so sehe ich dich eben auch. Stark und zäh und wunderschön – trotz schwerer Bedingungen.« Er seufzte. »Verdammt, das klang in meinem Kopf nicht halb so schmalzig.«

»Machst du Witze?«, fragte sie mit weit aufgerissenen Augen und sah dabei absolut hinreißend aus. »Das ist wohl so ziemlich das Schönste, was man je zu mir gesagt hat.«

»Ja?«, fragte er und fühlte sich immer noch nicht so cool und sicher, wie er es von sich gewöhnt war.

»Auf jeden Fall. Und ich liebe Stechpalmenbüsche.«

»Ich … dachte eigentlich, das Schönste, was man je zu dir gesagt hat, war *Schnuckiputz*«, scherzte er.

»*Das* war schmalzig, als du mich so genannt hast«, sagte sie. »Auch wenn der Name mir langsam auf eine schräge Art und Weise gefällt.«

In diesem Moment lag etwas in ihrem Blick, dem er einfach nicht widerstehen konnte. Vielleicht lag es auch an ihrem ganzen Verhalten – der Art, wie sich ihre Ehrlichkeit mittlerweile mit schlichter, bescheidener Selbstsicherheit vermischte. »Ich weiß, wir hatten eigentlich vor, bei Schubert's Burger zu essen, aber könnten wir nicht vorher kurz raufgehen?«, fragte er.

Carly zog die Augenbrauen hoch. »Wieso denn?«

»Weil ich dich unbedingt spüren möchte. Und zwar … sofort.« Jake war schon auf dem Weg hierher erregt genug gewesen, aber das, was er jetzt empfand, ging weit über das Normale hinaus. Es war fast wie an jenem Abend, an dem er an ihre Tür gehämmert und ihr schließlich das Hirn aus dem Leib gefickt hatte – erst gegen die Wand gedrückt und dann auf der Treppe. Irgendetwas an ihrer völligen Reinheit und dem neuen, hellen Strahlen in ihren Augen brachte Jake fast um den Verstand.

»Ähm … okay«, antwortete sie ein wenig atemlos, und ihre Augen verrieten ihm, dass ihre Erregung ebenso schnell aufgeflammt war wie die seine.

Oben in ihrer Wohnung fielen sie sofort aufs Bett, tauschten feste Küsse aus und rissen sich gegenseitig die Kleider runter. Er raunte, dass er wahnsinnig werden würde, wenn er nicht sofort seinen Schwanz in ihrer heißen, feuchten Muschi versenken würde. Ihre um seine Erektion geschlossene Hand fühlte sich an wie ein warmer Schraubstock. »Fick mich, Jake!«, flüsterte sie. »Bitte fick mich hart durch!«

Er drehte sie auf den Rücken, legte sich auf sie und rammte seinen Riemen tief in ihre Mitte. Sie stöhnten, keuchten und zuckten. Bis zu dem Moment, an dem sie das tat, womit er am wenigsten gerechnet hätte: Sie schubste ihn von sich runter und rollte *ihn* auf den Rücken.

Jetzt war *er* es, der aufs Bett gedrückt wurde. Ihre kleinen Hände umfassten seine Handgelenke, während sie sich in ihrer ganzen Geilheit und Schönheit über ihm wand und schlängelte. Für eine Frau war Carly zwar wirklich ziemlich stark, aber er hätte sie natürlich trotzdem jederzeit überwältigen können. Und das wollte er auch. Verdammt, es drängte ihn mit jeder Faser seines Körpers danach, sie zu packen und wieder aufs Bett zu werfen. Aber er tat es nicht.

Denn er spürte, dass es ihr gleich kommen würde. Und das wollte er ihr auf keinen Fall verwehren.

Und auch … weil er wusste, dass er ihr wenigstens ein *bisschen* Kontrolle überlassen musste.

In den letzten Wochen hatte sie ihm so ziemlich die Führung überlassen und war im Bett recht unterwürfig geworden. Doch es kam immer wieder zu diesen Momenten, in denen er daran erinnert wurde, dass sie tief in ihrem Inneren beide das starke Bedürfnis nach der Oberhand und der eigentlichen Kontrolle über den Sexakt hatten.

Doch als es ihr mit lautem Stöhnen kam und ihre Fingernägel sich so kräftig in seine Haut gruben, dass ein zusätzlicher Hitzerausch über seinen Rücken jagte, vergaß er all das. Zumindest für ein paar heiße, befriedigende Sekunden.

Als Carly schließlich schwer keuchend auf seiner Brust zusammenbrach und sich eng an ihn schmiegte, legte er die Arme um sie, fuhr ihr zärtlich streichelnd durchs Haar und gab sich alle Mühe, sein eigenes Verlangen im Zaum zu halten. Zumindest so lange, bis sie sich von ihrem Orgasmus erholt haben würde.

Doch irgendwann konnte er einfach nicht mehr anders. Er drehte sie auf den Rücken, um endlich wieder das herrliche Gefühl der Kontrolle spüren zu können, und rammte seinen zuckenden Schwanz so lange in ihr heißes, glitschiges Fötzchen, bis nichts anderes mehr zu existieren schien als ihre Körper. Er fickte sie einfach nur noch wie ein Tier. Und zwar wie das Tier, zu dem sie beide wurden, wenn sie sich vereinten. Ihre zutiefst lüsternen Schreie und erstickt klingenden Worte wie »Ja!« und »Tiefer!« trieben ihn zusätzlich an, und er versenkte sich wieder und wieder in ihrer Möse. Der rauschhafte Fick erfasste jede Faser seines Körpers, bis auch er schließlich kurz davor stand. »O ja! Es kommt! Jetzt! Jetzt!«, brüllte er und explodierte dann in der engen Umarmung ihrer heißen Pussy.

Jetzt war *er* es, der auf *ihrem* geschmeidigen Körper zusammenbrach. Völlig verloren in seiner befriedigten Erschöpfung, verschmolz er mit der Wärme ihrer Haut und versuchte, irgendwie wieder zu sich zu kommen.

»Das war besser als Hamburger«, flüsterte er schließlich.

Carly lachte laut auf. Vor dem Fenster brach langsam die Dämmerung über die Hauptstraße herein und hüllte das Paar in schummriges Licht.

»Bereust du es eigentlich jemals, dass du dich mit mir eingelassen hast? Bei all dem Drama, meine ich.« Jake wusste nicht, wieviel Zeit verstrichen war, als Carly die Frage stellte.

Er hob den Kopf, der noch immer auf ihren üppigen Brüsten gelegen hatte, und schaute sie von oben an. »Wie kommst du denn jetzt *darauf*?«

Sie zuckte mit den Schultern. »Ich dachte nur gerade, dass das hier bisher ja nicht gerade eine … normale Beziehung war, oder?«

Jake kicherte. »Nicht so wirklich, nein. Und zu Anfang habe ich mir auch gesagt, dass ich es lieber lassen sollte. Ich dachte nämlich, dass ich nach meiner Zeit in Detroit ein bisschen weniger Drama in meinem Leben haben wollte.« Er rollte sich auf die Seite, stützte sich auf einen Ellenbogen und schaute sie an. »Aber hey, wir haben doch alle unsere Dramen, oder? In Turnbridge ist es so friedlich, dass ich ein bisschen Drama sogar ganz gut vertragen kann. Also nein, Süße, es tut mir definitiv nicht leid, dass ich mich auf dich eingelassen habe«, erklärte er, warf ihr gleichzeitig aber ein wissendes Lächeln zu. »Wenn ich mir um irgendetwas in dieser Richtung Gedanken mache, dann höchstens darum, dass wir immer beide oben liegen wollen.«

Sie biss sich auf die Lippe. »Aber nicht immer«, flüsterte sie. »Ich bin im Bett doch schon viel weniger dominant als an unserem ersten Abend in Traverse City. Oder findest du nicht?«

Er strich mit der Hand zärtlich über ihren Bauch. »Ja, allerdings. Das Problem ist nur, dass … *ich* mich in letzter Zeit so dominant fühle wie schon Jahre nicht mehr.«

»Weil ich eine alte Wunde geöffnet habe?«, fragte sie.

Er zuckte nur mit den Schultern. »Vielleicht. Aber das warst ja nicht *du*. Ich habe sie selbst geöffnet. Es war ja meine Entscheidung, dir davon zu erzählen. Und wenn es darum geht, wer die Oberhand hat, dann ist es nur gerecht, dass mal der eine und mal der andere drankommt. Ich wünschte nur, ich würde das besser hinkriegen und nicht ständig das Bedürfnis nach Kontrolle haben. Schließlich weiß ich bei unseren kleinen Kämpfen im Bett ja, dass wir sie *beide* brauchen.«

»Ist es denn … ein großes Problem für dich, … dass ich manchmal das Sagen haben will?«

Jake dachte kurz darüber nach. Das, was sie da sagte, war eigentlich nicht das Problem, sondern lediglich das Symptom eines weitaus wichtigeren Punktes. Zwei Menschen mit ihrer Vergangenheit würden *immer* zu kämpfen haben und dem anderen nie besonders gut dabei helfen können, seine Probleme zu vergessen oder darüber hinwegzukommen. Seine Entgegnung aber war ganz simpler Natur. »So oder so, das spielt gar keine Rolle mehr. Es ist nämlich längst zu spät.«

»Was meinst du damit?«

Und dann sagte er ihr die Wahrheit. Die einzige Erkenntnis, zu der er bei dieser ganzen Geschichte kommen konnte. »Ich glaube, dass ich mich in dich verliebe, Carly.«

Kapitel 14

Carly rang nach Luft. Hatte sie ihn richtig verstanden? Sie war sich ziemlich sicher, aber … diese Worte hatte sie seit ihrem achtzehnten Lebensjahr nicht mehr aus dem Mund eines Mannes gehört. Und das war ihre eigene Schuld. Es war alles ihre eigene Schuld.

Halt, nein. Es war … die Schuld ihres Vaters. Sie hatte immer noch Mühe, sich mit der Sichtweise vertraut zu machen, dass es eine Erklärung für ihr seltsames Verhältnis zum Thema Sex gab. Es gab einen guten Grund. *Einen* Grund, für den nicht sie der Auslöser war.

Und jetzt hatte sie langsam begonnen, all das loszulassen und sich einem Mann zu öffnen, der zeitweise fast zu gut erschien. Und ein Mann, der … in sie verliebt war? »Wirklich?«, platzte es endlich aus ihr heraus, denn auch seine Worte schienen zu gut, um wahr zu sein.

Jake senkte den Blick, und seine Hand blieb bewegungslos auf ihrem Bauch liegen. »Ja.« Dann seufzte er. »Vielleicht hätte ich dir das gar nicht sagen sollen. Vielleicht willst du ja gar nichts davon wissen.«

Weil all das so neu war? Weil er dachte, dass sie nicht dasselbe für ihn empfand? Was immer es war, er irrte sich. »Jake, ich bin doch auch in dich verliebt.«

Er sah sie wieder an. »Ja?«

Carly nickte. Ganz plötzlich war sie ein bisschen nervös, und ihre Brust verengte sich. An solche Gespräche war sie sogar noch weniger gewöhnt als an guten, normalen Sex. Aber vielleicht lag es auch daran, dass sie auf einmal wirklich empfand, wie sehr sie ihn liebte. Vielleicht konnte sie es sich erst jetzt erlauben, so zu empfinden, weil es ihr mit einem Mal so sicher vorkam. »Wie könnte ich dich nicht lieben? Ich meine, du warst so … unglaublich. Geduldig. Liebevoll. Verständnisvoll. Und einfach … perfekt. Ich war … eine totale Katastrophe, und doch hast du mir alles gegeben, was ich nur wollte oder brauchte. *Natürlich* liebe ich dich.« Sie zog ihn noch enger an sich, und ihr wurde klar, dass sie ohne ihn mittlerweile verloren wäre. Er war zu einer zentralen Figur in ihrem Leben geworden, und jede Veränderung zum Guten, jede Offenbarung und jeder Wunsch, an sich zu arbeiten, war ihm zu schulden. Er war die Basis von allem. »Ich liebe dich wahnsinnig, Jake Lockhart.«

»O Baby«, flüsterte er ihr mit tiefer Stimme ins Ohr. Carly spürte, wie die Hitze allein durch ihr Geständnis erneut in ihm aufstieg. Und es dauerte nicht lange, bis sie wieder ineinander verschmolzen. Es war schon kurz vor Mitternacht, bis ihnen wieder einfiel, dass sie ja eigentlich zu Schubert's hatten gehen wollen, um Hamburger zu essen.

Das Leben war schön. Carly war zusammen mit Beth Anne damit beschäftigt, Danas Babyparty zu planen, der Verkauf in ihrem Laden lief gut – ihre herzförmigen Holzkästchen gingen weg wie warme Semmeln – und sie hatte einen Liebhaber. Nein, mehr als das. Sie hatte einen Mann, den sie liebte. Und der sie auch liebte. Zum ersten Mal in ihrem Leben hatte sie regelmäßig Sex. *Großartigen* Sex. Wie sollte das Leben da *nicht* schön sein.

Wo sie auch hinging, was sie auch tat, Carly fühlte sich auch weiterhin freier als je zuvor in ihrem Leben. Dabei war es nicht so, dass all die schlechten Gefühle einfach verschwunden waren. Nein, Jake hatte ihr ja gesagt, dass sie immer da sein würden. Aber sie arbeitete jetzt daran und konnte den Schmerz endlich loslassen. Carly befreite sich endlich von den Dingen, die sie so lange Zeit behindert hatten.

Während sie und Jake aneinandergekuschelt auf seinem Sofa lagen, fragte sich Carly, ob es ihn wohl sehr überraschen würde, wenn er mitbekam, was sie unter ihrem Oberteil und den Shorts trug. Schließlich hatte sie heute zum ersten Mal, seitdem sie zusammen waren, die Schublade mit den Dessous geöffnet, die bisher für ihre Fahrten nach Traverse City bestimmt gewesen waren. Es konnte gut sein, dass ihm gar nicht auffallen würde, dass der Spitzen-BH und das Höschen sich von ihrer sonstigen Wäsche unterschieden. Doch für sie fühlte sich das Ganze an wie ein … weiterer Wendepunkt. Carly wusste durchaus, dass sie Jake gegenüber seit seiner Ankunft in Turnbridge schon recht wagemutig und unerschrocken gewesen war. Aber die Dessous anzuziehen, die sie ausschließlich für eine Verführungsnummer à la Desiree gekauft hatte, empfand sie auf eine ganz andere Art und Weise als mutig. Ein weiterer Schritt, um die Vergangenheit hinter sich zu lassen. Allein das Gefühl der aufreizenden Spitze auf ihrer Haut hatte dafür gesorgt, dass sie sich noch stärker vorkam – ein bisschen wie Desiree, aber eben doch mehr wie Carly.

Und so stand sie irgendwann vom Sofa auf und ging in den Flur.

»Wo willst du denn hin?«, rief er ihr nach.

»Ich bin in einer Minute wieder da.«

Sie ging in sein Schlafzimmer und schlüpfte dort aus ihren Sachen. Die Dessous, die sie druntertrug, waren relativ schlicht, aber ihrer Meinung nach äußerst wirkungsvoll: ein schwarzes Spitzenhöschen mit einem passenden Halbschalen-BH, der ihre Brüste nach oben presste.

Doch nach einem kurzen Blick in den Spiegel über Jakes Kommode wurde ihr klar, dass das noch nicht ganz ausreichte. Sie selbst spürte zwar, dass sie sich in Desirees üblichen Spitzen-Dessous anders als sonst fühlte, aber sie wollte sichergehen, dass auch *er* wusste, dass sie sich anders fühlte.

Als Carly sich suchend im Raum umsah, entdeckte sie Jakes Polizeimütze, die über einem der Bettpfosten hing. Die feste dunkelblaue Mütze mit dem kleinen, glänzenden Schild kam dem Schwarz ihrer Dessous recht nahe. Sie setzte sie auf. Sie war zwar ein bisschen groß und rutschte auf ihrem Kopf ein wenig zur Seite, aber ein Blick in den Spiegel verriet ihr, dass der Look perfekt war. Und so verwandelte Carly sich ganz plötzlich in eine aufreizende Polizistin. Der Anblick ließ ihr Fötzchen zucken. *Ich kann ein verspieltes Bad Girl sein, auch ohne mich vorher in Desiree verwandeln zu müssen.* Aus irgendeinem Grund machte ihre körperliche Reaktion das Ganze offiziell und brachte sie der Vervollständigung ihrer Verwandlung noch ein bisschen näher.

Doch bevor sie sich ihrem Freund zeigte, fügte sie noch ein Accessoire hinzu. Sie nahm den Polizeigürtel von Jake in die Hand und löste die Handschellen, die daran herabhingen. *Ja. Das war scharf.*

Doch anstatt jetzt in sein Wohnzimmer zurückzukehren, rief sie nach ihm. »Komm doch mal ins Schlafzimmer, Jake.« Normalerweise verbrachten sie die gemeinsame Zeit ja in ihrer Wohnung, aber die Vorstellung, es heute in Jakes Bett zu tun, gefiel ihr ausgesprochen gut.

Als Carly hörte, wie sich seine Schritte dem Schlafzimmer näherten, nahm sie eine Pose ein, bei der die Handschellen von ihrem Zeigefinger herabbaumelten.

»Heilige Mutter Gottes«, murmelte Jake, als er den Raum

betrat und beäugte sie von oben bis unten. »Bei dem Anblick wird mein Schwanz sofort steinhart.«

»Das ist gut. Aber ich muss Sie leider dennoch in Gewahrsam nehmen, Sir.« Der Satz war ein Versuchsballon, der ihr gerade erst in den Sinn gekommen war.

Er warf ihr ein aufreizendes, freches Grinsen zu. »Ach ja? Und was werfen Sie mir vor, Officer Carly?«

»Äh … anstößige Verwendung einer Torte?«

»Ich würde sagen, dieses Vergehen ist bereits verjährt«, erwiderte er und legte den Kopf zur Seite.

Carly fuhr sich mit der Zunge über die Oberlippe. Ihr Blick war immer noch fest auf ihn gerichtet. Sie dachte nach. »Dann … fassen wir das Ganze doch einfach so zusammen … dass Sie sich einige Freiheiten herausgenommen haben. Bei mir. Wieder und wieder.«

»Ich wusste nicht, dass es dagegen ein Gesetz gibt, Ma'am«, witzelte er.

»Nun, in einem Ort wie Turnbridge gibt es ganz sicher einige sehr alte, überkommene Gesetze wie – keinen Analsex oder kein Sex in einem Laden auf der Hauptstraße. Für *irgendwas* kann ich Sie ganz sicher festnehmen.« Und mit diesen Worten nahm sie endlich seine Hand, zog ihn in den Raum und schubste ihn mit ungewohnter Heftigkeit aufs Bett. Zu Beginn des kleinen Rollenspiels war sie noch nicht so offensiv vorgegangen, aber jetzt war ihr einfach danach. Also legte sie sich mit der ganzen Länge ihres Körpers auf ihn, gab ihm einen langen, heißen Kuss und ließ ihre Hände seine Arme hinaufwandern, die er wie zufällig über den Kopf gelegt hatte. Und dann versuchte sie, einen Ring der Handschellen um sein Handgelenk zu legen.

Jake reagierte ganz instinktiv und befreite sich von der Umklammerung der Handschellen, bevor sie sein Handgelenk komplett umschlossen. Er war in letzter Zeit eindeutig zu sehr dadurch verwöhnt gewesen, dass sie beim Ficken fügsam gewesen war. Zwar war sie auch wunderschön, wenn sie die Oberhand hatte, aber dafür war er heute Abend einfach nicht bereit. Und für Handschellen schon gar nicht, verdammt. Jake wusste, dass sie nur spielte, aber so viel Kontrolle konnte er einfach nicht abgeben.

Immer noch völlig impulsiv handelnd, legte er seine Finger um ihre Handgelenke und hielt sie daran fest. Ihre Blicke trafen sich. Beide kannten das Spiel. Sie hatten es selbst an ihrem ersten Abend in Traverse City schon gespielt. Und heute entbrannte der altbekannte Kampf um die Kontrolle erneut. Jake wollte nicht gemein sein und ihr die Oberhand verwehren – schließlich konnte er bestens nachvollziehen, wieso Carly das Gefühl der Überlegenheit brauchte. Aber die Handschellen waren einfach mehr, als er vertragen konnte. Da er sich mit anderen Frauen noch nie irgendwelchen Rollenspielen hingegeben hatte, bei denen es um Polizisten ging, hatte er bis zu diesem Moment auch keine Ahnung gehabt, dass der kühle Stahl an seinen Handgelenken eine derartige Reaktion bei ihm auslösen würde.

In einigen Bereichen war sie die perfekte Liebhaberin für ihn – sie verstanden sich. Aber in anderen wiederum war sie wohl die *ungeeignetste* Frau für ihn. Es ließ sich nicht leugnen, der Sex mit Frauen, die nichts dagegen hatten, dass er das Kommando übernahm, war einfacher gewesen. Und so sehr er auch ein guter und großzügiger Partner sein wollte, heute Abend konnte er ihr einfach nicht die Kontrolle überlassen. Also tat er etwas, was er schon einmal mit ihr getan hatte – er drehte sie auf den Rücken und legte sich auf sie.

Carly wehrte sich halbherzig. Das war mittlerweile ein ganz übliches Element ihres seltsamen Paarungstanzes geworden –

teilweise spielerisch, teilweise aber auch real. Sie strampelte etwas, bis er ihrem Zucken schließlich mit den eigenen Beinen Einhalt gebot. Das Herz schlug ihm bis zum Hals. Jake war längst vom Rausch der Sexvariante erfasst worden, die ihm am besten gefiel. Und das war nun mal der Sex, bei dem er das Sagen hatte.

Carly schaute von unten in seine Augen. »Wieso bin ich denn jetzt auf einmal diejenige, die unten liegt?«, fragte sie etwas atemlos.

»Anfängerfehler«, erwiderte er. »Du hast deinen Gegner unterschätzt. Jetzt sieht es wohl ganz so aus, als ob ich wieder der Polizist wäre.« Er ließ eines ihrer Handgelenke los, griff sich die Mütze von ihrem Kopf und setzte sie sich selbst auf. »Und du bist diejenige, die verhaftet wird.«

Ihre spitzenumrahmten Titten hoben und senkten sich unter seiner Brust. »Und was wird *mir* vorgeworfen?«

Er warf ihr sein boshaftestes Lächeln zu. »Sich für eine Polizistin ausgegeben zu haben.« Dann griff er nach den Handschellen, die sie noch immer in einer Faust über ihrem Kopf festhielt. »Eine sehr sexy Polizistin, muss ich sagen, aber trotzdem … Wer ein Verbrechen begeht, muss auch dafür büßen.«

»Büßen?«

»In diesem Fall bedeutet das, mich tun zu lassen, was ich will«, flüsterte er mit tiefer Stimme. Er wusste, dass sie den Stahl der Handschellen ebenso intensiv auf ihrer Haut spürte, wie er es vor einer Minute empfunden hatte. Aber Jake wollte nicht, dass ihr Spiel sich grob oder brutal anfühlte. Also strich er mit den Handschellen zärtlich über die sanfte Haut an der Unterseite ihres Armes. Die Berührungen waren so hauchzart, man hätte meinen können, das Instrument zur Fixierung wäre nicht aus Stahl, sondern aus Watte gemacht. Er wollte, dass sie sich an das Material gewöhnte. Sie sollte spüren, dass es auch schöne Gefühle in ihr auslösen konnte.

»Aber ich *habe* dich doch tun lassen, was du willst«, entgegnete sie.

Das stimmte. So war es. Zumindest meistens. »Ich weiß. Und ich will auch kein egoistischer Mistkerl sein. Ich will einfach nur, dass du es genießt. Kannst du das?« Er sah sie liebevoll an und gab ihr einen Kuss auf Nase und Stirn. Dann legte er vorsichtig eine Handschelle um ihr rechtes Handgelenk und schloss sie. Jake wusste nicht genau, warum er das unbedingt wollte. Warum er sie darum bat, das auszuhalten, was er nicht aushalten konnte. »Ich würde dir niemals wehtun«, erklärte er mit sanfter Stimme. »Ich will einfach nur, dass du mein Spiel mitspielst, Carly.«

Er konnte ihren Gesichtsausdruck nicht recht deuten, aber ihre Brust hob und senkte sich mit jedem Atemzug sichtbar. »Als es darum ging, *dir* Handschellen anzulegen, wolltest du doch auch nicht mitspielen.«

»Das stimmt. Aber du bist ein zähes Mädchen, schon vergessen? Vielleicht sogar zäher als ich.« Er gab ihr einen zärtlichen Kuss. Und zwar genau in dem Moment, als er den Stahlring auch um ihr anderes Handgelenk legte und ihn schloss. »Ich möchte einfach nur, dass du mir vertraust. *Wahrhaftig* vertraust.«

»Das tue ich«, versprach sie. »Das weißt du doch.«

»Ich muss es sehen. Fühlen. Wieso weiß ich auch nicht.« Er schüttelte kurz den Kopf. »Vielleicht liegt es wirklich an all den alten Gefühlen, die nach oben gekommen sind. Ich möchte nur, dass du dich mir völlig hingibst. In jeder Weise.«

Sie sahen sich lange in die Augen – ein Moment, in dem die Welt stillzustehen schien. Beide sprachen kein Wort, doch die Luft war erfüllt vom stummen Gegentakt des Vertrauens, der Stärke und der Lust.

»Ich nehme dir die Handschellen sofort wieder ab. Du musst es nur sagen. Aber vielleicht glaube ich ja, dass du die Fähigkeit hast, zu gesunden. Und zwar eher als ich. Vielleicht glaube ich, dich befreien zu können – wenn ich mich schon nicht selbst befreien kann. Vielleicht glaube ich, dass mir das gelingt, wenn du dich mir einfach nur hingibst.«

Ihr Atem war jetzt deutlich hörbar, und er spürte, dass seine Offenheit sie überraschte. »Du hast so … kühl und ruhig gewirkt, als du mir von deiner Vergangenheit erzählt hast.«

Jake seufzte. »Ich dachte auch, dass ich das Ganze mittlerweile so sehen würde. Doch jetzt wird mir klar, dass ich vielleicht einfach … faul geworden bin. Ich habe mir immer nur Frauen ausgesucht, die so wollten, wie ich wollte. Das hat es einfach gemacht. Vielleicht *zu* einfach.« Jake hielt kurz inne. »Sieht wohl so aus, als hätte ich auch noch ein paar Dämonen zu besiegen«, fügte er mit leiser Stimme hinzu.

»Und was ist mit *meinen* Dämonen?«, erinnerte sie ihn.

Jakes Worte waren durchaus ernst gemeint gewesen. Auch wenn sie in gewisser Weise egoistisch waren, so glaubte er wirklich daran, dass es Carly letzten Endes helfen würde, sich ihm hinzugeben. »Du bist stärker, als du glaubst, Carly. Aber wie gesagt, ich nehme dir die Handschellen sofort wieder ab, wenn du es willst.«

Sie warf ihm einen weiteren langen Blick zu, während er stumm über die Stelle ihrer Handgelenke strich, die nicht in dem Stahl steckten. »Na schön«, flüsterte sie schließlich.

»Na schön, was?«

»Tun Sie, was Sie wollen, Officer Lockhart.«

»O, ich liebe dich!« In diesem Moment wurde Jake klar, wie viel ihr Vertrauen ihm wirklich bedeutete. Und diese Erkenntnis sorgte dafür, dass er ihr umso mehr Freuden bereiten wollte. Noch bevor sie irgendetwas erwidern konnte, küsste er sie, ließ von den über ihrem Kopf fixierten Handgelenken ab und massierte mit festem Griff ihre Brüste.

Ihr Stöhnen war wie Musik in seinen Ohren, denn es verriet ihm, dass ihre Verzückung jedes Unbehagen verscheuchte, das sie vielleicht empfunden hatte. Und genau das war der eigentliche Schlüssel – er musste dafür sorgen, dass ihr Genuss größer war als jedes negative Bauchgefühl.

Wegen der Handschellen war es ihm nicht möglich, ihr den BH auszuziehen. Doch Jake war schon damit zufrieden, seine Finger unter die Spitzenkörbchen gleiten zu lassen und sie herunterzuschieben, sodass ihre prallen Titten herausquollen. Der Anblick ließ ein tiefes Stöhnen aus seiner Kehle dringen. Dann rutschte er auf ihrem Körper ein wenig nach unten, um über einen der herrlich steifen Nippel zu lecken. Carly gab kleine, erregte Seufzer von sich, als er einen Kuss auf ihre harte Knospe setzte. Und als er sah, wie sie sich mit aufgeheiztem Blick auf die Unterlippe biss, wurde sein Schwanz noch steifer.

Nachdem er ihre perfekten Nippel mit seiner Zunge ganz nass geleckt hatte – sein Knie zwischen ihren Beinen platziert, sodass sie sich in ihrer Geilheit daran reiben konnte –, glitt er noch weiter nach unten und fuhr dabei mit den Fingerspitzen über ihre Haut. »Dein Höschen ist so verdammt scharf«, keuchte er auf Augenhöhe mit ihrem schwarzen Slip. Jake konnte gar nicht anders, als dem Impuls zu folgen, das V der Vorderseite mit den Zähnen zu umschließen, seine Hände unter ihren Po zu schieben und den Stoff langsam herunterzuziehen.

Ihre köstliche Möse war wie immer glatt rasiert. Genauso wie er es gern hatte. Und als er sie aufforderte, die Beine zu spreizen, da verspürte er den Drang, sie so festzubinden – ein Fußgelenk an den einen, das zweite an den gegenüberliegenden Bettpfosten, um das geschwollene Fleisch ihres heißen rosa Fötzchens bewundern zu können, so lange er wollte. Aber das musste warten. Er hatte sein eigenes Verlangen genug in den Vordergrund gestellt, und sie hatte es zugelassen. Also sollte es jetzt nur noch darum gehen, ihre Begierden zu stillen.

Jake warf seine Kleidung von sich. Er zögerte nicht lange und presste seinen Mund auf ihr feuchtes, offenes Loch, er genoss den lüsternen Schrei, der aus ihrer Kehle drang. Er leckte sie mit festen Zungenschlägen und saugte und knabberte an ihrem Kitzler. Als er schließlich zwei Finger in ihre Pussy schob, gab sie die wollüstigsten Töne von sich. Er fickte sie jetzt mit seinen Fingern, während er ihre Muschi gleichzeitig mit Zunge und Zähnen bearbeitete. Carly presste sich mit kreisendem Becken gegen seine Hand und seinen Mund, und Jake verlor sich völlig in *ihrer* Lust und dem salzig-süßen Geschmack ihres Geschlechts.

Doch erst als er einen Schritt weiterging, seine Hand unter ihren Po wandern ließ und schließlich eine Fingerspitze in ihrer Rosette versenkte, gelangte sie zu dem Gipfel, den es zu erklimmen galt. »O ja! Ja!«, keuchte sie durch zusammengebissene Zähne, kurz bevor der eigentliche Höhepunkt so wild durch ihren Körper raste, als wäre er ein eigenständiges Lebewesen.

»Fick mich, Jake! Bitte fick mich!«, bettelte sie, als ihr Orgasmus ein wenig abgeklungen war – und Jake war im Himmel.

Er liebte ihr Betteln. Er liebte es, wie sein Schwanz ganz langsam in ihr kleines, enges Loch eindrang. Er liebte den geilen Rhythmus, in den beide ganz automatisch verfielen, als er sie gleichmäßig und tief aufspießte. Er liebte es, wie glitschig sie war, wie hart ihre Nippel blieben und wie zart sich ihr Hals anfühlte, als er sie knabbernd dort küsste. Und er liebte es, wie sie ihre Arme um seinen Hals schlang und sich die scharfen

Kanten der Handschellen in seinen Nacken pressten. Sie hatte ihm gegeben, was er wollte – Vertrauen und Hingabe. Und in diesem Moment wurde ihm klar, dass er das schon *immer* von ihr gewollt hatte – als Desiree und auch, nachdem er sie hier erneut getroffen hatte. Jake hatte einfach das starke Bedürfnis, sich für alle Freuden zu revanchieren, die sie ihm bereitet hatte. Also fickte er sie so hart durch, dass sie vor Geilheit nur noch schreien konnte.

Und er liebkoste sie, streichelte sie und huldigte ihr mit seinen Augen.

Doch irgendwann geschah das Unvermeidliche. Sein eigener Höhepunkt brach sich Bahn, und für einen Moment ging es wieder allein um sein Vergnügen. Es breitete sich in heißen Wellen in seinem Körper aus und gipfelte in einer wilden Anspannung, die sich schließlich in Carlys Innerem löste.

Nachdem sie einen kurzen Moment einfach nur dagelegen hatten, stand er auf und holte die Schlüssel für die Handschellen. Das war das Mindeste, was er tun konnte.

Nachdem er sie befreit hatte, führte er langsam ihre Arme nach unten, die so lange über ihrem Kopf fixiert gewesen waren. Dann rollte er sie auf die Seite, legte sich neben sie und massierte zärtlich ihre Handgelenke. Die Handschellen hatten zwar nicht allzu stramm gesessen, aber sollten ihre Handgelenke schmerzen, wollte er diesem Schmerz unbedingt Linderung verschaffen.

»Alles okay, Süße?«, fragte er.

Sie nickte und sah ihn geradezu erstaunt an. »Das war ja wie … ganz normaler Sex. Nur mit Handschellen.«

»Ich weiß«, erwiderte er. Jake hätte auch mehr daraus machen können und würde es eines Tages vielleicht auch tun. Aber noch nicht heute.

»Das war … einfacher, als ich dachte. Mit Handschellen

fixiert zu werden, meine ich. Du solltest es irgendwann selbst mal versuchen«, erklärte sie mit neckischem Blick.

»Siehst du?«, ignorierte er ihre Anspielung. »Ich hatte gar nichts *zu* Abscheuliches im Sinn.«

»Mich von dir in den Arsch ficken zu lassen, hab ich als größere Herausforderung empfunden.«

»Und davon kannst du mittlerweile ja gar nicht genug kriegen.«

Seine Worte ließen sie erröten, denn die beiden hatten sich an dieser Spielart jetzt bereits öfter erfreut. »Wenn *du* dich *mir* hingeben würdest, könntest du vielleicht auch gestärkt daraus hervorgehen«, sagte Carly.

Jake seufzte nur. Dabei waren ihre Worte ganz fair und vernünftig. »Mag sein. Aber ich bin einfach noch nicht so weit, Süße.«

Sie neigte den Kopf und sah ihn neugierig an. »Wie kommt es nur, dass ich so viel zäher bin als du, Mr. Macho-Polizist?«

Er wollte ihre eigene Stärke zwar nicht schmälern – schließlich *war* sie wirklich verdammt stark. Dennoch … »Vielleicht liegt es ja daran, dass ich dich dazu *zwinge*, so stark zu sein. Und zwar weil ich dich liebe.«

»Aber ich liebe dich auch. Schon vergessen? Ich bin zwar nicht besonders gut darin, aber ich *werde* Druck machen. Und du wirst es zulassen. Und es wird gut sein.«

Sie lagen in Jakes Bett. Die Dunkelheit war bereits hereingebrochen, aber durch die hinteren Fenster des kleinen Hauses drang das Mondlicht, sodass Carly den Raum gut erkennen konnte. Er war ganz schlicht und sehr *männlich* eingerichtet. Warme Farben und alte, dunkle Eichenmöbel, die noch von seinen Großeltern stammten, wie er ihr erzählt hatte. Die Möbel waren ein bisschen angeschlagen und bedurften einer

Aufarbeitung, aber Carly wusste ihre Qualität und das handwerkliche Geschick, das dahintersteckte, durchaus zu schätzen. Außerdem passten sie irgendwie zu Jake. Solide, attraktiv, aber mit ein paar kleinen Fehlern.

Dabei fiel es ihr nicht schwer, seine Fehler zu akzeptieren. Denn wie sich herausstellte, hatten sie durchaus Ähnlichkeit mit ihren. Carly fand es natürlich schrecklich, was ihm widerfahren war, doch seine Vergangenheit machte das Zusammensein mit ihm viel leichter für sie, und es fiel ihr nicht schwer, offen zu ihm zu sein. Es war bisher selten vorgekommen, dass sie sich in der Gegenwart eines Mannes so gut fühlte – auch wenn sie Jake erst kurze Zeit kannte.

Plötzlich klingelte sein Handy. Jake beugte sich zu dem Nachttisch, auf dem es lag, und nahm ab. Carly lauschte seinem Teil des Gesprächs. »Was gibt's, Alter?«, fragte er. Und dann: »Ja, es ist allerdings schon ziemlich spät. Und ich bin auch gerade ziemlich beschäftigt. Also komm bitte gleich zur Sache.«

Nachdem er das Gespräch ein paar Minuten später beendet hatte, berichtete er Carly, dass sein Freund Shane zum nächsten langen Feiertagswochenende in ein paar Tagen den Kabinenkreuzer seines Onkels leihen wollte. Das Schiff lag in Traverse City vor Anker, und Shane lud die Jungs vom Spezialprogramm für Geiselnahmen ein, einige Tage auf dem Lake Michigan zu verbringen. »Hättest du vielleicht Lust mitzukommen, wenn ich meine Schicht tauschen kann?«, fragte er.

Wow. Seine Freunde kennenlernen. Und nicht nur für ein paar Stunden, sondern für ein ganzes Wochenende. »Wird, äh, Colt auch dabei sein?«, erkundigte sie sich.

»Nein«, erwiderte Jake mit einer wegwischenden Handbewegung. »Der lebt zu weit weg. Es werden nur eine Handvoll Jungs mit ihren Freundinnen sein, die in der Nähe wohnen.«

Carly biss sich auf die Unterlippe. »Und habt ihr … du oder Colt euren Freunden von unserer Nacht im Hotel erzählt?«

»Es wurde darüber gesprochen«, sagte er leise. »Aber mehr von Colt als von mir. Er hat eine ziemlich große Klappe. Allerdings hat er ihnen von einer Frau namens Desiree und nicht von Carly erzählt. Und ich glaube, selbst wenn sie es wüssten, wäre es ihnen so ziemlich egal. Aber wenn du willst, müssen sie nichts davon erfahren, dass ich dich schon kannte, bevor ich nach Turnbridge kam.«

»O ja, bitte«, platzte es aus ihr heraus, denn Carly wusste genau, dass sie seinen Freunden nur unter dieser Bedingung gegenübertreten konnte, und dass sie hoffte, Colt niemals wieder zu begegnen. Für den einen Abend hatte es gepasst, aber es wäre sicher schwierig, ihm als ihr freundliches Kleinstadt-Selbst zu begegnen.

Jake grinste. »Soll das jetzt heißen, du kommst mit?«

Carlys Leben war bisher in vielerlei Hinsicht recht isoliert gewesen und mit einem Haufen von Jakes Freunden auf einem Schiff zusammenzukommen, klang durchaus stressig für sie. Gleichzeitig aber versprach es auch aufregend und lustig zu werden. Carly *kannte* zwar nicht mal Leute, die zu Wochenendausflügen auf den Lake Michigan eingeladen wurden, sie gab sich aber alle Mühe, ihm eine völlig coole und lässige Antwort zu geben. »Klar. Das klingt nett. Und es wäre schön, mal einige von deinen Freunden kennenzulernen. Außer Colt, meine ich«, schränkte sie ein und errötete erneut.

»Das sind nette Jungs. Du wirst sie mögen. Und sie werden dich mögen.«

Aber Carly dachte schon nicht mehr an die Männer, die sie bald kennenlernen würde. Ihr brannte längst eine andere Frage auf den Nägeln. Und da sie sich in Jakes Gegenwart so sicher fühlte, hielt sie sich auch nicht zurück. »Jetzt, da wir uns so nahegekommen sind, stört es dich eigentlich, was ich – was wir – mit Colt getrieben haben?«

»Das war der aufregendste Sex, den ich je hatte«, erwiderte er.

»Aber … ich meine, da kanntest du mich ja noch gar nicht richtig. Und du hast auch gar nicht damit gerechnet, mich näher kennenzulernen. Aber jetzt, da du mein *wahres* Ich kennst, denkst du jetzt anders von mir?«

Trotz des von Schatten durchzogenen Lichts spürte sie, wie er sie ansah. »Tu dir das nicht an, Carly.«

»Wie sollte ich nicht darüber nachdenken?«, fragte sie. »Wäre ich wirklich Desiree, würde mir das gar nichts ausmachen. Aber ich bin eben *nicht* Desiree … Ich bin eine Frau, der solche Dinge etwas ausmachen. Und ich bin mir ziemlich sicher, dass genau *das* die Frau ist, in die du dich verliebt hast, oder?«

Carly hatte Mühe, seinen Gesichtsausdruck zu entschlüsseln. »Auch wenn es dir vielleicht nicht gefällt, du *bist* Desiree«, sagte er schließlich. Und du *bist* Carly. Und ich bin in das Gesamtpaket verliebt, Süße. In alles, was dich ausmacht. Der einzige Unterschied zwischen dir und den meisten Frauen besteht darin, dass du dich an dem Abend völlig hast gehen lassen. Du hast genau das getan, worauf du Lust hattest.«

»Und das findest du in Ordnung? Denn selbst für Desiree war das etwas Neues … eine Premiere.«

»Solange niemand dabei zu Schaden kommt, erlaube ich mir eigentlich nie ein Urteil über die sexuellen Vorlieben meiner Mitmenschen – wenn du weißt, was ich meine.«

Sie wusste, was er meinte, dachte aber auch, dass es sich vielleicht anders verhielt, wenn es sich um die Person handelte, in die man verliebt war. Logik war eine Sache, aber die meisten Menschen hatten den Sittenkodex der Gesellschaft eben doch sehr verinnerlicht. So sah sie es zumindest. »Ich find's ja gut, was du sagst. Aber um ganz ehrlich zu sein: Ich selbst weiß immer noch nicht recht, was ich davon halten soll. Ich meine, ja, als Desiree war die Nacht unglaublich aufregend und geil. Aber als Carly … Das ist einfach etwas, was ich niemals tun würde. Mein *wahres* Ich jedenfalls nicht.«

»Du redest immer wieder von deinem wahren Ich. Dabei scheinst du nicht zu begreifen, dass die Frau, die ich in Traverse City kennengelernt habe, einfach nur ein anderer Teil von dir ist. Ein Teil, mit dem du dich nicht besonders wohlfühlst. Aber er ist in dir.« Er tippte mit einem Finger sanft auf ihre nackte Brust. »Und das ist völlig in Ordnung für mich.«

Carly senkte den Kopf. Sie war sich noch immer nicht sicher. »Ja?«

Er strahlte sie an. »Ich *mochte* Desiree. Du tust ja gerade so, als wäre sie die Wiedergeburt des Teufels. Dabei ist sie einfach nur die selbstbewusstere, mutigere Seite von dir. Und zu deiner Information, ich war echt enttäuscht, als ich aufwachte, und du nicht mehr da warst.«

Carly atmete tief ein. Sie war überwältigt. Das hatte er ihr noch nie erzählt. Aber als Desiree hätte sie seine Worte auch gar nicht zu schätzen gewusst. Denn als Desiree hatte sie sich stets gezwungen, so unemotional und gleichgültig wie nur möglich zu sein. Doch jetzt und hier bedeuteten seine Worte ihr sehr viel.

»Ich will dich ja nicht erschrecken«, fuhr Jake fort, »aber diese Nacht hat mich so nachhaltig erregt, dass ich … nichts dagegen hätte, so etwas zu wiederholen. Damals war mir ja zunächst ein bisschen unwohl bei dem Gedanken, einen anderen Mann dabeizuhaben. Aber ich habe schnell gemerkt, wie sehr es mich anmacht, eine Frau mit jemandem zu teilen. Ganz nah mitzuerleben, wie die Frau von einem anderen

Mann gefickt wird. Mit einer Frau zu schlafen, die verwegen genug ist, zwei Männer und zwei Schwänze gleichzeitig zu wollen.«

Carly sagte nichts. »Mist, habe ich dich jetzt doch erschreckt?«, fragte er.

Sie schüttelte den Kopf. Schließlich war sie es ja auch gewesen, die ihn an die Nacht mit Colt erinnert hatte. Vielleicht fing sie ja wirklich langsam an, die Tatsache zu akzeptieren, dass Desiree ein Teil von ihr war. Und vielleicht ließ Jakes Meinung zu dem Thema diesen Teil von ihr ja auch weitaus weniger schrecklich erscheinen, als sie stets dachte. Bisher hatte sie ganz bewusst die Eigenschaften von Desiree in ihr Leben eingebaut, die sie mochte – ihre Schönheit, ihren Stil und ihr Selbstbewusstsein. Doch auch der Verdorbenheit von Desirees Sexleben einen Platz in ihrem Leben einzuräumen, daran hatte sie noch nie gedacht. Doch jetzt reichte allein schon die Vorstellung aus, um ihre Muschi unter der Decke zum Lodern zu bringen.

»Dann … könntest du dir also vorstellen, es noch mal zu wiederholen?«, fragte Jake. »Zu sehen, wie dir so viel Lust bereitet wird, würde mich nämlich verdammt scharfmachen.«

Sein Vorschlag brachte ihr Herz zum Rasen. »Wärst du denn gar nicht eifersüchtig?«

»Du liebst mich doch, oder?«

»Wie verrückt.«

»Dann wäre ich auch nicht eifersüchtig. Ich meine, Sex ist doch völlig anders, wenn man Gefühle für jemanden empfindet. Und solange ich derjenige bin, für den du Gefühle hast, dann fände ich es einfach nur sehr schön, dir das zu ermöglichen. Dir mehr Lust zu verschaffen, als ich es als einzelner Mann kann.«

Sie sah etwas skeptisch zu ihm auf, denn es gab bei diesem

Thema doch eine Menge zu bedenken. »Ich sage nicht, dass ich es in Erwägung ziehe, aber, ähm … hast du nicht Probleme mit der Ausübung von Kontrolle? Sogar mehr noch als ich? Dann müsste so eine Aktion doch eigentlich sehr schwierig für dich sein? Ich meine, selbst als ich noch nicht von deinem Problem wusste, – an dem Abend mit Colt hattest du es auf jeden Fall.«

Er warf ihr ein geständiges Lächeln zu. »Ja. Wenn ich im Nachhinein irgendwas an diesem Abend ändern könnte, dann wäre ich auch so bestimmt und dominant wie du und auch Colt gewesen und wäre entschlossener aufgetreten. Aber die ganze Situation hatte mich irgendwie kalt erwischt. Wenn es noch mal dazu käme, wüsste ich es auf jeden Fall besser.«

»Du sagst also, wenn es noch mal passieren würde, wärst du derjenige, der die volle Kontrolle übernimmt.«

»Nicht unbedingt die *volle* Kontrolle. Aber ich würde mich auf jeden Fall behaupten. Und wenn es um dich ginge, na ja, dann würde ich dem anderen Mann schon unmissverständlich klarmachen, dass du mir gehörst und dass ich das letzte Wort habe, was bei der Nummer passiert oder eben auch nicht passiert.«

Carly hätte seine Worte auch ganz anders verstehen können. Wenn sie jetzt wie Desiree fühlte, hätte seine besitzergreifende Art sie sicher zum Widerspruch gereizt. Aber der Mensch, den sie als ihr *echtes, wahres* Ich betrachtete, hatte nichts dagegen und fand es sogar gut, einen Mann an ihrer Seite zu haben, der sie so sehr schätzte.

»Aber meine Frage hast du damit noch nicht beantwortet, Schnuckiputz.« Er grinste sie wieder an. »Würdest du es wieder tun? Ich meine, hättest du nicht auch das Gefühl, dass du mit diesem ultimativen Akt deine Probleme lösen könntest? Beim letzten Mal warst du *ganz* Desiree. Und du warst wirklich unglaublich. Aber ich würde gerne die Erfahrung machen, so etwas mit deiner ganzen Persönlichkeit zu erleben. Als Carly. Und ganz ohne Maske, hinter der du dich versteckst.«

Es war vielleicht das erste Mal, seit er die Frage gestellt hatte, dass sie ernsthaft versuchte, sich ein derartiges Szenario vorzustellen. Kein aufreizendes rotes Kleid oder dickes Make-up, um sich dahinter zu verbergen. Kein falscher Name. Das würde allerdings auch heißen, dass sie ihre Gefühle nicht einfach so abstellen könnte. Diesmal würde sie es richtig spüren. Tief in ihrem Inneren. Eben so tief, wie man solch eine Sache empfinden konnte. Sie würde Carly Winters sein – der Schatz aus Turnbridge, der auf einmal die Sau rauslässt. Der Gedanke ließ sie erneut tief erröten. »Ich … ich weiß wirklich nicht, ob ich das könnte, Jake.«

»Du willst es doch«, provozierte er sie mit einem schmutzigen, kleinen Grinsen. »Du warst total begeistert, es mit zwei Schwänzen auf einmal zu tun zu haben.«

Und ob ihr das gefallen hatte. Zwar mochte sie nicht in der Lage sein, es laut auszusprechen, aber allein die Erinnerung ließ ihre Brüste vor Verlangen schmerzen und brachte ihre Muschi zum Zucken. Zuvor hatte sie sich solch ein Gefühl nicht mal *vorstellen* können. Und zwar nicht nur was den körperlichen Teil anging, auch die mentale Komponente war schwer zu greifen gewesen. Denn sie hatte sich den beiden Männern in Traverse City nicht etwa ausgeliefert gefühlt, nein, sie hatte einen geradezu rauschhaften Anflug von Macht und Befreiung erlebt.

In diesem Moment kam ihr etwas in den Sinn, was Jake vorhin zu ihr gesagt hatte. *Vielleicht glaube ich, dich befreien zu können – wenn ich mich schon nicht selbst befreien kann. Vielleicht glaube ich, dass mir das gelingt, wenn du dich mir einfach nur hingibst.* Mmmh. Er hatte ihr mit den Handschellen gerade gezeigt, dass Hingabe einen manchmal auch stärken konnte. Und auch wenn er selbst sich gewissen Dingen nicht hingeben konnte, so wusste er ja vielleicht, wovon er redete.

Und doch wurden ihre Wangen immer röter, und sie biss sich mal wieder auf die Unterlippe. Die Nummer in Traverse City war schon hinter der Maske von Desiree verwegen genug gewesen. Und da hatte sie sich ja noch damit beruhigen können, dass ihre Tat keinerlei Konsequenzen nach sich ziehen würde, weil die beiden ja Fremde waren. Doch was Jake jetzt vorschlug, würde schon weitaus komplizierter sein.

»*Deinen* Schwanz liebe ich auf jeden Fall«, erklärte sie also ausweichend.

»Nette Vermeidungsstrategie«, antwortete Jake lachend. Er durchschaute sie eindeutig. »Aber wenn du mir noch ein bisschen weiter von meinem Schwanz vorschwärmst, dann will ich mal fünfe gerade sein lassen.«

Kapitel 15

»Wird aber auch Zeit, Lockhart«, rief ein muskulöser, dunkelhaariger Typ vom Oberdeck des glänzenden weißen Schiffes, als Jake Carly an der Hand über den Anleger des Jachthafens führte. Beide hatten kleine Reisetaschen bei sich, und Jake trug zusätzlich noch eine Strandtasche und eine kleine Einkaufstüte mit Carlys neuem Bikini bei sich – als er mitgekriegt hatte, dass ihr Badeanzug alt und abgetragen war, hatte er ihr kurzerhand etwas Neues gekauft.

»Tut mir leid, dass wir zu spät sind«, rief er, ohne näher auf die Gründe einzugehen. Das passte Carly gut in den Kram. Zwar hatte sie nichts dagegen, sich von ihrem Freund einen Bikini kaufen zu lassen, aber seine Freunde mussten ja nicht unbedingt wissen, dass sie zuvor noch nie einen getragen hatte –, was sie ihm kurz zuvor in der Boutique gestanden hatte, aus der das schicke Stück stammte.

Der Tag war hell und warm, das Schiff riesig und wunderschön. Carly gab sich alle Mühe, nicht zu überwältigt zu wirken, als sie vom Anleger auf das Unterdeck stieg, wo sie sofort von einer Gruppe attraktiver Männer umgeben war.

»Leute, das ist Carly Winters«, stellte Jake sie vor und ging dann seine Freunde durch. »Carly, das sind Shane Delacorte, Quinn Jamison und Cameron Lynch. Und der Meckerpeter da oben ist Rogan Wolfe.«

»Freut mich sehr«, sagte Shane, ein adretter, professionell wirkender Typ, der sehr selbstsicher und kokett wirkte, als er

Carlys Hand ergriff und sie tatsächlich zum Mund führte. Der kleine Kuss fuhr völlig unerwartet ihren Arm hoch und in ihre Brüste.

»Sie ist schon vergeben, Alter«, mischte sich der weniger adrette Quinn lachend ein. Beide Männer hatten kurzes Haar, das modern mit Gel gestylt war. Aber Quinns unrasierter Look und seine ganze Erscheinung ließen ihn und Shane sehr gegensätzlich erscheinen.

»Hallo«, begrüßte Cameron sie mit einem Nicken, das Carly sofort verriet, dass er ein bisschen reservierter war als die anderen.

Und dann kam auch Rogan aufs Unterdeck, um sie mit einem Winken willkommen zu heißen. »Freut mich sehr.« Er war etwas muskulöser als seine Freunde, hatte pechschwarzes Haar und wirkte ein bisschen wie der Bad Boy der Truppe.

»Äh, wo sind denn Ethan und Mira?«, fragte Jake. »Holen wir sie noch aus Charlevoix ab?« Jake hatte Carly bereits erzählt, dass das Paar in der Stadt am Seeufer ungefähr fünfzig Meilen von Traverse City entfernt lebte.

»Nee, die mussten absagen«, erklärte Shane. »Irgendein schwieriger Fall, an dem er gerade arbeitet. Sie konnten nicht weg. Mira war stinksauer.«

»Mist«, murmelte Jake. Und auch Carly war enttäuscht. Jake hatte ihr Ethan – der es vom Polizisten zum Anwalt gebracht hatte – als seinen engsten Freund aus der Gruppe beschrieben und auch gehofft, dass sie sich gut mit seiner Freundin Mira verstehen würde.

»Ja, ätzend«, stimmte Shane zu.

»Aber Rogan findet das nicht so schlimm. Hab ich recht?«, mischte Quinn sich ein.

Rogan verzog das Gesicht. »Ihr macht da ein viel zu großes Ding draus. Zwischen mir und Ethan ist alles cool. Verdammt, wir spielen schließlich den ganzen Sommer lang im selben Softball-Team.«

»Rogan hatte mal was mit Mira«, erklärte Jake, und Carly nickte.

»Vor tausend Jahren«, fügte Rogan hinzu. »Jetzt ist alles gut.«

»Und wo ist Tara?«, fragte Jake an Shane gerichtet. Carly wusste von Jake, dass auch Shane vorgehabt hatte, seine Freundin mitzubringen. Und genau wie Carly sollte auch Tara der Gruppe zum ersten Mal vorgestellt werden.

Aber Shane stöhnte nur unzufrieden auf. »Die ist in Arizona, verdammt!«

Als er nichts weiter sagte, wanderte Jakes Blick von Shane zu den anderen Männern. »Sie hat vor drei Tagen mit ihm Schluss gemacht und ist zurück zu ihrem alten Verlobten nach Phoenix«, informierte ihn Quinn.

»Mist«, murmelte Jake erneut und schaute dann zu Shane. »Tut mir leid, Alter.«

Der eben noch ach so selbstsichere Mann zuckte nur mit den Schultern, murmelte irgendwas darüber, dass sie sowieso ein Miststück sei und schaltete dann wieder auf ganz souverän um. »Was soll's? Wir haben Bier, wir haben ein Schiff, wir haben wunderbares Wetter – lasst uns Party machen.«

Carly war sich schon ein wenig merkwürdig vorgekommen, als sich herausstellte, dass sie auf dieser zweitägigen Fahrt die einzige Frau sein würde. Nicht nur, dass diese Ansammlung von Testosteron sie durchaus einschüchterte, sie sah sich auch nicht gerade als Meisterin des Small Talks. Mit den Menschen in Turnbridge zu plaudern, die sie schon ihr ganzes Leben lang kannte oder in ihrem Laden mit Fremden über Möbel zu sprechen, war eine Sache. Aber mit einem Haufen von sexy Polizisten, die sich untereinander schon zehn Jahre lang kannten, auf einem Schiff zu sein, war eine völlig andere Geschichte.

Sie durchquerten gerade einen der Gänge des Kabinenkreuzers – Carly hätte ihn eher als kleine Jacht eingestuft –, als sie Jake davon erzählte, was ihr im Kopf herumging. Aber der meinte nur, sie solle sich keine Sorgen machen. »Was spielt das schon für eine Rolle, dass du die einzige Frau bist?«, war seine Entgegnung.

Vielleicht hatte er wirklich recht. Aber sie hatte sich durchaus schon darauf gefreut, Mira kennenzulernen.

»Wir sind nur hier, um uns ein bisschen in der Sonne zu entspannen«, fügte er später hinzu, als sie in einer der kleinen Kabinen unter Deck ihre Sachen auspackten. »Und du solltest versuchen, genau das zu tun – dich zu entspannen.« Sein liebevolles Lächeln erinnerte sie daran, dass sie wirklich nicht gerade die entspannteste Person auf Erden war. Insofern waren seine Worte vielleicht tatsächlich ein guter Ratschlag.

Doch nachdem er die Kabine in seiner Badehose verlassen hatte und sie in ihren mit Zebramuster gestreiften Bikini geschlüpft war, verflüchtigte sich das neue Gefühl von Entspannung auch schon wieder. Und auch als sie den kurzen roten Sarong – ein weiteres Geschenk von Jake – um ihre Hüften geschlungen hatte, fühlte sie sich nicht weniger zur Schau gestellt. Auch wenn sie völlig einverstanden damit gewesen war, ihren alten Einteiler gegen einen Bikini einzutauschen, hätte sie dieses spezielle Stück niemals selbst gewählt. Aber Jake hatte förmlich darauf bestanden –, besonders nachdem er sie darin gesehen hatte.

Dabei verriet ihr ein Blick in den Spiegel, dass sie wirklich gut darin aussah – und das hatte sie auch schon in der Boutique so empfunden. Die zwei dreieckigen Stoffteile sorgten dafür, dass ihre Brüste aufreizend nach oben gepresst wurden, und sie fühlte sich sehr sexy darin. Carly war sicher, Dana und Beth Anne würden glatt in Ohnmacht fallen, wenn sie sie jetzt sehen könnten. Aber andererseits wären sie wahrscheinlich mehr als nur in Ohnmacht gefallen, wenn sie Carly bei ihren Besuchen in Traverse City gesehen hätten. Vielleicht war das Ganze also gar kein so großes Ding, sondern einfach eine weitere Veränderung, an die sie sich erst ein wenig gewöhnen musste.

Die Männer hatten sich mittlerweile auf dem großzügigen Unterdeck versammelt, auf dem diverse Outdoor-Sessel und ein großer Tisch standen. Zusätzlich gab es auf der gesamten vorderen Seite des Schiffes eine gepolsterte Bank. Als die junge Frau sich zu ihnen gesellte, freute sie sich dann doch über die bewundernden Blicke, die man ihr zuwarf. Carly fragte sich, ob man durch das Oberteil hindurch wohl ihre Nippel erkennen konnte –, denn allein schon die Blicke reichten aus, um ihre rosa Knospen steinhart werden zu lassen. Auf jeden Fall sorgten die Blicke der Männer dafür, dass sie sich ihres Körpers äußerst bewusst wurde. Und zwar auf eine gute Art und Weise.

Das Schiff schlängelte sich langsam durch die Hauptfahrrinne des Jachthafens. Plötzlich erklang ein langer, anzüglicher Pfiff von oben. Als Carly nach oben schaute, sah sie Shane am Ruder. Er warf ihr ein kokettes Grinsen zu. »Wie soll ich mich denn hier konzentrieren, wenn ich von einer derart hinreißenden Frau abgelenkt werde?«, rief er.

»Ignorier ihn einfach«, riet Quinn und ersparte ihr dadurch, sich eine Antwort einfallen lassen zu müssen.

»Was? Nur weil ich einer Frau mitteile, dass ich ihre Ausrüstung zu schätzen weiß, soll ich ignoriert werden?«, erwiderte Shane immer noch voller Selbstbewusstsein, ja fast Arroganz.

»Nein«, antwortete Rogan und holte ein paar Flaschen Bier aus einer Kühltasche nur ein paar Meter von Carly entfernt.

»Man sollte dich ignorieren, weil du es immer darauf absiehst, mit den Frauen anderer Männer zu flirten.« Es schien halb im Scherz, halb ernsthaft gemeint zu sein.

Schließlich schaltete Jake sich ein. Er saß auf der gepolsterten Bank und sprach zu leise, als dass Shane ihn hätte hören können. »Ach, jetzt lasst ihn doch. Seine Freundin hat gerade mit ihm Schluss gemacht. Und ich mache mir nun wirklich keine Sorgen, dass er sie mir ausspannt,« erklärte er und zwinkerte Carly aufreizend zu.

Als sie noch einmal zu Shane hochschaute, schien der völlig unbeeindruckt von den Kommentaren seiner Freunde zu sein. »Hör nicht auf die. So schlimm bin ich gar nicht. Ich finde eben nur, dass Jake ein echter Glückspilz ist.«

»Mann!«, schaltete Rogan sich ein. »Das sieht ja wohl nun jeder. Er ist der Einzige von uns, der eine Frau dabeihat. Und dazu auch noch eine, die echt heiß ist.«

»Wer flirtet hier jetzt?«, fragte Quinn und senkte verächtlich den Kopf.

Doch Rogan sah nicht mal von der Kühltasche auf, sondern zuckte nur mit den Schultern. »Ich flirte nicht. Ich sage nur, wie es ist.« Und dann zu Carly gewandt: »Bier, Süße? O, ich glaube, Shane hat auch ein bisschen Wein mitgebracht.«

»Erst mal nicht. Ist noch zu früh am Tage für mich. Aber ich nehme eine Limo oder ein Wasser.«

»Kommt sofort«, sagte Rogan, schloss den Deckel der Kühltasche und öffnete eine zweite direkt dahinter.

Jake teilte Carly mit, dass man den besten Sessel für sie reserviert hätte. »Ach, was seid Ihr doch für Gentlemen«, bedankte sie sich. Und von da an nahm der Nachmittag seinen Lauf. Man aß, sonnte sich und hörte Musik aus einem Gettoblaster.

Da sie an einem Feiertagswochenende unterwegs waren,

wimmelte es in der Bucht nur so von Schiffen in allen Größen. Doch als sie nach ein paar Stunden endlich das offene Wasser erreicht hatten, lichtete sich der Schiffsverkehr, und Carly fiel das erste Mal auf, wie riesig der See wirklich war.

Sie mochte es, den Plaudereien von Jake und seinen Freunden zu lauschen. Die Männer fühlten sich offensichtlich sehr wohl miteinander. Das Ganze erinnerte sie an das schallende Gelächter, das sie an jenem ersten Abend von der Gruppe Polizisten in der Bar in Traverse City gehört hatte.

Zunächst trug Carly nicht allzu viel zu dem Gespräch bei, aber mit der Zeit wurde sie immer lockerer und stellte die eine oder andere Frage. Die Männer schienen sie jedenfalls sehr gern in ihre Runde mit einzubeziehen. Und so erfuhr sie, dass Shane – ebenso wie der abwesende Ethan – gar nicht mehr Polizist war, sondern eine Laufbahn als Privatdetektiv eingeschlagen hatte. »Aber nicht die Sorte, die man im Fernsehen oder alten Filmen sieht, mit schäbigen, kleinen Büros und schlecht sitzenden Anzügen. Ich sitze in einer Wolkenkratzersuite mit Blick auf den Chicago River – und ich trage ausschließlich Armani«, erzählte er und zwinkerte Carly zu.

»Für Shanes Geschmack muss man sich als Polizist an zu viel Regeln halten«, schaltete Cameron sich ein.

»Mann«, kam es von Jake. »Das ging Rogan doch auch so. Aber er hat eben Wege gefunden, wie man diese Regeln auch ein bisschen umgehen kann.«

Alle lachten, auch Rogan. »Hört zu, die Sache liegt jetzt hinter mir. So gut wie.« Carly hatte offensichtlich richtiggelegen, als sie Rogan als den Bad Boy der Gruppe eingestuft hatte. Er hatte etwas an sich, was sie durchaus ein wenig einschüchterte, gleichzeitig aber auch irgendwie heißmachte.

Sie erfuhr auch, dass Quinn sofort nach dem Abschluss an der Polizeiakademie die Ausbildung zum FBI-Agenten drangehängt hatte und nach einem Auswahlverfahren auch angenommen worden war. Als Rogan das allerdings erwähnte, blaffte Quinn ihn sofort an. »Mann, das darfst du doch nicht einfach so rausplappern, Alter!«

»Keine Sorge«, versicherte Carly ihm sofort. »Ich werde dich schon nicht verpfeifen.« Alle Männer lachten, und Carly wurde nach und nach immer selbstbewusster und fühlte sich in Gegenwart von Jakes Freunden immer wohler.

Irgendwann steuerte Shane das Schiff wieder dichter an das Ufer, warf den Anker aus und verkündete, dass er jetzt Lust auf eine Runde Schwimmen hätte. Es war Mittag, die Hitze brannte auf sie nieder, und alle stimmten ihm zu, dass das eine gute Idee sei. Und als die Männer völlig sorglos ins Wasser hechteten, konnte man sehen, dass sie alle gute Schwimmer waren.

Sie selbst war in den letzten Jahren nicht oft geschwommen und schnappte sich einen altmodischen Schwimmring, bevor sie sich zu der Gruppe im Wasser gesellte.

Nach der Erfrischung streckte Carly sich auf ihrem Sessel aus und ließ sich von den warmen Sonnenstrahlen trocknen. »Mmmh, himmlisch«, murmelte sie mit geschlossenen Augen.

»Aber pass auf, dass du dir keinen Sonnenbrand holst, Schnuckiputz«, warnte Jake.

»Schnuckiputz?«, erkundigte sich Quinn etwas spöttisch.

»Was soll ich sagen? Was Kosenamen angeht, bin ich eben sehr erfinderisch«, scherzte Jake.

»Ein Mann kann sich also eine scharfe Mieze wie dich mit ›Schnuckiputz‹ angeln?«, fragte Rogan an Carly gerichtet.

Sie war mittlerweile so entspannt, dass sie das Gespräch nur noch wie durch einen Nebel hindurch wahrnahm und nur mit einem leichten Kichern reagierte. »Das mit dem ›Schnuckiputz‹ ist albern«, erklärte sie schließlich. »Aber das macht er durch eine Menge anderer Annehmlichkeiten wett.«

Ihr wurde erst klar, dass sie etwas Zweideutiges von sich gegeben hatte, als sie das amüsierte Kichern der Männer hörte. Aber da die ganze Situation sie schon längst nicht mehr so ängstigte wie zu Beginn der Fahrt, grinste sie einfach nur träge. Plötzlich fiel ihr vage ein, dass Jake ihr geraten hatte, einen Sonnenschutz aufzutragen. Aber sie war mittlerweile so tiefenentspannt, dass sie einfach nicht die Energie dazu aufbringen konnte. Vor ein paar Stunden hätte Carly noch nicht im Traum daran gedacht, dass es ihr gelingen würde, sich hier so schnell so wohlzufühlen.

Nach ein paar Minuten, in denen sie beinahe weggetreten war, spürte sie plötzlich, wie ihre Schultern … mmmh, mit zartem, feuchtem Griff massiert wurden.

Da ihr sofort klar war, dass Jake sie mit Sonnenmilch einrieb, öffnete sie nicht mal die Augen. »Das ist schön«, hörte sie sich selbst sagen.

»Ich will ja nicht, dass du verbrennst«, flüsterte er ihr ins Ohr. »Außerdem siehst du einfach zu gut aus, um dich nicht anfassen zu wollen.«

Sie seufzte nur tief auf und genoss dann einfach das herrliche Gefühl, wie Jake die nach Kokosnuss duftende Lotion sanft auf ihren Armen verteilte. Seine massierenden Berührungen fuhren ihr durch den ganzen Körper. Als Nächstes kümmerte er sich um ihre Beine. Er fing bei den Knöcheln an und arbeitete sich Stück für Stück nach oben vor. Als seine Finger zwischen ihren Schenkeln verschwanden, um die Milch auch an ihren Innenseiten zu verteilen, musste sie kurz aufstöhnen, weil sie die Berührung in ihrer Pussy spürte – und auch, weil sie sich fragte, ob die anderen Männer wohl zuschauten.

Der Gedanke ließ sie ein wenig wacher werden, und sie hätte am liebsten die Augen geöffnet, um ihre Vermutung zu überprüfen. Aber das hätte … den Zauber zerstört. Vielleicht war es besser, dass sie es nicht so genau wusste. Und doch meinte sie, ihre Blicke zu spüren. Zu spüren, dass die Männer sie scharf fanden und auch ein bisschen neidisch auf Jake waren – oder vielleicht sogar sehr neidisch. Und die Tatsache, dass sie seine Liebkosungen geschehen ließ, obwohl sie fast eingeschlafen war, sorgte dafür, dass sie sich sehr verwegen und durch und durch sinnlich fühlte. Carly Winters würde so etwas niemals tun. Moment mal, aber … sie tat es. Vielleicht hatte Jake ja doch recht. Vielleicht war Desiree doch ein größerer Teil von ihr, als sie es sich selbst eingestehen wollte.

Doch als die warmen Hände von Jake schließlich vom Hals zu ihren Brüsten wanderten, konnte sie schon nicht mehr klar denken. Sie atmete tief ein und meinte erneut zu spüren, wie all die männlichen Augenpaare sich an dem Anblick weideten, wie Jake sie langsam und gründlich einölte und seine Fingerspitzen dabei sogar unter den Rand ihres Bikinioberteils schob, als wollte er jeden Zentimeter ihrer Haut damit verwöhnen. Carly wusste, dass ihre Nippel sich längst voller Härte gegen das Oberteil pressten – ihre Pussy vibrierte einfach zu sehr, als dass ihre Brüste außen vor bleiben konnten und Jake und seinen Freunden zeigen würden, wie erregt sie war. Sie hörte sogar einen unwillkürlichen Lustseufzer aus ihrer Kehle dringen.

Als Jakes Hände an ihrem Bauch angelangt waren, hauchte er einen zarten Kuss auf ihren Hals. Und als er auch diesen Teil ihres Körpers versorgt hatte und sich wieder aufrichtete, überflogen seine Fingerspitzen erneut ihre Brüste. Sie spürte es *überall.*

Carly wusste in diesem Moment kaum, wer sie war. Sie fühlte sich wie jemand, den sie nicht kannte, wollte aber gar nichts daran ändern. Sie war eine heiße, lebendige, mutige und sinnliche Frau. Und doch blieb sie in ihrem Kopf ganz sie selbst.

Sie dankte ihrem Liebhaber murmelnd, behielt die Augen

aber weiterhin geschlossen. Desiree hätte sie geöffnet, hätte die stechenden Blicke der Männer erwidert und irgendetwas Schmutziges, Einladendes oder Obszönes gesagt. *Carly* aber war noch nicht so weit – und sie war sich auch gar nicht sicher, ob sie es jemals sein würde oder sein wollte. Denn eigentlich mochte sie die Person, die sie in diesem Moment war. Sie war sexy und mutig – und sie war sie selbst.

Irgendwann hörte sie Cameron schließlich ein bisschen verlegen und mit tiefer, etwas atemloser Stimme sagen: »Ähm, hat vielleicht jemand Hunger? Vielleicht sollte ich langsam mal anfangen, äh, den Grill anzuwerfen.«

»Äh, ja, gute Idee«, erwiderte Quinn, ebenfalls mit leicht unbehaglicher Stimme.

Und dann änderte sich die Stimmung. Die peinliche Berührtheit war verschwunden, und die Männer machten sich daran, den Grill vorzubereiten. »Ich hole mal die Burger und Hot Dogs aus dem Kühlschrank«, teilte einer von ihnen mit.

Doch all das bestätigte nur Carlys Vermutung, dass Jakes Kumpel tatsächlich wie gebannt seine Massage verfolgt hatten. Sie hatte die Männer ganz offiziell angeturnt.

Als die Dunkelheit über den Lake Michigan hereinbrach, war das Abendessen beendet, und die Gruppe stand trinkend und lachend auf dem Deck. Da es keinen rechten Grund gegeben hatte, sich umzuziehen, trugen alle noch ihre Schwimmsachen von vorhin. Und während die Männer alle Bier tranken, genoss Carly eine Erdbeerweinschorle.

Im Hintergrund erklang immer noch Musik. Sie erkannte das Lied sofort, das gerade lief. Ein sehr aufreizender, schon etwas älterer Song, bei dem sie und Dana als Kinder immer hatten kichern müssen. Er hieß »Naughty Naughty«. Der Beat war kräftig und hatte etwas sehr Sinnliches an sich. Und als sie plötzlich von einer warmen Hand gepackt und herumgedreht wurde, rechnete sie überhaupt nicht damit, dass Shane es war, der nach ihr griff. »Tanz mit mir«, sagte er mit selbstbewusstem Lächeln und verführerischem Blick.

Es überrumpelte sie ein wenig, als er sie bereits tanzend in eine ziemlich enge Umarmung zog. Aber sie lachte nur und sah keinerlei Grund, warum sie sich ihm entziehen sollte und machte einfach mit. Die anderen Männer standen auf dem Deck verteilt herum und unterhielten sich. Jake war vor einer Minute gerade verschwunden.

Es war seltsam, die Umarmung eines anderen Mannes zu spüren. Shane war schlank, aber sehr männlich. Seine Arme und Schultern waren nicht übertrieben muskulös, sondern gerade richtig, und die Brust war von einem hellbraunen Flaum überzogen. Seine Tanzbewegungen waren eher neckisch. Carly legte die Handflächen auf seine Brust, als seine Hände ihre Hüften umfassten – eine Berührung, die dafür sorgte, dass ihre Möse sich leicht zusammenzog.

»Erzähl doch mal ein bisschen von deiner Ex«, forderte sie ihren Tanzpartner auf. »Tara, meine ich.«

Sein leichtes Grinsen wirkte fast wie ein Tadel dafür, dass sie das Thema ansprach, mischte sich aber auch mit einer gewissen Traurigkeit in seinen Augen, die er kaum verbergen konnte. »Wie Rogan schon sagte, sie war wahrscheinlich nicht so wirklich die Liebe meines Lebens, aber sie hat mir schon etwas bedeutet. Viel sogar. Und ich dachte auch, dass wir auf dem richtigen Weg wären. Ich meine, sie hat praktisch schon bei mir gewohnt.«

Es gefiel Carly, dass er ihr eine echte Antwort gab und das Ganze nicht einfach nur scherzhaft herunterspielte.

»Was ist passiert?«

Er schüttelte den hübschen Kopf. »Ich kam neulich nach

Hause, und da waren ihre Sachen weg. Sie hatte mir einen Zettel hingelegt. Stell dir das vor, einen Zettel! Da stand, sie würde zu ihrem alten Verlobten nach Phoenix zurückkehren. Das war echt wie ein Schlag in die Magengrube.«

Sie nickte. Shane tat ihr aufrichtig leid. »Das ist wirklich traurig. Tut mir sehr leid.« Sie ließ ihre Hände ein wenig nach oben zu seinen Schultern wandern. »Klingt nicht so, als wäre sie ein netter Mensch gewesen, wenn sie dich einfach so ohne ein Wort verlässt.«

Er zuckte mit den Schultern. »Ja, das habe ich auch gedacht. Aber es ist schon ätzend zu merken, dass sie nicht diejenige war, für die ich sie hielt. Ich meine, ich verstehe einfach nicht …«

»Was?«

Seine Augen verengten sich ein wenig. »Normalerweise wird es zwischen mir und den Frauen nicht ernst. Meistens jedenfalls nicht. Ich schätze also, ich bin einfach nur sauer auf mich selbst, dass ich wirklich Gefühle für sie entwickelt hatte.« Sein Blick verriet Carly, dass er sich ihr gerade offenbart hatte – und das berührte sie sehr. »Aber genug davon«, fuhr er fort und brach das Thema ab. »Wie hat Jake es nur angestellt, sich so eine tolle, aufregende Frau wie dich zu angeln?«

Wie aufs Stichwort tauchte Jake genau in diesem Moment hinter ihr auf, packte sie bei ihren sich wiegenden Hüften und tanzte einen Moment lang spielerisch mit den beiden mit. »Versuchst du immer noch, mir meine Süße abspenstig zu machen, Delacorte?«, fragte er über ihre Schulter hinweg.

Doch Shane machte keinerlei Anstalten, sie loszulassen. »Wie soll ich da widerstehen? Hübsche Frau. Scharfer Bikini. Mondbeschienener Abend.«

»Und sie ist nett und gutmütig genug, mit meinem betrunkenen, einsamen Freund zu tanzen«, neckte Jake seinen Kumpel.

Doch Shane gab nur ein gutmütiges Lachen von sich. »Ich bin auch nicht betrunkener als du.«

»Aber ich bin netter. Und ich gebe ihr, was sie braucht«, erklärte Jake, rieb sich an ihrem Rücken und presste seinen halbsteifen Schwanz gegen ihren Po. Carly konnte nicht umhin, ein bisschen verlegen zu werden. Er war *eindeutig* betrunken, vielleicht waren sie das *alle*. Aber er fühlte sich so gut an, dass das kaum eine Rolle spielte. Um genau zu sein, fühlte sich *alles* gut an.

Jakes wachsende Erektion an ihrem Po sorgte dafür, dass ihre Hüften sich ein wenig heftiger hin- und herwiegten. Und das nicht bewusst, sondern ganz instinktiv. Carly ertappte sich dabei, die Sandwich-Position zwischen den zwei starken, aufregenden Männern zu genießen, und sie musste an den Abend mit Jake und Cole denken. Dies war erst das zweite Mal in ihrem Leben, dass sie Teil einer solchen Konstellation war. Aber wie immer seit sie mit Jake zusammen war, fühlte es sich diesmal anders an. Denn das hier war real und nicht eine Maskerade für eine Nacht. Nein, das war jetzt ihr wirkliches Leben.

Shane ignorierte Jake, nahm eine Hand von ihrer Taille und hob ihr Kinn an, damit sie ihm in die Augen sah. »Also, wenn du jemals etwas brauchen solltest, was der Kerl hier dir nicht geben kann, dann stehe ich gern zu Diensten«, erklärte er mit arrogantem Glitzern in den Augen. Dann zwinkerte er ihr noch einmal zu und ging.

Carly biss sich auf die Unterlippe, um den sinnlichen Kitzel loszuwerden, den seine Worte in ihr ausgelöst hatten. Dann drehte sie sich um, schlang die Arme um Jakes Hals und presste ihren Körper gegen den seinen – und wieder ohne sich ihres Handelns bewusst zu sein, es geschah ganz instinktiv und vielleicht auch ein bisschen durch den Alkohol beeinflusst.

»Küss mich, du sexy Tier«, sagte er mit ebenso ausgelassener und selbstsicherer Stimme wie sein Freund.

Ihre Augen weiteten sich. »Tier?«

Sein Blick wanderte hinab zu ihrem Bikini. »Zebra Girl«, nannte er sie.

Ja, und ob er betrunken war! Aber gleichzeitig auch teuflisch sexy. Und als sie ihre Lippen schließlich voller Leidenschaft auf die seinen presste, war es ihr völlig egal, ob jemand zuschaute oder nicht.

Nach einer weiteren Stunde forderte der über den Tag getrunkene Alkohol schließlich seinen Tribut. Shane hatte schlappgemacht und hatte sich mit letzter Kraft ins Bett geschleppt, und kurz darauf verabschiedete sich auch Cameron. Aber Quinn und Rogan entschlossen sich trotz ihres nicht minder angeschlagenen Zustands, den Whirlpool am Achterdeck des Schiffs auszuprobieren, und boten Jake und Carly an, sich zu ihnen zu gesellen.

Doch das Pärchen saß so angenehm zusammengekuschelt in einem der bequemen Sessel, dass Jake nur dankend ablehnte.

Als sie endlich allein waren, lehnte Carly sich zurück und schaute in den sternenübersäten Himmel. Wie üblich um diese Jahreszeit in Nordmichigan hatte sich die Temperatur auch an diesem Abend nicht sonderlich abgekühlt, und die Luft umarmte sie wie warmer Samt. »Ach, ist das schön«, sagte sie und lehnte sich gegen ihren Mann.

»Es gefällt dir also hier?«

Sie nickte und kuschelte sich mit dem Kopf gegen seine Schulter gelehnt in seinem Schoß zurecht. »Deine Freunde sind so nett. Echt albern von mir, dass ich vorher so nervös war.«

»Ach was«, wiegelte er ab. »Ist schon in Ordnung. Aber auch

wenn es echt gute Kerle sind, bin ich doch froh, dass wir den Sternenhimmel endlich allein genießen können.« Mit diesen Worten führte er seine Hand sanft zu ihrer Wange und küsste sie.

Jakes Küsse veränderten sich je nach seiner Stimmungslage. Dieser Kuss war sanft, aber doch eindringlich und sexy und fuhr durch ihren Körper wie ein wärmender Drink. »Mmmh … du hast vorhin ganz richtig gelegen«, erklärte sie. »Du gibst mir wirklich das, was ich brauche.«

Sein Grinsen hatte etwas Verführerisches und seine blauen Augen strahlten. »Als ich mich das vorhin sagen hörte, hatte ich schon Angst, du könntest mir eine Ohrfeige verpassen. Ich bin nur froh, dass ich dich damit nicht so zum Ausflippen gebracht habe, wie … na ja, wie es auch möglich gewesen wäre.«

»Du hattest Glück, dass ich ein bisschen betrunken war«, neckte sie ihn. »Und außerdem, wenn mich irgendwas zum Ausflippen hätte bringen können, dann eher die Sache mit dem Sonnenöl.«

Jake tat nicht mal so, als würde er nicht wissen, was sie damit meinte. »Ah. Ja. Das.« Er nickte mit halb frechem, halb schuldbewusstem Grinsen. »Ich schwöre dir, das Ganze war zunächst völlig harmlos gemeint. Aber dann … na ja, dann ist es wohl einfach mit mir durchgegangen.«

Carly schluckte. Die Erinnerung an vorhin erregte sie, berührte sie gleichzeitig aber auch peinlich. »Ich, äh, hatte das Gefühl, dass all deine Freunde uns zuschauten, konnte mich aber nicht dazu durchringen, die Augen zu öffnen, um es zu überprüfen.«

»Sie haben uns zugeschaut«, bestätigte er ihre Vermutung mit einem heißen Flüstern. »Und … das hat mich irgendwie echt scharfgemacht. Hat es dich auch angeturnt?«

Die Carly, die sie noch vor ein paar Monaten gewesen war,

wäre wahrscheinlich ohnehin niemals in solch eine Situation gekommen. Und wenn doch, hätte sie wahrscheinlich gelogen, weil ihr die Wahrheit viel zu peinlich gewesen wäre. Aber jetzt mit Jake kam ihr das nicht mal in den Sinn. Dazu war sie mittlerweile viel zu sehr daran gewöhnt, ehrlich zu ihm zu sein. »Ja.«

»Gut«, murmelte er und küsste sie erneut. Dann drehte er sie so herum, dass sie rittlings auf ihm saß. Seine Küsse wurden immer länger und tiefer, bis ihre Zungen sich gar nicht mehr voneinander trennen konnten. Carlys Körper kribbelte von derselben Leidenschaft, die sie bereits vorhin empfunden hatte. Dieses Gefühl schwelte jetzt schon so viele Stunden im Hintergrund, es war unvermeidlich, dass es sich endlich seinen Weg bahnte. Sie erwiderte seine Küsse mit derselben Hitze, und als seine Hände zu ihren Brüsten wanderten, drang ein kurzes Stöhnen aus ihrem Mund.

Als ihr einfiel, wo sie sich befanden, schnappte sie nach Luft. »Schon gut. Das können sie nicht hören«, beruhigte er sie flüsternd.

Und das stimmte wohl auch. Die Musik lief immer noch, und vom Achterdeck war das laute Geräusch des tosenden Whirlpools zu hören.

Als Jake bemerkte, dass seine Worte ihre Zweifel aus dem Weg geräumt hatten, fuhr er fort, ihre Brüste zu streicheln. »O Baby, deine Titten sind so scharf«, flüsterte er und schob die zwei gestreiften Dreiecke wie einen Vorhang beiseite.

Die Tatsache, dass ihre Brüste plötzlich nackt vor ihm standen, ließ eine erneute Hitzewelle durch ihren Körper rasen. Als sie im Mondlicht an sich herabschaute, sah sie, dass die Bräunungsstreifen des Tages sie zusätzlich hervorhoben. Ihre Haut war noch immer ganz glitschig vom Sonnenöl und ihre Nippel dunkel und steinhart. Der Anblick ließ Jake leise aufstöhnen.

Er umfasste ihre Brüste mit beiden Händen und beugte sich dann vor, um eine davon zu lecken.

Seine Zunge fuhr ein paarmal um den empfindlichen Nippel, und als er schließlich daran saugte, zuckte ihre Möse wie wild, und Carly atmete zischend ein.

Und dann tat Jake etwas, was er noch nie zuvor getan hatte. Er zog sich ein kleines Stückchen zurück – gerade genug, um ihre Nippel mit lüsternen Augen zu betrachten – und fing dann an, sie erneut zu berühren. Doch diesmal ging er so sanft, so leicht und so luftig vor wie nie zuvor.

Sie musste sich von Anfang an auf die Unterlippe beißen, um nicht laut aufzustöhnen. Mit unvorstellbarer Zartheit glitten seine Fingerspitzen über ihre weichen, runden Brüste, um dann wieder zärtlich über ihre steifen Nippel zu streichen. Wo die Berührungen seiner Hände ihre Brüste auch trafen, sie waren federleicht und in ihrer Köstlichkeit nicht zu übertreffen. »Das ist … schön«, gelang es Carly zwischen ihren erregten Atemzügen hervorzupressen. »So wunderschön.«

Er sagte nichts, sondern konzentrierte sich ganz darauf, ihre berauschende Ekstase noch weiter anzustacheln. Sie küssten sich ab und zu, beobachteten zeitweise aber auch nur das Werk seiner geschickten Finger. Und es dauerte nicht lange, bis Carly bemerkte, dass ihre Nippel nicht die einzig steifen Körperteile zwischen ihnen waren. Jakes Schwanz hatte sich in der Badehose längst aufgerichtet, und Carly umfasste seinen Riemen ohne nachzudenken.

Er stöhnte tief auf. »Gefällt dir mein harter Riemen, Baby?«

»O ja, und wie. Du weißt, wie sehr ich deinen Schwanz liebe.«

»Ja«, keuchte er. »Dann reib doch deine heiße Muschi ein bisschen daran.«

Ohne zu zögern rückte sie näher an ihn heran, bis ihr Schritt sich gegen seinen herrlich steifen Prügel pressen konnte. Beide stöhnten lüstern auf. Längst hatten Carlys Instinkte das Kommando übernommen. Ihr Becken rotierte und Jakes hauchzarte Berührungen wurden etwas fester.

In diesem Moment nahm sie aus den Augenwinkeln eine Bewegung wahr. Und als sie den Blick leicht nach rechts wandte, sah sie, dass Rogan im Dunkeln an der Seite des Schiffes stand und sie beobachtete. Großer Gott. Carly war sicher, dass er noch nicht lange dort stand und nicht die Absicht hatte, sie zu stören. Aber er machte auch keinerlei Anstalten zu gehen und verharrte einfach nur still an seinem Platz.

Ein Teil von ihr wollte sich an Jake festklammern, sich bedecken und verstecken. Aber ein anderer Teil verspürte den unwiderstehlichen Drang, sich weiterhin für Rogan zur Schau zu stellen. Es hatte bisher so wenige Männer gegeben, die sie wirklich aufregend fanden. Desiree schon. Aber Carly? Nein.

Sie schmiegte sich eng an Jakes Brust. »Rogan ist hier und beobachtet uns«, raunte sie ihm zu.

Als Jake nichts erwiderte, drehte sie sich schließlich um und sah ihrem Voyeur direkt in die Augen.

Die Gesichter des Paares waren nur einen Zentimeter voneinander entfernt und Carly konnte spüren, wie ihre Körper von der Hitze pulsierten, die sie gerade zu stillen versucht hatten. »Wir können auch aufhören, wenn du willst«, flüsterte Jake ihr schließlich zu, aber seine Stimme klang vor Erregung ganz rau und heiser.

»Ich … ich weiß nicht«, erwiderte sie. »Was willst *du* denn?«

»In erster Linie will ich dich glücklich und geil machen.«

»Das tust du doch immer. Deshalb … will ich in diesem Moment auch genau das, was *du* willst.«

Sein Atem wurde immer schwerer. »Dann … verdammt,

Süße, wenn ich es wirklich entscheiden soll, … dann hör bitte nicht auf. Bitte mach weiter.«

Seine Worte bewirkten, dass sie tief Luft holen musste. Sie sahen sich immer noch an.

»Ich will, dass er sieht, wie scharf du bist«, keuchte Jake. »Ich will, dass er sieht, wie gut du es mir besorgst.«

Kapitel 16

Jakes Küsse waren fest und gierig und erstickten sie fast. Zwischendurch saugte er immer wieder an ihren Nippeln und massierte ihren Po, während sie sich am Rand des Kontrollverlusts wieder und wieder an seiner Erektion rieb.

»Langsam, Baby«, murmelte er schließlich. »Nicht, dass es dir schon kommt. Du darfst erst kommen, wenn du mich richtig geritten hast.«

O ja, genau das wollte sie auch. Und zwar *sofort*. Von der Sekunde an, in der sie sich entschieden hatte, den großen, muskulösen Polizisten zuschauen zu lassen, hatte ihre Lust etwas geradezu Fieberhaftes bekommen.

Als sie sich etwas aufrichtete, begann Jake sofort an dem Stoff ihres Bikinihöschens zu zerren. »Das ziehen wir auch noch aus«, erklärte er und zog den Stofffetzen bis zu den Schenkeln runter. Aus seiner Kehle drang ein tiefes Stöhnen, das Carly nur noch mehr erregte. Ihre Fotze tropfte förmlich, weil sie wusste, dass Rogan ihr Geschlecht im Mondlicht sehen konnte – blass und glatt rasiert.

In dieser Position war es zwar schwierig, das Bikinihöschen ganz auszuziehen, aber Carly lehnte sich einfach weit zurück, ließ sich mit dem Po auf dem verlängerten Sitz zwischen Jakes Schenkeln nieder, hob die Beine und winkelte die Knie an. Er verschwendete keine Zeit, zog ihr das Höschen ganz aus und warf es einfach auf den Boden. Und dann folgte Carly ohne zu zögern ihrem schmutzigsten Instinkt. Immer noch zurückgelehnt und auf die Ellenbogen gestützt, spreizte sie die Beine so weit, wie sie körperlich in der Lage war. Und zwar nicht nur, um Jake einen Blick auf ihre Möse zu gewähren, sondern auch für Rogan.

»O Mann«, murmelte Jake. Seine Augen waren wie gebannt auf ihre Pussy gerichtet. Carly wusste auch ohne hinzusehen, dass ihr Geschlecht offen, rosig und klitschnass war. Ihr ganzer Körper vibrierte vor Verlangen. Das willige Objekt *seiner* Lust zu sein, brachte sie vor Geilheit fast um den Verstand. Und sie schickte ein stummes Dankeschön für die klare Nacht und den großen, hellen Mond in den Himmel.

»Du bist so verdammt scharf, Baby«, hauchte Jake. »Komm her zu mir. Stülp deine heiße Pussy über meinen Schwanz, bevor ich noch den Verstand verliere.«

Carly sprang förmlich hoch, um erneut rittlings auf ihm Platz zu nehmen. Sie war jetzt genauso gierig wie er, und die beiden machten sich hektisch daran, seinen harten Schwanz aus der Badehose zu befreien. Als sie seinen Prachthammer erst mal vor Augen hatte, konnte sie es gar nicht erwarten, ihn in sich zu spüren. Sie fühlte sich leer ohne ihn. Und so ließ sie sich mit Jakes stützender Hilfe auf ihm nieder und nahm seinen Riemen bis zum Anschlag in ihrer Muschi auf.

Das tiefe Eindringen ließ beide aufstöhnen, und auf Carlys Wangen breitete sich eine rasende Hitze aus.

»Du bist so schön eng«, keuchte Jake.

»Und dein Schwanz ist so schön groß und dick«, erwiderte sie mittlerweile völlig hemmungslos.

»Reite auf mir«, forderte er sie mit einer Stimme auf, die so tief und lustheiser war, dass es ihr durch Mark und Bein ging. Der Blick aus Jakes – und auch aus Rogans – Augen heizte Carly so an, dass sie wie ohnmächtig auf dem Schwanz ihres

Liebhabers ritt. Sie konnte nur noch fühlen, reagieren und dem Verlangen ihres Körpers nachgeben.

Der Orgasmus würde nicht mehr lange auf sich warten lassen. Noch nie war sie so feucht und Jakes Schwanz so groß und hart gewesen – so fühlte es sich zumindest an.

»Ich komme, ich komme!«, wimmerte sie, setzte ihren Ritt aber unbeirrt fort. Und als die allumfassende Lust schließlich tatsächlich in wilden, zuckenden Wellen durch ihren Körper jagte, drangen leise Schluchzer aus ihrer Kehle, und sie fühlte sich einfach nur noch wunderbar.

Als der Höhepunkt vorüber war, ließ sie sich erschöpft nach vorn fallen. Nach dem, was sie da gerade unter den Augen eines Dritten getan hatte, musste sie einfach Jakes Arme um sich spüren. Seine Umarmung versicherte ihr, dass alles okay war – selbst der ernüchternde, postorgastische Moment, in dem es leicht passieren konnte, dass das köstliche Gefühl der Befriedigung von so etwas wie Reue zerstört wurde.

»Alles klar?«, fragte Jake flüsternd.

Die Frage bezog sich auf Rogan. Carlys Liebhaber konnte immer noch nicht recht glauben, dass seine Freundin sich auf einen Zuschauer eingelassen hatte. Und wenn es einen Moment gab, an dem sie deshalb ausrasten könnte, dann jetzt.

Als sie gegen seine Schulter gelehnt ein leises »Ja. O ja« hauchte, war er also sehr erleichtert. Erleichtert und immer noch scharf.

»Ich will dich jetzt richtig hart durchficken«, erklärte er. »Ich will dich ficken, bis sich dir dein hübscher Kopf dreht.«

Carly setzte sich langsam auf und sah ihm direkt in die Augen. Die rohe Geilheit in ihrem Blick machte Jake nur noch heißer. »Dann tu es«, sagte sie schlicht.

Die Tatsache, dass er immer noch in ihrer Spalte steckte,

hätte für eine sofortige Explosion sorgen können, aber Jake riss sich zusammen. »Steh auf«, forderte er sie auf.

Carly schaute ihn ein wenig überrascht an, erhob sich dann aber. Verdammt, sie sah so scharf aus, wie sie da in nichts außer ihrem beiseitegeschobenen Bikinioberteil dastand. Es mochte zwar sein, dass ihn das zu einem fiesen Mistkerl machte, aber Jake hoffte inständig, dass Rogan den Anblick ebenfalls genoss.

»Stell dich an die Reling«, wies er sie an und streifte im Aufstehen seine Badehose über die Füße. »Und knie dich mit dem Gesicht zum Wasser auf die Bank.«

Jake rechnete damit, dass sie sich in diesem Moment sträuben würde. Vielleicht war es ja schon genug für sie gewesen, es vor Rogan im Sessel zu treiben. Aber nein, sie widersprach nicht, sondern tat wie ihr geheißen und streckte ihm ihren süßen, runden Po entgegen. Als Jake auf sie zuging, versuchte er, in den Augenwinkeln zu erkennen, ob Rogan immer noch da war. Ja, er wollte sie durchaus teilen, hatte aber Angst, dass Carly es mit der Angst zu tun bekäme, wenn er seinen Freund wissen ließ, dass sie seine Anwesenheit beide bemerkt und auch gebilligt hatten.

»Bitte«, flehte sie voller Ungeduld. »Bitte, fick mich!«

Carly schien seinen harten Schwanz in dieser Stellung noch intensiver zu spüren als sonst. Daher überraschte es ihn nicht, als sie den Kopf zurücklegte und einen langen Seufzer purer, unverstellter Wollust von sich gab. Mann, sie war so verdammt feucht und so wunderbar eng. »Ja!«, keuchte sie. »Dein Schwanz ist so herrlich groß!«

»Halt dich gut an der Reling fest, denn ich ficke dich jetzt wie ein D-Zug«, versprach er ihr durch zusammengebissene Zähne und fing an, sie so hart durchzuknallen, wie er nur konnte. Zuerst schrie sie noch bei jedem seiner Stöße laut auf, biss sich dann aber schnell auf die Lippe, um nicht das ganze Schiff aufzuwecken. Jake machte keinerlei Anstalten, sein Tempo zu verringern, sondern schlug ihr stattdessen ein paarmal auf den Po. Er wusste genau, wie gern sie das hatte. Seine Stöße waren jetzt so kraftvoll, dass ihr süßer Hintern bei jedem dominanten Eintauchen in ihren engen, feuchten Tunnel bebte.

Irgendwann legte er einen stützenden Arm um ihre Taille und griff mit der anderen Hand in ihr langes, offenes Haar. Er zog ein wenig daran, aber nur so stark, dass es nicht wehtat, gerade genug, um ihre Kopfhaut zum Kribbeln zu bringen. Carlys Lustlaute gingen sofort eine Oktave nach unten. Ihr tiefes Stöhnen verriet Jake, dass die Behandlung ihr gefiel und sie in diesem Moment noch unterwürfiger machte. Das mit den Haaren hatte er zuvor noch nie bei ihr getan – er hatte einfach Angst, dass er dadurch zu dominant wirken könnte. Doch heute Abend gab er seinem Bedürfnis, sie so ranzunehmen, ohne jede Reue nach.

Die Stellung machte sich zwar schon mit leichtem Schmerz in seinen Lenden bemerkbar, doch sein Schwanz und seine Eier, die mit jedem Stoß gegen ihre Schamlippen stießen, fühlten sich einfach zu gut an, um jetzt aufzuhören. »O Baby, Baby«, keuchte er. »Ich komme! Ich komme in deiner Pussy!«

»Ja, spritz es rein«, schluchzte sie voller Geilheit. »Spritz es tief rein. Tief in meine Möse!«

Jake setzte seine Stöße fort – rein, raus, rein, raus. Die Lust und das Verlangen nach ihr und ihrem ganzen Wesen hatten ihn längst überwältigt. Er liebte ihre versaute Willigkeit und fand es unendlich scharf, dass Rogan ihnen die ganze Zeit zusah. Und dann endlich – o ja! – explodierte er nach den letzten harten Stößen tief in ihrer Mitte. Jake schloss die Augen und bewegte sich so lange weiter in ihrer Möse, bis auch der letzte Tropfen aus ihm gewichen war.

»Du lieber Himmel«, murmelte er völlig erschöpft. Dann legte er von hinten die Arme um sie und ließ sich nach vorn fallen. »Du bist einfach unglaublich«, murmelte er und presste seinen schweißglänzenden Oberkörper gegen ihren feuchten Rücken.

Als Jake sich schließlich aus ihr zurückgezogen hatte, schnappte er sich eine Serviette von dem einzigen Tisch an Deck und half ihr, sich zu säubern. Nachdem Carly sich zu ihm gedreht hatte, standen sie einfach nur einen Moment in loser Umarmung da und schauten sich in die Augen. Ihre Blicke teilten das Erlebte miteinander: die Unterwerfung, Rogans Anwesenheit, Jakes Hand in ihrem Haar, die warme Nacht und die Sterne über ihnen.

»Ich liebe dich«, flüsterte er – und es war ihm ganz egal, wenn Rogan auch das mitbekam.

»Ich liebe dich auch«, erwiderte sie. Ihre Worte waren wie Musik in seinen Ohren.

Der nächste Tag war genauso entspannt wie der vorherige. Nach dem Frühstück auf dem sonnigen Deck mit Muffins und Früchten lichtete Shane den Anker, um von der Küste wieder auf das offene Wasser des Lake Michigan hinauszufahren. Auch wenn ab und zu andere Schiffe zu sehen waren, hatte man doch das Gefühl von großer Abgeschiedenheit, und das stille Gewässer schien sich bis in die Unendlichkeit zu erstrecken. Das Ganze rief Carly in Erinnerung, wie groß die Welt doch war und dass sie bisher noch nie das Meer gesehen hatte. Zusätzlich zu den vielen Veränderungen, die sie in ihrem Leben vorgenommen hatte, sollte sie reisen. Ans Meer. In die Berge. In die Wüste. Und noch viel weiter.

Der große Kabinenkreuzer glitt langsam über den riesigen See. Die meisten der Männer schienen einen ziemlichen Kater zu haben – Quinn und Rogan waren auf dem hinteren Deck beim Angeln. Aber der sonnige, helle Tag wirkte auf alle äußerst belebend, denn schon bald gab es allgemeines Gelächter, und die Männer erzählten Geschichten aus ihrer Zeit auf der Polizeiakademie.

Es war schon nach Mittag – die Männer hatten sich bereits wieder dem Alkohol zugewandt –, als ein Schnellboot neben ihnen auftauchte. Quinn und Cameron standen an der Reling und unterhielten sich mit den beiden Frauen, die darin saßen. Bei näherem Hinschauen konnte Carly erkennen, dass es sich um eine Blondine und eine Brünette handelte. Sie waren beide sehr hübsch und trugen noch knappere Bikinis als sie. Und bevor sie es richtig begriff, kletterten Quinn und Cameron über die Außenleiter auf das Schnellboot. »Wartet nicht auf uns«, rief Quinn und zwinkerte Shane vieldeutig zu.

»Ist das jetzt wirklich euer Ernst, Alter?«, fragte Shane mit hochgezogenen Augenbrauen.

Inzwischen hatte der Kabinenkreuzer wieder eine viertel Meile von der Küste entfernt geankert, und Quinn zeigte auf einen kleinen Strand. »Die beiden zelten dort. Wenn wir heute nicht mehr wiederkommen, sehen wir uns morgen früh.«

Nachdem das Schnellboot sich mit dem Vierergespann in Bewegung gesetzt hatte, sahen Shane und Rogan sich eindeutig neidisch auf das Glück ihrer beiden Freunde an. »Mist«, murmelte Shane.

»Timing ist alles«, kommentierte Rogan kopfschüttelnd.

»Wie wär's mit einer kleinen Umarmung für einen einsamen Schiffskapitän, Carly?«, fragte Shane, als die junge Frau an den beiden vorbeiging. Dabei zwinkerte er keck – fast so, als steckten sie unter einer Decke, um Jake eifersüchtig zu machen.

Carly ging natürlich auf die Neckerei ein. »Ihr armen Babies«, neckte sie Shane und Rogan voller Sarkasmus. »Ich bin sicher, ihr zwei habt es so richtig schwer, Frauen aufzureißen.«

»Na ja, in der Mitte des Lake Michigan ist das schon eine ziemliche Herausforderung«, erklärte Shane.

»Für Quinn und Camreon anscheinend nicht«, konterte sie.

»Touché«, erwiderte Rogan und gab dabei tatsächlich mal ein seltenes Lächeln von sich.

Als der Tag in den Abend überging, wurde die Stimmung auf dem Schiff ruhiger. Die Männer plauderten und tranken, aber es machte sich durchaus bemerkbar, dass zwei von ihnen von Bord gegangen waren. Das Thema ihrer Gespräche wurde intimer, denn Rogan und Jake sprachen darüber, wie es für sie gewesen war, eine Großstadteinheit der Polizei zu verlassen und sich in eine Kleinstadt versetzen zu lassen. Wie sich herausstellte, hatte Rogan vor seinem Umzug nach Charlevoix in Grand Rapids gearbeitet.

Als schließlich die Dämmerung über dem See hereinbrach, kamen die vier verbliebenen Passagiere in den Genuss eines umwerfenden goldenen Sonnenuntergangs am westlichen Horizont. »Auf ein verdammt schönes Wochenende«, erklärte Shane und erhob seine gerade geöffnete Bierdose. Die anderen Männer taten es ihm gleich, und auch Carly hob ihre Weinschorle.

»Danke, dass ihr mich so nett aufgenommen habt, Jungs«, sagte sie nach dem Toast. Shane warf ihr daraufhin einen Blick zu, der eigentlich nur als ›Das soll ja wohl ein Witz sein‹ zu interpretieren war. »Glaub mir, Schätzchen, du hast uns diesen Ausflug nur noch zusätzlich versüßt – und das nicht nur optisch.« Als er ihr dann auch noch zuzwinkerte, errötete sie zum wiederholten Male, und ihre Möse wurde um ein paar Grad heißer.

Nachdem es dunkel geworden war und sie ein kleines Feuer

am nicht allzu weit entfernten Strand entdeckt hatten, war klar, dass Quinn und Cameron die Nacht tatsächlich an Land verbringen würden. »Ich glaube, ich lege mich jetzt hin«, erklärte Rogan plötzlich zu aller Überraschung.

»Was soll das denn, Alter?«, fragte Jake.

Sein dunkelhaariger Freund zuckte nur mit den Schultern. »Vielleicht hab ich einfach zu viel Bier getrunken. Ich bin echt müde.«

»O Mann, ich auch«, schaltete Shane sich ein. »Ich schlaf schon gleich in meinem Sessel hier ein.«

Und es dauerte nur ein paar Minuten, da waren die zwei unter Deck verschwunden. Carly und Jake konnten ihre leisen Stimmen zwar noch immer aus dem Inneren des Schiffes hören, aber als sie und ihr Liebhaber schließlich allein waren, konnte Carly kaum noch an sich halten. Die diversen Weinschorlen, die sie in den letzten Stunden getrunken hatte, taten ihr Übriges und bescherten ihr einen angenehmen Rausch, der all ihre Hemmungen verschwinden ließ.

Sie sah Jake an, der nur ein paar Meter von ihr entfernt saß und teilte ihm genau das mit, was ihr in diesem Moment durch den Kopf ging. »Meine Muschi ist ganz feucht nach dir.«

Genau wie gestern Abend schien der goldene Mond auf sie herab. Er war ein bisschen kleiner und nicht ganz so hell, bot aber ausreichend Licht, um sie erkennen zu lassen, dass sein leicht schockierter Gesichtsausdruck sich sofort in einen Blick voll heißer, hungriger Gier verwandelte. »O Baby. Du machst mich echt verrückt.«

Carlys Brust verengte sich, als sie sich Jakes Erektion vorstellte. Sie wollte ihm unbedingt etwas Gutes tun. Er hatte ihr alles gegeben – alles, was sich in ihrem Leben neu und wundervoll anfühlte. Und sie wollte ihm zeigen, wie dankbar sie dafür war.

Also stellte sie ihre fast leere Weinschorle neben sich auf den Boden, stand auf und kniete sich dann vor ihn. Um genau zu sein, ging es nicht nur darum, ihm ihre Dankbarkeit zu zeigen. Sie verspürte ein tiefes Bedürfnis, seinen Schwanz in ihrem Mund zu haben. Ein Bedürfnis, das sie wie so viele Momente an den Abend ihres Kennenlernens erinnerte. Und doch war es jetzt – wie immer – anders.

»O Baby«, hauchte Jake mit tiefer Stimme und sah von oben auf sie herab. Carly wusste, dass es bei seiner Reaktion um mehr ging als um das, was sie jetzt gerade mit ihm vorhatte. Denn selbst wenn sie sonst durchaus offensiv vorging, war sie zu anderen Gelegenheiten längst nicht so direkt gewesen.

Als sie mit einer Hand seine Badehose heruntergezogen und mit der anderen seinen harten Schwanz ergriffen hatte, stöhnte sie tief auf. Er war so groß. So lang. Wie eine majestätische Steinsäule. Jake schauderte, als Carly ihren Griff ein wenig verstärkte und sich dann vorbeugte, um ihn in gesamter Länge einmal abzulecken.

»O, ist das geil«, raunte er mit heiserer Stimme und sah ihr dann direkt in die Augen – während sein Schwanz prachtvoll zwischen ihnen stand. »Und jetzt blas ihn! Blas meinen Schwanz, Baby!«

Sein Befehlston gefiel ihr, denn mittlerweile genoss sie die untergebene Rolle mehr und mehr. Seine Position und die Anweisung hatten sie sofort von der Offensive in die Unterwerfung gedrängt. Mit weit geöffnetem Mund stülpte sie die Lippen über seinen harten Prügel und genoss es einfach nur, ihn irgendwie in sich zu spüren. Und die Vorstellung, wie sie dabei wohl für ihn aussah, bescherte ihr einen weiteren Kick. Alles an diesem Moment fühlte sich heiß und schmutzig, aber auch sehr liebevoll an. Es war einfach perfekt.

Es dauerte nicht lange, bis sie einen lasziven, langsamen

Blasrhythmus gefunden hatte, in dem sie ihn so tief in ihre Kehle aufnahm, wie es nur ging. Auf und ab glitt ihr feuchter Mund, entließ seinen Riemen dabei aber nie ganz aus der feuchten Höhle. Jake stöhnte über ihr und fing an, ihr sein Becken entgegenzudrücken und sie so regelrecht in den Mund zu ficken – eine weitere köstliche und machtvolle Variante der Lust.

»Das ist so gut, Baby«, flüsterte Jake mit kehliger Stimme. »Ja, blas mich! Lutsch meinen Schwanz!«. Seine heißen Stöße bannten und erregten sie, bis sie sich völlig in den Bewegungen ihres Mundes verlor. Die Größe seines Geschlechts dehnte ihre Lippen geradezu auf, und in ihrem Kopf spielte sich rein gar nichts mehr ab. Sie war nur noch pure Ekstase.

»Du bist einfach perfekt«, murmelte er.

In diesem Moment hörte Carly, wie Shane und Rogan plaudernd das Deck betraten und sich ohne weitere Vorwarnung wieder zu ihr und Jake gesellten. Als die beiden Männer allerdings sahen, was sich da vor ihren Augen abspielte, verstummten sie sofort.

Völlig verblüfft und mit hochrotem Kopf entließ Carly den Schwanz von Jake aus ihrem Mund, sodass seine Erektion schwer und fest gegen seinen Bauch schlug. *O nein, o nein, o nein.* Die stille Luft der Nacht schien mit einem Mal mit übergroßer Spannung erfüllt zu sein. Ihr Magen zog sich zusammen, und sie schloss beschämt die Augen.

Bis Rogan schließlich sagte: »Unseretwegen musst du nicht aufhören, Süße.«

Kapitel 17

»Rogan hat recht«, schaltete Shane sich ein. »Du siehst wirklich wunderschön aus, wenn du das tust.«

Carly atmete zischend ein. Sie war wie gelähmt und wusste weder, was sie jetzt noch tun, noch was sie sagen sollte.

Sie versuchte, sich zusammenzureißen. *Steh einfach auf. Lächle nervös. Sag irgendwas Niedliches wie ›Hoppla! Das war eigentlich nicht für eure Augen bestimmt und verschwinde dann sofort mit Jake in eurer Kabine.* Aber … obwohl ein Teil von ihr sofort die Flucht ergreifen wollte, so spürte sie doch so etwas wie einen inneren Widerspruch. Ratlos, verwirrt und mit viel zu vielen Gedanken in ihrem Kopf, schaute sie also einfach nur Jake an. Vielleicht konnte er die Situation ja retten. Oder sie zumindest irgendwie weniger peinlich machen.

Als ihre Blicke sich trafen, spürte Carly genau, dass er versuchte, ihre Gedanken zu lesen. Vielleicht war das, was in ihren Augen geschrieben stand, ja auch gar keine Aufforderung, sie zu retten. Vielleicht war es vielmehr eine Frage, die sie sich selbst bisher nicht recht zugestanden hatte. *Soll ich? Soll ich weitermachen? Soll ich sie zuschauen lassen?*

Jake senkte den Kopf und sah sie noch eindringlicher an. »Ich habe nichts dagegen, wenn du auch einverstanden bist«, erklärte er schließlich.

Carlys Fötzchen schwoll sofort an, und ihre Brüste schmerzten vor köstlichem Verlangen. Jake wollte seinen Freunden zeigen, wie scharf sie war. Und in diesem irgendwie unwirklichen Moment wollte auch *sie* es ihnen zeigen. Sie wollte ihnen *alles* zeigen.

Carly atmete tief ein und ließ ihren Blick zurück zu Jakes großem Schwanz wandern. Sie spürte eine gewisse Verlegenheit – es war schon seltsam und extrem, plötzlich das Gefühl zu haben, eine Performance abliefern zu müssen – also strich sie mit zwei leicht zitternden Fingern einfach über seinen harten, geäderten Schaft. Und als er daraufhin laut und bebend ausatmete, wusste sie nicht recht, ob es an der federleichten Berührung oder an den veränderten Umständen lag.

Carly wiederholte die sanfte Berührung, beugte sich dann erneut vor und leckte seitlich über seinen Schwanz. Die tiefen Seufzer aus den Mündern der drei Männer fühlten sich wie eine warme Liebkosung an.

Und dann nahm Jake ihr Gesicht in beide Hände. »Es ist okay, Baby. Es ist alles okay«, flüsterte er ihr zu. *Okay, Angst zu haben? Okay, es vor seinen Freunden zu tun? Okay, langsam vorzugehen?* Carly war unsicher. Aber das spielte eigentlich keine Rolle, denn wie immer mit Jake konnte sie seine beschwichtigenden Worte annehmen. Sie glaubte ihm.

Und zwar genug, um ihre Hand erneut mit festem Griff um seine Erektion zu schließen und ihm dabei fest in die Augen zu schauen. Genug, um seinem Blick standzuhalten, während sie die Lippen öffnete und sie wieder über seinen perfekten Schwanz stülpte. Genug, um sich an dem tiefen Stöhnen einer der Männer zu erfreuen. Genug, um sich von diesem Stöhnen antreiben und begeistern zu lassen und dem vollen Ausmaß ihrer Lust nachzugeben.

Danach ging es nicht mehr um irgendwelche Entscheidungen, sondern nur noch um Verlangen und Instinkt. Es ging ums Fühlen, nicht ums Denken. Sie liebte das Gefühl, Jakes dicken Prügel in ihrem Mund zu haben, und die Zuschauer sorgten dafür, dass sie sich in ihrem Inneren heißer, gieriger und schmutziger fühlte als je zuvor. Ihr Eifer wurde immer größer und der Rhythmus schneller. Mittlerweile hörte sie sogar die Geräusche, die ihr Blasen erzeugte.

»Das ist so geil, Baby! Lutsch mir meinen dicken Knüppel!«, raunte Jake – und sie hatte nichts dagegen einzuwenden, dass er die Worte vor seinen Freunden laut aussprach.

Und als Rogan irgendwann murmelte: »O ja, blas ihn mit deinem schönen Mund«, da wurde ihre Möse von einer weiteren Welle wilder Lust überschwemmt. Seine Worte feuerten sie an, immer weiterzumachen und Jake mit ihrem Mund zu verwöhnen – egal, wie müde oder verkrampft ihre sanften Lippen mittlerweile auch waren.

Schon jetzt war Carly von der Anwesenheit der Männer und der eigenen *Performance*, die ihr vor ein paar Minuten noch fast unmöglich erchienen war, über alle Maßen erregt. Zwar hatte es sie bereits gestern scharfgemacht, von Rogan beobachtet zu werden, aber die beiden Männer jetzt ganz offen zuschauen und wissen zu lassen, dass sie es so wollte, hob diesen Akt auf ein ganz neues Level der Stimulation.

Irgendwann nahm sie allen Mut zusammen und warf einen Blick auf Rogan und Shane. Die beiden hatten auf der gepolsterten Bank an der Reling Platz genommen, und Rogan war dabei, durch seine Khaki-Shorts hindurch an seinem Schwanz herumzuspielen.

Als Carly ihren überarbeiteten Lippen schließlich eine Pause gönnen und Jake aus ihrem Mund entlassen musste, platzierte sie seinen feuchten Schwanz sofort zwischen ihren Brüsten. Das Bikinioberteil war für diese Variante bestens geeignet. Jake stöhnte auf und presste ihre Titten dann sofort um seine Erektion. Carly lehnte den Kopf zurück und schloss die Augen.

Das Gefühl der heißen und harten Stange in diesem zarten, weichen Tal überwältigte sie sofort.

Es dauerte nur ein paar Sekunden, bis Jake die gestreiften Dreiecke des Bikinioberteils beiseiteschob, um ihre Brüste freizulegen. Beide Beobachter stöhnten gemeinsam auf.

»Was für wundervolle Titten«, raunte Shane.

Carlys Reaktion bestand darin, Jakes Schwanz noch vehementer mit ihren Brüsten zu bearbeiten – ein Impuls, um Shane und Rogan zu zeigen, wie schön und auch *schmutzig* eben diese Titten sein konnten. Jake fickte ihre Titten mittlerweile voller Leidenschaft. Wieder und wieder stieß sein harter Prügel in ihre Brustspalte. Carly war nicht nur erregt, sondern auch erstaunt, *wie viel* Lust sie sich allein mit dem Mund und ihren Brüsten verschaffen konnte.

Vielleicht hätte es sie auch erstaunen müssen, wie sehr diese ganze Situation sie erregte. Aber das Doppelleben, das sie in den vergangenen Jahren geführt hatte, sorgte dafür, dass dieser Akt ihr dann doch nicht als allzu große Hürde erschien. Jake hatte recht – die Frau, die er an jenem Abend in Traverse City kennengelernt hatte, war *tatsächlich* ein Teil von ihr.

Von da an wechselte Carly zwischen Blasen und Tittenfick. Ab und zu leckte sie mit der Zunge über seine Eichel, um den salzigen Vorsaft aufzunehmen. Oder sie verschmierte die weißen Tropfen mit ihren Brüsten, um sie als warmes, feuchtes Gleitmittel für seinen steifen Schwanz einzusetzen. In anderen Momenten nahm sie seinen speichelfeuchten und mittlerweile granitharten Riemen in die Hand und rieb damit über ihre Nippel. Dabei sah sie nach unten, um die zwei vereinten Körperteile zu betrachten und sich an dem Anblick der Feuchtigkeit auf ihren spitzen Knospen zu ergötzen. Rogan und Shane schienen jeder ihrer Bewegungen mit höchster Erregung zu folgen und trieben sie weiterhin mit leise gesprochenen, aber umso schmutzigeren Worten an.

Als Carly schließlich das Gefühl hatte, nichts weiter als eine erregte, zuckende Masse aus Nervenenden zu sein, sah sie Jake über seinen Schwanz hinweg an und leckte sich die Oberlippe. »Fickst du mich jetzt?«, fragte sie.

Jakes Kinnlade fiel praktisch nach unten. Noch nie hatte sie ihn so schockiert gesehen und seine Stimme so lüstern empfunden. »Ja Baby, natürlich ficke ich dich. Ich kann's kaum erwarten, dir deine heiße, feuchte Möse zu stopfen.«

Mit diesen Worten sprang er auf, stellte sich hinter sie und ging auf die Knie. Carly wartete auf allen vieren darauf, dass er auch endlich diesen Körperteil von ihr mit seinem Schwanz verwöhnte. Und Jake verschwendete keine Zeit. Er zog ihr das Bikinihöschen bis zu den Schenkeln herunter und stieß unvermittelt zwei Finger in ihre Spalte. Sein Eindringen ließ sie aufheulen.

»Du bist ja klitschnass«, stellte Jake fest.

»Ich weiß«, stöhnte sie. »Bitte! Stopf mich mit deinem Schwanz! Ich muss ihn einfach in meiner Muschi haben!«

»O Süße«, keuchte Jake mit zusammengebissenen Zähnen. Er hatte mit dieser Frau zwar schon einiges an Geilheit erlebt, war sich aber nicht sicher, ob er schon jemals so erregt gewesen war wie jetzt. Er lehnte sich ein Stückchen zurück und betrachtete die Stelle, die seine Finger aufdehnten. Der Anblick ihrer heißen Fotze unter dem herrlich runden Po ließ seinen Schwanz sogar noch steifer werden – wenn das überhaupt möglich war.

»Bitte!«, bettelte sie vor ihm. Sein Magen zog sich in geradezu quälender Wollust zusammen. Er zog seine Finger aus ihrer Mitte und streckte ihr seine steinharte Erektion dann so entgegen, dass die Eichel gegen ihre heiße und klitschnasse Spalte stieß.

»Jetzt geht's los«, warnte er sie, um sich kurz darauf ganz tief in ihr zu versenken.

Carly schrie lüstern auf. Und auch er gab ein Stöhnen von sich, das tief aus seinem Bauch zu kommen schien. O Mann. Er war in ihr. Sie war wie immer herrlich eng und umfasste jeden Zentimeter seines Prügels mit ihrem zuckenden Muschifleisch. Jake legte den Kopf zurück und versuchte, sich an die feste Umarmung ihrer Pussy zu gewöhnen. *Was immer du tust, es darf dir nicht kommen. Noch nicht.* Er wollte das Ganze noch so lange wie möglich hinauszögern.

Die Tatsache, dass seine Freunde dabei waren und er ihnen zeigen konnte, was für ein Geschenk er mit ihr gefunden hatte, steigerte seine Lust noch um einiges. Irgendwie war das Ganze wesentlich einfacher als der Abend mit Colt – wahrscheinlich, weil er diesen Männern näherstand, sie nur ein paar Autostunden entfernt wohnten und er sie öfter sah. Und auch wenn ihn das Ganze recht unvorbereitet erwischt hatte, *wollte* er es unbedingt, ja, hatte sogar schon davon *geträumt.* Und jetzt würde er diese heiße Frau unter ihren Augen um den Verstand ficken.

Als er den Druck des herannahenden Höhepunktes erst mal abgewehrt hatte, knallte er sie richtig durch.

»Ah! Ah! Ah!« Ihr Stöhnen erfüllte die Luft. Seine Finger gruben sich in ihre Hüften, und er stieß seinen Riemen wieder und wieder tief in ihre Fotze. In diesem Moment bestand Jakes Welt nur aus der engen Umklammerung durch ihre Pussy und sonst nichts. Zwischen den Stößen fiel sein Kopf nach hinten, und er tat nichts weiter, als diese heiße Geilheit zu genießen.

Doch ein lüsterner Laut von Rogan holte ihn wieder in die Realität zurück. Er öffnete die Augen und sah, wie seine Freunde ihn und Carly mit glasigen Blicken anstarrten. Dann schaute er kurz nach unten und sah ihr puckerndes Poloch knapp über seinem Schwanz. Mann, in Momenten wie diesen, wenn er sich kaum noch beherrschen konnte, um nicht in ihrer Möse zu kommen, fragte er sich, wie es ihm gelungen war, sie in ihr superenges Poloch zu ficken.

Carly stöhnte weiterhin bei jedem seiner Stöße auf. Ihre unkontrollierten und ungehemmten Lustlaute waren mittlerweile zu seinem Lieblingsgeräusch geworden.

Als es schließlich Zeit wurde, das Tempo ein wenig zu drosseln, zog er die Hand zurück und schlug ihr auf den Po. Jake mochte das klatschende Geräusch und die Art, wie ihr Fleisch bebte – ganz zu schweigen von dem geilen Wimmern, das sie dabei von sich gab.

»Du lässt dir gerne den Hintern versohlen, was, Baby?«

»O ja. Ja! Bitte schlag mir auf den Po.« Kein Zögern. Kein leises Stimmchen. Einfach nur reine Leidenschaft. Und während seine Hand wieder und wieder auf ihrem Hinterteil niederging, wuchs auch seine Begeisterung, dass sie genauso darauf abfuhr wie er. In diesem Moment wurde Jake klar, dass der Kreis sich geschlossen hatte. Von der verdorbenen Desiree zur ängstlichen Carly, hin zu dem wunderbaren Mitteldding: der heißesten, schmutzigsten Version von Carly, die er sich nur vorstellen konnte. Diese Carly konnte jetzt voller Hingabe ficken – ohne Scham, ohne davonzulaufen. Einfach die reine, unverfälschte Hingabe an die Lust.

Er setzte seine Schläge fort, bis ihre Haut im Mondlicht eine leicht rötliche Färbung annahm. Dann hörte er auf und streichelte sanft und zärtlich über ihren Po.

Als sie ihn dabei über die Schulter hinweg anblickte, verlor Jake fast den Verstand. Carly war ohnehin eine sehr hübsche Frau. Doch irgendetwas an der wilden Hemmungslosigkeit und der schieren Selbstvergessenheit in ihren Augen machte sie so wunderschön, dass es mit Worten kaum zu beschreiben war.

Ohne nachzudenken folgte er dem Drang, ihr die Hand vor den Mund zu halten und zwei Finger zwischen ihre Lippen zu schieben. Eben die zwei Finger, die vor ein paar Minuten noch in ihrer Muschi gesteckt hatten. Und als sie anfing, gierig daran zu saugen, kam es ihm fast.

Aber Jake kämpfte dagegen an. Er hielt eine Minute lang völlig still, bis er die Kontrolle über seinen Körper wiedererlangt hatte. Und dann fickte er sie weiter in ihre heiße, nasse Fotze, während Carly weiter an seinen Fingern saugte und dabei so durch und durch hemmungslos aussah, wie er es noch nie zuvor gesehen hatte. Selbst dann nicht, als sie Desiree für ihn gewesen war.

Carly fühlte sich ganz und gar erfüllt. Von jeder Empfindung, die sie spürte. Von der warmen Nachtluft, die über ihre Haut und ihren Kitzler strich. Von dem harten Schwanz, der ihre gierige Pussy ausfüllte. Von den lüsternen männlichen Augen, die sie beobachteten. Und von den Fingern, die sich wieder und wieder in ihren Mund schoben.

Sie stöhnte um Jakes Fingerspitzen herum, während er sie fickte. Carly streckte ihren Po ganz weit heraus und warf sich seinem harten Schwanz mit jedem herrlich tiefen Stoß entgegen. Dabei saugte sie die ganze Zeit weiter an den Fingern ihres Liebhabers. Es war beinahe wie ein Zwang, denn die junge Frau sehnte sich verzweifelt nach etwas, das auch ihren Mund ausfüllte.

»Willst du mehr, Süße?«, fragte Jake plötzlich, als hätte er ihre Gedanken gelesen.

Schon allein die Frage ließ ihren Kitzler noch leidenschaftlicher zucken.

Carly wusste genau, was er meinte – mehr Schwänze.

Ihr Herz raste, als sie seine Finger aus ihrem Mund entließ, um ihm zu antworten. »Äh …« war jedoch das Einzige, was sie hervorbringen konnte. Doch selbst bei diesem Zögern wusste sie, dass sie *tatsächlich* mehr wollte. Und zwar genau von dem, was er ihr anbot. Sie konnte es nur noch nicht recht aussprechen. Ihre Pussy wusste es, ihre Brüste schmerzten förmlich von dem Wissen, aber sie wagte es einfach nicht, diesen letzten Schritt zu tun.

In diesem Moment beugte Jake sich über sie und schlang die Arme um ihre Taille. »Ich will das hier für dich. Ich will, dass du das bekommst, was du willst«, flüsterte er ihr ins Ohr.

Carly drehte sich um und sah ihm in die Augen, die jetzt nur noch einen Zentimeter von den ihren entfernt waren. Ihre Brust war wie zugeschnürt, und sie konnte immer noch nicht sprechen. Aber vielleicht musste sie das auch gar nicht. Vielleicht stand ja einfach alles in ihren Augen geschrieben. Denn selbst im Mondlicht hätte sie schwören können, dass sein Gesichtsausdruck sich lüstern verdunkelt hatte, während er seine Worte mit tiefer, eindringlicher Stimme wiederholte. *»Ich will, dass du das bekommst, was du willst.«*

Jake richtete sich wieder auf. Sein Schwanz steckte noch immer in ihrer Spalte. »Meine heiße Süße hier ist zu schüchtern, um zu sagen, dass sie einen Schwanz in ihrem Mund haben will«, sagte er zu Rogan und Shane. »Würde einer von euch ihr vielleicht das geben, was sie braucht?« Seine Stimme klang zwar belegter und tiefer als sonst, aber er brachte die Frage sehr sicher und mit einer völligen Selbstverständlichkeit heraus.

Als Carly – noch immer auf Händen und Knien – aufblickte, sah sie, wie Shane sich ihr mit langsamen Schritten näherte und auf sie herabschaute. Großer Gott! Ihr Herz drohte zu zerspringen. Ob es daran lag, dass es wirklich mehr als nur ein wenig verfänglich war? Oder war der Grund vielleicht doch eher, dass sie es unbedingt wollte? Das Letztere war der Fall. Und zwar weil sie Shane sehr mochte, weil er einen schönen

Körper hatte und weil er in seiner Badehose auf klassische Weise attraktiv war.

Jakes Freund ließ seine Badehose in einer flüssigen Bewegung zu Boden fallen und setzte sich in den Sessel, in dem zuvor Jake gesessen hatte, und der direkt vor Carly stand. Nachdem er ihn ein wenig näher herangeschoben hatte, legte er seine warmen Hände um ihre Oberarme und half ihr, eine Position einzunehmen, bei der sie die Ellenbogen auf seinen Schenkeln platzieren konnte.

Carlys Gedanken rasten. Sein Schwanz war herrlich hart und reichte bis zu seinem Nabel. *Sein Schamhaar ist hell – genau wie das Haar auf seinem Kopf.* Bisher hatte sie ihr ganzes Gewicht mit den Armen abstützen müssen, sodass sie entsprechend schmerzten. Da war es eine große Erleichterung, endlich die Position wechseln zu können. *Er hat meine Brüste direkt vor sich.* Jake war immer noch dabei, sie von hinten zu ficken, hatte sein Tempo während des unerwarteten Stellungswechsels aber entsprechend verlangsamt. *Ich will Shanes Schwanz spüren! Unbedingt!*

Und so griff sie danach und nahm ihn in all seiner Schwere in die Hand. Schon allein ihn nur zu halten, feuerte ihre Geilheit erneut an. Den erigierten Schwanz eines Mannes zu halten war so … als hielte man seine gesamte Kraft in der Hand. Er behielt sie dabei zwar noch, gab aber auch einen Teil davon ab.

Carly wollte seinen Riemen unbedingt zwischen ihren Brüsten spüren und beugte sich nach vorn.

Shane stöhnte auf, als sie ihr Fleisch um das seine presste.

Das herrliche Gefühl, zwei männliche Geschlechter gleichzeitig zu verwöhnen, ließ eine feurige Hitze über ihr Gesicht wandern. Sie wusste zwar schon von der Begegnung mit Colt, wie es sich anfühlte, erlebte diesen Moment aber als etwas völlig Neues. Sich dieser Erfahrung als ein realer, echter Mensch hinzugeben, machte das Ganze weitaus lebendiger, eindrucksvoller und wahrhaftiger. Sie seufzte leise auf, als sie anfing, ihre Brüste um seine harte Latte herum auf- und abzuschieben.

»Ich brauche was Feuchtes«, informierte er sie mit kehliger Stimme. Und er hatte recht – ein bisschen Schmiermittel würde sicher helfen.

Carly dachte sofort an die Weinschorle, die nur eine Armeslänge von ihr entfernt stand. Sie nahm die Flasche an sich und goss ein bisschen von der Flüssigkeit über seine Eichel und zwischen ihre Brüste. Shane zuckte ein wenig zusammen. Doch nachdem sie die Flasche wieder auf den Boden gestellt hatte, übernahm er die Initiative. Er packte ihre Brüste und presste sie um seinen Schwanz, während er mit den Daumen gleichzeitig über ihre Nippel strich.

O Mann, das fühlte sich so gut an – ganz besonders, da Jake von hinten immer weiter in ihre glitschige Muschi stieß. Der Anblick, wie sie und Shane gemeinsam dessen Erektion zwischen ihren feuchten Brüsten bearbeiteten, ließ Jake aufstöhnen und verstärkte seine Fickstöße noch mal um einiges.

In diesem Moment spürte Carly, dass es ihr nicht reichte, Shanes Schwanz nur zwischen ihren Titten zu spüren. Endlich war alle Scheu und Zurückhaltung verflogen, und Carly wollte einfach nur das, wonach ihr Körper sich sehnte. Also beugte sie den Kopf, leckte mit der Zunge über seine Eichel und nahm seinen Riemen schließlich ganz in ihren Mund auf.

»O ja«, keuchte Shane.

Und dann war ihre gesamte Existenz nur noch von einer Sache bestimmt. Von Schwänzen. Damit gestopft zu werden, sie zu genießen, so viel davon in sich aufzunehmen, wie sie nur konnte – und sich von diesem wilden Gefühl davontragen zu lassen. Während ihre Lippen an Shanes Schwanz auf- und abwanderten und Jake seinen steifen Prügel immer wieder rein-

und rausschob, hatte sie das Gefühl, Teil einer wundervollen und schmutzigen Maschine zu sein, bei der alle Teile sich in genau den richtigen Intervallen bewegten und genau das richtige Maß an Reibung erzeugten.

Carly wusste nicht, wie viel Zeit vergangen war, als Shanes Schwanz schließlich wieder vom Mund zu ihren Brüsten wechselte. Als sie erneut aufschaute, bemerkte sie, dass jetzt auch Rogan dabei war, seinen Platz in dem wilden Spiel einzunehmen, und sich links neben Shane hinstellte.

»Wie wär's, wenn du Rogans Schwanz auch ein bisschen bläst?«, schlug Jake mit tiefer Stimme vor.

Und obwohl ein erneuter Hitzeschauer über ihren Rücken jagte, schien ihr diese Idee mittlerweile überhaupt nicht mehr abwegig zu sein. Es hatte schließlich schon genug Momente gegeben, in denen sie sich zu ihm hingezogen gefühlt hatte. Außerdem erschien es ihr fast unfair, ihn an diesem Punkt ihres Spiels außen vor zu lassen. Also schaute sie zu ihm auf – einen Schwanz in der Fotze, einen zweiten zwischen ihren Titten. »Gut«, sagte sie ganz leise.

Jake schien erstaunt. Sie hatte ihn überrascht. Aber was gab es jetzt noch zu befürchten – jetzt, da sie bereits so weit gegangen war? Was war da schon ein Schwanz mehr? Es mochte ja sein, dass der Schritt von zwei zu drei Männern etwas Signifikantes hatte, aber in diesem seltsamen, rauschhaften Moment kam ihr das eigentlich völlig normal vor.

Carly sah mit angehaltenem Atem zu, wie Rogan den Reißverschluss seiner Shorts öffnete und eine wirklich große Erektion zutage förderte. Der bloße Anblick ließ sie zischend einatmen. Aber vielleicht lag es auch nur an dem Betrachtungswinkel von unten, dass sein Gemächt ihr größer vorkam, als das der anderen.

Jake schien bemerkt zu haben, dass es ihr schwerfallen würde, in dieser Haltung an Rogans Schwanz zu kommen. »Ich richte dich mal ein bisschen auf«, bereitete er sie vor, beugte sich über seine Freundin und zog sie mit sich nach oben. Der Stellungswechsel sorgte dafür, dass sie ihre Situation aus einer ganz neuen Perspektive betrachten konnte.

Carly saß jetzt praktisch auf Jakes Schwanz – der sich dadurch noch dicker anfühlte – und hatte Rogans Riemen direkt vor Augen. Es war keine Illusion gewesen. Sein Schwanz war wirklich größer und dicker, als sie es gewöhnt war. Aber ihr Körper fühlte sich mittlerweile so gerüstet an, dass sie keinerlei Angst verspürte, sondern ihren Blick einfach nur von seinem Geschlecht zu seinen Augen wandern ließ und die Lippen öffnete. Eine Einladung. *Ich bin bereit.*

Der Mann vor ihr nahm seinen harten Schwanz in die Hand und hielt ihn vor ihren Mund. »Schön weit aufmachen«, flüsterte er und ließ ihn langsam zwischen ihre Lippen gleiten. Zentimeter für Zentimeter.

O Mann! Die Größe seiner Männlichkeit fühlte sich in ihrem Mund noch viel mächtiger an, und ihre Lippen waren bis zum Äußersten gespannt. Aber trotz dieser Beanspruchung zuckte ihre Fotze um Jakes harten Schaft herum, und sie nahm bereitwillig das auf, was Rogan ihr mit sanften Stößen in den Mund schob.

Carly stöhnte und ließ ihr Becken kreisen, um Jakes Schwanz so intensiv wie möglich in sich zu spüren. »Das ist so geil«, murmelte ihr Freund, während er ihre Brüste knetete. »Lutsch den Schwanz! Blas ihn! Du bist so verdammt heiß!«

Die Zeit verschwamm. Carly wusste nicht mehr, ob sie Rogan erst zwei oder doch schon zehn Minuten geblasen hatte – dazu hatte sie sich längst viel zu sehr in der eigenen Ekstase verloren. Männliche Stimmen und schmutzige Worte. Schmerzende Lippen, aber ein hungriger Mund. Gestopfte Pussy, aber ein vor Lust zuckender Kitzler. O Mann, und wie er zuckte. Ihre Beine ruhten weit gespreizt auf denen von Jake, und sie spürte, wie das Bikinihöschen sich um ihre Oberschenkel herum dehnte. Shane kniete mittlerweile neben ihr und rieb seine Erektion an ihren Brüsten, während Rogan ihr mit kurzen, gleichmäßigen Stößen den Mund stopfte. Wie sehr sie sich danach sehnte, dass Jakes Hand endlich zwischen ihre Beine wanderte, um den Punkt zu berühren, der so wild pulsierte. Aber ihr Mund war zu voll, um ihm ihre Wünsche mitzuteilen. Und da Carly mit einer Hand Rogans Schenkel und seine Eier streichelte, mit der anderen seine Schwanzwurzel festhielt und auch immer wieder Shane mit ihren Berührungen verwöhnte, konnte sie ihre Lustknospe auch nicht selbst anfassen.

»Legen wir sie doch mal auf den Rücken«, sagte Jake schließlich. Es war Carly völlig egal, dass die Männer sie nicht fragten, ob sie das überhaupt wollte. Im Gegenteil. Sie war völlig zufrieden, ein Spielzeug ihrer Wollust zu sein. Weil genau *das* ihr ebenso viel Lust bereitete wie ihren Gespielen.

Und doch fühlten sich ihre Beine wie Wackelpudding an, als Jake sich aus ihr zurückzog und ihr dann beim Aufstehen half. Und nachdem er ihr endlich auch das Bikinihöschen ausgezogen hatte, hieß er sie, auf dem Sessel Platz zu nehmen. »Lehn dich ganz weit zurück«, wies er sie an, damit der Sessel ganz nach hinten kippen konnte. Rogan hatte sich mittlerweile auch ganz ausgezogen, sodass Carly schließlich drei nackte Männer um sich herum stehen sah. Zu ihrer eigenen Überraschung jagte ihr der Anblick nicht die geringste Angst ein.

Jake saß auf dem Rand des Sessels und spreizte mit sanftem Druck ihre Beine. Carly biss sich auf die Lippen. Schon allein so zur Schau gestellt zu werden, erregte sie über alle Maßen. Zwar hatte Rogan sie gestern Abend auch schon so gesehen, aber eben nur aus einiger Entfernung. Der Anblick ließ ihn lüstern aufstöhnen. Und auch Shane konnte kaum an sich halten. »Was für eine scharfe Muschi«, raunte er.

Carly selbst stand kurz davor, den Verstand zu verlieren. »Tut doch etwas damit!«, platzte es aus ihr heraus. »Bitte! Ich dreh gleich durch!«

»O, tut mir leid, Baby.« Jake warf ihr ein entschuldigendes, aber auch leicht verschmitztes Grinsen zu. Da mischte sich Shane ein. »Die Kleine war bisher verdammt großzügig. Wenn du es ihr nicht besorgst, dann tu ich es eben.«

»Keine Sorge, ich werd's ihr schon noch besorgen«, versprach Jake, setzte sich am Rand des Stuhls wieder auf die Knie, beugte sich vor und schleckte mit der Zunge über ihre gierige, nasse Spalte. Carly gab ein fast schrilles Stöhnen von sich und begann trotz der warmen Nachtluft zu zittern. Endlich, endlich kümmerte man sich um ihren bisher sträflich vernachlässigten Kitzler! Ihre Reaktion ließ nicht lange auf sich warten. Sie spreizte die Beine noch weiter und umfasste mit festem Griff ihre Brüste.

»Dabei kann ich dir behilflich sein.« Shane kniete sich neben sie und ließ seine Hände unter die ihren gleiten.

Carly nahm die eigenen Hände weg und sah zu, wie Shane ihre Titten massierte, während Jake sie weiter leckte.

»Immer noch hungrig, Süße?«, fragte Rogan schließlich und kniete sich auf der anderen Seite neben sie.

»O ja!«, keuchte sie, denn nachdem ihr Mund so lange so gut gestopft worden war, fühlte er sich jetzt ganz leer an. »Bitte schieb ihn rein!«

Und wieder drückte er seinen Schwanz runter und schob ihn in ihren geöffneten Mund. Carly fühlte sich wie im sinnlichen siebten Himmel – und als Jake zusätzlich zu seiner Zunge auch noch zwei Finger in ihre Möse schob, wurde es sogar noch besser.

Während die Bespielung ihres Kitzlers sie immer lauter um Rogans dicken Schwanz herum stöhnen ließ und sie sich immer heftiger Jakes Gesicht entgegenwarf, hielt ihr Freund auf einmal inne. »Ich werd's dir jetzt *so* besorgen, dass es dir so hart kommt wie noch nie zuvor«, raunte er und machte sich sofort erneut saugend über ihren Kitzler her.

Danach nahm Carly alles nur noch wie in Trance wahr. Sie hörte sich selbst schreien, und ihr ganzer Körper wurde von einer wilden, alles durchdringenden Ekstase erfasst. Dabei sah sie noch, wie Shane an ihren Nippeln drehte und hineinkniff, bevor er schließlich einen davon zwischen die Lippen nahm und ihn tief in seine Mundhöhle saugte. Jakes Zungenschläge wurden unterdessen immer härter, und ihr pulsierender Körper bäumte sich unter lautem Schluchzen immer hektischer auf. Und dann war es endlich so weit. Der Orgasmus raste in wilden Zuckungen durch ihren Körper und warf sie in ein Meer aus hohen, ungestümen Wellen, denen sie hilflos ausgeliefert war.

Sie entließ Rogans Schwanz aus ihrem Mund, krallte sich an den Armlehnen des Stuhls fest und gab sich ganz der unsagbaren Lust hin, die gar nicht mehr aufzuhören schien. Ihr Mund formte noch irgendwelche Worte – »Ja!«, »Geil!«, »Bitte!« –, bevor er beim Abklingen des Höhepunktes schließlich nur noch einen langen, durch und durch befriedigten Seufzer von sich gab. Und dann sank Carly völlig erschöpft langsam gegen die Rückenlehne.

Als Jakes Gesicht zwischen ihren Beinen auftauchte, um sie anzuschauen, waren seine Wangen und seine Nase ganz feucht von ihren Säften. Sein Blick hatte etwas Wildes, fast Animalisches. »Wie war das?«, fragte er.

Carly versuchte, etwas zu sagen, brachte aber nur noch einen unverständlichen, stöhnenden Laut über die Lippen.

»Ich glaube, es hat ihr gefallen«, mischte Shane sich sein. Doch obwohl ihre Gier nach einem Orgasmus jetzt gründlich gestillt worden war, schien ihr Körper durchaus einen Nachschlag vertragen zu können.

»Fick mich noch ein bisschen mehr«, flüsterte sie.

Jake warf ihr ein verruchtes Lächeln zu. »Das hatte ich eigentlich auch vor. Aber ich dachte, du brauchst vielleicht erst mal eine Pause.«

Carly schüttelte den Kopf. Bei all den erigierten Schwänzen um sie herum war an eine Pause nicht zu denken – dazu war allein der Anblick viel zu verlockend.

»Und wenn ich nun vielleicht erst mal eine Pause brauche?« Jake zog eine Augenbraue hoch. Die Frage rief ihr ins Gedächtnis, wie lang und hart er sie bereits durchgefickt hatte und dass seine einzige Pause darin bestanden hatte, sie zum Höhepunkt zu lecken. Ja, seine Leistung war mehr als bewundernswert gewesen.

Carlys erster Gedanke war: *Hier sind ja auch noch zwei andere, perfekte Schwänze, die mich bedienen können.* Der zweite Gedanke: Sie wusste nicht, ob irgendjemand Kondome dabeihatte und ob Jakes Einladung überhaupt so weit ging, dass auch seine Freunde sie ficken durften. »Dann setze ich mich eben einfach auf dich drauf«, sagte sie schließlich, stand trotz leichter Schmerzen in den wackeligen Beinen auf und zeigte auf den Sessel. »Leg dich hin«, wies sie Jake an. »Aber so, dass ich mich auf dich draufsetzen kann, ohne dass die Armlehnen im Weg sind.«

Der amüsierte Blick, den er ihr zuwarf, verriet ihr, dass sie auf einmal wieder ziemlich bestimmend war, aber auch, dass er diesmal darüber hinwegsehen würde. Und als er schließlich ihren Anweisungen gefolgt war, dachte sie, wie wunderschön er doch aussah, wie er da nackt und erigiert vor ihr lag.

Also verschwendete sie keine weitere Sekunde, platzierte sich rittlings auf dem Sessel und ließ sich dann langsam auf seinem fantastischen Schwanz nieder. Jake stöhnte auf. »Das war echt scharf, Baby«, kommentierte Rogan ihr entschlossenes Handeln.

Also, wenn er das *schon scharf fand, dann wird* dies hier *ihm glatt die Sprache verschlagen.* Carly hatte das Bedürfnis, lieb, süß oder sanftmütig zu sein, längst aufgegeben und sah Rogan und Shane provozierend an. Ich will eure Schwänze! In meinem Mund! Oder auf meinen Titten!«

»Wahnsinn!«, flüsterte Shane, eindeutig angeturnt.

Und dann griff Carly voller Verwegenheit nach den zwei Schwänzen zu ihren Seiten.

O Mann! Stichwort Machtgefühl. Es fühlte sich an, als hätte sie all diese harten Jungs gerade frisch gezähmt und als wären sie jetzt einzig und allein ihrer Gnade ausgeliefert.

Carly zog Shanes Schwanz zu ihren Lippen und nahm ihn in den Mund. Gleichzeitig drückte sie Rogans fleischigen Prügel auf ihre rechte Brust und rieb mit der dicken Eichel wieder und wieder über ihren empfindlichen Nippel. Und sie fing an, sich langsam auf Jake sitzend zu bewegen.

Und so ging es weiter. Immer wieder tauschte sie Shanes Riemen gegen den von Rogan aus, während sie gleichzeitig hüpfend, dann wieder mit langsam kreisenden Beckenbewegungen auf Jake ritt. Die drei Männer flüsterten fortwährend schmutzige Dinge über ihre Schwänze, über Carlys Mund, ihre Titten und ihre Fotze. Und Jake beobachtete sie die ganze Zeit – nur dass er jetzt nicht mehr ein blauäugiger Fremder, sondern ihr großartiger Liebhaber war, der ihr ein Erlebnis bescherte, das sie sich niemals hätte träumen lassen und das sie garantiert niemals vergessen würde.

Sie massierten ihre Brüste und befingerten ihren Kitzler. Als

Rogan über das Tor ihrer Möse strich, bemerkte Carly, wie gut ihr die Vorstellung gefiel, wie nah seine Finger Jakes Schwanz waren. Und als sie nach unten sah, verschwanden sie tatsächlich immer wieder in dem dunklen Schamhaar ihres Freundes. Alles war Lust, alles war Stimulation. Es existierte nichts anderes mehr.

Und dann kam es Carly erneut – durch Rogans streichende Fingerspitzen und Jakes fickenden Schwanz. Sie hielt sich an den zwei steifen Gliedern fest und schrie sich durch das heiße, pulsierende Trommeln der Geilheit, das durch ihre Fotze bis hin zu Finger- und Fußspitzen dröhnte.

Als es vorbei war, fühlte Carly sich sofort sanftmütiger – daran war nichts verkehrt, denn es entsprach schließlich die meiste Zeit ihrer Natur. Anstatt sich also einen der Schwänze sofort wieder in den Mund zu schieben, leckte sie einfach nur mit der Zunge über Shanes Riemen.

»Leckst du mir über den kleinen Schlitz? Leckst du mir den Wollusttropfen ab?«, fragte Shane.

Die atemlos vorgebrachte Bitte sorgte für ein erneutes Aufflammen ihres Verlangens und sie kam ihr voller Eifer nach. Dabei ging sie sehr gründlich vor und sorgte dafür, dass er ihre Zuwendungen auch spürte.

»O ja, ich komme!«, rief Rogan und fing an, mit seiner Erektion gegen ihre Brust zu schlagen – fast, als wollte er ihren harten Nippel spanken.

»Spritz ihr auf die Titten«, forderte Jake seinen Kumpel auf.

Sie sahen alle zu. Carly knabberte weiter an der Schwanzspitze von Shane und stöhnte ob der Verzückung, die die Schläge von Rogans Schwanz auf ihrer Brust in ihr auslösten. »Ja, jetzt!«, stöhnte er endlich auf, hielt seinen Schwanz vor ihre Titten und spritzte eine Ladung weiße Sahne auf ihren

Oberkörper, sodass sein Samen ihr in ungleichmäßigen Linien über Brust und Bauch rann.

»O Mann«, keuchte Jake mit kehliger Stimme, die Augen fest auf ihre zwei feuchten Hügel gerichtet. In diesem Moment folgte Carly einem weiteren Impuls. Sie ließ von Shanes Schwanz ab, leckte sich über die Oberlippe und fing langsam an, den heißen Männersaft in ihre Haut einzureiben. Dabei sah sie ihrem Geliebten direkt in die Augen. Carly wusste genau, dass dieser Anblick es Jake endgültig besorgen würde. Und sie hatte recht – seine Lider flatterten vor purer Lust. Und als Rogan mit einem Finger über ihrem Bauchnabel eine Spur der weißen Flüssigkeit aufnahm und ihn ihr dann vor die Lippen hielt, nahm sie ihn sofort in den Mund. Sie saugte, schmeckte und schluckte. Carly hatte sich völlig in dem Gefühl verloren, für die drei Männer die verruchte, schmutzige Traumfrau zu sein.

»Ja, jetzt ich«, stöhnte Shane plötzlich. Und Jake folgte ihm mit einem: »O ja, ich auch!«

Carly drückte ihre Brüste zusammen, während Shanes Ladung in vier langen Strahlen auf ihren Körper spritzte. Zeitgleich packte Jake sie bei den Hüften, stieß ein letztes Mal hart zu, um dann seinen Höhepunkt herauszustöhnen, bei dem er sie mit seinem Schwanz förmlich aus dem Sessel hob.

Und dann spürte sie die Hände aller drei Männer auf ihrem Leib. Sie verrieben die klebrigen Säfte, liebkosten ihre Brüste und ihren Bauch. Und Carly sah einfach nur zu und genoss die letzten Momente dieser schmutzigen, versauten Wonne.

Kapitel 18

Sie hatten sich vorgenommen, am Montagmorgen den Rückweg anzutreten, um gegen Mittag wieder in Traverse City einzutreffen. Beinahe alle mussten am Dienstag arbeiten, und einige der Männer mussten schon mehrere Stunden vor Jake und Carly abreisen.

Als Carly die Kabine in Shorts und einem mit Perlen bestickten Oberteil verließ, waren die Taschen bereits gepackt. Sie hatte ihr Haar zu einem Pferdeschwanz gebunden und ein Blick in den Spiegel erinnerte sie daran, wer sie eigentlich war – Carly Winters, Möbeldesignerin und Tortenbäckerin. Gleichzeitig fragte sie sich, ob Jakes Freunde diesen eigentlichen Menschen in ihr wohl auch erkennen konnten, oder ob sie nur die Person in ihr sahen, die ihnen gestern die Schwänze geblasen hatte. In solchen Momenten konnte sie immer noch kaum glauben, so etwas getan zu haben. Dennoch nahm sie allen Mut zusammen, den sie aufbringen konnte und erklomm die Treppe zum Oberdeck.

»Hey, wie möchtest du deine Eier?«, fragte Shane sie gleich als Erstes.

Die Frage erwischte sie eiskalt. »Was!?«

»Eier. Wie willst du sie haben? Vor der Abreise zaubere ich uns noch mal ein richtig großes Frühstück.« Er wirkte fröhlich, energisch und schien große Lust zum Kochen zu haben. Jedenfalls klang er nicht, als würde er eine Frau ansprechen, die ihm und zwei seiner Freunde gestern Abend zu erotischen Diensten gewesen war.

»Äh, Rührei oder Spiegelei. Was am einfachsten ist.«

»Alles klar.« Shane nickte kurz und machte sich an die Arbeit.

Ein paar Schritte weiter saßen Jake und Quinn bereits an dem ovalen Tisch, wo die Gruppe sich das ganze Wochenende über immer wieder versammelt hatte. Der Tisch war mit Tellern und Besteck gedeckt, und die beiden Männer tranken Orangensaft. Carly hatte die Rückkehr von Quinn und Cameron gar nicht mitbekommen. In diesem Moment tauchte auch Rogan auf und erkundigte sich, ob sie ein Glas Orangensaft wollte.

Ihre Blicke trafen sich. Und im Gegensatz zu Shane, sah sie in seinen Augen immer noch den Sex und die Erinnerung an den vergangenen Abend geschrieben stehen. Dabei hatte sein Blick aber nichts Wertendes, sondern eher etwas, das ihr das Gefühl gab, als hätten sie etwas miteinander geteilt. »Äh, gern, danke«, gelang es ihr zu antworten, bevor sie neben Jake Platz nahm, der unter dem Tisch sofort seine Hand auf ihren Schenkel legte und ihr einen kurzen Gutenmorgenkuss gab.

Als sich eine halbe Stunde später die gesamte Gruppe am Tisch eingefunden hatte und sich allgemein über die Eier, über Schinken und Toast hermachte, erkundigte sich irgendjemand nach dem Abend von Cameron und Quinn. Die zwei attraktiven Männer tauschten einen vielsagenden Blick aus. »Die Mädchen waren wirklich sehr nett«, erklärte Cameron schließlich.

Shane rollte nur mit den Augen und überließ es Rogan, die entscheidende Frage zu stellen. »Wir wollen wissen, ob sie Euch rangelassen haben?«

»Na und ob«, erwiderte Quinn.

Nachdem die beiden einige Details verraten hatten, fragte Quinn schließlich: »Und? Haben wir hier irgendwas verpasst?«

Rogan schob sich eine Gabel mit Rührei in den Mund, ignorierte die Frage und überließ es Shane zu antworten. »Ich wüsste nicht«, erklärte er.

Als Ausgleich dafür, dass Jake sich gleich an seinem ersten Feiertagswochenende in Turnbridge freigenommen hatte, musste er bei seiner Rückkehr in einer Doppelschicht arbeiten. Er hatte natürlich ohne Murren zugestimmt, hatte aber jetzt, wo er tatsächlich dabei war, wie immer bei der Arbeit zu viel Zeit zum Nachdenken.

Sie war *echt* unglaublich gewesen. Ganz und gar außergewöhnlich. Als er ihr vorgeschlagen hatte, sie mit seinen Freunden zu teilen, hatte er das zwar durchaus ernst gemeint, war aber niemals davon ausgegangen, dass sie tatsächlich zustimmen würde. Zumindest nicht so schnell.

Und jetzt… Irgendetwas in ihm fühlte sich… hin- und hergerissen.

Was er sich auch von diesem Wochenende in Erinnerung rief – sei es, dass er sie gefickt hatte, während Rogan zuschaute oder dass er sie mit ihm und Shane geteilt hatte – es ließ seinen Schwanz sofort hart werden. Und es war leicht, ja fast ein wenig süchtig machend, immer wieder daran zu denken. Die Erinnerungen waren so scharf, dass es einfach nur herrlich war, sie wieder und wieder vor seinem geistigen Auge erstehen zu lassen. Und wenn er an den Mut dachte, den sie das Ganze gekostet haben musste und wie weit sie seit ihrer ersten Begegnung gekommen war, dann haute es ihn einfach nur um. Dann war ja auch noch der Moment gewesen, in dem sie ihm gesagt hatte, wie sehr sie ihm vertraute. Und wie dieses Vertrauen es ihr ermöglicht hatte, ihm so viel Kontrolle zu überlassen. Das hatte ihn tief ins Herz getroffen. Es hatte ihm das Gefühl gegeben, … geliebt zu werden. Und ein guter Mensch zu sein. Letzten Endes hatte genau das zur Folge, dass er ihre Liebe umso mehr erwiderte.

Es gab nur ein Problem. Als er drei Abende später in seinem Streifenwagen langsam über die nur schwach beleuchtete Hauptstraße fuhr, zwang ihn die friedvolle Ruhe zu der Erkenntnis, dass unter all den eindringlichen Erinnerungen und der Leidenschaft etwas Düsteres und Besorgniserregendes lauerte.

Die Wahrheit.

Die schlimmere, hässlichere Wahrheit, die du wegen deines verdammten Egoismus bis jetzt nicht erkannt hast.

Seine Brust verengte sich. Als er an der einzigen Ampel von Turnbridge anhielt, schloss er eine Sekunde lang die Augen, um sich nicht mehr ganz so schlecht zu fühlen. Und zwar im Hinblick auf das, was er am vergangenen Wochenende mit Carly getrieben hatte.

Denn die schlimme, hässliche Wahrheit war: Er hatte ganz und gar egoistisch gehandelt und *zu viel* Kontrolle an sich gerissen.

Was zum Teufel hast du dir nur dabei gedacht?

Auf dem Schiff war ihm das, wozu er sie ermutigt hatte – der Vierer mit Rogan und Shane –, völlig richtig erschienen. Und zwar weil er es wollte. Für sie beide. Aber jetzt, da sie wieder in der realen Welt und in ihrem realen Leben angekommen waren, blieb ihm keine andere Wahl, als sich dem zu stellen, was er eigentlich ganz genau wusste. Diese Art von extremem Sex war weder für ihn noch für sie wirklich gut.

Anderen Menschen, Menschen mit normaler Vergangenheit, war es vielleicht möglich, derartige Dinge ohne irgendwelche Konsequenzen zu tun. Aber diesen Luxus hatten Jake und Carly nun mal nicht. Mist! Er konnte förmlich hören, was Dr. Jim ihm gesagt hatte, als er noch ein Teenager war. *Opfer sexuellen Missbrauchs schlagen in der Regel zwei Wege ein. Ent-*

weder verschließen sie sich dem Sex oder aber sie entwickeln eine Hypersexualität. Und weder das eine noch das andere ist gesund, Jake. Vergiss das nicht. Du wirst einen sexuellen Mittelweg finden müssen, der dich glücklich macht und der gesund ist. Du solltest den Sex genießen, dich aber nicht von ihm bestimmen lassen.

Ließ er sich von dem Sex mit ihr bestimmen? Ließ *sie* sich von ihrem gemeinsamen Sex bestimmen?

Auf dem Schiff hatte er sich von seinem Verlangen bestimmen lassen. Das wusste er. Als es zu den fraglichen Momenten gekommen war, hatte er alles ausgeblendet, was Dr. Jim ihm geraten hatte. Carly war bei ihrer ersten Begegnung sexuell äußerst verschlossen gewesen. Und was hatte er getan? Er hatte sie in ein hypersexuelles Verhalten gedrängt.

Seltsam. Auf dem Schiff war ihm das Ganze wunderbar einfach und richtig vorgekommen, denn es stellte eine Abkehr von der Frau dar, die mit niemandem Sex haben konnte, ohne sich vorher zu verkleiden. Doch jetzt wurde ihm klar, dass dieses Denken Risse aufwies.

Und zwar weil *er* Risse aufwies.

Jake hatte sich immer für so verdammt achtsam gehalten und stets gedacht, dass er mit seinen Problemen äußerst gut umging. Doch die Wahrheit war, dass er *so* gut damit umzugehen gelernt hatte, dass er irgendwann nachlässig geworden war. Er war dem Muster verfallen, nur mit unterwürfigen Frauen auszugehen. Und dann war Carly gekommen und hatte *alles* auf den Kopf gestellt. *Alles!*

Irgendwie hatten ihre Probleme seine eigenen Themen wieder dichter an die Oberfläche dringen lassen. Und *ihr* Bedürfnis, beim Sex möglichst die Oberhand zu haben, hatte *sein* Bedürfnis nach Kontrolle umso stärker werden lassen.

Nein, sie hat nichts dagegen, dass du beim Sex das Sagen hast. Das hat sie dir schließlich erzählt. Vielleicht heißt das also, dass alles in Ordnung ist. Vielleicht heißt es, dass du dich wieder mal in einer dieser bequemen Beziehungen befindest, in der beide damit zufrieden sind, dass du den Ton angibst.

Aber was hatte er wirklich getan, als Carly ihm die Kontrolle überlassen hatte? Jake hatte das Gefühl, ihr Vertrauen missbraucht zu haben. Er hatte sie zu Dingen gedrängt, zu denen er sie nicht hätte drängen sollen. Dinge, die wahrscheinlich alles andere als gut für sie waren. Mist! Er war zehn Jahre zu Dr. Jim gegangen – seine gesamte Kindheit über. Wie hatte er es da für eine gute Idee halten können, Carly zu ermutigen, sich auf einen Vierer einzulassen – und das ein paar kurze Wochen, nachdem sie sich ihren Dämonen gestellt hatte? *Du bist echt ein Mistkerl, Lockhart!*

Und doch … abgesehen von einigen kurzfristigen Zweifeln schien sie ganz einverstanden damit gewesen zu sein. Auf der Rückfahrt nach Hause hatte sie ihm gesagt, wie machtvoll und befreit sie sich nach ihrem gemeinsamen Erlebnis gefühlt hatte. Als hätte man sie endlich aus einem unsichtbaren Käfig herausgelassen. War das denn nicht gut?

Mist! Er wusste es nicht mehr. Er wusste gar nichts mehr.

Ganz ehrlich, würde Dr. Jim noch unter den Lebenden weilen, Jake würde ihn anrufen, um die Sache mit ihm zu besprechen. Aber der Mann war vor zehn Jahren im Alter von fünfzig an einem Herzinfarkt gestorben. Jake war damals ziemlich fertig gewesen und hatte sogar an der Beerdigung teilgenommen. Dass er Dr. Jim allerdings jemals wieder *brauchen* würde, das hätte er niemals gedacht. Und mit irgendeinem x-beliebigen Seelenklempner über seine tragische Vergangenheit oder seine komplizierte Gegenwart zu reden, dazu hatte er nun wirklich keine Lust.

Du musst die Sache eben allein für dich klären. Verdammt, wenn zehn Jahre Therapie nicht gereicht haben, dann würden auch weitere Sitzungen nichts nützen. Also denk nach. Finde eine Lösung.

Dabei war er nicht mal im Ansatz so besorgt über *seinen* Seelenfrieden wie über den von Carly. Schließlich liebte er sie. Und er wollte sie vor allem Übel beschützen. Aber schon allein dieser Gedanke schien im direkten Gegensatz dazu zu stehen, dass er sie ermutigt hatte, die Schwänze seiner Freunde zu lutschen, während er sie fickte. Es kam ihm vor wie ein Beweis, dass er eben doch nicht wusste, was gut für sie war. Dass es ihm eben doch nicht um ihren Seelenfrieden ging und er sie stattdessen in Gefahr brachte.

Du bist nichts weiter als ein egoistischer Mistkerl! Sex konnte einen dazu verleiten, egoistisch zu werden. Jake befürchtete, irgendwann vergessen zu haben, dass er ihr eigentlich helfen sollte, die Wunden der Vergangenheit verheilen zu lassen. Er hatte das getan, was sich für *ihn* am besten anfühlte und sich dann eingeredet, dass das auch für sie gut war.

In diesem Moment klingelte sein Handy. Als er auf das Display schaute, sah er Carlys Namen. Er nahm ab. »Hey!«

»Selber hey. Kommst du in deiner Pause nun auf einen Sprung vorbei?« Das war der Plan gewesen, und seine Pause begann schon bald.

Mist! »Eigentlich … bin ich ziemlich fertig. Wenn ich zu lange haltmache, schlafe ich bestimmt ein. Aber ich mache es wieder gut.«

»Kein Problem«, erwiderte Carly. Sie klang zwar ein wenig enttäuscht, aber immer noch wie die liebevolle Carly, wie er sie kannte und liebte. Jake war wirklich ziemlich fertig und dachte außerdem, dass er im Moment keine allzu gute Gesellschaft sein würde. Vielleicht war er auch einfach nur nicht bereit, der Frau gegenüberzutreten, von der er fürchtete, dass er nicht gut für sie war. »Hab dich lieb«, sagte sie.

»Ich dich auch«, erwiderte er. Und auch das stimmte. Eine Wahrheit von vielen. Die aktuelle Frage lautete: Welches war wohl die wichtigste von all den Wahrheiten, die da gerade in seinem Kopf herumschwirrten? Dass er sie liebte? Oder dass diese Liebe vielleicht auch bedeutete, dass er ihr schadete?

Am folgenden Abend war es Carly, die abends arbeiten musste. Sie hatte damit begonnen, ihre neuen herzförmigen Schachteln mit einigen komplizierten Schnitzmustern zu verzieren und konnte kein rechtes Ende dabei finden. Die Eingangstür war dicht, das »Geschlossen«-Schild hing im Fenster, und Oliver lag dort zusammengerollt und bewachte die Hauptstraße. So saß Carly, vom angenehmen Geruch nach Holz und Sägespänen umgeben, selbstvergessen an ihrem Arbeitsplatz – als plötzlich Jake klingelte.

Sie schaute lächelnd auf. Sie war zwar völlig in ihre Arbeit vertieft, hatte aber noch größere Lust, sich in ihren Mann zu vertiefen. Also legte sie ihr Werkzeug beiseite, klopfte sich den Staub und die Sägespäne von der Jeans und öffnete die Tür.

Wow! Nach den paar Tagen, die sie wegen diverser Verpflichtungen getrennt verbracht hatten, sah er einfach nur zum Anbeißen aus. Jake trug ein leicht zerknittertes langärmliges Hemd und eine Jeans. Sein Haar war mal wieder für einen Friseurbesuch fällig, und er war unrasiert. Aber all das ließ ihn nur noch knuddeliger erscheinen. Sie begrüßten sich mit einem liebevollen Kuss über die Pizzaschachtel hinweg, die er bei sich trug. »Hey, Schnuckiputz«, sagte er und trat ein.

Komisch. Der alberne Kosename war mittlerweile wirklich genau dazu geworden – zu einem Kosenamen. Das Alberne daran hörte Carly schon gar nicht mehr. Für sie war es sowieso eine Premiere, denn dies war ihr erster Kosename.

Doch irgendetwas an Jakes Benehmen kam ihr ein wenig

missmutig vor. »Du wirkst … niedergeschlagen«, sprach sie ihn darauf an. »Stimmt irgendwas nicht?«

Sein Lächeln spiegelte sich nicht unbedingt in seinen Augen wider. »Nein. Bin nur immer noch ein bisschen müde. Danke, dass du einverstanden warst, heute Abend zu Hause zu bleiben.«

Sie schüttelte den Kopf. »Hierbleiben oder ausgehen – ist mir beides recht.«

Danach gingen die beiden hinauf in Carlys Wohnung und taten das, was sie schon bei ihrer ersten Verabredung getan hatten –, sie teilten sich eine Pizza und eine Flasche Wein. Doch als sie sich jetzt von ihrer Arbeit und dergleichen erzählten, fühlte sich das ungleich ungezwungener und angenehmer an als damals.

Um genau zu sein, fiel es Carly sehr schwer, die Hände von ihm zu lassen. Und als sie die Pizza verspeist hatten, da wusste sie, dass es ihm ebenso ging. Irgendwann packte er sie schließlich beim Handgelenk. »Ich halte es nicht mehr aus! Komm her!«, sagte er und zog sie auf dem Sofa zu sich heran.

Und … Verflixt, was war das nur mit diesem Mann? Er machte sie mit der Zeit immer mehr an. Als Carly mit den Fingerspitzen über seine dunklen Bartstoppeln strich, verfestigte sich sein Griff um ihre Taille, und sie versanken in tiefen Küssen, die sie förmlich dahinschmelzen ließen. Ihr ganzer Körper vibrierte – besonders als sie seine Erektion an ihrem Schenkel spürte. Die Härte seines Schwanzes sorgte wie immer dafür, dass ihre Brust sich zusammenzog und sie von einer ungezähmten Wildheit gepackt wurde, die so gar nicht zu dem lieben Mädchen passte, das ganz Turnbridge kannte. Und Carly versuchte auch gar nicht mehr, dieses Gefühl beiseitezuschieben. Es war jetzt ein Teil von ihr – ein *starker* und *willkommener* Teil.

Als er ihr das Oberteil auszog, ließ der Anblick ihres BHs ihn einfach nur aufseufzen. »Du bist also nicht zu müde, um mich zu ficken?«, fragte sie.

Er küsste sie erneut, diesmal schon etwas härter. »Ich bin *nie* zu müde, dich zu ficken, Baby«, erwiderte er mit lustheiserer Stimme. Dann warf er sie auf dem Sofa fast grob auf den Rücken und legte sich auf sie. Seine Stimmung schien sich urplötzlich völlig verändert zu haben. Eben noch müde, und jetzt wild wie ein Tier. Ihre Fotze schwoll an.

Es dauerte nicht lange, und sie waren beide nackt. Er saugte voller Hingabe an ihren Brüsten und schob gleichzeitig zwei Finger in ihre Muschi. »Ja!«, stöhnte sie.

»Mann, ich dachte, ich müsste dich erst noch feucht machen, aber du bist ja schon jetzt klitschnass!«

»Schon allein der Gedanke an dich macht mich feucht«, gestand sie ihm.

Und als er ihre Beine spreizte und dann seinen Schwanz in ihr versenkte, hatte sie überhaupt nichts dagegen, dass sie unter ihm lag. Nicht im Geringsten. Das Letzte, was sie jetzt brauchte, war Kontrolle. Sie genoss die düstere Hitze in seinen Augen, während er sie stopfte und wieder und wieder zum Schreien brachte.

Nach einer gewissen Zeit positionierte er sie auf Hände und Knie – eine seiner Lieblingsstellungen – und fickte sie von hinten. Und wie immer in dieser Stellung fühlte er sich noch größer in ihr an, und sie spürte die Heftigkeit seiner Stöße bis in die Finger und ihre Zehen. Genau wie an jenem ersten Abend auf dem Schiff griff er in ihr Haar und zog sie daran ganz leicht nach hinten – gerade genug, dass ihre Kopfhaut von einem Kribbeln überzogen wurde. Das zusammen mit der Erinnerung an Rogans voyeuristische Augen steigerte ihre Geilheit ins Unermessliche und gab ihr erneut das Gefühl, schmutzig und zugleich wunderschön zu sein. Carly wünschte fast, dass Rogan auch jetzt hier wäre und sie beobachten würde.

Doch als Jakes Finger um ihre Hüften herum und zwischen ihre Beine wanderten, um mit ihrem Kitzler zu spielen, konnte sie nur noch ihre *eigene* Lust spüren, die sich ganz plötzlich in der kleinen, geschwollenen Knospe konzentrierte. Sie hörte sich selbst wimmern. Hörte, wie er ihr durch zusammengepresste Zähne hindurch sagte, dass er es ihr heiß und hart besorgen würde. Seine Worte ließen sie ihm ihren Po mit noch mehr Macht entgegenwerfen.

Und dann – o Gott! – begann er mit den Fingern seiner anderen Hand ihre Rosette zu reiben. »Ja! Ja! Bitte«, drang es aus ihrem Mund.

Als einer seiner Finger schließlich in ihr Poloch eindrang, war es so weit. Der Höhepunkt durchfuhr sie fast ohne Vorwarnung. Wie eine Flutwelle begrub er sie unter sich, brachte sie zum Schreien, zum Schwitzen und zum Aufbäumen, bis sie schließlich unter ihm zusammenbrach. Dann herrschte Stille.

»Du bist so ein versautes, geiles Luder für mich«, keuchte Jake hinter ihr. »Und ich liebe dich so sehr.« Er hob ihren Hintern mit seinen starken Händen erneut etwas an und rammte seinen Schwanz wieder und wieder in ihre Spalte. Beide stöhnten und schluchzten. »O ja, ich komme! Ich komme ganz tief in deiner engen, kleinen Fotze!«

Nachdem sie eine Minute lang still und stumm dagelegen hatte, griff Jake nach einem Taschentuch. Und als Carly sich umdrehte, um ihn anzusehen, fühlte sie sich ihm so nah wie immer. Wenn sie jetzt auf ihre Nächte als Desiree zurückschaute, dachte sie nur: *Wie kann man nur etwas so Intimes und Freizügiges mit einem Mann tun,* ohne *sich ihm nah zu fühlen?* Wie hatte sie das nur gemacht? Sie wusste es nicht mehr. Ihre starke Verbindung zu Jake erlaubte es ihr endlich, ihm direkt in die Augen zu sehen und nichts als Freude darüber zu empfinden, was sie gerade mit ihm geteilt hatte. Freude und Glück darüber, dass er sie liebte.

Er küsste sie auf die Lippen und auf die Brust und legte seinen Kopf dann neben den ihren. Carly liebte es, seine schiere Männlichkeit zu spüren, wenn er scheinbar jeden seiner angespannten Muskeln gegen ihren Leib presste. Sie fuhr mit den Fingerspitzen über seine Tätowierung.

»Sag mal«, begann er mit tiefer Stimme, »geht's dir eigentlich immer noch gut – mit dem letzten Wochenende, meine ich?«

Sie lächelte. »Absolut«, versicherte sie ihm. »Ich habe mich wirklich noch nie so lebendig und im Einklang mit meiner … Weiblichkeit gefühlt. Oder wie immer man das nennen will.« Ihre Haut prickelte bei der Erinnerung an ihre Erlebnisse auf dem Schiff.

Als er nichts erwiderte, überkam sie eine *weitere* Erinnerung. Und zwar an ein Gespräch, das sie auf der Rückfahrt von Traverse City geführt hatten. Er hatte ihr anvertraut, dass es zwar unglaublich geil für ihn gewesen war, dabei zuzuschauen, wie sie die Schwänze seiner Freunde gelutscht hatte, dass es aber auch einen Teil von ihm gab, der sehen wollte, wie sie auch von anderen gefickt wurde. »Falls du das Ganze jemals ausbauen willst«, waren seine Worte gewesen.

Carly hatte sich auf die Lippe gebissen. »Ich kann nicht abstreiten, dass die Vorstellung mich scharfmacht«, hatte sie erwidert. »Aber nur solange sich dadurch nichts zwischen uns ändern würde.«

Jake hatte reagiert, als stünde das völlig außer Frage und als hätte er langsam genug von diesem Gerede. »Wie oft muss ich es dir denn noch sagen? Nichts, was du tust, wird jemals meine

Gefühle für dich ändern. Sex ist geil. Aber Sex ist eben nicht Liebe. Wenn du es mit einem anderen Kerl treibst, dann ist das nur Sex. Aber wenn du es mit einem anderen Kerl treibst, weil wir es beide wollen und wir uns danach noch verbundener fühlen, dann ist das Liebe.«

Carly hatte in den letzten Tagen wiederholt daran gedacht, sich von einem anderen Mann ficken zu lassen, während Jake dabei zuschaute. Und jetzt, da sie darüber sprachen, zögerte sie nicht, ihm mitzuteilen, wie sie zu der Vorstellung stand. Und zwar deshalb, weil sie nicht mehr länger zögern *musste.* »Ich muss immer wieder daran denken, wie du dabei zusiehst, wie ich von einem anderen gefickt werde«, flüsterte sie, und ihre Stimme klang tiefer und lüsterner als sonst. »Genau wie du es auf dem Rückweg vorgeschlagen hast. Ich bin zwar immer noch nicht sicher, ob ich bereit bin, so weit zu gehen, aber die Vorstellung erregt mich. Auf dieselbe Art, wie es mich erregt hat, wie du mich mit deinen Freunden geteilt hast. Irgendwie … werde ich jedes Mal scharf, wenn ich daran denke, wie ich es mit euch allen gleichzeitig getan habe. Macht es dich auch immer noch so an?«

Carly kannte die Antwort zwar bereits, wollte sie aber aus seinem Munde hören und sich noch mehr erregen lassen.

Aber Jake ließ sich einen Moment Zeit mit der Antwort, schloss zwischendurch die Augen. Sie studierte sein Gesicht gründlich und versuchte, hinter seine Gedanken zu kommen. Doch als er sie schließlich ansah und »Ja« flüsterte, sah er einfach nur sehr traurig aus.

Carly versuchte, den Kloß herunterzuschlucken, den sie plötzlich im Hals spürte. Wieso fühlte sie sich auf einmal so schmutzig? Es war zwar keine Scham, kein Schuldgefühl, aber es war nahe dran. »Was ist denn los, Jake? Was stimmt denn nicht?«

Er schüttelte den Kopf und schloss erneut die Augen. »Nichts.« Es fühlte sich an, als wollte er sie ausschließen.

»Irgendwas ist doch«, insistierte sie. Und als er nicht antwortete, wurde sie wütend. Panik stieg in ihr auf, und ihr Herz raste wie wild. »Sag schon!«

Er seufzte und öffnete die Augen. »Nicht sauer werden.« Aber sein Gesichtsausdruck hatte immer noch etwas sehr Niedergeschlagenes. »Es ist nur … was ich sagte, dass ich will, dass du mit einem anderen Kerl fickst – ich finde, das sollten wir lieber lassen. Okay?«

Seine Worte sorgten nicht gerade dafür, dass ihr Herzschlag sich verlangsamte. Dabei ging es nicht darum, dass sie so wild darauf war, mit einem anderen zu ficken, sondern um seinen plötzlichen Meinungsumschwung. »Okay«, erwiderte sie leise. Doch gleichzeitig hatte sie auch das Gefühl, dass dieser Sinneswandel einer weiteren Erklärung von ihm bedurfte. »Und wieso?«, fragte sie nach.

Seine Antwort kam zwar stockend, klang aber dennoch sicher. »Ich glaube, die ganze Geschichte ist ein Fehler, *war* ein Fehler. Wir hätten das nicht tun sollen. Ich hätte dich nicht in diese Richtung drängen sollen.«

Jake hatte noch nie etwas gesagt, was sie so still hatte werden lassen, sie so ernüchtert hatte. Seine Worte hatten etwas von einer Verurteilung. Einer Verurteilung ihrer Person. »Was sagst du da?«

Jake setzte sich auf und atmete tief ein. Carly tat es ihm gleich. Und obwohl ihr nicht im Geringsten kalt war, griff sie nach der Afghan-Decke, die hinter dem Sofa lag, und legte sie über ihre Brüste.

Er sah sie nicht an, während er sprach. Sein Blick war die ganze Zeit auf die leere Pizzaschachtel auf dem Sofatisch gerichtet. »Ich war egoistisch, Carly. Es war egoistisch von mir, dich zu Dingen zu treiben, die *mich* anmachen. Und auch wenn ich uns beiden immer wieder versichert habe, dass ich es für *dich* tat, glaube ich, dass es in Wahrheit doch nur um *mich* ging. Darum, dass ich mich vom Sex habe bestimmen und kontrollieren lassen. Und jetzt … ach, verdammt … jetzt lasse ich dich die Schwänze anderer Männer lutschen, nur weil *ich* es will!«

»Und wenn ich es nun auch wollte?«, flüsterte sie – auch wenn sich das Ganze aus seinem Mund auf einmal so schrecklich anhörte, dass sie es kaum zugeben wollte.

Aber Jake schüttelte nur den Kopf. Er schien so in seinen Gedanken verloren zu sein, dass sie sich fast unsichtbar vorkam. »Ich habe dich dazu gedrängt. Ich habe das Thema vor unserer Abreise angesprochen, und als wir auf dem Schiff waren, noch mal. Ich wollte so sehr, dass du die anderen ranlässt, dass ich es schon fast körperlich spüren konnte. Und jetzt …«

»Was jetzt?«, fragte sie leicht gereizt nach.

»Jetzt wird mir klar, dass ich das Problem dadurch nur noch verstärkt habe.«

»Das Problem?«

»*Dein* Problem!«

Sie kniff die Augen zu. »Und was genau *ist* mein Problem?«

Als er sie endlich wieder ansah, schienen seine blauen Augen sie förmlich zu durchbohren. »Du weißt selbst am besten, was dein Problem ist. Dein Vater hat dich missbraucht.«

Carly atmete tief ein und spürte so etwas wie Zorn in sich aufsteigen, weil er sie daran erinnerte. »Du hast mir doch gesagt, dass ich das hinter mir lassen soll. Ich soll ihm vergeben und mein Leben weiterleben. Und genau das habe ich getan.«

Er seufzte tief auf und griff nach ihrer Hand. Doch irgendetwas an seinem Benehmen sorgte dafür, dass sie sich dumm oder sogar kindisch vorkam. »Das verschwindet nicht eben mal einfach so, Carly. Es ist immer da. Und es braucht Zeit, um es zu überwinden. Und dass ich dich zu diesen Dingen getrieben habe, war einfach nur … verdammt unsensibel und egoistisch.«

Carly hatte das Gefühl, sich verteidigen zu müssen. »Aber ich dachte, es wäre etwas Gutes, dass ich … na ja, dass ich etwas mutiger und draufgängerischer sein wollte.«

»Schätzchen, für ein Missbrauchsopfer ist derartige Hemmungslosigkeit nicht weniger ungesund wie die Angst vor Sex, sondern einfach nur die andere Seite der Medaille.«

Carly wusste überhaupt nicht, wie sie reagieren oder was sie dazu sagen sollte. Sie war ganz zittrig und hatte das ungute Gefühl, irgendwie getäuscht worden zu sein. Schließlich hatte Jake ihr wieder und wieder gesagt, dass es okay wäre, sich so gut zu fühlen. Er hatte gesagt, dass sie sich all diese lüsternen Gefühle ruhig zugestehen sollte und dass er sie hinterher immer noch genauso lieben würde. Doch in der Rückschau schien das alles eine Lüge gewesen zu sein, und Carly fühlte sich geradezu bestraft. Und mit diesem Gefühl kehrte auch die altbekannte Scham zurück – dieser unglaublich tief sitzende Gedanke, etwas Unrechtes getan zu haben. Etwas Schmutziges. Und zwar nicht auf gute Weise schmutzig.

»Wenn das alles so schlimm war, wieso hast du dann zugelassen, dass ich mitgemacht habe?«, fragte sie ihn, nachdem sie die Sprache endlich wiedergefunden hatte.

Sein Gesichtsausdruck bekam etwas Besorgtes, und er ergriff ihre Hände. »Es war ja nichts Schlimmes, Schätzchen. Das meine ich damit doch gar nicht. Es ist nur wahrscheinlich nicht gesund. Für dich. Zumindest jetzt nicht. Und wieso ich es zugelassen habe …« Er hielt inne und fuhr sich durch sein bereits zerzaustes Haar. »Verdammt! Ich habe es dir ja schon gesagt. Ich war egoistisch. Ich … habe mich von meinen alten

Themen überrennen lassen und wollte eben unbedingt die Kontrolle haben. Ich habe einfach keine gute Ausrede parat. Es tut mir leid.«

Es tat ihm leid. »Was genau tut dir denn leid?«, fragte sie erbost. »Dass du mir gesagt hast, es würde mich stärker machen? Oder dass du mir jetzt das exakte Gegenteil auftischst? Tut es dir leid, dass ich mutig genug war, das zu tun, was sich gut anfühlte? Oder dass du mir jetzt, da es zu spät ist, das Ganze rückgängig zu machen, das Gefühl gibst, nichts weiter als eine Schlampe zu sein?«

»Ach, verdammt noch mal!«, knurrte er, stützte sich mit den Ellenbogen auf die Knie und legte mit geschlossenen Augen den Kopf in die Hände. Er sah jetzt genauso gequält aus, wie sie sich fühlte. Und als er sich wieder aufrichtete, lief ihm eine Träne über die Wange. »*All* das tut mir leid«, erklärte er mit tränenerstickter Stimme und schüttelte dann den Kopf. »Aber bitte, Baby, du musst mir glauben, dass du nichts Unrechtes getan hast. Das würde ich niemals so sehen.«

Carly hatte sich noch nie so … verraten oder getäuscht gefühlt. Na ja, einmal vielleicht schon. Ihr Vater hatte sie mit seiner Tat schließlich auch irgendwie verraten.

Als Mädchen oder Frau *konnte* man eigentlich überhaupt nicht gewinnen! Man *konnte* einfach nicht stets die richtigen Schritte tun, wenn man sein ganzes Leben lang mit sexuellen Situationen und Entscheidungen konfrontiert wurde. Und es war nicht mal Jakes Schuld, dass ihr diese furchtbare Erkenntnis kam. Aber was jetzt in dieser Minute geschah, das war sehr wohl seine Schuld. Carly konnte nicht mehr an sich halten … und explodierte.

»Wer zum Teufel hat dir eigentlich die Verantwortung für meine Probleme übertragen?!«, brüllte sie und sprang auf. Wäre sie nicht aufgestanden, hätte sie ihm ganz sicher eine

Ohrfeige verpasst. Ihre Hände wurden zu Fäusten, als sie die Afghan-Decke eng an sich presste. »Und wer zum Teufel hat dich gebeten, den Therapeuten für mich zu spielen?! Was gibt dir das Recht, mir zu sagen, was ich tun darf und was nicht?! Was ich tun sollte oder nicht tun sollte?! Und mir dann auch noch … mir dann auch noch das Gefühl zu geben, etwas Schlechtes getan zu haben?! Wie kannst du es wagen?!«

Jetzt sprang auch Jake auf. »Ich wollte dir nie das Gefühl geben, etwas Schlechtes getan zu haben, Carly! Das schwöre ich!«

»Aber das hast du nun mal. Und das ist eine Sache, die du nicht mehr zurücknehmen kannst!« Ihre Wut wurde immer größer. »Woher nimmst du verdammt noch mal den Nerv, dich meiner *Probleme* anzunehmen, wie du es nennst? Du kannst ja nicht mal deine eigenen Probleme lösen. Du machst hier einen auf entspannt und locker, dabei bist du genauso verkorkst wie ich!«

Nach diesem Wortschwall setzte sich Jake wieder hin. »Ich weiß es nicht«, antwortete er mit leiser Stimme. »Du hast ja recht, ich bin verkorkster, als ich dachte. Und jetzt habe ich dir auch noch wehgetan. Und das ist nun wirklich das Letzte, was ich wollte.«

Carly schluckte nur und sagte nichts mehr. Sie war völlig fertig und aufgelöst – ein Gefühl, mit dem sie vor ein paar Minuten nicht im Entferntesten gerechnet hatte. Meine Güte, sie hatten sich gerade wild und leidenschaftlich geliebt – als wäre gar nichts los.

Sie schlang die Decke um ihren Körper, fühlte sich zu nackt und zu schutzlos. Gleichzeitig war sie immer noch unglaublich wütend. Carly warf sich in den Sessel, der neben dem Sofa stand, um nicht neben ihm sitzen zu müssen.

»Die Sache geht mir schon die ganzen letzten Tage im Kopf herum«, gestand er ihr.

»Wärst du überhaupt damit rausgerückt, wenn ich es nicht angesprochen oder es dir aus der Nase gezogen hätte?«

Er sah sie an. »Wahrscheinlich nicht. Ich habe das Thema vermieden. Ich wusste ja … dass wahrscheinlich keiner von uns beiden allzu begeistert davon gewesen wäre.«

»Aber es hat dich nicht davon abgehalten, mich hart durchzuficken.«

Er nickte mit finsterem Gesichtsausdruck. »Das ist ja eben ein Teil des Problems. Ich will dich kontrollieren, kann mich aber eben selbst nicht kontrollieren. Ich weiß, ich hätte gleich mit dir darüber reden sollen, als ich heute Abend kam. Aber als ich dann hier war, habe ich es irgendwie nicht fertiggebracht. Denn wenn ich mit dir zusammen bin … ach verdammt, dann will ich eben *richtig* mit dir zusammen sein. Ich will in dir sein, auf dir drauf. Besonders, wenn ich dich ein paar Tage nicht gesehen habe.«

Carly fühlte sich jetzt auch körperlich hin- und hergerissen. Seine Worte erregten sie gegen ihren Willen und ließen ihre Möse feucht und warm werden. Und doch fühlte sich dieses Begehren in diesem Moment einfach nur falsch, ja fast abstoßend an. Mit einem Schlag hatten Liebe und Sex sich auf eine merkwürdige, schwer auseinanderzuhaltende Weise vemischt. Jake hatte ihr gesagt, dass das nicht gesund wäre, und sie hatte nicht die geringste Ahnung, ob sie nun derselben Meinung war oder nicht. Es war alles so schrecklich kompliziert.

Aber Carly wusste, dass sie ihn immer noch liebte. Zwar war sie im Moment fuchsteufelswild auf ihn, aber sie liebte diesen Mann einfach.

Und sie wusste, dass sie ihn immer noch begehrte. Ihre körperliche Reaktion sprach einfach Bände. Und auch wenn man ihm die Anstrengung und die Verstimmung ansah, so fand sie ihn doch immer noch wunderschön, wie er nackt auf ihrem Sofa saß.

Ich liebe dich immer noch. Ich vergebe dir. Oder zumindest werde ich dir sehr bald vergeben. Ich werde darüber hinwegkommen. Ich werde über alles hinwegkommen. Genau wie du.

Diese Sätze lagen Carly auf der Zunge. Sie versuchte nur noch, die richtige Art zu finden, sie auch auszusprechen. Doch in diesem Moment kam Jake ihr mit seinen eigenen Worten zuvor. »Wir sollten uns nicht mehr sehen, Carly«, teilte er ihr mit.

Kapitel 19

O Mann, er litt wie ein Hund, als er ihren gequälten Gesichtsausdruck sah. »Was?!«, fragte sie völlig entgeistert.

Jake schloss erneut die Augen, denn er fand es einfach schrecklich, ihr so wehzutun. Das Ganze war verdammt hart. Und er war ein größerer Mistkerl, als er es je für möglich gehalten hätte.

»Ich bin nicht der richtige Mann für dich«, versuchte er ihr zu erklären. Die Worte brannten in seiner Kehle, denn auch ihm tat diese Erkenntnis furchtbar weh. Er liebte sie. Er wollte sie. Er sehnte sich nach ihr. Aber ihre Beziehung war einfach zu viel für ihn. Sie verzehrte ihn. Sie war alles, wovor Dr. Jim ihn gewarnt hatte – und mehr. Und das praktisch vom ersten Tag ihrer Begegnung an. Er hatte es damals nur nicht erkannt.

»Ich werde niemals der richtige Mann für dich sein«, fuhr er fort – jedes Wort schmerzender als das vorherige. »Denn Menschen wie wir, Menschen mit unserer Vergangenheit … Wir sind einfach nicht gut füreinander. Du solltest dir einen anderen suchen, Carly.«

Als ihre Blicke sich erneut trafen, starrte sie ihn einfach nur ungläubig an. »Und mit wem um alles in der Welt sollte ich deiner Meinung nach zusammen sein?«

Er antwortete voller Aufrichtigkeit. »Mit jemandem, der normal ist. Mit jemandem, der nicht so viel Probleme mit sich rumschleppt. Irgendein netter, normaler Kerl aus Turnbridge. Jemand wie Tommy oder dein alter Freund Chuck.«

Ihre Augen weiteten sich. »Ist das wirklich dein Ernst? Du glaubst, dass ich das will? Jetzt, nach allem, was gewesen ist? Du glaubst, irgendein stinknormaler Typ könnte mich wirklich glücklich machen? Oder mich befriedigen? Oder mich gar verstehen?!«

Meinte sie nach all dem wilden Sex, den sie gehabt hatten? Oder der großen, tiefen Leidenschaft, die sie füreinander empfanden? In gewisser Weise waren das nämlich zwei völlig unterschiedliche Punkte. Aber er hatte zugelassen, dass ihre Leidenschaft füreinander sie zu grenzüberschreitendem Sex getrieben hatte.

Die Antwort auf diese Fragen spielte eigentlich gar keine Rolle. Denn wie sehr er das Ganze auch drehte und wendete, das Ergebnis blieb dasselbe. Eigentlich hatte Jake heute Abend gar nicht vorgehabt, mit ihr Schluss zu machen – jede Minute dieser Auseinandersetzung riss ihm praktisch das Herz aus dem Leib. Aber er konnte einfach nicht anders, als die hässliche Wahrheit auszusprechen. »Zwei Menschen, die Erfahrungen mit Missbrauch gemacht haben … werden einfach nie in der Lage sein können, sich gegenseitig zu helfen. Ich werde immer die Kontrolle über dich haben wollen. Ich werde immer ein egoistischer Liebhaber sein, der dich zu Dingen treibt, die einfach zu weit gehen. Und du wirst es … immer zulassen, fürchte ich. Du hast einfach etwas Besseres verdient. Du verdienst einen Mann, der nicht so verdammt fordernd ist. Du verdienst einen Mann, der … ich weiß auch nicht … der sich von dir in Handschellen legen lässt.«

»Auf Handschellen steh ich nicht.«

»Das weiß ich, war ja auch nur ein Beispiel. Auf jeden Fall verdienst du einen Mann, der dich im Bett als gleichberechtigte Partnerin behandelt. Und mir wird langsam klar, dass ich dieser Mann eben nicht sein kann. Außerdem will ich gar keine Frau, die mir alles durchgehen lässt. Ich habe mich nämlich in dich verliebt, als du noch nicht so gut in der Lage warst, die Kontrolle abzugeben. Und zwar weil *du mich* dominiert hast. Weil du dir einfach genommen hast, was du wolltest. Genauso wie ich es tue. Aber das hat ja auch nicht so gut funktioniert«, fügte er trübsinnig hinzu. »Als wir beide die Kontrolle wollten, meine ich.«

Auf Carlys Gesicht zeichnete sich ein seltsames, trauriges Lächeln ab. »Ich kann gar nicht gewinnen, oder? Du willst mir nicht die Kontrolle überlassen, willst aber auch nicht, dass ich sie abgebe. Was ich auch tue, du sagst, dass die Sache mit uns nicht funktioniert. Dabei fand ich eigentlich, dass sie verdammt gut funktioniert.« Die Träne, die Carly bei diesen Worten über die Wange rann, brach ihm das Herz.

»Ich liebe dich, Carly. Aber … Mist, es geht hier einfach um mehr als Sex. Als ich dich dazu gedrängt habe, Shane und Rogan einzubeziehen …«

»Ich wollte es!«, brüllte sie und beugte sich mit geballten Fäusten vor. »Ich wollte es genau so sehr wie du! Ich wollte ihre Schwänze in meinem Mund haben! Zwischen meinen Titten! Ich wollte unbedingt wieder spüren, wie es ist, mehr als einen Schwanz zu bespielen! Da hast du's! Es ging eben nicht allein von dir aus! Ich wollte es auch! Ich war total geil drauf! Was sagst du dazu?!«

Jake musste schwer schlucken, denn die Tränen rannen ihr jetzt sturzbachartig übers Gesicht. Es fühlte sich an, als würde sie ihm gerade ihre Sünden beichten. Denn *jetzt*, unter diesen neuen Umständen, tat es ihr ganz offensichtlich sehr weh, ihre Begierden zuzugeben. Dabei schien sie irgendwie zu glauben, dass alles gut wäre, wenn sie ihm nur die Verantwortung abnahm. Aber davon konnte keine Rede sein.

»Aber du hättest es niemals getan, wenn ich es nicht vorgeschlagen hätte«, sagte er mit leiser Stimme. »So gut kenne ich dich schon.«

»Mit dir und Colt habe ich es doch schließlich auch getan. Das und mehr. Und das hatte ich sogar selbst vorgeschlagen.«

»Du weißt genau, dass das etwas anderes war.« Er hielt inne, seufzte und versuchte, den Kopf klar zu kriegen. Jake wollte ihr unbedingt begreiflich machen, worum es ihm ging. »Als ich dich dazu gedrängt habe, es mit Shane und Rogan zu tun, hatte ich hinterher das Gefühl, dich … dich ebenfalls missbraucht zu haben – nur auf eine andere Art und Weise.«

»Das ist doch Schwachsinn!«, fuhr sie ihn an.

Aber es war kein Schwachsinn. »Ich liebe dich zu sehr, um dir auf eine Weise wehzutun, die du selbst noch gar nicht erkennst«, erklärte er und schaute sie einfach nur an.

Carly sah ebenso erschöpft und fertig aus, wie er sich fühlte. Und als sie nicht antwortete, begann er, seine Sachen zusammenzusuchen und sich übereilt und etwas ungelenk anzuziehen. Jake sehnte sich danach, Carly in seine Arme zu ziehen und ihr einen letzten leidenschaftlichen Kuss zu geben. Aber das würde nur dazu führen, dass sie noch einmal wie die Tiere übereinander herfallen würden. Und das konnte er einfach nicht zulassen. Er wollte die Sache unbedingt beenden, bevor er sie auf alle Zeiten und endgültig verkorkste.

Also ging er stattdessen zu ihr rüber, umfasste ihr Kinn und beugte sich vor, um ihr einen Kuss auf die Stirn zu drücken.

Und verdammt – selbst das spürte er zwischen seinen Beinen.

Geh endlich! Sofort! Du musst gehen! Du bist nicht gut für sie!

Und die sogar noch schwerer zu ertragende und schlimmere Wahrheit? *Sie ist auch nicht gut für dich.*

An diesem Abend gewann keiner von beiden.

Carly gab sich alle Mühe, sich in die Arbeit zu vertiefen. Ihre herzförmigen Schachteln verkauften sich schneller, als sie für Nachschub sorgen konnte. Sie fertigte gerade mit dem uralten Rundhobel ihres Vaters ein weiteres Exemplar an, merkte aber schnell, dass sie sich überhaupt nicht konzentrieren konnte.

Es war jetzt eine Woche her, seitdem Jake mit ihr Schluss gemacht hatte. Und zusätzlich zu der Befürchtung, nie wieder in ihrem Leben glücklich zu werden, wollten all ihre Bekannten natürlich den Grund dafür wissen. Da sie ihnen aber nicht erklären konnte, woran es lag, erfand sie einfach eine Nullachtfünfzehn-Version der Wahrheit. *Er fand, die Beziehung wurde zu schnell zu ernst.* Oder irgendwas in der Art. Dann rollte sie mit den Augen und schüttelte den Kopf, als würde sie das Ganze einfach nur albern finden – und versuchte, nicht zu weinen.

Dabei hatte sie in letzter Zeit viel geweint. Und sie war wirklich keine Frau, die oft Tränen vergoss. Schließlich war sie bis vor Kurzem recht geschickt darin gewesen, Gefühle nicht nur abzuschotten, sondern sie einfach ganz abzustellen, wenn sie nicht damit zurechtkam. Doch ihre Gefühle für Jake schienen keinen An- und Ausschalter zu haben. Jedes Mal wenn sie daran dachte, wie glücklich er sie gemacht und wie er sie dazu gebracht hatte, ihr Leben auf eine erfülltere Weise zu leben – und natürlich auch daran, dass sie ihn jetzt verloren hatte – schien ihr ganzes Sein nur noch aus Schmerz zu bestehen.

Und gestern hatte sie die schrecklichste Neuigkeit erfahren, die sie sich überhaupt vorstellen konnte. Und zwar von Dana. Tommy Gwynn hatte Danas Mann erzählt, dass Jake sich vom Turnbridge Police Department zurück nach Detroit hatte versetzen lassen. Nächste Woche würde sein letzter Tag sein.

Wenn Carly daran dachte, stockte ihr der Atem, denn jetzt wusste sie, dass sie ihn für immer verloren hatte. Endgültig und ohne Zweifel. Tief in ihrem Inneren hatte sie den ganzen Sommer über befürchtet, dass die Unzufriedenheit mit seinem Posten ihn dazu bringen würde, die Stelle zu wechseln. Und jetzt war genau das passiert. Das Ende ihrer Beziehung hatte seine Entscheidung sicher beeinflusst. Aber der Grund spielte gar keine Rolle. Von Bedeutung war nur, dass sie ihn niemals wiedersehen würde.

Verflixt! Sie hatte die Klinge des Hobels gerade zu tief in das Holz gepresst. Carly hielt inne und strich mit dem Finger über die Kerbe. Sie würde sich sicher noch wegschmirgeln lassen.

Sie hatte seit ihrer letzten Begegnung mit Jake viel über seine Worte nachgedacht und sich auch einige Bücher über sexuellen Missbrauch besorgt. Sie verstand seinen Standpunkt mittlerweile zwar, war aber immer noch der festen Überzeugung, dass er damit falsch lag. Es mochte ja sein, dass das, was sie auf dem Schiff getan hatte, nicht unbedingt gesund für jemanden war, der gerade versuchte, über einen vergangenen Missbrauch hinwegzukommen. Aber schließlich war sie ebenso verantwortlich für ihre Entscheidung gewesen wie er. Es hatte sich auch gut angefühlt. Selbst hinterher. Carly war auch alles andere als überzeugt, dass etwas, das ihr so viel Selbstbewusstsein, Stärke und Einvernehmen mit ihren eigenen Bedürfnissen geschenkt hatte, wirklich schlecht für sie sein konnte.

Es war seltsam – bevor Jake in ihr Leben getreten war, hatte ihre Sehnsucht nach Sex mit anderen Männern sie nach Traverse City getrieben. Und als sie mit ihm zusammen gewesen war, hatte beide die Vorstellung zutiefst erregt, dass sie es mit ihm und anderen Männern zugleich trieb. Doch nach Jake … Carly konnte sich nicht mal vorstellen, mit jemand anderem als ihm zu schlafen. Sie konnte sich nicht mal vorstellen, jemals wieder einen anderen Mann zu *wollen*. Geschweige denn, sich jemals wieder so von einem Mann akzeptiert, verstanden und geliebt zu fühlen. Carly wusste, dass keine Erfahrung, die sie in der Zukunft machen würde, jemals so gut, so stark und so tiefgreifend sein würde, wie das, was sie mit Jake geteilt hatte.

Wenn ich nun niemals wieder glücklich werde? Wenn ich die Erfahrung größten Glücks und größter Liebe nun hinter mir habe?

Chuck war die große Liebe ihrer Jugend gewesen. Und es hatte *Jahre* gedauert, über ihn hinwegzukommen. Aber Jake war die größte Liebe ihres Lebens. Und sie wusste instinktiv, dass sie niemals darüber hinwegkommen würde. Über die Dinge, die sie miteinander geteilt hatten. Über all das, was er ihr gegeben hatte: die Wahrheit über sich selbst, den Sex, das Lachen, die Leidenschaft, die seelische Gesundung, die Liebe.

Irgendwo in der Ecke lag der dicke, flauschige Oliver auf einem großen Stapel mit Eichenbalken. »Komm, Oliver. Komm her«, rief sie ihn mit sanfter Stimme.

Es traf sie mitten ins Herz, dass der Kater sich keinen Zentimeter bewegte. Eigentlich sollte sie das nicht so berühren, aber im Moment kränkte es sie einfach noch mehr. »Bitte, Ollie, komm zu Frauchen. Tut mir leid, wenn ich dich erschreckt habe. Ich wollte dich nur mal kurz in den Arm nehmen.«

O Mann, selbst ihr Kater hasste sie.

Okay, das war albern. Natürlich hasste ihr Kater sie nicht.

Aber sie brauchte ihn eben in diesem Moment. Sie brauchte den Trost, den Haustiere ihren Besitzern so freigiebig spenden. Bedingungslose Liebe.

Und da kam ihr der Gedanke, wie selten man so etwas doch fand – Liebe, die wahrhaftig ohne Bedingungen auskam. Würden die Menschen in ihrem Leben sie immer noch lieben, auch wenn sie die volle Wahrheit über sie kannten? Vielleicht. Aber würden sie sie auch noch *genauso* lieben? Würden ihre traditionsgebundenen, reinherzigen Freunde sie nicht vielleicht doch mit anderen Augen sehen? Würde ihre Mutter nicht erschüttert sein? Langsam kam Carly zu der Erkenntnis, dass Jake vielleicht der einzige Mensch war, der sie trotz – oder vielleicht gerade – wegen des konsequenten Auslebens ihrer Sexualität liebte. Sicher, als er mit ihr Schluss machte, hatte sich das angefühlt, als würde er sie vielleicht doch verurteilen. Aber jetzt wusste sie, dass das nur *ihre* alten Gefühle waren, die im Eifer des Gefechts nach oben gespült worden waren.

Es war also kein Wunder, dass sie Oliver unbedingt bei sich haben wollte. Der Kater war in diesem Moment ihre einzige Quelle bedingungsloser Liebe. Wie traurig war das denn?

Nach einer Minute bequemte Oliver sich endlich, vom Stapel mit den Holzbalken herunterzuklettern. Und als er in Carlys Reichweite war, schnappte sie sich das dicke, kräftige Fellknäuel und zog es in ihre Arme. Sie streichelte ihn, bis er schließlich schnurrte und saugte den Trost, den er ihr spendete, förmlich in sich auf. Wäre dieser Trost doch nur genug, um ihre angeschlagene Seele zu heilen.

Jake leistete seinen Dienst völlig mechanisch ab. Es war sein letzter Tag als Police Officer in Turnbridge.

Als er an diesem Herbstnachmittag seine Patrouille fuhr, fiel ihm auf, dass die Blätter der kleinen Bäume entlang der Hauptstraße sich bereits verfärbt hatten. Während er langsam durch die Straßen fuhr, winkten ihm vom Bürgersteig einige Leute zu, die er in den letzten Monaten kennengelernt hatte. Ja, selbst Barlow Jones in seinem großen, alten Cadillac nickte ihm hinter dem Steuer freundlich zu.

Vielleicht würde er diesen Ort doch mehr vermissen, als er erwartet hatte.

Aber das reichte nicht aus, um seine Meinung zu ändern.

Er hatte hinter dem Schaufenster von Winterberry's gerade einen kurzen Blick auf Carly erhascht, der ihm direkt ins Herz fuhr, als sich plötzlich eine Stimme aus dem Funkgerät meldete. Es war Patsy von der örtlichen Zentrale, wo es eindeutig ein bisschen lässiger zuging als in vergleichbaren Abteilungen in der Großstadt.

»Ein kleiner Junge hat mich gerade von seinem Handy aus angerufen. Sein Name ist Justin Webb, und er sagt, er versteckt sich gerade hinter einem Baum auf der Red Mill Road. Scheinbar hat irgendein Typ in einem alten Kombi ihm angeboten, ihn mitzunehmen. Justin hat das abgelehnt, weil er nur zu einem Angelteich etwa eine Meile von seinem Zuhause entfernt wollte. Aber er meint, jetzt würde dieser Mann die Strecke ständig auf- und abfahren, so als würde er ihn suchen. Justin hat schon versucht, zu Hause anzurufen, aber seine Mom arbeitet wohl im Garten und geht nicht ans Telefon. Es klingt, als hätte er große Angst. Ich weiß zwar nicht, ob an der Sache irgendwas dran ist, aber könntest du oder auch Tommy das mal überprüfen?«

Jakes innerer Alarm schaltete sofort auf Rot, und er nahm das Funkgerät zur Hand. »Ich bin auf der Hauptstraße, nur etwa eine Meile von der Red Mill Road entfernt. Ich mach mich sofort auf den Weg!« Dann aktivierte er das Blaulicht – sein Herz raste.

Jake schaltete sofort jeden weiteren Gedanken aus, manövrierte den Streifenwagen schnell, aber sicher durch den dünnen Verkehr auf der Hauptstraße und bog dann mit quietschenden Reifen in die Red Mill Road ein. Er wusste, wo das Haus der Webbs stand und kannte dank der ausführlichen Rundfahrten mit Tommy sogar den Teich, den die Bewohner von Turnbridge zum Angeln nutzten.

Er hatte das kleine Gewässer gerade passiert, als vor ihm ein uralter blauer Kombi auftauchte. Jake verständigte erst Patsy per Funk und dann auch Tommy, der an diesem ruhigen Nachmittag der einzige andere diensthabende Officer war. »Ich hab den Kombi gesichtet. Ich nähere mich ihm von hinten.«

»Ich bin ein paar Meilen hinter dir, aber schon auf dem Weg, Kumpel«, erwiderte Tommy.

Jake verlangsamte sein Tempo kaum, als er sich dem Heck des Fahrzeugs näherte. Er wartete darauf, dass der Fahrer die Lichter des Streifenwagens bemerkte. Der alte Wagen fuhr sofort rechts ran, schien aber offenbar zu glauben, dass Jake ihn nur überholen wollte.

Aber der hielt seinen Streifenwagen an, stieg aus und baute sich neben der Fahrertür auf. Er war in voller Alarmbereitschaft, denn seine Zeit in Detroit hatte ihn gelehrt, immer auf der Hut zu sein.

Noch bevor Jake ihn ansprechen konnte, sah der etwa fünfzigjährige, grauhaarige Fahrer zu ihm auf. »Gibt es ein Problem, Officer?«, fragte der Mann mit unschuldiger Stimme.

Diese Stimme – irgendetwas war mit dieser Stimme. Und als Jake dem Mann schließlich in die grünen Augen sah, wich alles Blut aus seinem Gesicht. Denn selbst jetzt, mehr als fünfundzwanzig Jahre später, würde er diesen Kerl überall wiedererkennen. Es war Larry Downy, der Mann, der ihn im Alter von sieben Jahren missbraucht hatte.

Kapitel 20

Jake war eine Sekunde lang wie gelähmt. Er fühlte sich, als wäre er wieder sieben Jahre alt. Unschuldig. Zum Opfer gemacht. Downy hatte sich abgesehen von seinem ergrauten Haar und einigen Falten überhaupt nicht verändert. Seine Frisur war sogar genau dieselbe, und er trug auch immer noch den altmodischen Schnurrbart. Oder … vielleicht hatte Jake auch nur Glück gehabt, und der Kerl veränderte seinen Look zyklisch, um für jedes seiner Opfer anders auszusehen. Es konnte durchaus sein, dass er für das neueste Objekt seiner Begierde wieder das Aussehen angenommen hatte, das Jake von damals kannte.

»Officer?«, fragte Larry Downy erneut.

In diesem Moment verwandelte sich Jakes Schock in reine, unverfälschte Wut. Ohne ein Wort zu sagen, riss er die Fahrertür auf, zerrte Downy aus dem Wagen und warf ihn mit dem Gesicht zuerst auf die Motorhaube des Kombis. Mit blitzschnellen Bewegungen packte er die Handgelenke des Mannes und legte ihm Handschellen an. »Was, was soll denn das?«, murmelte Downy. »Ich habe nichts getan!«

Gott, diese Stimme. Sie hatte etwas Schleimiges, Verschlagenes an sich. Vielleicht klang sie auch nur für Jake so wie damals.

»Bei jemandem von deiner Größe bist du schon nicht mehr ganz so mutig, was?«, knurrte Jake seinen früheren Peiniger an.

»W-was?!« Der Mann schaute mit weit aufgerissenen Augen

über seine Schulter – Augen, die Jake niemals vergessen würde. »Was reden Sie denn da?!«

Jake hoffte inständig, dass der blanke Zorn auf seinem Gesicht dafür sorgte, dass der Kerl sich vor Angst in die Hose machte. »Ich kenne dich, du verdammter Kerl«, raunte er ihm mit tiefer, drohender Stimme ins Ohr. »Du bist Larry Downy, und ich weiß ganz genau, wer du bist.«

Downy blinzelte. »Aber ich kenne *Sie* nicht.«

Jakes Blick blieb fest auf seinen Gefangenen gerichtet. Es schien ihm überaus wichtig, sich sofort zu erkennen zu geben. »Das liegt daran, dass ich bei unserer letzten Begegnung erst sieben Jahre alt war«, informierte er ihn durch zusammengebissene Zähne hindurch. »*Sieben* Jahre, du kranker Mistkerl!«

In diesem Moment schien das Scheusal endlich zu begreifen. Sein Blick bekam etwas Beunruhigtes, und er schüttelte wild den Kopf. »Sie müssen mich mit jemandem verwechseln.«

»Nein«, erwiderte Jake mit Bestimmtheit und voller Zorn in der Stimme. »Wir wissen beide, was du mit kleinen Jungs getan hast – und immer noch tust. Was du gerade heute versucht hast, mit einem kleinen Jungen zu tun.«

»Wie gesagt, ich weiß nicht, wovon Sie …«

»Halt den Mund!«, brüllte Jake ihn an, zog seine Faust zurück und schlug Larry Downy damit auf den Rücken.

Der Mann schrie auf, brach über der Motorhaube zusammen und blieb dort still liegen.

Doch Jakes Zorn bahnte sich erst jetzt seinen Weg und war nicht mehr aufzuhalten. Ohne Vorwarnung drehte er Downy um und schlug ihm mit der Rechten ins Gesicht. »Jetzt ist Schluss!«, rief er. »Du wirst keinem Kind mehr wehtun!« Mit diesen Worten vergrub er seine Linke im Bauch des Mannes. »Du wirst kein weiteres Leben mehr zerstören!« Jake packte den Mann bei den Schultern und warf ihn gegen das Auto. Er wollte ihn töten, wollte ihn wahrhaftig vom Erdboden verschwinden lassen. Aber er musste sich zusammenreißen, damit nicht *er* es letzten Endes war, der im Gefängnis landete.

Jetzt machte sich auch in Larry Downys Augen ein gewisser Zorn breit. Sein Kopf war nach hinten gekippt, und in seinem Gesicht stand der Schmerz geschrieben, den Jake ihm gerade zugefügt hatte. »Sie haben nichts gegen mich in der Hand, Partner. Ich habe keinem Kind wehgetan. Ich habe nur angeboten, ihn ein Stück mitzunehmen. Das ist alles. Sie haben nichts gegen mich in der Hand. Aber ich habe etwas gegen Sie in der Hand – und das nennt sich polizeilicher Übergriff!«

Jake starrte den Mann einfach nur an, völlig schockiert von derartiger Dreistigkeit. *Bring ihn bloß nicht um. Auch wenn du diesem Mistkerl am liebsten den Hals umdrehen willst, bring ihn bloß nicht um.*

»Da hast du aber Pech, Kumpel«, teilte Jake ihm mit. »Denn so wie ich das sehe, hast du dich einer Festnahme widersetzt. Mir blieb also gar keine andere Wahl, als mich zu verteidigen.« Jake hatte in seiner Laufbahn noch niemals jemanden ohne Grund verprügelt, und er hatte auch noch nie gelogen. Aber in diesem Fall hatte er das Gefühl, ganz und gar im Recht zu sein. Das hier war etwas Persönliches. Und zwar so persönlich wie es nur ging. »Ich habe alles, was ich brauche, um dich in den Knast zu schicken, Kumpel. Meine eigene Aussage nämlich. Und wahrscheinlich noch ein paar mehr, die ich aus deiner Vergangenheit ausbuddeln könnte.« Jake wusste zwar, dass die Verjährungsfristen für sexuellen Missbrauch kompliziert waren, aber das spielte kaum eine Rolle. Denn seine Familie war damals sofort zur Polizei gegangen, und das Verbrechen war als ungelöst zu den Akten gelegt worden – bis jetzt.

»Eigentlich solltest du mir dankbar sein!«, fuhr Jake den Widerling an und schubste ihn noch einmal gegen das Auto.

»Dankbar, dass ich dich ins Gefängnis schicke – und nicht direkt in die Hölle, wo du verdammt noch mal hingehörst!«

In diesem Moment wurde Jake von zwei Händen zurückgezogen. Als er aufschaute, erkannte er einen völlig überrascht aussehenden Tommy. Mist, er hatte das andere Auto nicht mal kommen hören. »Was zum Teufel tust du denn da, Mann?«, fragte Tommy mit leiser Stimme.

»Nur das, was getan werden muss.«

»Mann, wir wissen doch nicht mal, was dieser Mann verbrochen hat. Wir …«

»Doch, das wissen wir«, erklärte Jake ruhig. »Wir wissen es, weil … er mir wehgetan hat. Als ich noch ein kleiner Junge war.« Jake war zwar nicht gerade begeistert, Tommy sein Geheimnis verraten zu müssen, doch in diesem Moment erschien es einfach notwendig. Aber er vertraute ihm – sowohl als Freund als auch als Kollege.

Als Tommy begriffen hatte, blieb ihm der Mund offen stehen. »Derselbe Kerl?«, fragte er ungläubig.

»Derselbe Kerl«, antwortete Jake. »Ich weiß zwar nicht, was er hier in der Gegend macht, aber ganz unter uns, hätte ich ihn nicht vermöbelt, hätte ich ihn umgebracht.« Und auch jetzt noch blieb Jakes Körper angespannt, und seine Hände waren immer noch zu Fäusten geballt.

»Ist ja gut«, beruhigte Tommy ihn. »Ich würde sagen, ab hier übernehme ich den Fall. Ich werde ihn festnehmen. Ist das okay?«

Ein Teil von Jake war versucht, sich der Sache selbst anzunehmen, um absolut und hundertprozentig sicherzugehen, dass sein Peiniger auch wirklich hinter Gittern landete. Aber was Tommy vorschlug, war durchaus vernünftig. »Aber sorg dafür, dass der Mistkerl auch wirklich eingelocht wird. Und wenn irgendjemand einen Grund braucht, um ihn festzuhalten, bis ich komme, sein Name ist Larry Downy, und er steht in der Datenbank.«

Tommy nickte nur kurz und zeigte die Straße rauf, wo ein Junge neben einem Baum stand. »Meinst du, du bist ruhig genug, um den Jungen nach Hause zu bringen, seine Aussage aufzunehmen und der Mutter zu erklären, was passiert ist?«

»Ja«, antwortete Jake, denn das konnte er sich tatsächlich vorstellen. Es würde ihm helfen, sich zu beruhigen und gleichzeitig etwas wirklich Gutes und Konstruktives zu tun – und das zum ersten Mal, seit er sich die Marke des Turnbridge Police Departments angesteckt hatte.

Als Jake nach Hause kam, rief er als Erstes seine Eltern an, um ihnen von den unglaublichen Neuigkeiten zu berichten, dass er Larry Downy persönlich gefasst hatte. Sein Vater und seine Mutter weinten beide. Und Jake kam sich für ein paar Minuten wieder wie ein kleiner Junge vor – in eine Zeit zurückgeworfen, die alles verändert hatte. Es dauerte nicht lange, bis er sich wieder altersgemäß und vielleicht sogar stärker als je zuvor fühlte. Es war zwar nicht so, dass er sich ständig von seinen Gedanken an den Missbrauch hatte leiten lassen – bevor er Carly kennenlernte, hatte er jahrelang nur äußerst selten daran gedacht. Auf der anderen Seite war dieses Erlebnis immer ein Teil von ihm gewesen und würde es auch in Zukunft bleiben. So oder so, was heute passiert war, fühlte sich wie der wahrscheinlich größte Sieg seines Lebens an.

Seine Reaktion auf den Mann wies eindeutig darauf hin, dass er Larry Downy nie *wirklich* vergeben hatte – ganz im Gegensatz zu dem, was er Carly erzählt hatte. Da ihm erst vor Kurzem klar geworden war, dass er immer noch größere Probleme hatte, als er sich eingestehen wollte, war das vielleicht auch gar nicht so überraschend. Doch am allerwichtigsten war, dass er sich stark und sicher fühlte, und dass dieser lange Albtraum endlich ein Ende gefunden zu haben schien. Er wusste, dass er heute ein Stückchen weiter gesundet war. Zwar war er sich immer noch nicht sicher, ob das, was er Carly gesagt hatte, wirklich stimmte – dass man Probleme wie diese wahrhaftig besiegen und sie hinter sich lassen könnte –, aber der heutige Tag hatte ihm auf jeden Fall sehr geholfen.

Und zusammen mit den sehr persönlichen Empfindungen über die Festnahme von Larry Downy spürte er auch endlich mal wieder so etwas wie professionelle Befriedigung in sich – durch das Wissen, heute einige Kinder gerettet zu haben. Nicht nur Justin, der wahrscheinlich noch einmal davongekommen wäre, indem er sich einfach weiter versteckt hätte, bis Larry Downy aufgab. Nein, er hatte jedes weitere Kind gerettet, das der Kerl in Zukunft noch missbraucht hätte. Verdammt, das war ein gutes Gefühl. Das beste Gefühl, das er bei der Arbeit jemals gehabt hatte.

Jetzt hatte Jake nur noch einen Wunsch – er wollte zu Carly gehen. Er musste sie unbedingt sehen und ihr alles erzählen. Schließlich war sie der einzige Mensch in seinem Leben, der seine Gefühle wirklich nachvollziehen konnte. Mehr noch als seine Eltern. Er saß in seinem Wohnzimmer, und alles in im sehnte sich danach, den Hörer abzunehmen oder gleich direkt zu ihr zu fahren. Der Laden würde in einigen Minuten dichtmachen.

Aber wenn ich sie wiedersehe, … dann wird der Abschied für uns beide nur noch schwerer.

Also saß er einfach nur da. Er saß von Kisten und leeren Wänden umgeben auf seinem Sofa. Und da Fernseher und Computer bereits verpackt waren, konnte er sich nicht mal mehr damit ablenken. Die einzige Gesellschaft bestand aus seinem iPod, der noch vor ihm lag. Morgen war der Tag seines

Umzugs, und der Rest seines Lebens war von der Wand genommen, abgestöpselt und bereit zur Verschickung. Er saß also da, drehte im wahrsten Sinne des Wortes Däumchen und war einfach nur unruhig. Seinen Peiniger festgenommen und damit auch dem kleinen Justin Webb geholfen zu haben, hatte jede Menge Adrenalin in seinen Körper gepumpt, das immer noch durch seine Adern floss. Aber sein Sieg fühlte sich einfach nicht echt an, wenn er ihn nicht mit Carly teilen konnte.

Und wie so oft in letzter Zeit hörte er auch in diesem Moment Dr. Jims Stimme in seinem Kopf. Doch diesmal riet sie ihm etwas anderes als sonst: *Wenn sie der Mensch ist, mit dem du die wichtigen Momente deines Lebens teilen möchtest, dann sollte dir das vielleicht etwas sagen.*

Kapitel 21

Sie wusste nicht, wie sie es anstellen sollte.

Aber es schien wichtig. Jedenfalls wichtig genug, um ihre Ängste beiseitezuschieben. Das war etwas, was Jake ihr beigebracht hatte.

Also atmete sie tief ein, nahm die Schachtel mit der Schokoladencremetorte, die sie für ihn gebacken hatte, und stieg aus ihrem Geländewagen. Ihr war zwar immer noch elend zumute, und sie war schrecklich nervös, doch sie musste jetzt tapfer sein.

Jake würde morgen fortgehen. Und obwohl sie seit ihrer Trennung nichts mehr von ihm gehört hatte, wollte sie sich doch unbedingt verabschieden. Sie musste ihm einfach sagen, dass sie ihn liebte und dass sie inständig hoffte, dass er glücklich werden würde. Sie wollte sich bei ihm für die Befreiung aus dem Käfig bedanken, den sie während ihres bisherigen Lebens unbewusst errichtet hatte.

Er war nicht perfekt. Und auch zusammen waren sie nicht perfekt. Aber er war das Beste, was ihr jemals widerfahren war. Und es hätte sich wie eine Sünde angefühlt, ihn einfach so ziehen zu lassen, ohne ihn ein letztes Mal gesehen zu haben – eine Sünde, die weitaus schlimmer wäre als diejenigen, die sie in Wirklichkeit oder auch nur in der Einbildung begangen hatte.

Carly stand neben ihrem Auto und sah zögernd an sich herab. Sie hatte sich nach der Arbeit nicht umgezogen und trug

Jeans, ein dunkelblaues Trägerhemd und darüber eine Kapuzenjacke in dunklem Lila. Vielleicht hätte sie etwas Hübscheres anziehen sollen. Aber vielleicht spielte ihr Aufzug auch gar keine Rolle. Sie wusste nicht, wie sie es anstellen sollte.

Wie verabschiedet man sich von der Liebe seines Lebens? O Mann, sie hatte wirklich nicht die *geringste* Ahnung, wie sie es anstellen sollte. Aber versuchen musste sie es.

Noch einmal tief Luft geholt und sie ging zur Tür und klingelte. Dabei gab sie ihr Bestes, das Klopfen ihres Herzens und den nervösen Knoten in ihrem Magen zu ignorieren.

Als er die Tür öffnete, schmolz sie auf der Treppe zur Eingangstür fast dahin. Er sah auf eine männliche Weise einfach wunderschön aus. Das dunkle Haar zerzaust, das Gesicht unrasiert und die blauen Augen überrascht glitzernd. Er trug einen grauen Kapuzenpullover und verwaschene Jeans. Im Hintergrund war leise Musik zu hören. Jede Faser in Carlys Körper bebte, als sie durch die Tür trat.

»Du fährst ja morgen«, begann sie, aber die Worte drangen leiser aus ihrem Mund, als sie sollten.

»Ja«, erwiderte er ebenso leise. »Ich wollte … vorher noch mal vorbeikommen. Auf dem Weg sozusagen. Um mich zu … verabschieden.« Das letzte Wort blieb ihm fast in der Kehle stecken, aber sie glaubte ihm.

»Tja, dann bin ich dir jetzt zuvorgekommen. Ich habe dir eine Torte gebacken«, erklärte sie und hielt ihm die Schachtel hin. Er nahm sie und betrachtete das Backwerk durch den durchsichtigen Deckel hindurch.

»Danke. Sehr lieb von dir.«

Sie nickte nur. Und kam sich ein bisschen dumm vor. »Also ähm …« Sie wusste immer noch nicht, wie sie es anstellen sollte, sie hätte sich eindeutig einen detaillierteren Plan zurechtlegen sollen. Vielleicht sollte sie lieber gehen.

»Hast du gehört, was heute passiert ist?«, fragte er sie.

Ihr Körper richtete sich etwas auf. »Nein. Was denn?«

»Ich dachte, du hättest vielleicht … na ja, normalerweise machen Neuigkeiten hier ja schnell die Runde.« Er trat von einem Fuß auf den anderen. »Ich war gerade auf Patrouille, als ein Notruf über Funk kam, dass ein kleiner Junge auf der Red Mill Road Hilfe bräuchte.« Und dann erzählte er ihr die ganze unglaubliche Geschichte, wie er den kleinen Justin Webb vor einem Mann gerettet hatte, der ihm eindeutig etwas hatte antun wollen. Carly war mit Justins Mom Sherry zur Schule gegangen.

»Das ist ja unfassbar, Jake«, sagte sie – und meinte es auch so. Carly wusste, dass er sich als Polizist hier nicht besonders nützlich gefühlt hatte und begriff, dass sich das mit dem heutigen Tag gründlich geändert hatte.

»Aber das ist noch nicht alles«, fuhr er mit einem Glitzern in den himmelblauen Augen fort. »Der Kerl in dem Auto … das war er.«

»Wer?«

»Larry Downy.«

Carly blieb der Mund offen stehen. Sie hob die Hand und legte sie mit weit gespreizten Fingern auf ihre Brust. »Ist das dein Ernst, Jake?!«

Er nickte und sah ein bisschen so aus, als würden ihm gleich die Tränen kommen. »Ich hätte ihn fast krankenhausreif geprügelt, als ich ihn erkannte«, erklärte er schließlich. »Eigentlich wollte ich das gar nicht, aber es ist einfach passiert, und …« Er hielt inne und seufzte. »Ich kann nicht sagen, dass ich es bereue, zugeschlagen zu haben.«

Carly nickte. Sie verstand.

»Es ist … als wäre mir eine große Last von den Schultern genommen. Einfach zu wissen, dass dieser Mistkerl endlich hinter Schloss und Riegel sitzt und jetzt keinem Kind mehr etwas zuleide tun kann.«

Carly wusste gar nicht, was sie antworten sollte. Die Sache fühlte sich einfach zu gewaltig an, um mit Worten darauf zu reagieren. »O Jake.« Das war alles, was sie über die Lippen brachte. Und dann legte sie die Arme um ihn. Sie musste ihn einfach umarmen. Ihre Geste hatte nichts Sexuelles. Es ging dabei einfach nur um Liebe und Trost. Es ging um die Überbleibsel des siebenjährigen Jungen, die immer noch in dem Mann existierten, zu dem Jake geworden war.

Auch seine Arme schlossen sich um sie – fest. Und so blieben die beiden eine ganze Weile lang schweigend stehen. Durch Jakes Fliegengittertür strich eine sanfte Herbstbrise über sie. Plötzlich hörte sie erneut die Musik im Hintergrund und erkannte an den zarten Gitarren sofort den traurigen Anfang von Jeff Buckleys ›Hallelujah‹.

Irgendwann bemerkte Carly, dass sie sich aneinanderklammerten, als ginge es um ihr Leben. Ihre Fingerspitzen gruben sich durch den Kapuzenpullover hindurch verzweifelt in seinen Rücken und seine Schultern. Auch seine Umarmung war von derselben Eindringlichkeit. Oder vielleicht war es auch einfach nur Endgültigkeit. Sie spürte Jakes warmen Atem an ihrem Hals, während seine Finger sich in ihrem Haar vergruben. Carlys Augen wurden ganz feucht, aber sie gab sich alle Mühe, nicht zu weinen. Nicht über das, was sie beide in ihrer Kindheit und Jugend durchgemacht hatten. Und auch nicht über die Tatsache, dass er sie verließ. Dass er sie wirklich verließ.

Und dann durchfuhr sie auf einmal ein allzu bekannter Stich – wilde Begierde, die langsam und verzehrend von ihrem Körper Besitz ergriff. Denn irgendwann hatte ihre Umarmung sich eben doch in etwas völlig anderes verwandelt. Carly biss sich auf die Lippe, damit sie nicht sofort zu zittern begann, als sie Jakes steif werdenden Schwanz an ihrer Hüfte spürte.

Ihre Brüste sehnten sich nach Berührung, und ihre Möse pulsierte – unausgefüllt und begierig. Ihre Kopfhaut begann zu prickeln, während das Verlangen quälend über ihr Rückgrat kroch. Ihr Hals war so zugeschnürt, sie hatte das Gefühl, jeden Moment zu ersticken. Und als sie endlich einen schweren Atemstoß herausließ, wurde ihr klar, dass sie die ganze Zeit die Luft angehalten hatte, um ja nichts von alledem zu spüren. Dann hörte sie auch Jake schwer atmen, spürte den wahnsinnigen Hunger, der wie ein wildes lebendiges Wesen zwischen ihnen aufstieg und an die Oberfläche drängte – wie ein Vulkan, der kurz vorm Ausbruch stand.

Aus seinem Mund drang ein kurzer, heißer Seufzer, und dann rieben sich die rauen Stoppeln seines Bartes auch schon an ihrem Hals. Er drückte ihr einen Kuss auf die zarte Haut, hielt dann aber inne, als müsste er sich zwingen, nicht weiterzugehen.

Der kleine, gequälte Schluchzer drang ganz ungeplant aus ihrem Mund, sorgte aber dafür, dass Jake seinen Kopf zurückzog, sodass die beiden sich anschauen mussten. Seine Augen waren ebenso glasig und feucht wie die ihren. Und auch die ganze Lust und Verzweiflung, die in ihnen geschrieben stand, fand sich in seinem Blick wieder.

»Bitte, Jake«, hörte sie sich selbst flüstern. »Bitte nimm mich einfach. Die Sehnsucht bringt mich noch um.«

»Mich doch auch«, erwiderte er atemlos und klang dabei sehr schwach. »Aber ich habe mir so verdammt viel Mühe gegeben, dass es genau dazu nicht kommt. Deshalb bin ich auch nicht selbst zu dir gekommen, um dir zu sagen, dass ich Turnbridge verlasse. Und auch nicht, um dir von den heutigen Erlebnissen zu berichten. Ich wollte meinen Abgang für keinen von uns noch schwerer machen, als er es ohnehin schon ist.«

»*Das* hier ist schwer«, sagte sie mit bebender Stimme. »Dich zu sehen und nicht … bitte hör doch wenigstens jetzt damit auf, immer das Richtige tun zu wollen. Und wie kann es überhaupt das Richtige sein, wenn wir uns damit so schlecht fühlen?«

In diesem Moment presste er seinen Mund fest auf ihre Lippen. Er ging fast brutal vor. Und doch war ihr Verlangen so groß, dass sie seine Vehemenz als das Beste empfand, das sie je gespürt hatte. Es fühlte sich an, als würde ein beruhigender Balsam durch sie hindurchfließen, der jeden Teil ihres Körpers erreichte. Ihre Brüste, ihren Bauch, ihren Nacken und die Innenseite ihrer Oberschenkel. Die Küsse schienen aus irgendeinem verborgenen und ursprünglichen Teil ihres und seines Inneren zu kommen und wurden immer rauer und überwältigender.

Irgendwann machte sich Jake mit den Fingern am Reißverschluss ihrer Kapuzenjacke zu schaffen. Carlys Körper war wie elektrisiert von dem Verlangen, ihn schnellstens auszuziehen, und sie riss wie wild an seinem Pullover. Er kam ihr schließlich zur Hilfe und zog ihn sich selbst über den Kopf, während sie sich gleichzeitig ihrer Jacke und des Oberteils entledigte. Dann wanderte Carlys Hand zum obersten Knopf seiner Jeans. Sie war gierig auf seinen harten Schwanz und ganz versessen darauf, dass er damit endlich die Leere in ihrer Mitte ausfüllte. Jetzt öffnete er ihren Reißverschluss und zog ihr die Jeans mit einem Ruck über die Hüften.

Der Anblick ihres Höschens entlockte ihm ein tiefes Stöhnen. Carly trug ganz schlichte Wäsche – weiß mit lavendelfarbenen Schmetterlingen, die farblich zu dem BH passten. Aber egal, *was* sie auch druntertrug, ihre Unterwäsche schien Jake immer anzumachen.

Als sie versuchte, aus ihrer Jeans herauszutreten, stolperte Carly prompt, Jake fing sie aber auf, und sie fielen gemeinsam auf sein weiches Ledersofa, das nur ein paar Meter von der Tür entfernt stand. Als er seinen Slip auszog, seufzte Carly beim Anblick seines mächtigen Schwanzes begierig auf. Er war nur für sie so groß und hart.

Obwohl sie instinktiv danach griff, war Jake doch schneller. Sie saßen sich gegenüber, und er zog sie an den Beinen ein Stück nach unten, sodass er ihr endlich das Höschen ausziehen konnte. Dann spreizte er fast grob ihre Beine und stöhnte tief auf, als sein Blick auf ihre feuchte, nur allzu bereite Möse fiel.

Er packte sie bei den Schultern, um sie nach hinten in eine liegende Position zu drücken, aber Carly konnte sich rechtzeitig auf die Knie setzen. Sie wollte nicht unter ihm liegen, denn im Moment fühlte sie sich alles andere als unterwürfig. Ihr Körper war gierig. Sie musste gefickt werden, wollte dabei aber selbst nicht untätig sein. Und so begann der vertraute Tanz, den beide so gut kannten.

Sie war natürlich nicht so stark wie er. Doch als sie ihre Hand um seinen steifen Riemen legte, schien ihn das so zu verzücken, dass er die Augen schloss und ihr so Gelegenheit bot, sich rittlings auf ihn zu setzen. Den mächtigen Prügel noch immer in der Hand, war es ein Leichtes, sich über der prallen Eichel zu positionieren. Jetzt war der Himmel nur noch einen Herzschlag weit entfernt.

Sie sah in Jakes Augen – nur ein paar Zentimeter von den ihren entfernt. Und dann packte er sie auch schon mit beiden Händen bei den Hüften, drückte sie nach unten und spießte sie mit Nachdruck mit seinem unnachgiebig harten Schwanz auf. Aus beiden Mündern drangen kurze, glückliche Schluchzer, als sie wieder vereint waren. Endlich! Es schien schon so lange her, dass sie sich so gespürt hatten.

Bis zu diesem Moment war ihr Akt schnell, hektisch und auch ein wenig ungeschickt gewesen. Aber jetzt hielten beide in ihren Bewegungen inne, atmeten schwer und schauten sich einfach nur an. Sie sagten immer noch kein Wort, und als Jakes Blick nach unten zu der Stelle wanderte, wo ihre Körper sich vereinten, blieb ihm vor Erregung der Mund offen stehen. Er richtete sich ein Stückchen weit auf, presste durch den BH hindurch einen hungrigen Kuss auf ihre rechte Brust und schob dann die Träger nach unten. Der Anblick ihrer befreiten Brüste ließ ihn aufstöhnen. Er legte einen Arm um ihren Po und schob sie ein wenig nach oben, damit ihre Oberkörper sich noch näher sein konnten. Und als Jake Anzeichen machte, einen ihrer steifen Nippel in seinen Mund saugen zu wollen, hob sie ihm ihre Brust entgegen, bis seine Lippen sich um die harte Knospe herum schließen konnten.

Seine Liebkosung jagte einen Schauer reiner Wollust durch Carlys Körper, der sich wie heiße Lava anfühlte. Zunächst bewegte sie sich noch sehr zurückhaltend auf ihm. Aber als er stärker an ihren empfindlichen, fast schmerzenden Zitzen zu saugen begann und ihr Kitzler wieder und wieder über sein hartes Fleisch strich, fiel sie schließlich in einen gleichmäßig kreisenden Rhythmus. Jetzt waren es *ihre* Hände, die sich in *seinem* Haar vergruben. Sie hielt ihn ganz fest in seiner Position, damit er weiter mit Inbrunst an ihrem Nippel saugen konnte. Es fühlte sich fast an, als würde er unter den beinahe groben Zuwendungen seines Mundes immer länger werden.

Carly befürchtete schon, Jake könnte seinen Kopf zurückziehen, um die Kontrolle zu behalten, aber er tat es nicht, denn trotz seines Verlangens, die Oberhand zu behalten, war er immer sehr großzügig gewesen, wenn es darum ging, ihr die größtmögliche Lust zu bereiten. Er begriff eindeutig, was sie jetzt brauchte. Und das würde er ihr auch geben.

Doch dann gab er ihr etwas, von dem sie gar nicht wusste, dass sie es brauchte. Er umfasste ihren Po mit beiden Händen und schob einen Finger entschlossen in ihre Rosette. Diese kleine, zusätzliche Penetration intensivierte jede der anderen köstlichen Empfindungen, und aus ihrer Kehle drang ein schwaches Keuchen.

Wie immer, wenn diese winzige Körperöffnung ins Spiel kam, begann Carly sofort aus jeder Pore zu schwitzen, und die Lust pulsierte bis in ihre Fingerspitzen und Zehen. So intensiv sie eben noch seinen Mund auf ihrer Brust gespürt hatte, so wenig fiel es ihr jetzt auf, wie er von ihrem Nippel abließ. Sie bemerkte nur, dass sie sich wieder ansahen. Seine Augen wirkten im Zwielicht des späten Nachmittags noch blauer als sonst und schienen sie förmlich gefangen zu halten.

Je länger Carly auf ihm ritt und je länger er sie gleichzeitig mit seinem Finger in den Arsch fickte, desto größer wurde ihr Verlangen. Irgendwann presste er seine andere Hand auf ihren Unterbauch – direkt über der Stelle, wo sein Schwanz in sie drang. Und … O ja! Er hatte erneut ihren G-Punkt gefunden. Und auch wenn sie schon lüstern gewimmert hatte, als sein Schwanz in ihrer Möse und sein Finger in ihrem Po steckte, so waren die Laute, die jetzt aus ihrem Mund drangen, noch tiefer und lauter. Carly war so geil, dass sie es kaum noch ertrug. »O ja!«, keuchte sie. »Fick mich! Fick mich!«

Ihre Augenlider fielen herunter, und der Kopf kippte nach hinten. »Nein!«, sagte Jake in diesem Moment. »Sieh mich an!«

Das tat sie. Als der tief aus dem Bauch kommende Orgasmus wie ein Tornado durch ihren Leib schoss, sah sie in seine blauen Augen. Und als der Höhepunkt wilde Schreie aus ihrer Kehle dringen ließ, schaute sie immer noch in diese blauen Augen. Nur das wilde, unkontrollierte Zucken ihres Körpers, das ihren Kopf nach hinten riss, unterbrach die Verbindung ihrer Blicke nur kurz. Als der Orgasmus langsam abklang und sie völlig erschöpft zurückließ, stöhnte Carly immer noch wie ein wildes Tier.

Dann wurden beide still. Ihre Stirn presste sich gegen die seine. Doch auch, als sie langsam wieder in die Realität zurückkehrte, ging ihr Atem noch schwer. Er zog seinen Finger aus ihrem Po und führte die Hand, die eben noch auf ihrem Bauch gelegen hatte, zu ihrem Kinn.

Ihre Blicke trafen sich erneut. »Jetzt kannst du mich nehmen. Mach mit mir, was immer du willst. Fick mir das Hirn raus.« Sie sagte das nicht nur, um ihn zu erfreuen, sondern wollte es für sich *selbst*, dass sie nach dieser köstlichen Entladung ganz seiner Gnade ausgeliefert war. Carly hatte gelernt, beides zu lieben – sowohl *selbst* die Kontrolle zu haben, als auch sich *ihm* total hinzugeben.

Jake war wie weggetreten. Völlig verloren im Gefühl. Völlig verloren in der Hitze ihrer geilen Fotze. Völlig verloren in ihrem ganzen Wesen.

Und er war auch in sich selbst verloren. In dem, was heute geschehen war. In dem Gefühl von Kraft, die er dadurch gewonnen hatte. Kraft, die sich mit dem altbekannten Schmerz und den altbekannten Bedürfnissen vermischte. Er hatte sich in ihrem Wiedersehen verloren – und in dem Wissen, dass dieses Wiedersehen ihm jede weitere Kontrolle nehmen würde. Jake hatte aufgegeben und vor dem Verlangen seines Körpers kapituliert. Und jetzt verlangte sein Körper eindeutig nach etwas *Hartem.*

Er sollte nicht so schwach sein. Er sollte diesen Moment nicht von seinen rohen Bedürfnissen bestimmen lassen. Aber die löste Carly nun mal in ihm aus. Irgendetwas an ihr brachte das wilde Tier in ihm zum Vorschein, das er bisher so geschickt verborgen und weggesperrt hatte. Bis sie kam. Und wenn dies wirklich das letzte Mal sein sollte, dass er in sie dringen konnte, dann musste er auch annehmen, was sie ihm bot. *Fick mir das Hirn raus. Mach mit mir, was du willst.*

Also hob er sie einfach wortlos an und drehte sie um, sodass sie mit dem Gesicht von ihm abgewandt vor ihm kniete. »Heb den Po an«, flüsterte er. Und als er ihre geschwollene und offene Muschi direkt vor sich hatte, vergrub er sein Gesicht in ihrem Geschlecht.

Heiße, erstickte Laute drangen aus ihrem Mund, während er sie leckte, biss und auslutschte. Dabei konzentrierte er sich nicht auf ihren Kitzler, sondern auf die aufgefächerten, rosa Falten ihrer Schamlippen. Er wollte ihren Saft in seinem Mund und auf dem Gesicht spüren. Er wollte völlig in sie eintauchen und in ihr ertrinken.

Und als sein gieriger Schwanz schließlich nicht mehr länger warten konnte, kniete er sich hinter sie, positionierte ihn vor ihrem perfekten Loch und stieß ihn ganz tief hinein. Sie schrie auf, als eine alles verzehrende Geilheit durch seinen Körper jagte und ihre Möse seinen Schwanz in glitschiger Hitze badete. »Geil«, flüsterte Jake atemlos. Dann packte er ihren runden Po so fest mit beiden Händen, dass seine Fingernägel sich tief in ihr Fleisch gruben, und fickte sie mit all der Lust und Energie, die er in sich hatte. Er stieß sie hart und tief und wild – wieder und wieder. Jake wollte, dass beide diesen Fick auf eine Weise spürten, die sie ein Leben lang nicht vergessen würden.

Sie schrien beide auf. Und als er ihr während seiner unendlich tiefen Fickstöße auch noch auf den Po haute, da wurden ihre Laute noch heißer und schmutziger.

Jake betrachtete voller Genuss das leichte Hin- und Herwiegen ihres Rückens und die leidenschaftlichen, ruckartigen Bewegungen ihres Kopfes. Dann wanderte sein Blick von dem

Pospalt unter ihm hin zu ihrer puckernden Rosette, die vor Erregung leicht geschwollen war.

Als er aus impulsiver Geilheit heraus mit dem Daumen über ihr Poloch strich, bemerkte er sofort, dass der Klang von Carlys Lustseufzern sich leicht veränderte. Er fand es einfach nur herrlich, wie verrückt es sie machte, wenn man auch ihren Po bespielte. Irgendwann ging er schließlich dazu über, ihren süßen, kleinen Hintern zu massieren und die Haut und die Muskeln in der Nähe des winzigen Lochs mit Daumen und Zeigefinger zu bearbeiten, um es so noch weiter zu stimulieren. Immer wieder kreiste er mit dem Daumen um ihren Anus herum, während er sie weiter in ihre Möse fickte. Und als ihre Rosette sich schließlich ein Stückchen öffnete, entfachte das ein Feuer in ihm, das ganz tief aus dem Bauch kam.

Carly wimmerte, als er seine Fickstöße für einen Moment einstellte. »Was, was ist denn?«

»Sssh«, erwiderte er und starrte weiter auf die winzige Öffnung. Dann ließ er zielgerichtet einen Tropfen Speichel aus seinem Mund ab, der direkt auf ihre Rosette traf und darin verschwand. Sein Bauch zog sich zusammen. Er wollte auch dort hinein.

Fast schwach vor immer größer werdender Lüsternheit, spuckte er noch einmal auf ihr Loch. Diesmal landete der Speichel direkt in der Spalte über ihrem Poloch. Er rieb ihn in die puckernde Ritze ihres Hinterns ein, um sie zu befeuchten.

Ihre Möse war nass wie immer, und sein Schwanz war von ihren Säften so geölt, dass kein weiteres Gleitmittel nötig schien. Und das war auch gut so, denn Jake konnte keine Sekunde länger warten.

Also zog er seine Erektion aus ihrer tiefen, engen Fotze und positionierte sie vor dem noch engeren Tunnel ihres Hinterteils. Carly sagte kein Wort mehr, sondern keuchte nur noch –

sie wusste eindeutig, was jetzt kam und wollte es genauso wie er.

Und wie immer, wenn er sie so fickte, schien Jake das Eindringen beim Anblick seines dicken Schwanzes vor der engen Öffnung zunächst unmöglich. Doch auch diesmal gelang es ihm, die Eichel langsam in ihre Rosette zu bohren. Und von da an war es ein Leichtes, nach und nach die gesamte Länge seines Riemens folgen zu lassen.

»Sag mir, wie gern du mich in deinem herrlichen, kleinen Arsch hast, Baby«, raunte er.

»O ja, ich liebe es, dich dort in mir zu spüren«, erwiderte sie, und es klang, als könnte sie kaum sprechen.

Er biss sich auf die Unterlippe und gab sich alle Mühe, nicht sofort in ihr zu explodieren. Das war manchmal schon in ihrer engen Möse schwierig genug, aber in ihrem Po … Jake wusste, dass er nicht lange durchhalten würde. Nicht, nachdem sie fast zwei Wochen lang getrennt gewesen waren. Und schon gar nicht bei dem heftigen, alles verzehrenden Verlangen, das sie überhaupt erst an diesen Punkt geführt hatte. In gewisser Weise wollte Jake auch gar nicht kommen, denn er wusste genau, dies war das letzte Mal, dass sie auf diese Weise zusammen sein würden. Aber sein Körper konnte eben doch nur ein bestimmtes Maß an Erregung ertragen.

Er umfasste ihre Pobacken und fing an, sie mit kurzen, aber potenten Stößen zu ficken. Seine Augenlider schlossen sich, als er spürte, wie eng sie sein Organ mit ihrem Schließmuskel zusammenpresste. Und während Carly vor ihm wimmerte und stöhnte, glitt er mit einer Hand um ihre Hüfte herum und presste seine Finger auf ihren geschwollenen Kitzler, während er sie weiter fickte. Ohne dass er sie auch nur bewegte, schrie Carly sofort laut auf und verfiel in ein Keuchen und Zucken, das ihren Orgasmus ankündigte. Wie immer, wenn man sie in den Arsch fickte – sie kam blitzschnell. Und wie immer war sie in ihrer Ekstase unglaublich schön. Sie schluchzte ihre Geilheit förmlich heraus, hielt nichts zurück und ließ sich für ihn völlig gehen.

Allein der Anblick ihres Höhepunktes und das Gefühl ihres zuckenden Schließmuskels um seinen Schwanz reichte aus, um auch Jake kommen zu lassen. »Ja, ja, ja!«, keuchte er und spritzte seinen Saft ohne große Vorwarnung in ihr Inneres.

Ihre Körper sackten aufeinander zusammen, und dann war alles still. Er zog sich nicht sofort aus ihr zurück, denn irgendwie wollte er auf alle Ewigkeiten in ihr bleiben.

Wie schon so oft war nichts an ihrer Vereinigung sanft oder zärtlich gewesen, dafür umso intensiver. Jake hatte sie mit seinem ganzen Körper geliebt und hatte gespürt, wie sie seine Liebe erwiderte. Er hatte gefühlt, wie der gemeinsame Schmerz durch sie beide hindurchgeströmt war. Aber da war auch noch etwas anderes gewesen. Etwas, das Jake als Gesundung interpretierte. Er wollte unbedingt daran glauben, dass es dieselbe Art von Gesundung war, wie er sie wegen seines heutigen Sieges gespürt hatte.

Aber wenn ihn die lebenslange Auseinandersetzung mit diesem Thema etwas gelehrt hatte, dann war es die Tatsache, dass man *niemals* gesundete. Vielleicht hatte er sich eine Zeit lang – sogar eine lange Zeit lang – eingeredet, dass es anders wäre. Aber jetzt wusste er, dass man vielleicht Lösungen für bestimmte Aspekte des Problems finden konnte, aber eben wirklich niemals *völlig* gesundete. Er nicht. Und sie auch nicht.

Und genau aus diesem Grund würden sie letzten Endes niemals gut füreinander sein.

Kapitel 22

Sie lagen nackt unter einer Decke auf Jakes Sofa. Und als Carly ihn in seinen Armen liegend ansah, war ihr klar, dass sie nicht bereit war, ihn einfach gehen zu lassen.

Das war natürlich nicht gerade eine neue Offenbarung – sie war sich dessen schon die ganze Zeit schmerzhaft bewusst gewesen. Nein, die *eigentliche* Offenbarung war vielleicht eher, dass sie – genau wie im Bett – endlich mal Farbe bekennen und sich ein Stück von der Kontrolle zurückholen musste, die sie teilweise aufgegeben hatte. Also formulierte sie ihre Erkenntnis neu: Sie war nicht bereit, ihn *kampflos* gehen zu lassen.

»Weißt du eigentlich, wie gebrochen ich in meinem Inneren war, als ich dich kennenlernte?«, fragte sie ihn mit sanfter Stimme. Die Dämmerung war längst hereingebrochen und hüllte den Raum in tiefe Schatten. »Dabei war mir nicht mal klar, wie schlecht es mir ging, bevor du mich dazu gebracht hast, über mich nachzudenken und genauer hinzuschauen. Ich bin zwar immer noch nicht wieder ganz hergestellt – und werde es vielleicht auch niemals sein –, aber es geht mir verdammt viel besser. Ich fühle mich viel glücklicher und normaler als in der Zeit, bevor wir uns begegneten.«

»Das freut mich«, sagte Jake. Er klang bewegt, aber traurig und resigniert.

Sie sprach weiter. »Ich bin also nicht perfekt. Genauso wenig wie du. Aber das geht doch den meisten Menschen so. Ich liebe dich. Und ich verstehe nicht, wieso wir nicht weiter an uns arbeiten können, Jake. Zusammen. So wie wir es bisher auch getan haben.«

Er hielt den Blick gesenkt, bevor er ihr schließlich in die Augen sah. »Die Sache ist die, Schätzchen – ich bin auch gebrochen. Und zwar gebrochener, als ich dachte. Und was können zwei gebrochene Menschen schon füreinander bewirken?«

»Du hast bereits *eine Menge* Gutes bei mir ausgerichtet«, erklärte sie.

Er nahm sich eine Weile Zeit, bevor er etwas erwiderte. »Schon möglich, aber … Carly, ich habe mein gesamtes Leben damit zugebracht, Menschen zu helfen und bin irgendwann zu dem Schluss gekommen, dass das meine Bestimmung ist. Und wenn ich Menschen helfe, dann … lenken ihre Nöte mich genug ab, um meine eigenen nicht ständig vor mir zu haben. Und vielleicht … vielleicht gefällt mir das ja so. Vielleicht *brauche* ich es sogar so. Und in Detroit kann ich das eben tun. Jeden einzelnen Tag.«

»Aber lebst du dein Leben dann nicht auf genau die Weise, wie ich es tat? Immer nur auf der Stelle treten? Nicht vorankommen? Nichts klären?«

Er seufzte. »Mag sein. Aber vielleicht ist es ja so für mich am besten.«

»Für immer?«

»Bis jetzt mein ganzes Leben lang.«

Carly wurde wütend. Er hatte so verdammt hartnäckig darauf bestanden, ihre Mauer einzureißen, und *das* war nun die Art, wie er mit seinen *eigenen* Problemen umging? Sie schüttelte den Kopf. »Nein. Du … nein!«

»Was soll das heißen, nein?«

»Ich meine, … wenn du die ganze Zeit so sehr damit beschäftigt bist, die Welt zu retten, wann willst *du* dich dann mal von jemandem retten lassen?«

Aus seinem Mund drang ein weiterer Seufzer, und er sah sie mit seinen hinreißenden blauen Augen traurig an. »Ich bin nicht sicher, ob das überhaupt jemand kann.«

»Ich glaube, *ich* kann es«, erklärte sie. »Dir helfen. Dich lieben.«

Ihre Worte verschlugen ihm den Atem – im wahrsten Sinne des Wortes. Er hatte noch nie daran gedacht, dass jemand *ihm* helfen oder ihn vor *irgendwas* retten könnte. Er war Polizist, ein tougher Kerl. Und *er* war es, der anderen half.

»Ich verstehe dich, wie dich niemand jemals verstehen wird. Und du verstehst mich genauso. Lauf doch nicht davon. Lauf nicht vor *mir* davon. Lass mich dich lieben. Lass mich dich lieben, so wie du mich liebst.«

Aus ihrem Munde klang das so einfach. Es war schon wahr – sie verstanden sich wirklich. Die Reaktionen der anderen Menschen, denen er von seinem Missbrauch erzählt hatte, waren freundlich und besorgt gewesen. Aber keiner von ihnen konnte *wirklich* begreifen, was ihm da widerfahren war und welchen Einfluss es auf sein Leben gehabt hatte. Keiner außer ihr.

Verdammt, vielleicht war es genau das gewesen, was ihn von Anfang an so zu ihr hingezogen hatte. Nicht nur die geilen Erinnerungen an Desiree. Nicht nur das Geheimnis, das sie umgab, oder der Zorn darüber, dass sie ihn angelogen hatte. Vielleicht war es doch das dahinter verborgene Gefühl gewesen, das ihn so entschlossen gemacht hatte, unbedingt mit ihr zusammen sein zu wollen, als er sie in Turnbridge wiedersah. Diese nicht wirklich eingestandene Angst, dass sie eine ähnliche Erfahrung wie er gemacht hatte.

Und doch war nichts von alledem einfach – und würde es

auch niemals sein. Es war sogar höllisch kompliziert, um genau zu sein. »Carly, du bist so ungefähr der liebste Mensch auf diesem Planeten. Und ich wünschte, es wäre wirklich so einfach, wie du es klingen lässt. Aber denk doch mal nach. Wir verwandeln uns gegenseitig in Nymphomanen. Und zwei Menschen, von denen keiner die Oberhand im Bett abgeben kann? Wir würden uns doch irgendwann umbringen.«

Zu seiner Überraschung zuckte Carly nur mit den Schultern. »Dann haben wir eben eine von diesen stürmischen Beziehungen, von denen man so viel hört. Aber ich glaube einfach, wenn … wenn wir diese Stürme *gemeinsam* durchstehen, dann erwartet uns hinter diesen Turbulenzen etwas ganz Großartiges.«

»Ein blauer, sonniger Himmel?«

Sie lächelte zart. »Wie ein perfekter Sommertag in Turnbridge.«

Er atmete zischend ein und ließ die Luft dann wieder raus. Was sie da sagte, war eine verdammt schöne Vorstellung. Ungemein verlockend. Aber Jake befürchtete, dass sie nicht recht begriff, dass er unbedingt die Anerkennung in seinem Job brauchte. Er brauchte das Gefühl, das zu tun, was er am allerbesten konnte, und damit auch etwas zu bewirken. »Und was ist mit meinem Bedürfnis, Menschen zu retten?«, fragte er also. »Das ist das Einzige, was mir in dieser Welt das Gefühl von Stärke gibt, Carly. Und das brauche ich nun mal.«

»Aber du würdest *mich* jeden Tag ein bisschen mehr retten«, erwiderte sie, und ihre Entgegnung zerriss ihm fast das Herz. Ja, er wusste, dass keiner von beiden jemals eine völlig normale Sexualität würde leben können. Aber er hätte nie gedacht, dass sein Verschwinden den beginnenden Veränderungen in ihrem Leben ein Ende bereiten könnte.

»Du hast heute diesen kleinen Jungen gerettet«, fuhr sie fort. »Und jedes andere Kind, dem Larry Downy vielleicht noch wehgetan hätte. Von heute an bis zu seinem Tode. Und es gibt viele Möglichkeiten, die Menschen um dich herum zu retten. Andauernd. Auf spektakuläre und unspektakuläre Weise. Vielleicht rettet ja jeder Akt der Güte irgendjemanden ein klein wenig.«

Er seufzte, denn sie vereinfachte das Ganze schon wieder sehr. Aber er verstand auch, worum es ihr ging. Und der heutige Tag hatte ihn tatsächlich zum Nachdenken gebracht, was er noch tun könnte, um Kinder vor Sexualstraftätern zu schützen. Vielleicht konnte er auf diesem Gebiet noch mehr ausrichten. Das würde ihn wirklich befriedigen. Vielleicht musste er sich gar nicht in irgendwelchen Großstädten herumtreiben, um etwas Gutes zu tun.

Und doch … »Was ist mit dem Sex? Ich bin nicht sicher, ob ich da jemals wirklich die Kontrolle aufgeben kann.«

»Aber das habe ich doch längst akzeptiert. Und manchmal gefällt es mir sogar richtig gut.«

»Ich bin mir aber nicht sicher, ob das nicht auch ziemlich ungesund ist«, erklärte er.

»Hör zu«, begann Carly und setzte sich ein Stückchen auf. Sie sah wunderschön aus, wie sie da im Zwielicht so oben ohne vor ihm saß. »Jeder hat doch seine sexuellen Komplexe. Oder irgendwelche Ängste oder Vorlieben oder Fetische. Und das muss doch bei jedem auch irgendwo seinen Ursprung haben. Ich will damit sagen, wenn es um Sex geht, sind die *meisten* Menschen doch nicht völlig normal. Oder? Ich sehe das so: Manchmal bin ich oben, manchmal bist du oben. Genau wie an dem Abend, als wir uns kennenlernten. Ist doch keine große Sache.«

Jake zog fast amüsiert die Augenbrauen hoch. »Keine große

Sache? Erinnerst du dich nicht an die Kämpfe, die wir darüber ausgetragen haben, Carly?«

Und wieder zuckte seine süße Kleine nur mit den Schultern. »Ich kämpfe lieber mit dir im Bett, als all die anderen größeren Kämpfe des Lebens allein auszutragen. Mag sein, dass es immer ein paar kleine Kämpfe geben wird. Aber letzten Endes ist der Sex doch immer gut, oder?«

Jake machte nicht die geringsten Anstalten, das abzustreiten. »Der beste Sex, den ich je hatte. Jedes einzelne Mal.«

In diesem Moment legte Carly sich wieder zurück, schlang seine Arme um sich und schmiegte ihren herrlichen Körper an den seinen. »Ich will dich lieben«, flüsterte sie. »Ich will mit dir ficken. Ich will dich gesunden lassen. Und ich will, dass du all das auch mit mir tust. Jeden Tag. Verlass mich nicht, Jake. Verlass *uns* nicht.«

Verdammt. Jakes ganzer Körper vibrierte. Von ihrer Berührung. Von ihren Worten. Von ihrem unerschütterlichen Glauben, dass sie beide gut füreinander seien und eine gute Beziehung führen könnten. Er lag da, die Arme um sie geschlungen, und wurde von der großen Nähe ihrer Körper davongetragen – und von all den Empfindungen, die Carly in ihm auslöste. Er fühlte sich fast … sicher. Fast … gerettet. Vielleicht hatte sie ja recht. Vielleicht war ›fast‹ eben manchmal genug. Vielleicht war es besser, die Kämpfe des Lebens mit jemand anderem durchzustehen, als immer nur davonzulaufen.

Aber in erster Linie war seine Entscheidung keinerlei Logik geschuldet. In erster Linie ging es um den schlichten Trost, den er in ihren Armen empfand, wenn sie ihm die liebsten Worte zuflüsterte. »Wie könnte ich?«, flüsterte er schließlich. »Wie könnte ich die unglaublichste Frau verlassen, die ich jemals kennenlernen durfte? Wie könnte ich die Frau verlassen, die ich liebe?«

Carly hob den Kopf, ihr Blick eine Mischung aus Überraschung, Freude und Erleichterung. Und doch … »Du hättest es fast getan.«

Er schloss für einen kurzen Moment die Augen und erwiderte das, was mit einem Mal ganz und gar offensichtlich erschien. »Ich würde mal sagen, das macht mich zu einem totalen Idioten.«

»Und was bist du jetzt?«, fragte sie und neigte herausfordernd ihren hübschen Kopf.

»Ich bin *bereit*«, erwiderte er. Und er meinte es auch so. »Ich bin bereit, der Mann zu sein, den du brauchst. Für immer. Ich bin bereit, mich mit dir zusammen allen Dingen zu stellen. Gebrochen oder nicht.« Dann warf er die Decke zurück, die sie beide bedeckte und sprang auf.

»Wo willst du denn hin?«

»Bleib, wo du bist. Ich bin gleich wieder da.« Wenn er wirklich bereit war, diese Geschichte durchzuziehen und sich den Kämpfen mit ihr gemeinsam zu stellen, dann musste er sich auch dem stellen, was der Auslöser dafür war.

Jake hatte seine vom Police Department gestellte Ausrüstung noch nicht abgegeben, das hatte er erst morgen früh tun wollen. Als er über den Flur in sein Schlafzimmer ging und dort nach den Handschellen griff, da wurde ihm mit einem Mal klar, dass das jetzt gar nicht mehr nötig war. Zurück im Wohnzimmer baute er sich vor dem Sofa auf und reichte ihr die geöffneten Handschellen.

»Ähm, das mit den Handschellen habe ich zwar wirklich gut drauf«, sagte sie, »aber wirklich jetzt?«

Ihre Verwirrung brachte ihn zum Grinsen. »Betrachte es einfach als symbolischen Akt. Um dir zu zeigen, dass ich sehr wohl die Kontrolle abgeben kann. Oder dass ich es zumindest lernen möchte. Ich vertraue dir genug, um mir von dir Handschellen anlegen zu lassen. Ich krieg das hin. Das ist also deine große Chance. Mach mit mir, was du willst.«

Auf Carlys Gesicht breitete sich ein Lächeln aus, als sie eine Handschelle um Jakes linkes Handgelenk schlang, sie schloss – und dann die andere um *ihr* rechtes Handgelenk legte. »Das sollte erst mal reichen«, erklärte sie. »Nur damit du weißt, dass wir all das *gemeinsam* durchstehen werden.«

Epilog

Im darauffolgenden Januar standen Carly und Jake am Küchenfenster und schauten hinaus in den Schnee, der Turnbridge in ein weißes Kleid gehüllt hatte. Ihr Blick fiel auch auf die Stechpalme, die sie noch vor dem Ende des Herbstes im Garten hinter seinem Haus gepflanzt hatten. Und genau wie sie ihm versprochen hatte, waren die roten Beeren jetzt der einzige Farbklecks in all dem Weiß – eine schöne Erinnerung daran, dass es ein Leben nach dem Winter gab und der Frühling irgendwann wieder Einzug halten würde.

Es war nicht so, dass sie daran erinnert werden musste, dass das Leben schön war. In letzter Zeit wurde sie jeden Tag daran erinnert – auf vielerlei Weise.

Das Turnbridge Police Department hatte Jake mit Kusshand wieder eingestellt, als er sich entschieden hatte, doch hierzubleiben – nicht zuletzt wegen der Festnahme von Larry Downy. Es kam nicht jeden Tag vor, dass ein seit dreißig Jahren gesuchter Krimineller in Turnbridge gefasst wurde. Und abgesehen davon, dass das Police Department der Kleinstadt einige glühende Presseberichte einheimsen konnte, waren sich auch alle Kollegen der Bedeutung bewusst, einen derartigen Verbrecher aus dem Verkehr gezogen zu haben.

Aber noch besser, Carly wusste, dass Jakes Arbeit ihn weitaus mehr befriedigte als noch im Sommer. Es war dem Police Department gelungen, Staatsgelder für ein Programm zu erhalten, das es Jake erlaubte, Schulen zu besuchen und Vorträge über den Schutz von Kindern vor Sexualverbrechern zu halten. Das war so gut angekommen, dass auch andere Polizeistationen im Bundesstaat Ähnliches einführen wollten. Und so würde Jake im kommenden Frühjahr durch Michigan reisen und Seminare zu dem Thema geben.

Larry Downy saß jetzt im Gefängnis. Auch Jake hatte eine Aussage machen müssen. Das war ihm zwar alles andere als leichtgefallen, hatte aber auch etwas überaus Befreiendes für ihn gehabt – was Carly sehr gut nachvollziehen konnte.

Und sie war bei ihm eingezogen. Es gab nicht viele Menschen in Turnbridge, die ohne Trauschein oder zumindest ein Heiratsversprechen zusammenwohnten. Aber Carly hatte endlich gelernt, sich nicht mehr so viele Sorgen darüber zu machen, was andere Leute von ihr dachten.

Bis jetzt fand sie es großartig, mit ihm zusammenzuwohnen. Das größte Problem war bisher die Umstellung gewesen, in ihren Laden fahren zu müssen, statt einfach nur die paar Stufen von ihrer alten Wohnung nach unten zu gehen. Und natürlich die Entscheidung, wo Oliver leben sollte. Letzten Endes hatte sie den Kater aber einfach mit zu Jake genommen – auch wenn Tiffany und viele ihrer anderen Kunden das Maskottchen von Winterberry's vermissten. Aber auch dabei hatte sie gelernt, dass es eben nicht immer darum ging, es anderen Menschen recht zu machen. Schließlich konnte sie den großen Kater nicht jeden Tag hin- und hertransportieren. Und ihn jeden Abend von achtzehn Uhr bis zum nächsten Morgen allein zu lassen, hätte ihm nicht gutgetan. Carly trug noch immer helle, fröhliche Farben und stellte auch weiterhin herzförmige Schachteln her, die gerade um die Weihnachtszeit ein großer Renner waren.

Ansonsten ging das Leben in Turnbridge seinen gewohnten

Gang. Dana hatte ihr Baby bekommen. Ein gesundes Mädchen namens Hannah. Frank stand noch immer hinter dem Tresen von Schubert's, und Beth Anne versorgte die Stadt noch immer jeden Tag mit süßen Köstlichkeiten. Und Carly … Carly hatte das Gefühl, viel mehr am Leben teilzuhaben und es nicht mehr einfach nur vorm Fenster von Winterberry's an sich vorbeiziehen zu sehen.

Was den Sex anging – manchmal war es ganz leicht, und manchmal gab es tatsächlich die kleinen Kämpfe, an die sich beide mittlerweile gewöhnt hatten. An manchen Tagen hatten die Kämpfe etwas Ernstes und drehten sich um den Missbrauch, der immer zu ihrem Leben dazugehören würde. Doch an anderen Tagen absolvierten sie das Ganze mit schallendem Gelächter. Und manchmal gefiel Carly das ›Hauen und Stechen‹ sogar ein bisschen – ein weiterer, schmutziger Tick, den sie lieber nicht genauer betrachten wollte. Denn wie man es auch drehte und wendete, sie hatte recht gehabt: Es war besser, mit jemandem, den man liebt, zu kämpfen, als auf ihn verzichten zu müssen. Und dank Jake war Desiree nichts weiter als eine Erinnerung an früher. Ein Teil ihrer Vergangenheit. Ein Teil, den sie nur allzu gern hinter sich gelassen hatte.

»Okay, die Beeren sind ja ganz hübsch, aber mir ist langweilig«, erklärte Jake und warf Carly einen ausgelassenen, verführerischen Blick zu. »Wollen wir nicht die Handschellen rausholen?«

»Und wer ist oben?«, fragte sie, meinte es aber eher im übertragenen Sinne.

Jake zuckte nur mit den Schultern. »Derjenige, der es schafft, dem anderen zuerst die Handschellen anzulegen, schätze ich. Ich bin Erster!«

Und mit diesen Worten rannten beide über den Flur ins

Schlafzimmer, wo sie sich einen hitzigen und neckischen Ringkampf lieferten, von dem sie beide wussten, dass er in gutem, heißem, schmutzigem Sex enden würde – egal, wer nun letzten Endes die Oberhand behielt.

Lacey Alexander

»Die Beste in der erotischen Literatur«
Fallen Angels Review

978-3-453-54539-7

Leseprobe unter **www.heyne.de**

HEYNE